김지하가 생명이다

김지하가 생명이다

이재복 지음

도서출판 b

⋮ 차례 ⋮

5

7

몸 공부길에서 만난 인연
— 김지하 선생을 기리며

올해로 문단에 나온 지 이십칠 년이 됩니다. 되돌아보면 아득합니다.
어떻게 내가 여기까지 왔는지 요 며칠 깊은 생각에 **빠져** 제대로 잠을
이루지 못했습니다. 이십칠 년이라는 시간이 흐르는 동안 단 한 번도
내가 걸어온 길에 대해 되돌아본 적이 없습니다. 늘 '지금, 여기' 혹은
내일을 생각하면서 살아온 것 같습니다.

왜, 나는 이런 삶을 살아온 것일까요? 잘 모르겠습니다. 하지만 한
가지 분명한 것은 이십칠 년이라는 시간 동안 많은 인연이 나와 함께
했다는 사실입니다. 되돌아보니 그렇습니다.

문단에 갓 등단(1996)하고 만난 수많은 인연들, 그중에서도 임헌영
선생과의 만남은 첫정 같은 것이었습니다. 『한국문학평론』 기획위원으
로 참여하게 되면서 선생을 만났고, 그때 평론가들과 함께 '테마 문학
시리즈'를 기획하게 되었습니다. 그런데 내가 낸 테마인 몸이 그 시리즈의
첫째 권으로 채택된 것입니다. 제1권 『몸속에 별이 뜬다』(1998)가 출간되
고 성대하게 축하연이 있었고, 문단의 많은 사람들이 함께했습니다.

그 많은 사람 중에 정진규 선생이 있었습니다. 그 당시 선생은 『몸詩』,

『알詩』등으로 실험적이고 사색적인 산문의 형식을 통해 신체적 상상력의 한 경지를 보여주고 있을 때였습니다. 선생은 『몸속에 별이 뜬다』에 실린 내 글을 잘 읽었다며 대뜸 당신이 주간으로 있는 『현대시학』에 월평을 써보지 않겠냐고 하셨습니다. 나 같은 초짜에게 우리 문단을 대표하는 전통 있는 시 잡지의 월평을 맡긴다는 것이 뜻밖이었지만 나는 얼떨결에 '예'하고 대답을 해버렸습니다. 그렇게 해서 『현대시학』에 처음으로 시평을 쓰게 되었고, 6개월이 지난 후에 선생은 나에게 다시 '기획 연재'를 제안했습니다. 이 연재의 비중과 여기에 글을 쓴 사람들의 면면을 잘 알고 있었기 때문에 엄청난 부담감을 느꼈지만 내 공부의 화두인 몸을 비평적으로 체계화해서 풀어낼 좋은 기회라고 생각해서 선생의 제안을 받아들였습니다. 2년 넘는 기간 동안 매달 '90년대 시인들과 몸의 언어'라는 주제로 글을 썼고, 그것을 묶어 첫 평론집 『몸』(2002)을 출간하게 되었습니다.

임헌영 선생과의 인연이 정진규 선생으로 그리고 정진규 선생과의 인연이 다시 김지하 선생과의 인연으로 이어지게 되었습니다. 『현대시학』에 연재한 '90년대 시인들과 몸의 언어' 1회가 김지하론(「몸과 생명의 언어」)이었습니다. 80년대 생명 담론을 전개하면서 그것을 시로 풀어낸 『중심의 괴로움』(1994)에 드러난 몸과 생명 사상에 대해 쓴 글입니다. 선생은 이 글을 보시고 원고지에 펜으로 쓴 격려의 글과 함께 당신이 손수 그린 문인화 석 점을 보내주셨습니다. 애정이 담긴 선생의 글과 그림은 지금도 고이 간직하고 있습니다. 이것을 계기로 선생을 자주 뵙게 되었고, 그때마다 늘 '훈수 몇 마디'(지하 선생의 말씀 혹은 표현)를 하셨고, 그것이 내 공부에 큰 도움이 되었습니다. 선생을 통해 나는 '동학'은 물론 『천부경』, 『삼일신고』, 『정역』, '풍류도' 같은 우리 고대 사상과 『시경』, 『주역』, 『노자』, 『장자』, 『회남자』, 『황제내경』 등의 동아시아 경전 그리고 장일순, 윤노빈, 프리초프 카프라, 제임스 러브록, 에리히 얀치, 떼이야르 드 샤르뎅 같은 동서의 사상가, 철학자, 과학자 등에 깊은 관심을 가지게 되었습니다.

이 과정에서 나는 지하의 생명 사상이 우리 문명사의 전회轉回를 가능하게 할 마지막 사상임을 자각하게 되었습니다. 그가 『생명과 자치』(1996)에서 이야기하고 있는 생명의 정치, 경제, 사회, 문화, 교육, 예술 등으로의 적용과 실천은 그 전회의 구체적인 모습이라고 할 수 있습니다. 선생의 생명 사상은 '생명과 평화의 길'(2004)이라는 재단을 통해 학술 연구, 학술발표회와 토론회, 교육프로그램, 생명평화 문화원 건립 추진, 국내외 네트워크 구축, 전통 민예의 발굴과 창작물 개발·시연 등의 형태로 전개되기도 했습니다. 하지만 이런 사상과 운동이 이어지지 못하고, 특히 선생의 죽음과 함께 답보 상태에 놓여 있는 것이 사실입니다.

선생이 그렇게 떠나시고 난 후, 나는 어떤 중압감 내지 의무감 같은 것을 느끼게 되었습니다. 그것은 단순히 선생과의 인연 때문만이 아닌 우리 문명사 전반에 대한 우려와 불안감 때문이라는 것을 알게 되었습니다. 나 자신도 선생처럼 우리 문명사의 전회에 대해 오랫동안 고민해 왔다는 점을 생각하면 어쩌면 이것은 당연한지도 모릅니다. 내 몸 사상도 선생이 추구한 생명 사상과 그 지향점이 다르지 않습니다. 몸은 생명을 구현하는 실질적인 통로이자 매개입니다. 몸이 있기에 우리는 생명이 있다는 것을 알 수 있습니다. 생명은 추상적인 개념이고 그것을 생생하게 살아 있는 구체적인 것으로 만들어주는 것이 바로 몸입니다. 몸이 없는 생명은 허깨비 혹은 유령에 불과합니다. 이런 점에서 몸 혹은 몸 사상은 생명 혹은 생명 사상의 존재태라고 할 수 있습니다.

우리는 지금 생명의 위기를 몸의 존재 형태를 통해 느끼고 인지하고 있는 것입니다. 하지만 우리 인간은 인간의 몸을 그것도 눈에 보이는 것만 볼 뿐 전체로서의 몸인 지구 혹은 우주의 몸을 보지 못합니다. 그 결과 지구는 고통받고 있지만, 우리 인간은 그 지구의 몸이 죽으면 우리의 몸도 죽는다는 것을 깨닫지 못하고 있습니다. 지구 혹은 우주는 전체로서의 신神(서양의 God가 아님)입니다. 스스로 그러한 존재(자연)라는 뜻입니다. '지금, 여기'에서 우리의 시작은 그러한 전체로서의 신, 전체로서의 몸이 어디 따로 지구나 우주를 초월해서 존재하는 것이 아니라 지구나 우주 내에 존재한다는 것을 알아야 합니다. 따라서 이 병든 몸을 치유할 수 있는 존재는 어디 밖에 있는 것이 아니라 전체로서의 지구 혹은 우주 내에 있는 것입니다. 우리 인간은 이 전체로서의 지구나 우주의 몸(자연)을 법法 받아야 합니다. 우리 인간만이 희망입니다. 인간 스스로 정성誠을 다해 그 우주의 몸을 향해 나아갈 때만이 희망이 있습니다.

이러한 깨달음을 나는 『김지하가 생명이다』를 통해 밝히고 싶었습니다. 이 책은 모두 3부로 되어 있습니다. 1부는 '김지하의 생명 사상과 미학 사상'이 지니는 세계 문명사적 의미를 밝힌 글이고, 2부는 그러한 지하의 생명 사상과 미학 사상이 어떻게 나의 몸 사상을 통해 창발적으로 해석되고 또 계승되는지를 밝힌 글입니다. 그리고 3부는 2006년 선생이 '생명과 평화의 길' 이사장으로 있을 때 일산 자택에서 생명론의 발생과 그것이 지니는 '지금, 여기'에서의 의미와 전망에 대해 나눈 대담입니다. 이 각각의 글과 대담은 지하의 생명 사상과 미학 사상을 이해하는데 일정한 단초를 제공하고 있지만 그중에서도 나는 2부에 많은 관심과 애정을 두고 있습니다. 그것은 지하 사상의 생명력과 깊이 관계되어 있기 때문입니다. 지하의 사상은 지하에게서 멈추어서는 안 되며, 그것은 우주 생명이 변화를 통해 순환하듯 끊임없이 후대인들의 몸을 통해 새롭게 창발적으로 되살아나야 합니다. 나는 지하의 사상을 나의 몸 사상의 관점에서 해석하면서 그가 미처 다루지 않은 비트bit를 기반으로 한 디지털digital 문명(「에코토피아와 디지털토피아」), 생명학의 계보(「'그늘'의 발생론적 기원과 동아시아적 사유의 탄생」), 신명(「놀이, 신명, 몸」, 「욕,

카타르시스를 넘어 신명으로」) 등을 해석의 기반으로 삼았습니다. 이러한 해석은 지하의 생명론에 통시성과 공시성을 제공함으로써 그의 사상의 외연을 넓히고 심화하는 계기를 제시하고 있다고 봅니다. 특히 비트[bit]를 기반으로 한 디지털[digital] 문명에 대한 성찰은 그의 생명 사상과 나의 몸 사상이 수렴하고 포괄해야 할, 결코 피해 갈 수 없는 주제라고 생각합니다.

지금 우리 인류는 자연으로부터 너무 멀리 와 있습니다. 자연에 대한 망각의 정도가 깊어지면 우리는 그것을 회복할 수 있는 길을 잃게 됩니다. 최근에 나는 지하의 『중심의 괴로움』에 실린 시를 다시 읽게 되었습니다. 여러 번 읽은 시들이지만 느낌이 달랐습니다. 시 중에 「빗소리」가 있는데, "내 마음속 파초잎에 / 귀 열리어 / 모든 생명들 / 신음소리 듣네 / 신음소리들 모여 / 하늘로 비 솟는 소리"가 바로 그것입니다. 예전에는 이 구절이 시인의 상상력으로만 느껴졌는데 최근에 그것은 시인의 상상력이 아닌 실존의 소리로 느껴졌습니다. 그래서 하늘에서 천둥이 치고 폭우가 쏟아지는 날이면 그것이 지구(우주)의 몸 아픈 소리로 들리기 시작했습니다. 누구든 이 소리에 우리는 귀를 기울여야 하고 그 고통을 덜어주어야 합니다.

요즘 내 몸 공부는 우리 문명사의 전회[轉回]를 위한 토대를 마련하는 일에 맞추어져 있습니다. 그래서 신, 자연, 우주, 생명, 공능, 기, 몸, 감정(정서), 이성, 실재, 과정, 진화, 실체, 이데아, 변증법, 음양, 귀신 등의 존재들과 열심히 대화하고 있습니다. 아무튼 목표는 21세기의 새로운 윤리를 정립하는 것입니다. 그 이름은 '몸의 에티카'가 될 것입니다. 몸의 에티카는 나의 윤리이면서 우리 모두의 윤리가 되기를 희망합니다. 이런 맥락에서 지하의 생명 사상은 나에게 각별한 의미가 있습니다. 무엇보다도 그 사상은 단순한 존재[being]를 너머 살아 있는 생명[life] 혹은 삶[living]을 겨냥하고 있기 때문입니다. 지하가 추구한 생명의 윤리가 곧 나의 몸의 윤리이고, 나의 몸의 윤리가 곧 지하의 생명의 윤리입니다.

지하는 시대의 중심에 서서 치열하게 그 힘을 느끼고 예감했던 사람입니다. 그는 늘 앞서갔고 우리는 그렇지 못했습니다. 우리의 둔감함이 그를 다시 감옥에 가두었고, 그 속에서 그는 외로움의 면벽증面壁症을 앓다 갔습니다. 그는 갔지만 그의 혼령은 천지에 가득합니다. 지구가 아프고 우주가 짙은 어둠의 그림자를 드리우는 날이면 그의 혼령은 시퍼렇게 되살아옵니다. 우리 눈에 보이지 않는, 우리의 숨결로만 느낄 수 있는 그 귀신이 바로 생명입니다. 우리는 이 생명의 존재를 망각해서는 안 됩니다. 망각은 곧 죽음입니다. 이것이 바로 김지하가 생명인 이유입니다.

어려운 상황 속에서도 흔쾌히 청을 들어준 도서출판 b의 조기조 대표님과 늘 최선을 다해 책에 혼을 불어넣어 주시는 김장미 선생님께 감사드립니다. 그리고 꼼꼼하게 선생의 글을 읽어준 제자 김세아, 양진호, 이민주, 이황임에게 고마움을 전합니다.

2023년 7월

서울숲 胥山齋에서 저자 씀

제 I 부
김지하의 생명 사상과 미학 사상

1. 생명 사상의 계보와 문명사적 전회^{轉回}

— 생명 사상의 세계 사상사적 위상과 의미

1. 자생 담론의 출현과 생명 사상의 내발성^{內發性}

우리는 종종 이런 의문을 제기할 때가 있다. 인류의 탄생 이래 지금까지 우리 인간의 삶을 규정하고 지배해온 것은 무엇일까? 이 물음에 대한 답은 간단하지 않다. 하지만 우리는 그것이 정신과 물질의 차원에서 답할 수 있는 문제라는 데에는 어느 정도 동의한다. 인간에게 정신과 물질이 중요한 것은 그것들이 인간의 기본적인 욕구와 욕망 그리고 인간 삶의 방향성과 가치, 의미 등을 은폐하고 있기 때문이다. 정신과 물질은 서로 분리된 채 인간 혹은 인간의 삶에 작용해 온 것이 아니라 이 둘은 길항^{拮抗} 관계를 유지하면서 인류 역사의 실존적 토대로 작용해 왔다고 할 수 있다. 인류에게 정신과 물질이 이렇게 중요한 실존적 토대로 작용해 왔다면 그것의 구체적인 형태는 어떤 것일까? 정신과 물질의 작용으로 구체화되어 인류의 삶을 규정하고 지배해왔다는 것은 그것이 세계 내에 존재하는 인간의 의식 전반에 깊이 관계하고 있다는 것을 의미한다.

인간의 의식이 작용하면 자연스럽게 세계에 대한 이해, 판단의 과정을 거치게 된다. 이렇게 되면 세계 내의 은폐된 의미들은 물론 인간 삶의 방향성과 가치, 의미 등이 보다 구체화되기에 이른다. 이 세계 내에 존재하는 인간은 하나의 관점을 지니게 되는데 우리는 그것을 '세계관'이라고 부른다. 인간은 삶의 과정에서 이 세계관을 지니게 되고 그것을 총칭하여 '사상'이라고 한다. 어떤 세계관 혹은 어떤 사상을 지니고 있느냐에 따라 인간의 의식과 행동에 차이가 발생하고, 그 차이가 좀 더 이상화되거나 목적 지향성을 띠게 되면 이념(이데올로기)의 차원으로 나아가게 된다. 인간이 세계 내에서 어떤 사상을 지니고 또 어떤 이념 지향성을 드러내느 냐 하는 것은 곧 이들이 구성하고 조직화한 공동체가 어떤 방향성과 성격을 드러내느냐 하는 것과 다르지 않다. 어떤 국가나 민족의 토대를 이루는 사상이나 이념의 성격에 따라 한 국가나 민족 내에서도 서로 갈등하고 대립하여 결국에는 분열하기도 하고, 또 서로 다른 국가나 민족 간이라도 소통과 화합을 통해 연대하거나 통합하기도 한다.

사상이나 이념의 이러한 예를 가장 첨예하게 드러내 보여준 곳 중의 하나가 바로 근대 이후의 우리 한반도이다. 근대적인 의식이 태동하기 시작한 18세기 영정조 시대 이후로 우리는 다양한 사상의 흐름 위에 놓이게 된다. 그중 우리 근현대사에 커다란 영향을 준 사상을 꼽는다면 실학사상, 천주교 사상, 동학사상, 개화사상, 민족주의 사상, 사회주의 사상, 자본주의 사상 등이 될 것이다. 이 사상들은 근대 이후 우리의 의식 차원뿐만 아니라 구조적(제도적) 차원에 이르기까지 우리 사회 전반에 걸쳐 영향력을 행사해왔다. 개인이나 국가가 사상을 통해 자신의 정체성과 통치의 방향을 정하고 그것을 실천해간다는 점에서 사상은 변화와 변동을 견인하는 역할을 한다. 하지만 그 변화가 어떤 방향성과 목적성을 지니고 있는 것은 틀림없지만 그것이 모두 공공의 선善을 지향 한다고는 볼 수 없다. 역사적으로 볼 때 이 사상들 중에는 공공의 선에 가까운 것이 있는가 하면 또 그것과 거리가 먼 것도 있다. 공공의 선에 대한 판단은 사상이 지니고 있는 원리의 차원뿐만 아니라 그것이 드러난 실행의 차원에 이르는 전 과정을 통해 이루어진다.

그러나 무엇보다도 여기에서 중요하게 고려해야 할 것은 그 사상이 발생하거나 출현하게 된 실존적인 절실함과 그것이 드러내는 보편타당함이라고 할 수 있다. 이것은 한 시대를 살아가는 사람들의 삶을 관통하는 보편적인 정신 자세나 태도를 말한다. 가령 조선 후기 국가로부터 온갖 탄압과 박해를 받으면서도 많은 민중이 평등의 이념을 좇아 천주교 사상을 받아들인 것이라든가 식민 자본주의에 대항하기 위해 많은 지식인과 민중들이 사회주의 사상을 받아들여 민족 해방과 계급 해방을 동시에 추구한 것 등은 그 사상들이 인간의 기본적인 실존과 시대의 보편적인 정신을 담지하고 있기 때문이라고 할 수 있다. 이 두 사상은 모두 외래적인 사상으로 전자의 경우는 우리 사회 내에서 지속 가능성을 확보하고 있다는 점에서 주목할 필요가 있다. 이것은 외래적인 사상이 우리에게 수용되어 우리의 의식과 구조를 변화시키고 문화와 문명의 외연을 확장한다는 것을 의미한다. 외래 사상의 이러한 확장성은 그것이 사상의 복합성을 통한 새로운 가능성으로 이어질 경우 사상의 부피감과 깊이를 확보하게 된다. 하지만 외래적인 사상이 다른 사상, 특히 오랜 자생력을 지닌 사상과 섞이지 못한 채 과도하게 독자적인 지배력을 행사하려 하거나 표피적인 유행 사조로 흐르게 되면 그 부피감과 깊이는 확보될 수 없다.

근대 이후 우리는 이러한 위험에 직면하게 되었고, 그것에 대한 불안과 우려의 표명은 물론 비판적인 성찰 또한 있어 왔다. 하지만 이러한 일련의 행위들이 대다수 민중의 공감을 얻지 못한 채 소수 지식인 집단이나 단순 국수주의자들에 의한 특이하고 아웃사이더적인 비주류 선언 정도로 인식되어 왔다. 근대 이후 급격하게 우리의 의식과 구조를 지배해버린 서구 자본주의의 속도와 힘에 밀려 우리 사상에 대한 자기성찰적인 반성과 공감의 시간을 확보하지 못한 것이 사실이다. 근대 이후 지금까지 계속되고 있는 서구 사상에 대한 경도는 의식주는 물론 정치, 경제, 사회, 문화, 교육 제도 전반에 걸쳐 폭넓게 드러난다. 이것은 은연중에 서구 혹은 서구 사상에 대한 우월감을 심어줄 뿐만 아니라 우리 사상에 대한 열등감을 넘어 그것에 대한 자연스러운 망각으로 이어지게 한다. 우리 사상이나 우리 것에 대한 망각은 때때로 오리엔탈리즘orientalism이라는 왜곡된 차원을 통해 아이러니하게 우리 앞에 나타나기도 한다. 서구의 우리 사상이나 우리 것에 대한 관심이 우리를 진정한 주체로 인정한 데서 비롯된 것이 아니라 자신들의 결핍을 채워 줄 대상화된 존재로 불러내는 과정에서 비롯된다는 사실을 상기할 필요가 있다.

서구가 견지해온 이러한 태도는 이들의 사상이 한계에 부딪혔다는 반성을 계기로 다소 약화되기는 했지만 여전히 과학과 테크놀로지의 우위를 앞세워 새로운 차원의 대상화를 추구하고 있는 것이 사실이다. 서구 사상의 획기적인 전환에 대한 기대는 이들이 추구해온 저간의 역사를 되돌리는 일이기 때문에 결코 쉽지 않을 뿐만 아니라 불가능할 수도 있다. 이러한 사실은 서구 사상과는 다른 역사적인 맥락과 계보를 지니고 있는 동양, 특히 동아시아 사상에서 그 돌파구를 찾는 것이 보다 생산적이라는 것을 말해준다. 외재적 혹은 외발성外發性의 차원에서 근대사상을 모색하고 정립해온 우리의 경우 서구와는 다른 사상의 역사적 맥락과 계보를 탐색하고 그 대안을 모색하는 일은 무엇보다도 중요하다고 볼 수 있다. 내발성의 차원에서 우리 사상의 기원과 맥락을 찾고 그것을 구체적으로 정립하는 일은 이 땅의 지식인들이 짊어져야 할 의무라고 할 수 있다.[1] 우리 사상에 대한 탐색은 주로 재야의 지식장에서 간간이

---

1. 이런 점에서 2001년 인문학자 중심으로 결성된 '우리말로 학문하기 모임'은 주목할 만하다. 이 모임은 '학문의 기초 개념을 쉬운 우리말로 하고, 우리말의 가능성을 개척하며, 다른 학문과 활발한 소통을 지향하고자' 하는 목적에서 비롯된 것이다. 이들이 제기하는 문제의식은 당위적인 차원을 넘어서고 있다. 이들은 '말을 따지는 문제는 학문의 본질을 따지는 문제와 맞닿는다'라고 보고 있으며, 지금껏 우리는 '서구가 만든 것을 받아서 쓰느라 제 나라말로써 생각을 다듬지 못했다'라는 반성적 성찰을 드러내 보이고 있다. 우리말로 학문한다는 것은 그것으로 이루어진 우리의

수행되어 왔을 뿐 그것이 체계적이고 제도화된 학문의 장에서 전문적으로 이루어지지 않았기 때문에 객관성과 보편타당성을 구체적으로 검증받아온 것은 아니다.

근대 이후 내발성의 차원에서 우리 사상을 들여다보면 서구의 체계화되고 잘 정립된 여러 사상 속에서도 단절되지 않고 면면히 이어져 온 하나의 사상을 발견할 수 있다. 그것의 기원은 19세기 중엽(1860년 4월) 최제우에 의해 창시된 '동학'에서 비롯되며, 이후 최시형, 손병희를 거치면서 변주·확산되기에 이른다. 동학은 종교이지만 신 중심이 아닌 인간을 본本으로 하는 하나의 사상이라고 할 수 있다. 그러나 동학은 인간 중심 사상이라고 규정할 수 없는, 인간 이외의 존재들을 포괄하는 보다 너른 차원의 '생명' 중심 사상으로 나아간다. 서구의 다른 종교나 사상과 차별화되는 지점이 바로 이 생명에서 발생한다. 생명에 대한 규정과 해석으로부터 새로운 사상이 탄생한 것이다. 동학이 기반이 된 이 생명 사상은 내발성을 강하게 드러내면서 한국적 사유 체계의 탐색이나 대중에 기반을 둔 사회 변혁적인 운동의 형태로 계승되기에 이른다. 이런 점에서 생명 사상은 우리 민중의 집단적이고 역사화 된 의식의 내발성을 지니고 있을 뿐만 아니라 생명에 대한 지극함을 드러내고 있는 불교, 도교, 유교와 같은 우리의 전통적인 사상은 물론 서구의 신과학운동을 포괄하고 있다고 볼 수 있다. 이것은 생명이 동양과 서양, 전통과 현대, 시간과 공간, 이론과 실천, 본질과 현상을 매개하고 아우르는 담론 주체로 부상하는데 일정한 개연성과 가능성을 지니고 있다는 것을 말해준다.

사상, 철학, 문학, 역사, 종교 등을 공부한다는 것을 의미할 뿐만 아니라 그것을 객관적이고 보편타당한 방법을 통해 학문적으로 정립한다는 것을 의미한다.

2.생명 사상의 발생론적 토대와 사상의 계보

생명 사상이 역사적인 맥락과 사상의 계보를 거느린 내발적인 우리 사상이라는 것은 이제 널리 알려진 사실이다. 생명의 이 내발성은 그것이 동학에서 비롯된다는 점에서 의미심장함을 드러낸다. 동학이 서학西學과 대응 차원에서 명명된 이름이라는 것은 이 종교 혹은 학문의 방향성을 선명하게 제시하고 있다고 볼 수 있다. 동학의 이러한 방향성은『동경대전』(1880)에 잘 드러나 있다.『동경대전』은 동학의 창시자인 최제우가 한문으로 작성한 동학 경전이다. 이 경전은 문文과 시문詩文으로 되어 있으며, 그중 동학사상의 주를 이루는 것은 문經編이다. 이 문은 포덕문布德文. 논학문論學文. 수덕문修德文. 불연기연不然其然 등으로 구성되어 있다. 포덕문은 동학이 출현할 수밖에 없는 시대적인 당위성을 기술한 글이고, 논학문은 서학과 동학의 차이와 도의 진정한 본체에 대해 기술하고 있는 글이다. 수덕문은 동학과 유학과의 비교를 통해 동학의 핵심 논리를 기술한 글이고, 불연기연은 우주 만물의 이치를 불연과 기연의 관계 하에서 밝히고 있는 글이다.[2]

동학사상의 발생론적인 근거와 다른 사상과의 차이를 통한 정체성의 정립, 그리고 세계 이해의 방식에 대해 기술하고 있다는 점에서 이 네 경편은 동학의 핵심 가치를 드러내고 있다고 볼 수 있다. 흔히 동학의 핵심 가치로 이야기되고 있는 '시천주侍天主'와 '후천개벽後天開闢'의 이념이 경편에 등장하는 '시侍', '지기至氣', '내유신령內有神靈', '외유기화外有氣化', '무위이화無爲而化', '태극太極', '궁궁弓弓', '불이不二', '혼원渾元', '동사同事', '불연기연不然其然' 등에 내재해 있다. 이 각각은 동학과 다른 사상과의 차이를 드러내며, 그중에서도 '시侍'는 그것의 요체라고 할 수 있다. 비록

<hr />

2. 윤석산, 「『東經大典』 연구」, 『동학연구』 제3집, 한국동학학회, 1998, 174~178쪽.

한 글자에 불과하지만 그것이 담고 있는 의미는 동학의 정체성을 포괄하기에 부족함이 없다고 할 수 있다. 동학의 생명 사상이 이 한 글자에 응축되어 있다고 해도 결코 과장된 것이 아니라는 사실을 '시侍'에 대해 보인 생명 담론 주창자들의 관심과 해석을 통해서도 잘 알 수 있다. 각자의 입장에 따라 다소의 차이는 있지만 이들은 모두 시侍를 통해 동학사상의 정체성과 지향성을 공유하고 있다고 볼 수 있다.

> 侍者 內有神靈 外有氣化 一世之人 各知不移者也 主者 稱其尊而與父母
> 同事者也 造化者 無爲而化也 定者 合其德 定其心也 永世者 人之平生也
> 不忘者 存想之意也 萬事者 數之多也 知者 知其道而受其知也 故明明其德
> 念念不忘則至化至氣 至於至聖[3]

동학의 창시자인 수운 최제우는 '시侍者'를 "內有神靈 外有氣化 一世之人 各知不移者也"라고 설파하고 있다. 이것을 해석하면 "내 몸 안으로는 신령神靈이 있고, 내 몸 밖으로는 기화氣化가 있으니, 이렇게 모든 존재가 상호교섭되는 세계에 있어서는 당대를 사는 모든 사람들이 서로가 서로에게서 소외되어 있지 않다는 것을 각자 깨닫는다."[4]는 뜻이 될 것이다. 시侍에 대한 이러한 규정이 지극히 심오하고 모호하기 때문에 많은 해석의 여지를 드러낸다고 할 수 있다. 여기에 대해 생명 사상의 큰 스승으로 추앙받고 있는 장일순은 그것을 비유적인 화법으로 제시하고 있다. 그는 시侍를 "자기가 타고난 성품대로 물가에 피는 꽃이면 물가에 피는 꽃대로, 돌이 놓여 있는 자리면 돌이 놓여 있을 만큼의 자리에서 자기 몫을 다하고 가면 모시는 것을 다하는 것"이라고 보고 있다. 이것은 시侍를 "상대방이

---

3. 최제우, 윤석산 주해, '論學文', 『東經大典』, 동학사, 1996, 83쪽.
4. 김용옥, 『동경대전 2 — 우리가 하느님이다』, 통나무, 2021, 138쪽.

있게끔 노력하는 것" 다시 말하면 "우주가 본원적으로 가지고 있는 이치를 깨달"아 본인이 거기에 "동참할" 수 있도록 하는 것으로 해석하고 있다는 것을 의미한다.[5] 그의 이러한 해석은 시侍를 '무위無爲'의 차원에서 이해한 것에 다름 아니다. 생명 사상의 또 다른 주창자 중의 한 사람인 윤노빈은 "인내천 사상의 대종은 사람이 한울님을 모신다侍天부터 시작한다"[6]고 보고 있다. 인내천이 곧 시천으로부터 시작한다는 그의 논리는 동학의 사상적 흐름을 반영한 자연스러운 귀결이다. 하지만 그의 논리에서 눈여겨보아야 할 것이 있다. 바로 '행위'이다. 그는 "'인간의 행위'를 신적 행위의 차원으로 고양시켜 놓아야 한다"[7]고 말하고 있는데 그것이 겨냥하고 있는 것은 '혁명적 실천' 혹은 '혁명적 통일'이다. 시侍의 이러한 해석은 서구적 세계관을 '야수적 세계관'으로 간주하고 여기에 대한 '맹렬한 비판과 그것의 '제국주의적 성격을 폭로'하는 것을 서슴지 않는 것에서도 엿볼 수 있다.[8] 어쩌면 이것은 '생존철학자'로서의 그의 성격을 말해주는 것인지도 모른다.

시侍에 대한 장일순과 윤노빈의 미묘한 차이는 생명 사상의 여러 맥락들을 종합하고 체계화하여 그것을 널리 확산시켰을 뿐만 아니라 한국 사상의 세계적 위상을 한 단계 끌어올린 김지하에게서도 발견된다. 그는 자신의 생명 운동을 '죽임에 대한 살림'으로 규정하고 그것의 발생론적 토대를 "수운선생의 주문 중 맨 처음 시侍"에서 구한다. 그는 "內有神靈 外有氣化 一世之人 各知不移者也"[9]를 '우주 진화의 삼법칙'으로 해석한다.

___

5. 장일순, 『나라 한 알 속의 우주』, 녹색평론사, 2016, 81~83쪽.

6. 윤노빈, 『新生哲學』, 학민사, 2003, 336쪽.

7. 윤노빈, 위의 책, 336쪽.

8. 박준건, 「김지하 생명 사상과 율려사상에 대한 하나의 고찰」, 『대동철학』 제20집, 대동철학회, 2003, 31쪽.

9. 김지하는 이것을 "인간 내면에 신령하고 무궁한 우주 생명의 생성을 모시고 있음을

첫째가 내면 의식의 증대, 둘째가 외면의 복잡화, 셋째가 자기 조직화와 개별화를 통한 다핵적 개체 속에서 전체적 유출의 고도한 질적 유기화·복잡화 실현이다. 이 세계의 법칙을 그대로 자신의 "운동 테마와 운동 영역으로 실천하는 것"이 바로 생명 운동인 것이다.[10] 그의 시侍에 대한 해석에서 특징적인 것은 생명을 우주 진화의 차원에서 바라보고 있다는 점이다. 그는 인간 내면에 모시고 있는 것이 '우주 생명'이라고 말한다. 우주 생명에 대한 자각과 공경, 그것을 바탕으로 한 모든 생성 활동을 생명 운동, 다시 말하면 '살림'으로 본 것이다.

그가 이렇게 생명을 우주 생명으로 인식한 데에는 시천주侍天主의 '천天'을 "일체 설명하거나 규명하지 않고 넘어가 버린"[11] 수운의 태도와 다르지 않다. 그렇다면 수운은 왜 그것을 설명하거나 규명하지 않고 넘어가 버린 것일까? 어쩌면 이 물음은 우문일 수 있다. 만일 천天에 대한 동양적 (동아시아적)인 인식의 틀 안에서 바라보면 그의 이러한 태도는 지극히 자연스러운 것이 될 수 있다. 동아시아적인 인식 틀 안에서 그것은 '태허, 태일, 무극'(기학)으로 이해되거나 해석되기도 하고 또 '공, 무, 허'(유·불·선)로 이해되거나 해석되기도 한다. 이것은 천天을 "끊임없이 창조하는 무, 활동하는 무, 창조적인 큰 자유를 암시하고 있는 것"[12]으로 인식하고 있다는 것을 의미한다. 동아시아적인 인식 틀 안에서 우주는 인간

———

인정하고 그 모심을 '님'으로 불러 자각적으로 실현함으로써 자기 성취를 하고 이웃과 모든 민족과 모든 자연 생명체, 모든 무기물과 도구와 보이지 않는 문화, 생각, 정서, 모든 통신의 메시지와 모든 전파의 모든 언어와 모든 기호들 속에 생성하는 이 모든 무궁하고 신령한 우주 생명의 생성을 인정하고, 모시고, 자각적으로 공경함으로써 거룩하게 살려내는 것입니다."라고 해석하고 있다(김지하, 『생명과 자치』, 솔, 1996, 248쪽).

10. 김지하, 위의 책, 248쪽.
11. 김지하, 위의 책, 270쪽.
12. 김지하, 위의 책, 271쪽.

혹은 인간이 거주하는 지상과 분리되거나 분할되어 있지 않다. 그것은 인간의 투명하고 논증 가능한 인식 체계로는 온전히 해명할 수 없는 무한한 변화와 생성의 과정으로 존재하기 때문이다. 이러한 세계를 일컬어 '현玄',[13] '태허太虛',[14] '태극太極'[15]이라고 하는 이유가 바로 여기에 있는 것이다. 이 세계에서는 모든 것들이 하나의 전체적인 유출 과정 내에서 끊임없이 변화하고 생성·소멸하는 공능功能의 상태를 드러낸다. 하나의 세계를 이렇게 공능, 다시 말하면 '정체공능整體功能'의 차원으로 인식한다면 그것은 세계를 관념이 아니라 실질의 차원에서 이해하고 해석한다는 것을 말해준다. 이런 점에서 우주 혹은 우주 생명은 '기氣의 우주宇宙'[16]이면서 동시에 '정체공능으로서의 우주'[17]가 되는 것이다.

김지하의 생명 사상은 이런 점에서 '우주 생명학'이다. 우주 생명학의 토대 위에서 그는 자신의 사상, 철학, 미학, 사회, 역사, 문화, 예술 등의 원리를 구축하고 또 해석한다. 이것에 기반하여 탄생한 대표적인 미학 원리가 바로 '그늘', '흰그늘', '율려' 등이다. 그는 그늘을 '활동하는 무無'의 차원에서 정의한다. 이 활동하는 무가 "끊임없이 복잡화, 자기 조직화하면서 개별적인 우주 실현의 전 생성 속에서 움직일 때"에 그늘이 탄생한다는 것이다. 좀 더 자세히 말하면 그것은 '움직임의 주체'와 그가 '모시는 현실적, 이성적 인식 주체' 사이에서 "움직이며, 부침하는 과정"에서 탄생하는 것이다. 이를테면 "무의식과 의식 사이", "환상과 현실 사이", "깊은 진리심과 자기 주체 의식 사이", "인식 주체와 끊임없이 생성하는 인식

13. 노자, 『노자 도덕경』, 남만성 역, 을유문화사, 2015.
14. 이기동, 『주역강설』, 성균관대학교출판부, 2006.
15. 장자, 『장자』, 김학주 역, 연암서가, 2010.
16. 장파, 『동양과 서양, 그리고 미학』, 유중하 외 옮김, 푸른 숲, 1999, 59쪽.
17. 이재복, 「시와 정체공능(整體功能)의 미학 — 박목월의 「나그네」와 「윤사월」을 중심으로」, 『비교한국학』 제26권 3호, 국제비교한국학회, 2018, 246쪽.

내용 사이"에 움직이는 "미묘한 중간 의식이 바로 그늘"[18]인 것이다. 그래서 그것은 "미추는 물론 이승과 저승, 지상과 천상, 기쁨과 성냄, 슬픔과 즐거움, 성스러움과 통속함, 남성과 여성, 젊음과 늙음, 이별과 만남 등 서로 상대적인 것들을 하나로 혹은 둘로 능히 아우르는 것"[19]이라고 할 수 있다. 하지만 이 그늘에 이르기 위해서는 반드시 "삭이고 견디는 인욕정진忍辱精進하는 삶의 자세 곧 시김새"[20]가 전제되어야 한다.

그러나 그는 그 그늘이 우주를 바꾸기 위해서는 그늘만으로 부족하다고 말한다. 이러한 문제의식에서 탄생한 것이 바로 '흰그늘'이다.

> '귀곡성'까지 가려면 '그늘'만으로는 부족하다. 우주를 바꾸려면 신의 마음을 움직이고 감동시켜야 하는데 그러자면 그늘이 있어야 하고 그 그늘만 아니라 거룩함, 신령함, 귀기鬼氣나 신명神明이 그늘과 함께 있어야 하며 그 신령한 빛이 바로 그 그늘로부터 '배어나와야' 한다. '아우라' 혹은 '무늬'다. 바로 이 경지를 '흰그늘'이라 부른다. '흰'은 곧 '신'이니 '한' '붉' '불' 등이 다 '흰'이다.[21]

그가 그늘을 넘어 '흰그늘'의 차원을 제시한 것은 '지기至氣'의 문제를 다시 제기한 것과 다르지 않다. 이 지극한 기운만이 우주를 바꿀 수 있다는 생각은 눈에 보이는 드러난 차원을 넘어 눈에 보이지 않는 무의식의 심층에 자리하고 있는 신령한 새 생명의 흐름을 강조하기 위해서라고 볼 수 있다. 인욕정진하는 시김새의 과정을 통해 탄생하는 그늘에서 더 나아가 그것으로부터 배어나오는 거룩하고 신령한 빛의 세계가 흰그

---

18. 김지하, 앞의 책, 272~273쪽.
19. 이재복, 『몸과 그늘의 미학』, 도서출판 b, 2016, 183쪽.
20. 김지하, 『흰그늘의 미학을 찾아서』, 실천문학사, 2005, 48~50쪽 참조.
21. 김지하, 위의 책, 320~321쪽.

늘인 것이다. 이것은 시천주侍天主나 인내천人乃天의 궁극을 드러낸 것에
다름 아니다. 지극한 기운이 극에 달하면 새로운 차원의 유출과 변화가
일어날 것이라는 논리는 자연스럽게 '개벽' 혹은 '후천개벽' 사상으로
이어진다. 그에게 개벽, 후천개벽이란 일찍이 수운이 동학을 창시하면서
제기한 '우주 생명의 상실과 회복'의 연장선상에 있는 것으로 볼 수
있다. '기화氣化', '신령神靈'을 상실한 채 인간, 자연, 사회, 문화, 문명을
황폐화하고 있는 서구의 배타적이고 독선적인 패러다임에 맞서 그것의
회복을 주창한 수운의 태도 이면에는 개벽에 대한 열망이 강하게 자리하
고 있었던 것이다.

　김지하 생명 사상의 흐름이 후천개벽을 지향하고 있는 데에는 이러한
반생명적인 시대의 흐름에 따른 '개벽의 조짐'을 감지했기 때문이라고
할 수 있다. 이런 점에서 최제우와 김지하의 문제의식은 동일한 흐름
위에 있다고 볼 수 있다. 김지하는 수운의 후천개벽에 대해서 "생명
사상에 의해서 극심한 선천시대의 생명 파괴를 극복하고 뭇 생명을 공경
함으로써 생명의 생태적 질서가 회복되는 후천의 시대를 열 수 있다고
말씀하였던 것 같습니다."[22]라고 이야기하고 있다. 후천개벽의 조짐과
이에 따른 이들의 예감은 전국구적인 생태 위기와 자본화가 진행되면서
그것이 현실이 될 수도 있다는 그런 차원의 여러 징후들이 우리 생태계를
둘러싸고 일어나고 있다. 김지하의 후천개벽 사상은 생명 사상이 제기되
기 전에도 존재했지만 그때는 어디까지나 '인간 중심의 휴머니즘 차원'[23]
에서였다면 생명 사상 이후에 그것은 인간을 넘어 우주 전체를 아우르는
차원으로 변모하게 된다.

---

22. 김지하, 『생명』, 솔, 1992, 21쪽.
23. 이병창, 「동서양 사상의 친화성」, 『인간·환경·미래』 제3호, 인제대학교 인간환경미
　　래연구원, 2009, 135쪽.

그늘과 흰그늘에서 보여준 우주와의 친연성은 '율려律呂'에 오면 또 다른 모습을 드러낸다. 율려는 서구의 음악과 대비되는 동양의 음악 구조이다. '삼황오제三皇五帝' 이래 적어도 근대까지 중국 중심의 음악 및 우주 문화의 기본 구조를 이룬 것을 통칭하는 말[24]이 바로 율려인 것이다. 중국에서 이 율려가 중요한 것은 그것이 단순한 음악이 아니라 정치, 경제, 사회, 문화, 예술 전반의 토대가 되는 구조이기 때문이다. 가령 상고시대 중국에서 '음악으로 바람을 조율한다'고 할 때 그것은 단순히 기후에만 국한된 것이 아니라 '우주 삼라만상의 조화'[25]와 관련된 문제였던 것이다. 음악에 대한 강조는 중국 정치사상의 근간을 마련한 공자가 『예기禮記』를 편찬한 것에서도 잘 드러난다. 그런데 이 율려에서 김지하가 중요하게 여기는 것은 우주의 바탕음, 본음을 찾는 것이다. 그에 의하면 중국의 경우에는 그것이 '황종皇鐘'이고 우리의 경우에는 그것이 '협종夾鐘'이라는 것이다. 이 협종은 '황종 자리에 들어선 것'으로 '무질서한 혼돈이면서 무질서 나름의 질서 체계'[26]인 것이다. 중국의 당악이나 송악과는 다르게 우리의 음악은 "협종적 황종, 협종이면서 황종, 카오스이면서 코스모스, 그리고 후천이면서 선천, 태극이면서 궁궁, 안정수이면서 역동수, 3이면서 2, 이런 복잡한 이중성을 가지면서도 중심은 후천에 있고 카오스에 있고 역동수에 있다"[27]는 것이다.

김지하는 자신이 제시한 이 율려의 개념을 통해 그늘, 흰그늘에서처럼 사회, 문화는 물론 정치, 경제, 예술 전반에 대한 담론을 개진한다. 율려 역시 궁극은 우주 생명의 추구와 정립에 있지만 그것이 율, 다시 말하면 음악을 통해 제시되고 있다는 점에서 보다 더 생명 본연의 차원에 닿아

24. 김지하, 『김지하 전집 1 ─ 철학사상』, 실천문학사, 2002, 438쪽.
25. 장파, 『중국미학사』, 백승도 옮김, 푸른숲, 2002, 53쪽.
26. 김지하, 위의 책, 461쪽.
27. 김지하, 위의 책, 462쪽.

있다고 볼 수 있다. 가령 그가 이 관점으로 해석한 2002년 월드컵의 여러 현상들은 비록 직관에 많은 부분을 의존하고 있기는 하지만 율려를 '지금, 여기'의 사회, 문화 현장에 적용하여 그 속에서 율려 혹은 생명의 본모습을 발견하고 그것을 드러내려 했다는 점에서 의미 있는 시도였다고 평가할 수 있다. 인간이 만들어내는 의식과 행동은 그것이 하나의 실체이거나 존재라기보다는 살아 움직이는 생성 과정으로서의 생명에 가깝다고 할 수 있다. 서구의 사고방식 중의 하나인 이 '실체substance'의 개념으로 생성 과정을 분리하여 그것을 형식논리와 체계로 분석하다 보면 살아 꿈틀대는 전체적인 유출 과정으로서의 세계를 드러낼 수 없다. 우리가 우주 생명으로부터 멀어진 데에는 이렇게 실체를 우주 혹은 생명의 본모습이라고 믿어버린 오랜 관념 때문이라고 할 수 있다. 이 망각을 벗어나 우주 생명 혹은 우주의 바탕음을 발견하고 회복하는 일은 그의 식으로 이야기하면 '생명 운동으로서의 율려'[28]가 되는 것이다.

3. 생명 사상의 이론적 가능성과 보편성의 탐색

김지하의 생명 사상이 동학과 동아시아의 축적된 담론에 그 발생론적인 기원을 두고 있다는 것은 이제 널리 알려진 사실이다. 이것은 그의 생명 사상이 사상으로서의 계보와 보편성을 내재하고 있다는 것을 의미한다. 어떤 사상이 지속 가능하기 위해서는 이론적 혹은 학문적 계보의 성립이 필요하다. 가령 서구의 사상을 보면 이 계보가 잘 형성되어 왔을 뿐만 아니라 이 각각이 서로 길항 관계를 유지하면서 발전해 왔다는 것을 알 수 있다. 우리는 플라톤과 아리스토텔레스의 사상이 어떻게

---

28. 김지하, 앞의 책, 468쪽.

칸트와 헤겔, 마르크스를 거쳐 하버마스와 지젝으로 이어지는지를 혹은 후설의 사상이 어떻게 하이데거와 사르트르를 거쳐 데리다로 이어지는지를 이 계보를 보면 비교적 명확하게 알 수 있다. 우리의 경우에도 조선조 성리학의 흐름이 학파를 중심으로 그 계보가 형성된 예가 있지만 그것이 서구처럼 오랜 역사적인 흐름으로 이어진 것은 아니다. 저간의 논의를 통해 볼 때 생명 사상은 그 계보가 형성될 수 있을 정도의 개연성 있는 사상의 연결 고리들이 존재하고 있음을 알 수 있다. 이것은 우리 차원을 넘어 동아시아 전체 차원의 생명 사상의 계보가 가능하다는 것을 의미한다. 다소 차이와 변주 그리고 굴절이 존재하기는 하지만 생명의 차원에서 서로 공유하고 매개할 수 있는 지점이 있기 때문에 그것을 발견하고 정립하는 것은 가능하리라고 본다. 이러한 시도가 이루어진다면 우리도 서구처럼 분명한 하나의 계보를 가지게 될 것이다.

그런데 이 과정에서 우리가 깊게 고민해야 할 것이 있다. 그것은 생명 사상이 하나의 사상 혹은 이론으로서의 틀을 갖추는 것이다. 동학 혹은 김지하의 생명 사상이 서구와 차별화되는 독특한 성격과 지위를 지닌다고 하더라도 그것을 이론화하지 못하거나 학문적인 체계를 갖추지 못한다면 하나의 사상으로 인정받을 수 없을 것이다. 이런 점에서 우리의 생명 사상은 아직 온전하지 못하다고 할 수 있다. 하나의 사상이 이론적인 (학문적인) 체계를 갖추기 위해서는 그 사상을 객관화하고 구체화하여야 할 뿐 아니라 보편성도 확보해야 한다. 생명 사상이 드러내는 이념과 가치, 세계관 등은 서구의 어떤 사상과 견주어도 손색이 없다. 특히 그것이 인류의 생존 혹은 실존의 문제를 강하게 추동하고 있다는 점에서 당대적인 의미는 물론 미래적인 의미도 강하게 드러낸다. 하지만 사상으로서의 이런 가능성에 비해 그것을 구체화하고 객관화하는 일은 여기에 훨씬 미치지 못한다고 할 수 있다.

동학과 이것을 토대로 한 김지하의 생명 사상에서 가장 주목해야 할 것 중의 하나는 바로 '불연기연不然其然'이다. 불연기연은 『동경대전』의 한 경편經編이다. 네 편의 경편 중 한 편을 불연기연이라고 이름 붙여 자세하게 그것을 다루고 있다. 이 불연기연은 우주 만물의 이치를 불연과 기연의 관계 하에서 밝히고 있는 글이다. '시侍'가 생명 사상이 지향하는 궁극적인 가치를 함축한 말이라면 '불연기연'은 그것에 대한 방법을 제시한 말이라고 볼 수 있다. 어떻게 우주 생명 차원에서 모심을 방법적으로 구현하느냐 하는 문제를 담고 있는 것이 불연기연이라면 그것은 서구의 변증법에 대응될만한 우리의 방법론이라고 할 수 있다. 서구의 변증법은 고대 희랍의 에레아의 제논Zeno of Elea(기원전 약490~430)으로부터 기원하여 헤겔, 포이어바흐, 마르크스를 거쳐 알튀세르, 그람시, 호르크하이머, 마르쿠제, 포퍼 등으로 이어지면서 견고한 방법론적인 체계와 논쟁을 통해 서구 사상의 주류를 형성하기에 이른다. 비록 많은 오류와 한계를 지닌 방법론임에도 불구하고 오랜 역사적인 과정을 거치면서 그것을 비판적으로 성찰하고 논리적으로 검증해온 점은 우리에게 시사하는 바가 크다. 이에 비하면 불연기연은 그 이론적인 계보는 물론 그 의미에 대한 객관적이고 구체적인 검증과 해석조차 이루어지지 않고 있는 실정이다.

> 我思我 則父母在玆 後思後 則子孫存彼 來世而比之 則理無異於我思我
> 去世而尋之 則或難分於人爲人 噫 如斯之忖度兮 由其然而看之 則其然如其
> 然 探不然而思之 則不然于不然[29]

경편 '불연기연不然其然' 중 불연과 기연이라는 용어가 등장하는 대목이다. 이 말의 전후 문맥을 축어적으로 해석하면 '그러함으로 말미암아

---

29. 최제우, 윤석산 주해, 『東經大典』, 171쪽.

이를 미루어 본다면 그렇고 그러한 것 같고, 그렇지 아니함으로 미루어 이를 생각한다면 그렇지 아니하고 또 그렇지 아니함이라.[30]가 된다. 불연기연 경편 전체 맥락에서 이 말을 헤아려보면 그것은 우주 만물을 드러난 현상으로만 보게 되면 그렇고 그러하지만, 그것이 생겨난 근원과 그 이치를 따져 헤아려보면 그렇지 아니하다는 의미로 해석된다. 드러난 차원과 드러나지 않은 차원이 분리되어 있는 것이 아니라 언제나 함께하고 있다는 것에 대한 자각과 그러한 인식론적인 방법을 통해 우주 만물의 이치를 들여다보라는 것으로 해석된다. 이 불연기연의 논리는 『동경대전』뿐만 아니라 『용담유사』의 「흥비가」(1863)에도 드러나 있다. 「흥비가」에서 수운은 "이 글 보고 저 글 보고 무궁한 그 이치를 / 불연기연不然其然 살펴내어 부야흥야賦也興也 비比해 보면 / 글도 역시 무궁하고 말도 역시 무궁이라 / 무궁히 살펴내어 무궁히 알았으며 / 무궁한 이 울 속에 무궁한 내 아닌가"라고 노래하고 있다. 무궁한 우주의 이치를 불연기연으로 살핌으로써 그 속에서 무궁한 나의 존재를 깨닫게 된다는 의미이다.

동학의 두 경전에 드러난 불연기연은 우주 만물의 이치를 궁구하는 방법에 대한 동학의 인식론에 다름 아니다. 우주 혹은 우주 만물의 이치에 대해 그동안 다양한 인식이 존재해 왔으며, 그 인식의 내용과 형식의 정도에 따라 사상이나 철학의 수준이 결정되어 왔다고 볼 수 있다. 이 말은 동학 혹은 그것에 토대를 둔 생명 사상이 일정한 깊이와 체계를 지니기 위해서는 수운이 제기한 불연기연의 논리를 발전적으로 계승하여 그것을 인식론적인 차원에서 담론화해야 한다는 것을 의미한다. 하지만 동학이나 생명 사상에서 불연기연이 차지하는 위상에 비해 담론화의 정도는 미미하다. 이것은 생명 사상을 전개한 이들의 경우에도 예외는 아니다. 먼저 장일순의 경우를 보자. 일찍이 그는 시侍에 대해 "엄청난"

---

30. 최제우, 윤석산 주해, 앞의 책, 171쪽.

관심을 보인 바 있다. 그는 "수운水雲 최제우崔濟愚 선생이나 해월 최시형 선생의 말씀을 보면 그 많은 말씀이 전부 시侍에 관한 말씀"[31]이라고 하였다. 하지만 시侍에 대한 이러한 관심과는 달리 불연기연에 대해서는 이렇다 할만한 언급을 하지 않았다. 다만 그는 인간과 자연을 보는 방법에 대해 말하면서 "주와 객이 초연히 하나가 되는 삶, 그런 만남 속에서 문제를 보지 않고서는 안 된"[32]다고 한 적이 있다. 이것은 주와 객으로 나누어 사물을 보는 서구 혹은 서구 과학의 접근 방법을 비판하면서 한 말이다. 주객의 문제는 불연기연과 전혀 관련성이 없는 것은 아니지만 그것이 우주 만물의 이치를 드러내는 과정이나 원리를 드러내고 있지는 않다.

윤노빈 역시 불연기연의 논리에 대해 구체적으로 언급한 바는 없다. 그가 자신의 '신생철학'에서 비중 있게 언급하고 있는 것은 서구의 '변증법적 논리'이다. 그는 헤겔의 논리학에 주목해 그의 변증법적 모순 논리가 "현실적 투쟁의 세계에 가담하고 있는 현실적 모순의 개념을 도외시하고 있다"라고 말한다. 이것은 그의 변증법적 모순 논리가 "언어들 사이에서만 성립" 할 뿐 "실제에 있어서는 결코 투쟁하거나 모순되는 관계에 있지 않다"라는 것을 의미한다. 이런 점에서 그의 변증법적 모순 논리는 "언어적으로만 모순을 해결하려고 하였지 그 언어를 사용하는 구체적 주인공과 적수인 사람들을 전연 고려하지 않았으며, 그 언어에 해당하는 실물의 존재를 언어적 관계로부터 추방한" 것이 된다.[33] 현실적 모순 관계와 변증법적 모순 관계 사이에 심연이 존재하게 됨으로써 그의 변증법적 논리는 언어에 의한 "세련된 의인론擬人論"[34]에 머물게 된다. 윤노빈

---

31. 장일순, 『나락 한 알 속의 우주』, 81쪽.
32. 장일순, 위의 책, 275쪽.
33. 윤노빈, 『新生哲學』, 85~88쪽.
34. 윤노빈, 위의 책, 89쪽.

에 의하면 이렇게 만들어진 세련된 의인론은 "대립이나 투쟁과 같은 인간 중심적 관념을 논리의 세계는 물론 자연, 사회, 역사 등에다 부당하게 확장시킨데" 지나지 않기 때문에 "근본적 오류"를 드러낼 수밖에 없다는 것이다.[35]

윤노빈의 헤겔 변증법에 대한 비판은 세계를 인위적人爲的으로 인식하는 것에서 벗어나 그것을 살아 움직이는 생존의 장으로 인식하려는 태도에서 비롯된 것이다. 그는 '생존은 한울 속에 가득 차 있고, 생존은 무궁하다'[36]라고 말한다. 이것은 그가 생존을 무궁의 차원에서 인식하고 있다는 것을 의미한다. 이 무궁 혹은 무궁의 논리가 바로 불연기연이라는 점을 상기한다면 그의 변증법 비판은 동학의 불연기연의 논리로 나아가는데 일정한 인식론적인 이해의 틀을 제공한다고 볼 수 있다. 서구의 변증법적 모순 논리가 지니는 오류와 한계야말로 이것과는 다른 신생 논리, 곧 동학의 무궁진화론인 불연기연을 새로운 미래의 대안적 관점으로 바라보게 한다. 서구의 변증법에 대한 비판적 입장을 비교적 선명한 논리로 드러내고 있는 그의 태도와 역량으로 볼 때 그것과는 대비되는 동학의 불연기연의 논리에 대한 사유를 드러내고 있지 않다는 것은 커다란 아쉬움으로 남는다. 서구의 변증법과 우리의 불연기연이 어떤 차이와 성격을 지니고 있는지, 둘 사이의 비교를 통해 서로 공유하고 보완하거나 개선할 점은 없는지, 무엇보다도 이러한 과정을 통해 동서양을 아우르는 객관적이고 보편적인 패러다임 정립을 위해 중요하게 요구되는 것이 무엇인지, 이런 문제들은 깊이 있는 철학적 사유가 동반될 때 구체화되고 온전히 실현될 수 있는 것들이다.

동학의 불연기연에 대해 가장 적극적이면서도 확장적인 해석을 시도

---

35. 윤노빈, 앞의 책, 88~89쪽.
36. 윤노빈, 위의 책, 292쪽.

하고 있는 이는 김지하이다. 그는 수운의 불연기연을 '동양 나름의 독특한 진화 이해의 방법론'으로 보고 있다. 서양의 변증법적 논리와는 다른 세계 인식의 한 방법인 불연기연은 눈에 보이는 차원과 보이지 않는 차원 사이의 관계를 어떻게 이해하고 판단하느냐의 문제를 제기한다. 그에 의하면 이것은 "태극과 궁궁 사이에, 즉 드러난 우주 질서의 객관적 체계로서의 태극과 보이지 않는 숨겨진 질서로서의 새로운 카오스적인 생성 변화 흐름의 상징인 궁궁 사이의 상관관계를 압축한 것"이 된다. 보이는 차원과 보이지 않는 차원 혹은 드러난 차원과 숨겨진 차원을 각각 태극과 궁궁으로 해석함으로써 이 두 용어가 지니는 동양적인 인식 체계를 드러내고 있다. 우주의 원리와 법칙의 드러난 차원인 태극과 그것의 숨겨진 차원인 궁궁이 함께 작용하면서 새로운 진화론이 탄생하는 것이다. 이렇게 되면 '이미 드러난 질서가 숨겨진 질서의 현현임을 인식하게 되는 것'이다. 어쩌면 이것은 '아니다 그렇다'를 통한 '무궁무궁한 살핌'으로 볼 수 있다.[37]

불연기연의 논리로 보면 이렇게 "모든 대립적인 것"은 "기우뚱한 균형"에 다름 아니다. 이것은 불연기연이 상호보완적인 차원에서 세계를 인식하고 있다는 것을 말해준다. 이 기우뚱함이 음양이고 율려이다. 기우뚱하기 때문에 균형을 맞추려고 하는 과정에서 생명이 잉태되고, 이 생명이 혼돈 그 자체로 끊임없이 진화해가는 것이 우주인 것이다. 불연기연에 대한 김지하의 해석은 수운의 「흥비가」를 향한다. 여기에서 '흥興'은 "보이지 않는 황홀하고 불가해한 숨겨진 질서나 감정의 움직임을 서정적으로 표현한 체계"를 말하고, '비比'는 "드러난 질서 속의 이러저러한 양극이나 대조 사이의 일정한 관계나 대비, 상호 영향 관계 등을 인식하고 구성하는 방법론"[38]을 말한다. 수운은 이 흥과 비에 근거하여 "새롭게

---

37. 김지하, 『생명과 자치』, 87쪽.

생성되고 있는 그 무질서한 우주 질서를 인식하는 방법"[39] 으로 '비홍법'을 제시한다. 하지만 이 비홍법이 "동서양의 모든 과학적 인식 태도 또는 가치 중립성과 객관주의적 방법론 그리고 그것을 활용하는 개인이나 집단, 특히 지도적 개인들의 눈에 보이지 낳는, 쉽게 겉으로 인지할 수 없는 숨겨진 악의 파괴적 욕망, 이기주의, 모략적 분별지 등에 의해 엄청난 장애를 일으키고 있는 현상"을 보면서 수운은 "비홍을 거꾸로 뒤집어 홍비의 방법"[40]을 제기한다.

홍비란 근원적으로 숨겨진 질서의 전체 유출, 그 근원을 알 수 없는 무궁무진한 생성 진화에 근원과 중심을 두고 드러난 질서의 이러저러 한 다양한 상관관계를 아니다 그렇다로 살피고 따져가는 그러한 방법 인 것입니다. 홍비는 그러나 비홍의 기존 방법에 근거와 기준, 새 척도 를 도입하여, 즉 기존의 방법을 있는 그대로 사용하되 새로운 차원 변화 속에서 새롭게 재활용하는 체계입니다. 즉 비홍하되 무궁무궁 비홍한 관계가 바로 홍비법인 것이죠. 바로 이와 같은 비홍을 새로운 척도에 의해 홍비로 바꾸는 미묘한 관계 전환이야말로 이제부터 우리 가 시도해야 될 동서양 사상·과학사에 탁월하고 보다 깊은 직관과 그 직관에 따른 새로운 방법, 새로운 형태의 날카롭고 탄력 있는 생동 하는 방법을 발견하는 데에서 중요한 근거가 될 것입니다.[41]

김지하는 수운이 제기한 홍비를 "비홍의 기존 방법에 근거와 기준, 새 척도를 도입"하는 것이라고 말하고 있다. 비홍 자체가 숨겨진 질서를

38. 김지하, 앞의 책, 88쪽.
39. 김지하, 위의 책, 88쪽.
40. 김지하, 위의 책, 89쪽.
41. 김지하, 위의 책, 89~90쪽.

드러난 질서의 차원으로 인식하고 구성하는 방법이기 때문에 수운이 제기한 흥비가 '비흥의 비흥' 다시 말하면 '무궁무궁한 비흥'[42]이 될 수밖에 없다. 무궁무궁한 비흥이 곧 흥비라는 것은 서구의 변증법적인 진화론과는 다른 동학에 기반한 우리 식의 진화론을 말한다고 할 수 있다. 그 진화론이 '불연기연의 진화론'이든 아니면 '흥비론적 진화론'이든 여기에서 중요한 것은 그것이 '지금, 여기'는 물론 미래 차원에서 우리 인간과 우주 생명 전체의 공동선과 지속 가능한 삶을 담보하는 보편타당한 방법론이냐 하는 점이다. 어떻게 숨겨진 질서의 차원을 통해 지금까지 드러난 체계화되고 구조화된 드러난 차원의 질서를 배제하거나 소외시키지 않으면서 그것을 변혁하고 또 해체할 수 있을까? 이에 대해 김지하는 "후천에 의하여 선천을 때려 부수는 것이 아니라, 후천의 새로운 생생한 생명력의 유출에 의하여 선천의 모든 훌륭한 가치들과 체계들, 학문들이 동서양을 막론하고 전면 해체되어 새 질서에 따라 창조적으로 재구성되는 그런 역동적인 관계"[43]를 제기한다.

그가 늘 이야기하고 있는 '법고창신法古創新'의 정신이 잘 드러나 있는 말이다. 그의 예감에 가득 찬 직관과 인식이 동학 혹은 동학의 생명 사상과 만나면서 구체성을 띠게 된 것이 사실이다. 그는 동학의 시侍나 시천주侍天主에 깃든 인류 문명사적 의미에 대한 자각을 보여주고 있을 뿐만 아니라 불연기연不然其然의 논리가 담지하고 있는 인식과 방법의 깊이도 잘 알고 있다. 그래서 그의 생명 담론에는 강렬한 비전이 내재해 있다. 이 비전의 강렬함은 후천개벽 사상으로 이어진다. 그를 '개벽사상가'[44]로 명명하는 것도 이런 이유 때문일 것이다. 후천개벽에 대한 그의

42. 김지하, 앞의 책, 89쪽.
43. 김지하, 위의 책, 255쪽.
44. 조성환, 「동학의 생명 사상과 윤노빈의 생존철학」, 『文學 史學 哲學』 제56호, 한국불교사연구소, 2019, 169쪽.

인식은 이미 70년대 민중운동을 하던 시절에도 있었고, 이것이 본격적으로 드러난 것은 80년대 생명 운동을 선언한 이후부터라고 할 수 있다. 개벽 혹은 후천개벽에 대한 그의 열망은 80년대 이후 다양한 저작들을 통해 강렬하게 드러난다. 후천개벽에 대한 열망과 '생명 파괴' 혹은 '생명 상실'은 긴밀하게 연결되어 있다. 어쩌면 이 열망은 생명 파괴와 상실로 인해 "무엇인가 근본에서부터 이탈되어 있다는 깊은 소외감과 고립감"[45]을 채우기 위한 하나의 신성한 의식으로 볼 수 있다.

그러나 이러한 후천개벽에 대한 그의 강한 열망은 지나치게 후천을 강조하다 보면 자칫 선천을 배제하거나 도외시할 수 있다. 실제로 그의 생명 사상은 후천에 많이 기울어져 있는 것이 사실이다. 후천개벽이 그의 사상이 지향하는 궁극이긴 하지만 그것은 어디까지나 선천을 전제할 때 가능한 것이다. 후천과 선천은 '그렇다 아니다'의 관계 내에 있기 때문에 어느 한쪽만을 강조하다 보면 그 기우뚱한 균형은 깨지고 말 것이다. 이것은 그가 진정으로 원하는 바가 아니다. 그는 둘 사이를 '후천에 의한 선천의 창조적 재구성'이라는 역동적인 관계로 이해하고 있다. 이런 맥락에서라면 후천은 선천을 또 선천은 후천을 '그렇다 아니다'의 관계로 드러낸 것을 의미한다. 후천개벽에 이르기 위해서 선천이 전제되어야 한다면 무엇보다도 중요한 것은 선천에 대한 이해와 판단이라고 할 수 있다. 후천이 '생명 파괴' 혹은 '생명 상실'과 깊은 관계가 있다는 것은 그것이 선천의 이해와 판단의 대상이라는 것을 말해준다. 그로 하여금 후천개벽에 대한 강한 열망을 불러일으키게 한 생명 파괴와 생명 상실은 근대 이후 가속화되기 시작하여 이제는 우리의 무의식적인 심층에까지 깊은 상처를 남기고 있다.

생명 파괴와 생명 상실의 문제는 서구의 변증법적이고 기계적인 세계

---

45. 김지하, 『타는 목마름에서 생명의 바다로』, 동광, 1991, 38쪽.

관과 긴밀하게 연결되어 있다. 인간의 사고와 행동에 결정적인 영향을 행사해 온 이러한 세계관으로 인해 과학과 테크놀로지의 발달을 가져오기는 했지만 그것 때문에 인간과 인간, 인간과 자연, 생물과 무생물, 실물과 언어, 육체와 정신 사이의 관계성은 회복하기 힘들 정도로 멀어졌다고 볼 수 있다. 특히 인공지능^AI의 개발은 인위^人爲의 한 정점을 겨냥하고 있다는 점에서 또 그 인위가 기계로 대체될 수도 있다는 점에서 지금까지와는 다른 차원의 불안을 낳고 있다. 인간의 "생존이 인위적인 것으로 키워진 것^養育이며 보호된 것이며 허락된 것"[46]이라고 할 때 그 인위의 주체가 사람이 아닌 기계라면 인간 생존의 자율성과 독립성은 어떻게 되는 것일까? 이제는 자연에 의한 우주 생명에 기계에 의한 가상 생명을 더한 아주 복잡하고 중층적인 생명이 출현한 것이다. 후천개벽이 도래하기 전에 이 선천의 문제를 어떻게 인지하고 이해할 것인지 또 그것을 어떻게 구체적인 실천의 차원으로 밀고 나갈 것인지 여기에 대한 온전한 해결 없이 후천을 이야기하는 것은 또 다른 모순을 낳을 수 있다.

4. 생명 사상의 세계 사상사적 위상과 전망

김지하 생명 사상의 토대인 동학은 생명의 문제를 새로운 관점에서 제기하고 있는 것이 사실이다. 이것은 동학이 기존의 철학, 종교, 사상 등에서 제기한 생명에 대한 관점과 인식과는 다른 차원을 제시하고 있다는 것을 말해준다. 동학에서의 생명은 인간 중심주의적 차원은 물론 '유기 화합물에 성장과 자기 복제 능력을 부여하는 네오다윈주의자들의 관점'이나 '자유 에너지를 활용 내장된 유전 정보에 따라 성장하는 조직을

---

46. 윤노빈, 『新生哲學』, 272쪽.

생명으로 보는 관점' 그리고 '외부 조건의 변화와 관계없이 내부 조건을 일정하게 유지하는 능력을 가진 것을 생명이라고 보는 관점'을 모두 초월해 있다.[47] 동학의 생명관은 모든 물질이나 무기물까지도 그 안에서 생명 활동이 이루어진다고 보는 물질과 정신의 일원적 생성론이라고 할 수 있다. 이러한 동학의 생명관은 모든 우주 만물이 그 안에 신령이 내재해 있는 모심의 존재라는 '시천주侍天主' 사상에서 비롯된 것이며, 그것이 작동하는 구체적인 방법이 바로 '불연기연不然其然'의 논리이다. 생명에 대한 이러한 규정과 그것의 인식론적 실천 방법으로 인해 기존의 생명관이 가지지 못한 실재적이고 생성론적인 차원의 새로운 생명관이 탄생하게 된다.

동학과 김지하의 이러한 생명관은 동아시아의 '기氣'와 '역易'의 전통으로부터 영향을 받아서 탄생한 것이다. 이때 동아시아라 함은 중국만을 이야기하는 것이 아니다. 동학(최제우, 최시형)에 기반한 그의 생명 사상은 중국의 기와 역 사상을 우리 식으로 해석한 최한기, 강증산, 김일부 등의 사상으로부터 더 큰 영향을 받았다고 할 수 있다. 또한 그의 생명 사상은 최치원의 '풍류'와 유영모, 함석헌의 '속알'과 '씨알' 그리고 장일순, 윤노빈 등으로부터 직간접적으로 영향을 받아서 형성된 것이라고 할 수 있다. 다분히 우리의 현실과 맥락 아래에서 그의 생명 사상이 탄생했다는 것은 그것이 내발성內發性의 차원에서 이루어진 오랜 검증과 숙고의 산물이라는 것을 말해준다. 이것은 국수주의의 위험성과는 거리가 먼 각 개체(국가와 민족)의 자율적이고 주체적인 생명 활동을 의미한다. 동학 혹은 그의 식으로 이야기하면 그것은 '각지불이자야各知不移者也' 가 된다. "각각 개체개체 나름으로 제 안에 숨겨진 서로 옮겨 살 수 없는 전체 우주 유출을 나름나름으로 깨달아 다양하게 실현한다"[48]라는

---

47. 김지하, 『생명과 자치』, 35쪽.

말 속에 담긴 의미처럼 그의 생명 사상은 우리 안에 숨겨진 우주 생명의 진리를 깨달아 그것을 실현한다는, 어떤 주체적 보편성에 기반을 둔 사상임을 알 수 있다.

요즘 유행하는 세계화 혹은 글로벌화는 이런 개체 생명의 자율성과 독자성을 살리는 차원에서가 아니라 거대 자본과 시장 논리에 의한 전체화와 획일화의 양상을 띠고 있기 때문에 진정한 차원의 세계화는 이루어지지 않고 있다. 개체와 전체 사이를 불연기연의 논리로 해석하면 개체 생명의 자율성을 살린 세계화의 길이 보일 것이다. 그의 생명 사상은 이런 맥락을 담지하고 있으며, 동학과 이에 기반한 우리의 생명 사상이 한국적인 특수성 하에서 발생한 것임에도 불구하고 그것이 인류 보편의 어떤 진리를 지니게 된 이유라고 할 수 있다. 인간을 포함하여 이 우주 생명 전체는 분리될 수 있는 것이 아니다. 그것은 전체 유출의 과정에 있으면서 끊임없이 생성과 소멸을 반복하는 무궁한 관계 내에 있다. 이로 인해 그가 제기한 생명은 인위에 의한 가설이나 구성의 차원을 넘어 실재 공능의 차원에서 생존할 가능성이 높다. 그는 이 생명의 논리를 사상은 물론 철학, 미학, 정치, 경제, 사회, 문화, 예술의 영역으로 확장하여 그 의미를 탐색하고 있다. 그 탐색의 결과물이 바로 '그늘', '흰그늘', '율려'인 것이다.

그의 생명 사상에 대한 비판이 없는 것은 아니다. 특히 이것이 학문의 장으로 들어와 그 '방법론의 엄밀성'과 '이론의 구체성과 객관성'을 따질 때 비판을 피해갈 수 없는 것이 사실이다. 어떤 하나의 사상을 정립하는 과정에서 이런 비판은 필요하다. 다만 이런 비판이 사상의 온전한 정립을 위해 생산적으로 작용해야 한다는 것이다. 그의 사상의 온전한 학문적 정립을 위해 그 혼자만의 노력으로는 부족하다. 어떤 사상이나 이론은

---

48. 김지하, 『흰그늘의 미학을 찾아서』, 512쪽.

혼자가 아닌 여러 사람의 '참여'와 '대화'의 과정을 통해 이루어지는 경우가 많다. 그의 사상이 '지금, 여기'에서 무엇보다도 필요한 것이 있다면 바로 이것이 될 것이다. 생명 사상의 본령도 어느 개체 생명의 배제나 소외 없이 모든 중생이 참여하고 어우러지는 그런 '한울이 한울을 먹는 이천식천以天食天 운동'[49]에 있듯이 그것을 온전한 담론체로 정립하는 것 역시 모든 중생의 참여로 이루어져야 하지 않을까?

최근 하나의 사건은 그것이 인류 생존을 위해 시급히 해결해야 할 문제라는 것을 강하게 드러내고 있다. 우주 생명 문제에 미래 세대가 적극 개입하기 시작했고, 여기에 기성세대가 답을 내놓아야 할 처지에 놓이게 된 것은 '선천과 후천'의 경계가 보다 뚜렷해지면서 '개벽의 징조'가 드러난 것이 아닌가 하는 의문을 우리에게 던지고 있다. '지금, 여기'에서의 생명 운동은 우리 인류와 우주의 미래를 겨냥하고 있다고 볼 수 있다. 그런데 이 미래 세대가 우리(기성세대)를 향해 섬뜩하면서도 의미심장한 메시지를 던진 것이다. 하나는 '어른들이 나의 미래에 똥을 싸고 있다'는 것이고 또 다른 하나는 '우리가 당신들을 지켜보고 있'으며, '당신들이 좋든 싫든 변화가 일어날 것'이라는 점이다.[50] 여기에서 '나'와 '우리'는 각각 그레타 툰베리Greta Thunberg와 그녀의 동료들이다. 이들이 기성세대에게 보인 태도는 단순한 호소를 넘어 증오(혐오)에 가깝다. 우주 생명을 바라보는 관점의 차이를 넘어 인간 사이의 심각한 분열을 야기하고 있다는 것은 화해와 평화로서의 생명이 아닌 파괴와 증오로서의 생명이 출현했다는 것을 의미한다. 이 사건은 그의 생명 사상이 더 이상 미래의 사상으로 머물러 있어서는 안 되고, '지금, 여기' 우리 인류와

---

49. 최시형, 「以天食天」, 『海月神師 法說』, 라명재 역, 모시는사람들, 2021.

50. 발렌티나 카메리니, 『그레타 툰베리 ― 지구를 구하는 십 대 환경 운동가』, 최병진 옮김, 주니어김영사, 2019, 71~72쪽.

우주의 생존을 위해 그 활동을 시급하게 전면화하여 지속 가능한 아방가르드 사상으로 나아가야 한다는 것을 알린 그런 역사적인 사건이라고 할 수 있다.

2. '흰그늘'의 미학과 예감의 우주
— 김지하의 시와 미학 사상을 중심으로

1. 미학과 시

우리가 시에서 미학aesthetics을 논한다는 것은 더 이상 낯선 일은 아니다. 미학이 하나의 학문으로 정립된 것이 1750년이라는 점을 상기한다면 이제 예술 분야에서 미학을 논하는 일은 일반화된 현상이라고 해도 과언은 아니다. 바움가르텐에 의해 도입된 미학이라는 용어는 세월이 지나면서 다중적이고 변이가 많은 의미를 지니게 된다. 이것은 미학이라는 학문 자체가 고정되거나 안정된 개념과 체제를 지니고 있는 것이 아니라 그것을 사용하는 사람에 따라 다르게 의미화되고 해석되어 왔다는 것을 말해준다. 이로 인해 미학사는 "대대로 계속해서 같은 정의와 이론으로 이어져 내려오"지 않고 "정의와 이론 모두가 점진적으로 형성되고 변화해왔"[51]다고 할 수 있다.

미학이라는 용어가 도입된 것이 1750년이지만 미에 대한 논의는 그리스 시대부터 있어 왔다. '테크네τέχνη'라는 그리스 시대에 널리 통용되던 이 말은 비록 '아트art'와 동일한 의미를 가진 것은 아니었지만 넓은

---

51. W. 타타르키비츠, 『미학의 기본 개념사』, 손효주 옮김, 미술문화, 1999, 23쪽.

차원에서 미의 개념을 포괄하고 있었다고 볼 수 있다. 테크네는 "물품, 가옥, 동상, 배, 침대, 단지, 옷 등을 만드는 데 필요한 솜씨" 뿐만 아니라 "토지를 측량하며 청중을 사로잡는 데 필요한 솜씨"까지를 포괄하는 개념으로 통용되면서 순수예술뿐 아니라 수공예(솜씨)까지 그 범위가 넓어졌으며, 중세에는 "문법, 수사학, 논리학, 산술, 기하학, 천문학, 화성악" 등 "전적으로 학문"[52]으로 그 범위가 고정되었다. 근대에 들어와서 공예와 학문들이 예술의 영역에서 빠지고 우리가 알고 있는 예술, 곧 회화, 조각, 음악, 시, 무용, 웅변, 건축 같은 순수예술의 개념이 형성되기에 이른다.

시대 혹은 시간의 흐름에 따른 이러한 미 개념의 변화와 변주는 특히 시의 경우에는 남다른 데가 있다. 예술 분야에서 시만큼 큰 폭의 인식 변화와 변주를 보여주는 양식도 없을 것이다. 그리스 시대에 시는 신으로부터 영감을 받은 신비하고 신성한 것으로 인식되었고, 플라톤은 시를 시각예술과 연결 지었으며, 아리스토텔레스는 시를 미메시스의 범주로 인식하였다. 헬레니즘 시대에 시는 시각예술 특히 회화와 동등함과 유대감의 차원에서 다루어졌고, 중세에 들어와서는 예술이 아닌 기도나 고백문의 일종으로 간주되었다. 근대 이후 시는 기술, 예언, 회화 등과 분리된 채 언어로 한정되어 규정되었으며 20세기에 들어와서는 각종 실험과 전위 더 나아가 예술의 소멸이라는 차원에서 이야기되고 있다. 시의 이러한 미 개념의 변화와 변주는 그것이 고정된 양식도 또 폐쇄된 양식도 아닌 늘 시대의 흐름에 따라 혹은 사람들의 인식 정도와 태도에 따라 그 미의 개념과 범주가 얼마든지 다르게 나타날 수 있다는 것을 잘 말해준다.

시가 예술, 그중에서도 가장 감성적인 양식이라는 사실은 그것이 미학의 가장 중요한 대상 중의 하나로 존재한다는 것을 의미한다. 미학

---

52. W. 타타르키비츠, 앞의 책, 27~28쪽.

이 감성의 학이고, 시가 감성의 양식이라면 시를 미학의 차원에서 바라보고 해석한다는 것은 타당할 뿐만 아니라 어쩌면 지극히 당연하다고 할 수 있다. 이런 점에서 시인이 자신의 시에 대한 미학을 이야기하는 것은 단순한 현시 욕망을 넘어서는 어떤 본질적인 욕망을 드러낸 것으로 볼 수 있다. 주로 시론의 형태로 드러나는 자신의 시에 대한 미학적인 태도는 근대 이후 지금까지 계속되고 있는 우리 문학장의 한 현상이다. 가령 근대 초기 시도詩道와 국가의 관계를 논한 신채호의 「천희당시화天喜堂詩話」(1909), 식민지 시기 영원하고 불변하는 존재의 근원적 속성으로서의 영혼을 이야기하고 있는 김소월의 「시혼詩魂」(1925), 기교주의 편향의 시단을 비판하면서 내용과 기교의 통일을 주장한 임화의 「기교파技巧派와 조선시단」(1936), 우리 시의 모더니티에 대해 논하고 있는 김기림의 「모더니즘의 역사적 위치歷史的 位置」(1929)와 「詩의 모더니티」(1933), 시에서 정신적인 차원을 강조하고 있는 정지용의 「詩의 옹호擁護」(1939) 등과 해방 이후 민족시의 나아갈 방향으로 순수시에 대한 옹호를 들고나온 조지훈의 「순수시純粹詩의 지향志向」(1947)과 60년대 자유와 사랑의 시정신을 강조하면서 시적 진리를 탐색해 간 김수영의 「詩여, 침을 뱉어라」(1968)와 「반시론反詩論」(1968), 시에서 관념과 의미를 배제하려는 노력의 소산인 김춘수의 「의미에서 무의미까지」(1973), 70·80년대에 들어와 김수영의 시적 개념을 민중 혹은 민중시의 관점에서 새롭게 읽어낸 김지하의 「풍자諷刺냐 자살自殺이냐」(1970), 김춘수의 무의미시론을 계승한 이승훈의 「비대상」(1981), 90년대 이후 시에서 관념과 사변을 배제하고 환유 체계로의 이행을 주장한 오규원의 「날生 이미지의 시」(1997), 포스트모던한 시대의 혼성모방 원리를 우리 시에 적용한 박상배의 「표절의 미학」(1991) 그리고 시의 해체와 난해함을 비판하면서 정신의 절대성을 강조한 최동호의 「시의 부정·해체 그리고 시적 생성」(1996)과 이성선의 「정신주의의 서정성과 우주적 생명관 확보」(1996)[53] 등이 대표적이다.

근대 이후 우리 시인들이 보여주고 있는 이러한 다양한 시론은 이들 각자의 미의식을 반영하고 있는 것인 동시에 이들이 살아내야 하는 시공간으로서의 시대적 실존의식을 반영한 것이라고 할 수 있다. 하지만 이들의 시론은 이론의 확대와 심화라는 차원에서 차이를 드러낸다. 이들 시론 중에는 미학에 대한 근거와 이론적인 토대 없이 자신의 생각을 소박하게 진술한 것이 있고 또 그와는 대조적으로 자신의 시론에 대한 발생론적인 근거와 이론적인 토대를 제시하면서 그것을 확대하고 심화한 것도 있다. 시론의 확대와 심화는 자신의 시에 내재한 미에 대한 탐색으로 이어질 수 있다는 점에서 주목을 요한다. 이것은 시론과 시가 상승 작용을 일으킨다는 것을 의미한다. 이들 중 여기에 해당할 만한 이로는 김수영, 김춘수, 오규원 등을 들 수 있다. 이들은 모두 모던함을 추구한 시인들로 언어, 수사, 이념 등에서 실험과 혁신을 지속적으로 밀고 나간 점이 공통된다. 여기에서 중요한 것은 후자이다. 아무리 시론, 다시 말하면 미학적인 토대를 잘 마련해두었다고 하더라도 그것이 시를 통해 구현되지 않는다면 소용없는 일이 될 것이다. 시론과 시가 서로 긴밀한 영향 관계를 통해 일정한 균형과 미적 긴장을 불러일으키지 못한다면 이들은 서로 잉여적인 것으로 남을 수밖에 없다.

시와 시론, 시와 미학의 관계를 이렇게 강조하는 이유는 '지금, 여기' 우리 시인들 중에서 이 문제를 가장 첨예하게 드러내고 있는 김지하와 그의 시를 논하기 위해서이다. 1970년대 후반 감옥에서의 생명 체험과 1980년대 생명 사상 수용, 1991년 「죽음의 굿판을 걷어치워라」라는 반생명적인 것과의 대결을 선언한 이후 그의 시와 시론은 '생명'으로 초점화되기에 이른다. 특히 자신이 추구하는 생명 담론을 하나의 사상 차원으로

---

53. 이승훈 엮음, 『한국현대대표시론』, 태학사, 2000 참조.

체계화한『생명』(1992),『생명과 자치』(1996) 출간 이후 이 초점화는 더욱 심화되는 양상을 보인다. 생명이 그의 사상의 중심에 자리하게 되면서 시 역시 동일한 궤적을 따른다. 생명 사상의 미학화가 본격적으로 이루어지면서 그 결과물이 1994년『중심의 괴로움』이라는 이름으로 출간된다. 이 시집 이후의 그의 모든 시는 생명 사상의 미학화에 대한 변주라고 해도 과언이 아니다. 하나의 사상이 시가 되기 위해서는 반드시 이런 미학화의 과정을 거쳐야 한다. 미학이 하나의 학문이지만 다른 여타 학문들(윤리학, 논리학, 정치학)과 다른 이유를 상기한다면 이 미학화의 과정이 얼마나 중요한 것인지를 이해하게 될 것이다. 사상이 미학화의 과정 없이 생짜로 시가 되려 할 때 얼마나 그것이 위험한 것인지를 우리는 카프KAPF의 정치시나 1920년대 한국의 감상적 낭만시를 통해서 보아왔다.

김지하의 시에서 우리가 살펴보아야 할 것이 바로 이것이다. 단순하게 말하면 그것은 김지하의 생명 사상이 어떻게 미학화 되고 있는지를 밝히는 것이고, 좀 더 복잡하게 말하면 그것은 시인과 시 혹은 시인의 사상과 시 사이의 언어의 운용, 구성 원리, 어조와 화자, 미적 거리 등을 밝히는 것이라고 할 수 있다. 그런데 김지하의 생명 사상의 미학화는 생명이 곧바로 미학화되는 것이 아니라 또 다른 단계를 거쳐 이루어진다. 그의 미학화는 '생명'에서 '그늘'로 그늘에서 다시 '흰그늘'로 나아간다. 그의 미학화의 최종 단계는 '흰그늘'이며, 이 흰그늘의 미학이 언어의 운용, 구성 원리, 어조와 화자, 미적 거리 등을 거쳐 드러나는 일련의 과정이 그의 시의 미학화라고 할 수 있다. 이런 점에서 볼 때 그의 시를 이해한다는 것은 곧 흰그늘의 미학이 어떻게 시의 차원으로 드러나는가를 탐색하는 과정일 뿐이라는 것을 의미한다.

2. 김지하 미학의 토대와 정립

김지하 미학의 발생에 가장 중요한 동기로 작용하고 있는 것은 '감옥 체험'이다. 그는 1974년 4월 민청학련 사건으로 투옥되어 1980년 12월 형집행정지로 석방되기까지 7년여에 가까운 기간 동안 독방에 감금된 바 있다. 이 기간에 그는 독특한 체험을 하게 된다. 그런데 이 체험의 시작은 예시 혹은 예감의 형태로 드러난다. 그가 감금된 독방은 "관처럼 몸이 딱 끼는 좁고 캄캄하고 막힌 방"으로 "화장실 변기통이 하나 있고 앞에 밥 들어오는 작은 구멍이 하나 있는" 흔히 "먹방"으로 불린 곳이다. 이 방에서 그는 어떤 운명적인 체험을 하게 되는데 그때의 소회를 "그 방이 새카만 데도 밥이 들어오는 식구통에서는 흰 빛이 들어오는데, 한 2~3일간 계속 '흰 우주의 길'이라는 말이 흰 빛과 함께 제 머릿속에 각인되었습니다."[54]라고 말하고 있다.

그의 이러한 독방 체험은 이성의 투명한 의식 내에서 이루어진 것이 아니라 예감 차원에서 이루어진 것이다. 예감이란 불투명하고 모호한 감각이지만 여기에는 관념이 스며들 틈이 없다. 그가 체험한 흰 빛의 각인은 몸을 통해 이루어진 사건이다. 이로 인해 그의 체험은 진정성을 획득하게 된다. 이 진정성이란 감옥 체험이라는 그의 특수한 상황이 만들어낸 것이며, 이 사실을 통해 우리는 그것이 '어둠'과 '빛', '방'과 '우주', '감금'과 '해방', '몸'과 '말'과 같은 세계 사이의 관계성을 환기받게 된다. 모호하고 불투명하게 하나의 "길"만을 제시했을 뿐 그 "흰 우주의 길"이 무엇을 말하는 것인지 또 그것이 어떤 전망을 거느리고 있는지 구체적으로 제시하지 않고 있기 때문에 우리가 그 사건의 전모를 파악하기란 불가능하다. 하지만 이것은 이 사건이 의미가 없다는 것을

---

54. 김지하, 「흰그늘의 길」, 『김지하 전집 3 — 미학사상』, 실천문학사, 2002, 268~269쪽.

말하는 것은 아니다. 이 사건은 드러나지 않았을 뿐이지 그 안에 모호하고 불투명한 감각의 덩어리의 형태로 잠재된 어떤 세계를 지니고 있다.

그의 체험의 잠재된 세계가 모습을 드러낸 것은 그를 감옥에 보낸 절대 권력자인 박정희 대통령이 저격당한 1979년 어느 날이다. "먹방" 체험의 맥락에서 보면 그의 죽음은 "새카만 데"서 "흰 빛"으로의 나아가는 어떤 상징적인 지점이라고 할 수 있다. 우연 같은 필연, 다시 말하면 삶과 죽음의 역설이 벌어진 것이다. 이 과정에서 시인은 심한 고통을 경험한다. 어둠에서 빛으로의 이행이 어떤 고통도 없이 이루어지는 것이 아니라 "면벽증"이라는 혹독한 통과제의를 거쳐 이루어진다. 체험의 시작이 하나의 증상의 형태로 나타난 것이다. 이 증상은 모호하고 불투명한 사건이 드러나기 위한 일종의 징후이다. 그가 "먹방"에서 예감한 "흰 우주의 길"이 구체적인 형태를 통해 현현하는 징후로서의 "면벽증"은 이런 점에서 역사적인 맥락을 지닌다고 볼 수 있다. "흰 우주의 길"의 계보가 만들어지는 것이다. 그에게 이 계보는 그의 미학을 정립하는 중요한 조건이자 토대라고 할 수 있다. "흰 우주의 길" 혹은 '흰그늘의 미학'이 어떤 계보를 이루고 있는지에 대한 이해는 그의 미학, 더 나아가 그의 시를 이루는 구성 조건과 원리를 이해하는 데 중요하다고 할 수 있다.

> 그때가 봄날인데, 서울교도소 — 이곳은 일제시대 교도소라 지금의 교도소하고는 달라요 — 창살 사이에 허공이 있는데요, 하얀 민들레씨가 날아들곤 하는데, 아침이었죠. 그날따라 유난히 햇살이 밝게 빛나고 쇠창살과 시멘트 받침 사이에 — 비 때문에 홈이 파였는데 거기 흙먼지가 쌓이고 풀씨가 날아와서 비가 오면 빗방울을 빨아먹고 자랍니다 — 개가죽나무라고, 풀인데 크게 자랐어요.
>
> 늘 봐왔던 것이지만 그날따라 유난히 클로즈업되어서 민들레씨와

그것을 보면서 온종일 울었습니다. 울음이 터져나와서 이유도 모르고 울었습니다. 그때 허공에서 한마디가 에코되며 크게 들리는 거예요. 바로 '생명'이라는 한마디였습니다. 그러면서 생각에 빠지기 시작했습니다.

'생명이라는 것이 없는 데가 없다'는 것이었지요. 민들레씨가 감옥 안에 들어오고 개가죽나무가 감옥 안에서 자라듯이 생명은 없는 데가 없는데 — 무소부재無所不在지요 — 고등생명인 내가 이 생명의 이치만 깨달을 수 있다면 감옥의 벽이라든가 이런 것이 의미가 없는 것 아닌가, 안에 있으면서 밖에 있을 수도 있고 또 담 이쪽에서 생각하면서도 담 밖의 식구들과 같이 있을 수 있는 것이 아닌가, 땅도 연결되어 있고 하늘도 담 너머로 연결되어 있지 않은가, 잠자리나 나비도 날아다 니지 않는가 …… 이런 생각을 하게 되었습니다.[55]

그가 예감한 "흰 우주의 길"의 실체가 무엇인지 구체적으로 드러난 대목이다. 혹독한 "면벽증"의 과정을 거쳐 그가 대면한 것은 "생명"이다. 그의 "생명" 체험과 "흰 우주의 길" 체험은 서로 겹쳐진다. "흰 우주의 길"에서 "새카만 데"서 "흰 빛"으로의 이행 체험은 "창살 사이에"서의 "허공" 체험과 겹쳐지고, "우주의 길" 체험은 "무소부재無所不在"의 체험과 겹쳐진다. 모호하고 불투명한 "흰 우주의 길" 체험이 "생명" 체험으로 전경화 됨으로써 이 두 체험의 겹침은 곧 "생명" 체험이라고 해도 무방하다. 그가 체험을 통해 발견한 생명은 눈에 보이는 드러난 차원(민들레, 개가죽나무)에만 존재하는 것이 아니라 눈에 보이지 않는 숨겨진 차원(민들레씨와 개가죽나무씨)에도 존재한다는 것, 어느 한쪽에 치우친, 다시 말하면 어둠만도 또 밝음만도 아닌 양 차원을 모두 포괄하고 있는 그런

---

55. 김지하, 「흰그늘의 길」, 『김지하 전집 3』, 270~271쪽.

존재라는 것이다. 또 그것은 "식구통"과 "홈"과 같은 '틈'의 존재성을 지니며, 인간 개인의 차원을 넘어 생물(잠자리, 나비)과 무생물(쇠창살, 시멘트 받침) 등까지도 포괄하는 우주적이고 온생명적인 차원으로 존재한다는 것이다.

이러한 일련의 사실들은 그가 "생명"을 "무소부재"라고 한 것과 다르지 않다. "생명은 없는 데가 없"다는 그의 생각은 모든 존재와 생성의 토대가 생명에 있다는 것을 의미한다. 특히 그가 생명(빛)을 이야기하면서 그것을 이어주고 맺게 하는 "식구통"과 "홈"과 같은 '틈'의 존재성을 드러내고 있다는 것은 생명이 끊임없이 살아 움직이는 "활동하는 無"[56]의 차원으로 인식하고 있다는 것을 잘 말해준다. 이 활동하는 무로서의 생명은 이 세계의 모든 것들이 하나의 전체적인 유출 과정 내에서 끊임없이 변화하고 생성·소멸하는 '공능功能' 혹은 '정체공능整體功能'[57]의 차원에서 이해하고 해석한다는 것을 말해준다. 그의 생명에 대한 이러한 인식은 기존의 서구의 존재론을 넘어서는 동아시아적인 생성론을 드러낸 것이라고 할 수 있다. 정체공능에서의 전체는 부분의 기의 흐름이 서로 교차하고 재교차하면서 이루어지는 그런 관계망(그물망)을 말한다. 따라서 시, 서, 화나 굿, 탈춤, 판소리, 사물놀이, 민요, 산조 등의 양식에서 말, 소리, 몸짓은 언제나 기의 흐름 내에 있다. 가령 어떤 사람의 글씨가 '기운생동氣韻生動'한다든가 굿판이나 탈판에서 그것을 행하는 자(무당, 탈꾼)의 몸짓

---

56. 김지하, 『생명과 자치』, 271쪽.

57. 장파, 『동양과 서양, 그리고 미학』, 59~65쪽. 장파 교수는 이 책에서 서구의 "실체 세계가 필연적으로 형식 원칙으로 구체화하는 것과 마찬가지로", 중국의 "기의 우주는 정체공능으로 구체화된다"고 진술하고 있다. 이것은 중국을 포함한 한국, 일본 등 동북아시아에서는 "구체적 사물의 정체성(기)이 우주 전체(천지의 기)와 분리될 수 없"으며, "인체의 기는 지리·기후·시간 등 천지의 기와 밀접하게 연관되어 있다"는 것을 의미한다. 이런 맥락에서 『詩緯』에서 말하고 있듯이 "시는 천지의 마음(詩者, 天地之心)"이라는 것이다.

에서 신기神氣 혹은 神明가 묻어난다든가 아니면 판소리에서 소리꾼의 소리에 그늘(신명)이 있다든가 하는 경우 여기에는 반드시 기의 흐름이 전제될수밖에 없다. 몸의 말, 몸의 소리, 몸짓 등은 인간 개인의 재주나 솜씨 차원에 머무는 것이 아니라 그것이 기의 흐름을 통해 우주 내의 다른 대상과의 관계 내에서 이루어지는 활동이라는 점에서 서구의 문화·예술의 양식과는 일정한 차이를 드러낸다고 할 수 있다.[58] 인간과 우주, 미와 윤리의 세계를 하나로 동아시아의 이 생성론은 사회·문화뿐만 아니라 예술·미학의 토대를 이룬다.

그의 미학은 바로 이러한 동아시아적인 생성론에 입각해 있다. 인간과 우주, 미와 윤리를 동시에 고려하는 새로운 미학의 개념이 출현해야 하는 이유가 여기에 있는 것이다. 그가 제기한 생명을 이와 같은 미학의 차원에서 새롭게 정립해줄 용어가 바로 '그늘'이다. 그는 그늘을 "미적·윤리적 패러다임"[59]으로 해석하면서 그 연원을 "신라 향가鄕歌시대 이후 시나위판, 전통음악, 판소리"[60] 등 우리의 민중예술에서 찾고 있다. 그는이 그늘을 칼 융C. G. Jung의 ·그림자 개념과는 변별적 차원에서 이해한다. 융의 그림자가 "의식 세계와 상대되는 집단 무의식에서 태고 유형에 속하는 원시적 충동에 근간을 두고 있는" 반면에 그늘은 "신산고초와 인욕정신의 결과물로서 의식과 무의식이 혼재하는 점이지대에 근간을 두고 있다"[61]고 말한다. 그늘이 인간의 의식과 무의식 차원을 포괄하는 지극한 기운至氣의 산물이라는 점에서 미와 윤리를 동시에 포괄하는 개념이며, 예술가가 이 두 차원을 유지하지 못하면 그늘은 깨어질 수밖

---

58. 이재복, 「영동천심월(影動天心月), 그늘 그리고 백남준 — 예술은 어떻게 탄생하는가?」, 『시로 여는 세상』, 2020 가을호.

59. 김지하, 「그늘이 우주를 바꾼다」, 『김지하 전집 3』, 316쪽.

60. 김지하, 위의 글, 311쪽.

61. 김지하, 『김지하의 문예이론』, 국학자료원, 2013, 11쪽.

에 없다. 즉 "미적 패러다임이 윤리적 패러다임으로부터 분리"되는 문제가 발생하는 것이다. 그른 이러한 예를 "미당 서정주"[62]에서 찾고 있다.

미와 윤리, 인간과 우주를 동시에 강조하는 그늘은 서구의 이분법과 변증법과는 그 궤를 달리한다. 그것은 현실과 환상, 의식과 무의식, 주관과 객관, 주체와 타자, 천상과 지상, 속됨과 신령함, 두뇌와 신체 등이 역설적으로 대립하면서 공존하는 세계이며, 그의 식으로 이야기하면 그것은 '불연기연不然其然'[63]이나 '화쟁和諍', '불이不二'의 원리가 작동하는 그런 세계인 것이다. 그늘이 지니는 이 원리와 세계는 고도의 집중과 정진을 필요로 한다. 특히 일반 대중이 그러한 삶의 태도를 유지하거나 여기에 이른다는 것은 결코 쉬운 일이 아니다. 그 어려움을 단적으로 표현하고 있는 것이 '신산고초'와 '인욕정진'이라는 말이다. 일반 대중이 아닌 미적인 것을 추구하는 예술가의 경우에는 그러한 욕구가 더 클 수밖에 없다. 인간의 이러한 신산고초와 인욕정신의 산물이 '한', '시김새', '신명' 같은 미학인 것이다. 이것들은 모두 그늘의 범주 내에 있는 미학적 산물이라고 할 수 있다.

그늘이 김지하 미학의 한 경지를 보여주고 있다는 사실에 대해 이의를 달 사람은 없을 것이다. 하지만 그에게 그늘은 그의 미학의 궁극은 아니다. 그가 추구하는 미학의 궁극은 그늘을 넘어 '흰그늘'에 있다. 그는 그늘의 미적 패러다임이 윤리적 패러다임으로부터 분리될 위험성이 있기 때문에 보다 높은 차원으로 나아갈 필요성이 있다고 주장한다. 즉 그늘로서는 안 되고 흰그늘로 나아가야 한다고 주장한다. 그렇다면 그늘과 흰그늘은 어떤 차이가 있는 것일까? 우선 분명한 것은 흰그늘이 그늘과 발생론적

---

62. 김지하, 「그늘이 우주를 바꾼다」, 『김지하 전집 3』, 330쪽.
63. 김지하, 「흰그늘의 길」, 위의 책, 273쪽.

차원을 달리하는 것이 아니라는 점이다. 흰그늘이라는 말이 잘 드러내고 있듯이 그것은 그늘과의 긴밀한 관계 속에서 탄생한 것이라고 할 수 있다. 그는 그늘 앞에 흰을 붙인 이유에 대해 한마디로 "무궁무궁한 우주적 삶의 내면성의 생성"[64]을 위해서라고 말한다. 이런 맥락에서 보면 흰그늘은 그늘에 결핍되어 있거나 아니면 그늘이 지니고 있는 내면성을 더욱 보충한다는 의미를 지닌다고 할 수 있다. 그는 흰그늘의 '흰'이 지니고 있는 이 내면성에 대해 다음과 같이 진술하고 있다.

그늘은 알겠는데 '흰'은 무엇일까. 여러 가지가 있겠죠. '흰'은 우리에게, 한민족韓民族에게 매우 중요합니다. 백白 — 백두산의 백, 백의민족의 백, 붉이라고 하죠. 우리나라는 이미 한인 때부터 광명을 지향했다고 합니다. 태양숭배, 새 토템인데 바로 이 '붉'이라는 것, 아마 이것일 것입니다. '술'을 중심으로 하는 햇살, 빛, 새 중심의 살, 소리, 솔개, 이런 것과도 연관이 있습니다. 또 '굼', 봉황이라고 하는데 봉황, 임금의 뜻입니다. 원래 굼은 어둠입니다. 이 전부를 포함한 말이 있습니다. 바로 '흔'입니다. 흔은 '크다, 날개, 중간, 높다, 임금, 애매함' 그러면서 '빛'이라는 뜻이 있습니다. 아주 복잡하죠. 이것과 무슨 관련이 있을까요?

고조선 시대 『천부경』의 거의 마지막에 '본심본 태양앙명 인중천지일本心本 太陽仰明 人中天地一'이 있습니다. 아까 이야기한 그늘은 그 안에 빛과 어둠, 현실과 초월성, 하늘과 땅, 현실과 환상 또는 기쁨과 아픔…… 여러 가지가 대립되면서 같이 있다고 했죠. '인중천지일人中天地一'은 무슨 뜻일까요. 사람 안에 하늘과 땅이 하나로 통일되어 있다는 것입니다. 그늘이 우주를 움직인다는 것이나 사람 안에 하늘과 땅이

---

64. 김지하, 「흰그늘의 길」, 앞의 책, 293쪽.

모두 있다는 것이나 가까운 이야기입니다. 왜냐하면 여기에서 가장 중요한 것은 가운데 '중中'이니 사람의 마음, 정신인데 그 안에 천지, 음양이 같이 엇섞이는 사람 마음이니 예술로 보면 그늘이죠. 그 앞에 태양앙명太陽仰明—태양이 높이 솟아서 밝게 빛난다—이 있습니다. (…)

그런데 이때에 그늘만 갖고는 안 됩니다. 여기에 '흰'이 붙어야 합니다. '흰'이 무엇이냐 하면 한마디로 무궁무궁한 우주적 삶의 내면성의 생성입니다. 생성이라는 것은 역사로부터 시작되고 역사로 돌아갈 운명이지만 역사와는 분명히 반대되고 역사가 아닌—민중 내면의 소망하는 삶의 생성을 진정한 의미에서 무궁無窮이라고 하고 이것을 바로 신神이라고 합니다—신령한 것입니다. '흰'이 신입니다. 이것은 무궁한 것입니다. 차원 변화라는 말을 기억하라고 했죠? 그늘로부터 태어나는, 그늘 배후에 있는 어떤 소망스러운 내적 삶의 생성을 차원 변화라고 부릅니다. 이것을 저는 '신'이라고 부릅니다.[65]

흰그늘의 의미가 가장 잘 드러나 있는 곳은 『천부경』과 관련된 대목이다. 그는 "본심본 태양앙명 인중천지일本心本 太陽仰明 人中天地一"에 주목하여 "인중천지일人中天地一 / 사람의 마음 안에 천지, 음양이 같이 엇섞이는"을 그늘로 읽고, "태양앙명太陽仰明"을 흰으로 읽는다. "본심본 태양앙명 인중천지일本心本 太陽仰明 人中天地一"이 곧 '흰그늘'이 되는 것이다. 이렇게 읽어내면 그의 미학의 중요한 화두인 '그늘이 우주를 바꾼다'는 의미가 자연스럽게 해명될 뿐만 아니라 흰그늘이 그늘 내에 숨어 있는 흰, 다시 말하면 신의 존재도 해명되는 것이다. 그늘의 어두컴컴함 속에서 솟구쳐 오르는 빛의 존재가 바로 흰그늘인 것이다. 그의 식으로 이야기하면 그것은

65. 김지하, 「흰그늘의 길」, 앞의 책, 287~294쪽.

"그늘 배후에 있는 어떤 소망스러운 내적 삶의 생성"이라고 할 수 있다. 그늘의 어둠과 흰그늘의 빛을 서로 대비시킴으로써 흰그늘이 그늘의 '지극한 경지' 내지 '승화'[66]라는 것을 말해준다.

　그늘과 흰그늘의 대비는 그의 미학적 이념을 강조한 것으로 볼 수 있다. 하지만 그의 미학적 이념은 그늘과 흰그늘의 분리·대립이 아니라 그 모두를 아우르는 것이다. 따라서 흰그늘은 그늘의 연장이면서 승화라고 할 수 있다. 그렇다면 그는 왜 이렇게 흰의 존재성을 강조하는 것일까? 이 질문에 대한 답을 가장 잘 보여주고 있는 글이 「예감에 가득 찬 숲 그늘」이다. 이 글에서 그는 빛, 다시 말하면 흰을 "아우라aura"[67]라고 명명한다. 그가 이렇게 아우라를 강조하는 것은 그가 생명을 강조하는 것과 다르지 않다. 그것은 '지금, 여기'에서의 우리의 실존과 밀접하게 관계되어 있다는 것을 뜻한다. 과학기술 문명의 발달이 불러온 사회·문화와 예술·미학 차원의 변화 중 가장 주목할 만한 것 중의 하나가 아우라의 상실이다. 아우라의 상실은 인간을 점점 왜소하게 만들어 놓고 있을 뿐만 아니라 천박하게 만들어 놓고 있다. 생명 가치의 상실이나 그늘의 지극함과 숭고함의 상실이 만연한 '지금, 여기'에서 그것을 회복하려는 그의 의지가 표출된 것이 아우라 혹은 흰그늘이라고 할 수 있다.

3. 흰그늘의 미학과 시의 실제

　흰그늘이 김지하가 추구하는 궁극의 미학이지만 그것은 어디까지나 그늘을 발생론적 토대로 하기 때문에 흰그늘에 앞서 그늘에 대해 이야기

---

66. 김지하, 『김지하의 문예이론』, 12쪽.
67. 김지하, 「예감에 가득 찬 숲 그늘」, 『김지하 전집 3』, 389쪽.

하는 것이 순리이다. 그늘은 인간의 내면으로부터 생성된 것이고 그 어두컴컴함은 '한恨'에서 비롯된다. 한은 충족되지 않는 마음의 관계 내지 구조라고 할 수 있다. 이 결핍이 서운함, 그리움, 원망, 슬픔, 서러움, 한탄, 연민 등과 같은 감정을 발생시킨다. 이러한 감정에는 '상대에 대한 공격성과 퇴영성' 그리고 그것을 '초극하려는 속성'[68]이 동시에 존재한다. 가령 서운함이 쌓여 마음의 상처를 입게 되면 상대에게 깊은 원한을 가질 수도 있고, 또 그것을 자신의 탓으로 돌릴 수도 있다. 만일 후자처럼 느낄 경우, 그것은 마음의 외부로의 표출이 아닌 내부로의 투사나 응축으로 볼 수 있다. 이렇게 되면 나는 그 마음을 홀로 견디면서 살아내야 하는 상황에 놓이게 된다. 이런 심리 구조란 이타성의 범주 내에 있으면서도 그것을 행하는 주체의 주관성이 강하게 작용하는, 혹은 주관성의 범주 내에 있으면서도 그것을 행하는 주체의 이타성이 강하게 작용하는, 역설적이고도 모순적인 구조이다.[69]

한의 이러한 독특한 심리 구조 때문에 그것이 쌓이거나 깊어지게 되면 그에 따라 그늘도 깊어지게 된다. 한이 없으면 그늘도 없고, 그늘이 없으면 흰그늘도 없는 것이다. 한은 삶의 과정에서 발생하는 것이기 때문에 그것은 실존적인 상황성을 띤다고 할 수 있다. 이것은 한이 주어짐의 속성이 강하다는 것을 의미한다. 따라서 모든 한이 다 그늘이 되는 것은 아니다. 그것이 그늘이 되기 위해서는 반드시 삶의 신산고초와 인욕정진이 있어야 한다. 삶의 신산고초가 한을 짓게 하고, 그렇게 지어진 한을 삭이고 풀어내는 인욕정진의 과정이 있어야 그늘이 되는 것이다. 김지하의 시에는 이 모든 과정이 드러나 있다. 그것은 어느 특정한 시기에만

---

68. 천이두, 『한의 구조 연구』, 문학과지성사, 1993, 33쪽.

69. 이재복, 「이동주 시의 전통 미학 ─ 한(恨), 신명(神明), 그늘의 문제를 중심으로」, 『한국문예비평연구』 67집, 한국현대문예비평학회, 2020. 9, 15~16쪽.

드러나는 것이 아니라 첫 시집 『황토』(1970)부터 최근의 『흰그늘』(2018)에 이르기까지 드러나는 그의 시의 한 흐름이다. 이러한 그의 시의 흐름은 그의 삶의 과정과 궤를 같이하고 있을 뿐만 아니라 그의 사상의 흐름과도 궤를 같이한다고 할 수 있다.

그의 시의 흐름에서 한의 정서가 가장 강하게 드러난 것은 『황토』이다. 이 시집 전편에 흐르는 한의 정조는 '원寃'과 '원願'이다. 이것은 이 시집의 배경이 되는 억압적인 정치 상황과 그 속에서 고통스럽게 실존적 길을 모색하는 시인의 삶의 태도가 빚어낸 정조이다. 억압적인 정치 상황에 죽임을 당한 원통한 정조와 그 상황에 절망하지 않고 그것에 맞서 실존적 길을 모색하는 바람의 정조가 마치 빛과 어둠처럼 얽혀 있다. 이 빛과 어둠 혹은 긍정과 부정으로서의 한이 상호 작용하면서 공격성과 초극성을 드러낸다. 한이 퇴영적인 차원으로 드러나는 것이 아니라 이렇게 공격적이고 초극적인 차원으로 드러나면서 또 다른 차원으로의 이행을 강하게 환기한다. 이 시집의 표제인 "황토"처럼 시인의 죽임에서 살림 혹은 어둠에서 밝음으로의 이행은 힘겹고 고통스러운 과정을 동반한다. 이런 점에서 이 과정은 자신의 한으로부터 물러나 뒷걸음질하는 것과는 궤를 달리한다.

> 황톳길에 선연한
> 핏자욱 핏자욱 따라
> 나는 간다 애비야
> 네가 죽었고
> 지금은 검고 해만 타는 곳
> 두 손엔 철삿줄
> 뜨거운 해가
> 땀과 눈물과 모밀밭을 태우는

총부리 칼날 아래 더위 속으로
나는 간다 애비야
네가 죽은 곳

(중략)

낡은 짝배들 햇볕에 바스라진
뻘길을 지나면 다시 모밀밭
희디흰 고랑 너머
청천 드높은 하늘에 갈리든
아아 그날의 만세는 십년을 지나
철삿줄 파고드는 살결에 숨결 속에
너의 목소리를 느끼며 흐느끼며
나는 간다 애비야
네가 죽은 곳
부줏머리 갯가에 숭어가 뛸 때
가마니 속에서 네가 죽은 곳.

– 「황톳길」 부분[70]

　시적 화자가 처해 있는 상황은 "검은 해"가 표상하듯이 어둠 그 자체이
다. 이 어둠 속에 "너"의 "죽음"이 있다. 이러한 상황은 시적 자아인
"나"의 감정을 들끓게 한다. "피"와 "태움"은 그것의 극단화된 예이다.
"너"의 죽음이 "나"에게 깊은 마음의 상처로 각인되어 있다는 것은 곧
그것이 한의 상태로 존재한다는 것을 의미한다. 이 한은 "네가 죽은

---

70. 김지하, 「황톳길」, 『黃土』, 한얼문고, 1970, 10~13쪽.

곳”이 끊임없이 연상될 정도로 깊은 것이지만 “나”는 이것을 회피하지 않는다. “나”는 이 한을 안고 간다. 그 길은 “핏자욱 선연한 황톳길”인 동시에 “햇볕에 바스라진 낡은 짝배들”이 있는 “뻘길”인 것이다. 그러나 “나”는 죽음과 절망으로 가득 찬 어둠 속에서도 “희디힌 고랑 너머 / 청천 드높은 하늘”을 향해 간다. 그 과정에서 “나”는 죽은 “너의 목소리를 느끼며 흐느낀”다. 죽음 속에서 삶을 보고, 삶 속에서 다시 죽음을 보는 역설의 순간을 경험한다.

시적 자아가 드러내는 역설의 세계는 한의 복잡성을 의미하며, 이것은 한이 내재하고 있는 중요한 속성이다. 이 역설과 모순은 일종의 ‘엇(어긋남)’[71]이다. 이 엇으로 인해 한은 ‘틈’이 생긴다. 만일 틈이 없다면 한은 다른 차원으로 나아갈 수 없다. 한이 고정되어 있다면 그것은 퇴행이다. 한이 변화하고 변주가 가능하려면 이러한 역설과 모순과 같은 어긋남이 있어야 한다. 어긋남이 있어 한이 변화한다는 것은 곧 한이 하나의 생명이라는 것을 의미한다. 한에 틈이 생기면 억압되고 맺힌 감정이 풀리게 된다. 하지만 그 감정이 곧바로 풀림의 과정으로 이어지는 것은 아니다. 풀림 이전에 삭임의 과정이 있기 때문이다. 얽히고설킨 복합적 감정의 구조인 한은 곧바로 풀리지 않고 오랜 삭임의 과정을 거쳐야 온전히 풀리게 되는 것이다. 우리는 종종 삭임의 과정 없이 곧바로 그것을 풀려고 한다. 온전한 삭임의 과정을 거치지 않는 한풀이는 그늘의 경지에 이를 수 없다.

『황토』에서의 ‘원冤’과 ‘원願’이 삭임의 과정을 거쳐 한의 새로운 차원을 제시한 시집이 『애린』(1986)이다. 이 시집은 『황토』와 시간적 거리도 있지만 여기에서 중요한 것은 80년대 들어와 본격화하기 시작한 ‘생명 사상’을 반영하고 있다는 점에서 차이를 드러낸다. 『황토』에서 보여준

---

71. 김지하, 「그늘에서 흰그늘로!」, 『흰그늘의 미학을 찾아서』, 56쪽.

70년대의 격렬한 저항성이 온화한 생명성으로 전환되면서 그동안 맺혀 있던 감정의 응어리들이 삭임과 풀림의 과정을 거치게 된다. 그는『애린』의 서문에서 "모든 죽어간 것, 죽어서도 살아 떠도는 것, 살아서도 죽어 고통받는 것, 그 모든 것에 대한 진혼곡"이라고 하면서 이것들에 대해 "안타깝고 한스럽고 애련스럽고 애잔하며 안쓰러운 마음"[72]을 드러낸다. 모든 존재, 그중에서도 한이 서린 존재에 대한 무한한 애정과 안쓰러운 마음을 드러낸다는 것은 그가 얼마나 자신의 감정을 잘 삭이고 있는지를 말해주는 것에 다름 아니다. 그의 감정의 삭임은 '심우도'에서 소를 찾아가는 동자의 그것처럼 애린을 찾아가는 시인의 구도어린 혹은 인욕 정진하는 모습을 통해 구현되고 있다.

> 단 한 번 울고 가
> 자취 없는 새
> 그리도 가슴 설렐 줄이야
> 단 한 순간 빛났다
> 사라져가는 아침빛이며
> 눈부신 그 이슬
> 그리도 가슴 벅찰 줄이야
> 한때
> 내 너를 단 하루뿐
> 단 한 시간뿐
> 진실되이 사랑하지 않았건만
> 이리도 긴 세월
> 내 마음 길 양식으로 남을 줄이야

---

72. 김지하,「『애린』간행에 붙여」,『애린 1』, 실천문학사, 1986, 6~7쪽.

애린

두 눈도 두 손 다 잘리고

이젠 두 발 모두 잘려 없는 쓰레기

이 쓰레기에서 돋는 것

분홍빛 새 살로 무심결 돋아오는

애린

애린

애린아.

-「그 소, 애린 (1)」 전문[73]

　이 시의 화자가 애타게 찾고 있는 대상은 "애린"이다. 그런데 이 "애린"은 시적 화자에게 발견의 대상이다. 예전에도 "애린"은 존재했지만 시적 화자에게 주의attention의 대상은 아니었던 것이다. 그러던 대상이 갑자기 초점화되었다는 것은 시적 화자의 마음에 들어왔다는 것을 의미한다. 마음에 없으면 존재하는 것들은 모습을 드러내지 않는다. 즉 '탈은폐'되지 않는다. 어떤 존재의 탈은폐는 주의의 대상이 될 때 비로소 가능하다. 시 속의 "애린"이 "나"의 주의의 대상이 되었기 때문에 비로소 그 모습을 드러낸 것이다. 이것은 "애린"이 비로소 "나"의 삭임의 대상이 되었다는 것을 말해준다. 이런 삭임의 과정 없이 "애린"은 온전히 "내" 앞에 모습을 드러내지 않는다. 이것은 "애린"이라는 존재에 대한 "나"의 발견이라고 할 수 있다.

　이처럼 어떤 하나의 대상에 대한 발견은 오랜 삭임의 과정을 통해 이루어진다. 삭임이 없는 발견이란 존재하지 않는다. 시에서처럼 "나"의 "애린"의 발견은 무의식 차원에서의 오랜 삭임의 결과물이다. 시인은

---

73. 김지하, 「그 소, 애린 (1)」, 『애린 2』, 실천문학사, 1986, 23~24쪽.

그것을 "두 눈, 두 손, 두 발 모두 잘린 쓰레기에서 돋는 분홍빛 새 살"에 비유하고 있다. 이것은 이 시의 삭임이 죽음과 삶, 어둠과 밝음의 섞임이고, 죽음에서 삶으로, 어둠에서 밝음으로의 이행을 내재하고 있다는 것을 의미한다. 시인이 제시하고 있는 삭임의 목적이 여기에 있다면 그것은 한이 한으로 그치는 것이 아니라 삭임의 과정을 통해 보다 높은 차원으로의 변주를 목적으로 하고 있다는 것을 말한다. 이때 시인이 겨냥하고 있는 높은 차원이란 의식이나 정신의 상승을 말하는 것이다. 이런 점에서 볼 때 이것은 단순히 인간을 넘어 자연이나 우주로의 팽창이라기보다는 인간 자체 내의 질적 도약을 말하는 것이라고 할 수 있다.

인간 자체 내의 질적 도약은 삭임의 정도와 깊이 관련되어 있다. 삭임의 정도에 따라 그늘의 정도가 달라진다. 따라서 삭임의 과정에서 요구되는 것은 '지극한 삭임'이다. 지극한 삭임이 없으면 자연이나 우주와의 긴밀한 유출도 없다. 천지인天地人에서 인간의 지극함이 있어야 천지가 감동한다는 '영동천심월影動天心月'[74]의 사상이 이것을 잘 말해준다. 여기에서 알 수 있듯이 천심월을 움직이는 것은 지극한 삭임 즉 '그늘影'이다. 그늘은 '몸이 생성하는 지극한 기운'이라고 할 수 있다. 영동천심월의 발생 맥락을 모른 채 이 말을 접하면 대부분의 사람들은 그것을 한낱 신비주의의 격언 정도로 치부하게 될 것이다. 특히 김지하가 말하는 우주 생명론이나 그것에 기반한 흰그늘의 미학도 그렇게 간주할 공산이 크다. 하지만 지극한 삭임의 맥락에 입각해서 보면 1990년대 이후 시에 본격적으로 드러나는 우주 생명과 흰그늘의 담론들이 이해가 될 것이다. 천지인 삼제사상의 맥락에서 본격적으로 우주 생명과 흰그늘의 시적 상상력을 전개하고 있는 그의 노력의 산물이 바로 『중심의 괴로움』(1994)이다.

---

74. 『정역』 십오일언 "先后天周回度數", "觀淡莫如水, 好德宜行仁, 影動天心月, 勸君尋此眞."

『중심의 괴로움』은 오랜 삭임을 거쳐 그것을 풀어내는 '신명天地神明'으로 가득 찬 시집이다. 여기에서의 신명은 인간 차원의 즐거움을 넘어 우주까지 뻗쳐 있다. 이 이후에 출간된 시집들은 모두『중심의 괴로움』에서 보여준 시적 상상력의 확대·심화라고 해도 과언이 아니다. 무엇보다도 이 시집은 우리 인간과 우주와의 거리를 무화無化시키고 있다는 점에서 주목된다. 이것은 다른 무엇보다도 신명을 몸의 관점에서 상상하고 있는 데서 두드러진다. 그는 몸을 "실체가 아니라 생성"[75]의 관점에서 바라보고 있다. 이 관점은 동아시아의 '기론氣論'이나 '신체론身體論', '우주론宇宙論' 등과 같은 연장선상에 있다. 인간과 우주를 전체 유출의 과정으로 보는 생성론에서 그것을 가능하게 하는 것은 인간의 지극함, 다시 말하면 '지기至氣'로서의 몸이다. 여기에서 영동천심월의 그늘 혹은 그늘론이 탄생하는 것이다.

저녁 몸속에
새파란 별이 뜬다
회음부에 뜬다
가슴 복판에 배꼽에
뇌 속에서도 뜬다

내가 타죽은
나무가 내 속에 자란다
나는 죽어서
나무 위에
조각달로 뜬다

---

75. 김지하,『생명과 자치』, 36쪽.

사랑이여
탄생의 미묘한 때를
알려다오

껍질 깨고 나가리
박차고 나가
우주가 되리
부활하리.

- 「啐啄」 전문[76]

　"몸"과 "우주"와의 활발한 기의 유출로 인해 하나의 생명(우주 생명)이
탄생하는 과정을 아름답게 노래하고 있는 시(「啐啄」)이다. 우리가 한이나
삭임의 과정에서 작동하고 있는 역설과 모순의 논리가 이 시에서도 작동
하고 있다. "뇌"와 "회음부"의 역전, "타죽음"과 "자람"의 역설 그리고
'안'과 '밖'의 해체가 이루어지면서 우주 생명이 탄생하는 것이다. 이
우주 생명의 탄생을 시인은 "사랑"이라고 명명한다. 이때 시인이 명명한
사랑은 단순한 아름다움을 넘어선 아름다움을 강하게 환기한다. 그것은
일종의 숭고한 아름다움이다. 하나의 생명이 우주 전체의 유출과 관계
속에서 탄생한다는 것은 그 거대함으로 인해 두려움과 같은 불쾌감을
느끼지만 그것이 차츰 사라지고 안정되면서 새롭게 만나게 되는 세계에
서 오는 설레임과 같은 쾌감을 느끼게 된다. 이런 불쾌의 감정이 쾌감으로
변하는 과정에서 체험하는 숭고는 미와 윤리의 결합에서 발생하는 것으
로 볼 수 있다.

---

76. 김지하, 「啐啄」, 『중심의 괴로움』, 솔, 1994, 18~19쪽.

우주 생명이 단순한 아름다움을 넘어 윤리적인 차원의 아름다움을 발생시키는 것은 새로운 미학으로서의 존재성을 드러낸 것이라고 할 수 있다. 하나의 생명이 무수한 우주의 관계성 내에서 탄생한다는 것, 특히 '啐啄'이라는 이 시의 표제가 상징적으로 보여주고 있는 것처럼 생명은 알 속의 병아리가 쪼고 그것을 밖의 어미 닭이 함께 쪼아서 껍질을 깨트릴 때 비로소 우주 생명이 탄생한다는 상상은 생명에 대한 외경과 숭고함을 드러낸 것이라고 할 수 있다. 생명의 탄생에는 이처럼 지극함이 따를 수밖에 없다. 이 지극함이 그늘을 이루고, 그 그늘이 우주를 바꾸는 것이다. 그런데 그늘이 하나의 미학으로 견고하게 정립되기 위해서는 그것이 발생하는 순간을 좀 더 깊이 들여다보아야 한다. 이 시에서 그것은 "탄생의 미묘한 때"로 드러난다. 미학이 감성의 학이라면 이 미묘한 순간 은 이성이나 논리로 해명할 수 없는 감성의 시간이다.

그늘이 깊을수록 미묘함의 정도는 더 클 수밖에 없다. 그늘의 깊이는 지극함에서 오고, 그 지극함의 깊이는 그것을 행하는 주체의 내면으로부 터 온다. 주체의 내면은 눈에 드러나지 않는 차원이기 때문에 우리가 그것을 인지한다는 것은 지극히 어려운 일이다. 그것은 감각적으로 다가 갈 수밖에 없는 세계이다. 그것은 미묘함의 세계이고, 그래서 그것은 언제나 예감으로 만날 수밖에 없다. 알 속의 병아리와 밖의 어미 닭은 껍질을 쪼기 이전에 어떤 미묘함을 서로 공유하고 있었던 것이다. 우리 눈에 보이지 않더라도 내면의 미묘함이란 끊임없는 움직임의 세계라고 할 수 있다. 이 움직임으로 인해 내면의 미묘함은 미묘함으로 그치지 않는다. 그것은 반드시 내면으로부터 솟구쳐 오를 수밖에 없다. 마치 '음양생극陰陽生剋'의 이진법적 생명생성 관계가 무디어지거나 서로 충돌 하거나 하여 근본 치유력이 소실될 때 그 밑에 있는 360류의 심층 경락, 즉 기혈氣穴에서 문득 예기치 못한 치유력이 불쑥 솟아오른다는 복승複勝,77 처럼 그것은 우주의 생명 현상에 대한 한 징후로 볼 수 있다.

내면의 미묘함의 복숭은 그늘의 상승 혹은 승화로 볼 수 있다. 내면으로부터의 복숭이기 때문에 그 현현은 내면의 고유한 미묘함이나 신비함 같은 분위기를 동반한다. 그는 이것을 '흰그늘'로 명명하고 있다. 그의 미학의 궁극인 흰그늘은 우리 시대가 상실한 '아우라'의 현현과 깊은 관련이 있다. 그는 아우라의 현현을 위해 '우주에 대한 생각을 내 안에서 생명화하자'고 주장한다. 그는 우리에게 "내 안에서도 달이, 그리하여 그 달의 물빛으로, 태양이 뜨거운 / 불이 아닌 투명한 찬란한 예감의 빛으로 나날이 드높아짐을 보았다"[78]고 고백한다. 자신의 안에서 그가 발견한 "찬란한 예감의 빛"이란 흰그늘에 다름 아니다. 아우라 혹은 흰그늘을 상실함으로써 우리는 자신의 내면의 세계를 알 수 없게 된 것이다.

내면으로부터 솟구쳐 오르는 진정한 세계의 상실 중에는 우리가 지니고 있는 순수한 마음의 바탕에 대한 상실을 들 수 있다. 현대적인 삶이란 '가면'을 쓴 삶을 의미한다. 그만큼 현대사회는 가면을 쓰지 않으면 살 수 없는 환경이 된 것이다. 가면 너머에 있는 자신의 내면에 대한 성찰의 부재는 윤리 의식에 대한 둔감함으로 이어지기에 이른다. 이러한 현대인의 윤리적 결핍은 타자와의 관계나 공감의 차원에서도 문제가 될 수 있다. 시인은 이 인간의 내면, 특히 순수한 마음의 바탕을 보고 싶어한다. 이런 맥락에서 그가 주목한 대상이 '소'이다. 그는 이 소를 통해 인간의 내면을 들여다본다.

'영화 워낭소리의
늙은 농부'

---

77. 김지하, 「스톡홀름에서의 41개의 산알」, 『산알 모란꽃』, 시학, 2010, 35쪽.
78. 김지하, 「누구나 우러러보는 우주생각을 이제는 내 안에서 생명화하자」, 『흰그늘의 산알 소식과 산알의 흰그늘 노래』, 천년의시작, 2010, 111쪽.

농부는 애쓰지만 별 수 없었다. 농부는
저도 모르게 기다리고 있었다

시커먼 우리에 갇혀 병든 채
시커먼 눈에
소의 눈에
흐르는 하이얀 눈물,
그 눈물을.

(중략)

워낭소리는 일거에 그 눈물 하나로
아시안 네오·르네상스의 촛불을 켰다
흰그늘의
산알.

감동을 조작하는 서양 변증법
그 조작적 몽따쥬를
일거에
박살내버리고
우주 생명학의 새로운 진리인
複勝의 美學을 세운 것이다

― 「워낭소리」 부분[79]

79. 김지하, 「워낭소리」, 『흰그늘의 산알 소식과 산알의 흰그늘 노래』, 508~509쪽.

시적 화자는 "영화 워낭소리"를 주목한다. 그것은 영화 속 "소의 눈에 흐르는 하이얀 눈물" 때문이다. 그 눈물은 인위적으로 조작된 것이 아니라 우연에 의한 지극히 자연스러운 것이다. 자연스럽게 소의 내면에서 솟구쳐 오른 순수의 결정체이기 때문에 시적 화자는 그것이 "흰그늘의 산알"이자 "複勝의 美學"이라고 말한다. 우리는 "소의 눈물" 같은 이런 자연스럽고 순수한 세계로부터 멀어졌을 뿐만 아니라 심지어 그것을 상실하기까지 한 것이 사실이다. 이것은 우리 인간이 지극함至氣을 상실했다는 것을 의미한다. 지기의 상실은 그것을 토대로 이루어지는 우주 활동 곧 우주 생명의 약화 내지 소멸을 의미한다. 이로 인해 '살림'보다는 '죽임'의 문화가 우리 인간의 삶을 지배하게 되었고, '자율'과 '자치'보다는 '타율'과 '조작'이 하나의 진리처럼 받아들여지는 그런 사회가 되어버린 것이다. 사회·문화의 차원에서 위기를 예감한 시인은 그것의 회복을 위해 우리가 상실한 순수한 생명으로서의 내면과 그것이 지니고 있는 지극함의 기운을 찾아 나서게 한 것이다.

『애린』에서도 그렇고 「워낭소리」에서도 그렇듯이 시인에게 '소'는 "우주 생명학의 새로운 진리"를 구하고 그것의 발견을 기원하는 하나의 메타포로 볼 수 있다. 그가 꿈꾸는 '신생新生' 혹은 '개벽開闢'은 소의 눈물에서 발견할 수 있는 그런 지극함이 전제되지 않으면 불가능하다. 소의 눈물을 보고 흥분해 마지않는 시적 화자의 태도가 결코 과장된 것이 아니라 자연스러움의 발로라는 것을 이런 맥락을 통해서도 알 수 있는 것이다. 그는 이 눈물을 자신의 내면뿐만 아니라 우리 각자 각자의 내면에서도 발견하고 싶어 한다. 그의 바람은 인간 안에 '천주天主'가 있기에 늘 인간을 모시고 공경해야 한다는 동학의 논리에 대한 설파를 통해서 분명하게 드러나기도 하고 또 "벽을 향한 제사 즉 향벽설위向壁設位를 나를 향한 제사 즉 향아설위向我設位로"80 전환시켜야 한다는 주장을 통해서도 잘 드러난다. 그는 인간에 대한 공경과 모심을 전제로 그들의 내면에 깃든 우주 생명의 힘을 "복승複勝"케 하려는 '네오 휴머니스트'이자 '산알 주의자'이다.

어쩌면 그는 이전과는 다른 방식으로 또 다른 차원으로의 신생과 개벽을 꿈꾸는 과격한 혁명가인지도 모른다. 그의 혁명가로서의 과격함은 극단적인 두 차원을 배제가 아닌 포괄의 논리 속에서 삭이고 풀어내 새로운 세상 곧 우주 생명의 장을 열려는 강한 의지에서 비롯된 것이라고 할 수 있다. 그의 의식은 늘 이러한 "변환"(「변환」)으로 가득 차 있다. 그래서 그는 "눈부시게 꽃 피는 라일락 밑"에서도 "시체"를 보고, "긴 기다림"의 "고통"이 "꽃으로 바뀌는 소리"를 듣는다. 이것은 "무서운 무서운 생명의 변환"[81]이다. 역설과 모순의 논리로 뒤얽힌 우주 생명의 "변환"은 그 복잡성으로 인해 무수한 신생의 '틈'과 '산알'을 끊임없이 생성한다는 점에서 "무서운" 것일 수 있다. 하지만 이때의 무서움은 우리의 상상을 훨씬 뛰어넘는 크고 높은 대상을 맞닥뜨렸을 때 가지는 불쾌와 쾌가 뒤섞인 숭고한 감정이다. 이 "무서운 생명의 변환", 곧 우주 생명의 복승으로부터 '흰그늘'이 탄생하는 것이다. 내면의 깊은 곳에서 "미묘한 때"[82]를 만나 솟구쳐 오르는 "무서운 생명의 변환", 다시 말하면 흰그늘의 세계는 늘 그 특유의 아우라를 지닐 수밖에 없다. 그는 이것을 "첫 문화"[83]라고 명명한다. 따라서 흰그늘은 첫 문화가 낳은 첫 미학인 것이다.

---

80. 김지하, 「向我設位」, 『흰그늘의 산알 소식과 산알의 흰그늘 노래』, 131쪽.
81. 김지하, 「변환」, 『花開』, 실천문학사, 2002, 138~139쪽.
82. 김지하, 「啐啄」, 『중심의 괴로움』, 18쪽.
83. 김지하, 「첫 문화」, 『花開』, 105쪽.

4. 흰그늘 혹은 한국시의 미적 범주와 전망

김지하의 미학의 토대는 생명 혹은 우주 생명에 있다. 이 생명은 '천지
인天地人'을 기본 구도로 한다. 천지 사이에 인간이 있다는 것은 그 인간
안에 천지가 있다는 것을 의미한다. 이것은 하늘의 지극한 기운이 내
몸 안에 이르렀다는 뜻인 동시에 내 안에 '하늘님天主'을 모시게 되었다는
것을 의미한다. 그의 생명이 동학의 이념으로부터 발생한 것이라는 사실
은 이렇게 인간에 대한 새로운 해석을 동반한다는 것을 말해준다. 이러한
인간관은 모심과 공경의 대상이 나를 향한다는 것이고, 나의 지극함의
정도에 따라 천지 곧 우주가 움직인다는 논리를 드러낸다.

나의 지극함이란 하나의 우주 생명의 탄생을 목적으로 하며, 이 과정에
서 인간의 내면 곧 마음이 중심에 놓인다. 인간의 내면은 '천지의 마음'[84]
과 다르지 않기에 이때의 내면은 '천도天道'의 윤리를 따르게 된다. 그의
미학이 단순한 인간의 미적 차원으로만 해석될 수 없는, 미와 윤리가
통합된 차원으로 해석될 수밖에 없는지를 이 사실은 잘 말해주고 있다.
미와 윤리와의 결합은 그의 미학이 동아시아의 '예악禮樂'[85]의 전통 위에
있다는 것을 의미한다. 예악에서의 '예'에 해당하는 것이 바로 인간의
마음의 '지극함至氣'이라고 할 수 있다. 이런 맥락에서 '한恨', '삭임 혹은
시김새', '틈', '엇', '신명神明', '그늘', '흰그늘', '율려律呂' 같은 독특한
미학이 탄생하는 것이다. 그는 이것을 '판소리'와 '탈춤' 등 우리의 민중예
술에서 찾아내 그것을 미학적으로 정립하는데 많은 공력을 쏟고 있다.

생명에서 미와 윤리를 동시에 보기 때문에 그는 겉으로 드러난 꽃(미)
만 보지 않고 그 이면에 숨겨진 '치열한 중심의 힘(윤리)'[86]을 보려고

---

84. 장파, 『동양과 서양, 그리고 미학』, 65쪽.
85. 장파, 『중국미학사』, 34쪽.

하는 것이다. 그에게 치열함이나 지극함 없이 드러나는 세계는 아우라를 상실한 모조된 세계에 지나지 않는다. 미와 윤리의 동시적 차원에서 그는 우리 시와 시인을 평가한다. 미와 윤리의 궁극적인 완성태로 간주되는 흰그늘의 차원에서 그는 김소월, 정지용, 이육사, 이상, 한용운, 임화, 이용악, 백석, 서정주 등 우리 근대 시인들은 물론 기형도, 허수경, 이시영 등 최근 시인들의 시를 평가한다. 그중 가장 관심을 가질 만한 경우는 미당 서정주에 대한 평가이다. 그는 미당의 시, 특히 『질마재 신화』의 경우 여기에는 "타고난 소리", "천구성"만 있을 뿐 삶의 과정에서 만들어지는 "컴컴하고 굵직하면서 거칠거칠한 소리"인 "수리성"이 없다고 비판한다. 이것은 그의 시에 시김, 다시 말하면 "삭이는 과정이 철저하지 못했고 삭일 만한 근거가 없"[87]다는 것을 말한다. 미당의 시에 대한 그의 평가는 미적인 차원과 윤리적인 차원을 함께 고려한 데서 나온 결과라고 할 수 있다. 시에 '그늘이 없다'는 것은 하나의 미학으로서 정립될 수 있는 조건이 결핍되어 있다는 것을 뜻한다.

미당 시의 경우처럼 시에 그늘 다시 말하면 윤리가 결핍되어 있는 경우를 최근 우리 시에서 만나는 것은 어려운 일이 아니다. 이것은 시의 경향이나 스타일의 문제는 아니다. 시가 모더니즘적이든 아니면 리얼리즘적이든 또 시가 온건하든 아니면 전위적이든 그의 관점에서 중요한 것은 시의 세계를 드러내는 과정에서의 치열함과 지극함이다. 하지만 이 시대의 문화와 문명이 디지털화되면서 우리는 점점 부정성이 제거된 아름다움에 빠져들고 있다. '매끄러움의 미학'[88]이 '그늘(흰그늘)의 미학'을 대체하고 있는 형국이다. 아우라가 상실된 매끄러운 그림, 조각, 음악,

86. 김지하, 「중심의 괴로움」, 『중심의 괴로움』, 50쪽.
87. 김지하, 「흰그늘의 길」, 『김지하 전집 3』, 296쪽.
88. 한병철, 『아름다움의 구원』, 이재영 옮김, 문학과지성사, 2016, 31쪽.

소설, 시 등이 순간적으로 유령처럼 미끄러져 내리는 시공 속에서 무엇을 삭이고 푼다는 것 자체가 무의미해 보인다. 아우라가 인간의 깊은 내면으로부터 불쑥 솟구쳐 오른다複勝는 점을 고려한다면 이것이 상실된 매끄러움의 미학에는 공허한 형태의 자아만 있을 뿐 진정한 자아는 존재하지 않는다.

인간의 내면과 아우라 그리고 그 안(내면)에 살고 있는 모심과 공경으로서의 신神의 상실은 우주 생명의 상실을 의미한다. 천지인이 복잡하게 얽혀 있는 세계에서 '인人'의 내면 상실은 그것을 통해 만날 수 있는, 이성이나 감성의 차원과는 다른 미묘하고 신비롭고 늘 예감에 가득 차 있는 영적 차원의 아름다움을 만날 수 없게 될 것이다. 요컨대 "어떻게 사물 안에 살아 움직이는 마음, 마음이라고 부르는 역사, 역사라고 부르는 우주 리듬, 우주 리듬에 대한 카오스적 원리 또는 기운, 또는 그늘, 율려, 아름다움과 시, 이런 것들이 어떻게 물질과 대상과 타자와 우주로부터 나에게 열고 나오는가? 어떻게 생성되는가? 어떻게 가득 차게 되는가?"[89] 등에 대한 답을 영영 구하지 못하게 될 것이다. 그가 말하고 있는 이 내용의 총체가 '흰그늘'이고 그것의 체계적 드러냄이 '흰그늘의 미학'이다.

천지의 변화가 어떤 때는 인간의 몸으로 직접적으로 침투해 충격을 주기도 하고, 또 어떤 때는 암시나 예감의 차원으로 나타나기도 하면서 인간과 천지 혹은 인간과 우주가 '온생명global life'[90]의 관계로 연결되어

---

89. 김지하, 「예감에 가득 찬 숲 그늘」, 『김지하 전집 3』, 383쪽.
90. 이 개념을 최초로 사용한 이는 장회익 교수이다. 그는 1988년 4월 유고슬라비아 두브로브닉에서 있었던 과학철학 모임에서 「The Units of Life: Global and Individual」이라는 제하의 논문을 발표한다. 이때 영문으로 'global life'로 표기했다. 'global life'는 "지구상에 나타난 전체 생명 현상을 하나하나의 개별적 생명체로 구분하지 않고 그 자체를 하나의 전일적 실체로 인정하는 것"을 의미한다(장회익, 『삶과 온생명』, 솔, 1998, 180쪽).

있다는 사실을 환기시키고 있다. 인간에게 찾아온 최대의 위기가 우리가 숨을 들이쉬고 내쉬는, 다시 말하면 우주적인 기氣가 내 몸에 들어왔다가 다시 밖으로 흩어지는 '호흡(이상 기후로 인한 대기 변화와 신종 코로나 바이러스의 기능)'의 차원에서 일어나고 있다는 점은 우주 생명의 문제가 관념이 아닌 실제 삶의 영역에서 다루어져야 한다는 것을 잘 말해준다. 이런 점에서 볼 때 그가 제기하고 있는 흰그늘과 흰그늘의 미학은 더 이상 "후천개벽의 미학적 언표"[91]로만 존재할 수 없는, '지금, 여기'를 가로지르는 실천적인 공능功能의 담론으로서 존재해야 한다.

흰그늘의 미학에서 제기하고 있는 인간과 우주의 전체 유출로서의 생명 곧 정체공능整體功能으로 구체화되는 기氣의 우주,[92] 모호하고 불투명한 비가시적 차원의 인간의 내면 혹은 마음의 세계, 이분법과 변증법에서의 배제와 종합과는 다른 숨김과 드러냄의 교차배열에 의한 상호교호적인 논리, 미적인 차원과 윤리적인 차원의 동시적 고려 등은 그의 미학이 동아시아의 다양한 사상, 철학, 종교, 신화, 문화, 예술 등에 기반하고 있음을 말해준다. 이것은 옛것을 본받아 새것을 창조하는 '법고창신法古創新'의 정신을 드러내는 것으로 '지금, 여기'에서의 인류가 당면한 위기에 대응하는 중요한 한 방식이다. 근대 이후 우리는 속도에 취해 근대 이전의 자연과 우주와 인간으로 이어지는 존재와 생성의 핵심 토대를 망각하거나 상실해버린 것이 사실이다.

흰그늘의 미학은 '민족미학의 탄생'[93]을 알린 역사적인 성과물로 볼 수 있다. 동아시아의 관계망 속에서 형성된 우주 생명과 관련된 사유 체계를 법고창신의 정신으로 되살려낸 것이 흰그늘의 미학이라고 할

---

91. 김지하, 「책머리에」, 『흰그늘의 미학을 찾아서』, 8쪽.
92. 장파, 『동양과 서양, 그리고 미학』, 59쪽.
93. 김지하, 「민족미학의 탐색」, 『김지하 전집 3』, 418쪽.

수 있다. 이런 점에서 그것은 동아시아 미학의 재발견인 동시에 우리 민족미학의 재발견인 것이다. 어쩌면 고대의 '천부경'과 '삼일신고'로부터 최치원의 '풍류', 원효의 '화엄'과 '화쟁', 최제우, 최시형의 '동학', 김항의 '정역', 강일순의 '증산도', 김범부의 '풍류정신', 함석헌의 '씨알', 장일순의 '생명 사상', 윤노빈의 '신생철학' 등에 이르기까지 민족의 사상사적 흐름 위에서 자신의 미학을 정립해온 그로서는 서구나 심지어 중국과 차별화되는 민족미학의 탄생을 알리고 싶어 하고 또 그것을 언표화하는 것은 당연한 것인지도 모른다. 하지만 생명 혹은 우주 생명과 그것에 기반한 흰그늘의 미학이 지니는 인류 보편적인 담론체로서의 성격을 고려할 때 '민족미학'의 범주 안에 그것을 두는 것은 재고할 필요가 있다고 본다. 민족이나 국가의 범주 내에 그것을 두기보다는 인류 보편의 담론장이나 인류사적인 보편성의 차원 내에 그것을 두는 것이 미학의 이론화와 실천의 측면에서 더 바람직하다고 할 수 있다. 흰그늘과 그것의 미학화의 산물인 그의 시는 점점 "자기애적인 주체의 만연"[94]과 "고통과 부정 없이" "임의적이고 편안한 것으로 매끄럽게 다듬어지는"[95] 아름다움에만 탐닉하는 미의 위기의 시대에 그것을 구원해 줄 어떤 혜안과 전망을 거느리고 있는 것이 분명하다. 그의 흰그늘의 미학과 그것이 담지하고 있는 혜안과 전망에 대한 보다 깊이 있는 논의를 위해서는 좀 더 시간이 필요할 듯하다.

94. 한병철, 『아름다움의 구원』, 66쪽.
95. 한병철, 위의 책, 116~117쪽.

3. 회음부의 사상, 줄탁^{啐啄}의 윤리

— 김지하론

1. 감옥 속의 몸, 몸 속의 감옥

김지하의 몸은 실존적이다. 70년대의『황토』, 80년대의『검은 산 하얀 방』,『애린 1』,『애린 2』,『이 가문날에 비구름』,『별밭을 우러르며』, 90년대의『중심의 괴로움』에 이르기까지 그의 몸은 '이미, 거기'에 선험적으로 존재한 적이 거의 없다. 그의 몸은 언제나 '지금, 여기'에 생존하면서 그 존재성을 스스로 획득해 왔다. 이것은 그의 몸이 단순히 '있다' '없다'보다는 '살아 있다'로 표상된다는 것을 의미한다. 이러한 사실은 그의 시 전반을 통해 드러나며, 그의 몸은 대부분이 '살아 있다'는 명제로 표상된다.

그러나 그의 몸이 '살아 있다'로 표상된다는 것은 부정할 수 없는 사실이지만 그 '살아 있다'를 드러내는 몸의 방식은 시에 따라 다르게 나타난다.『황토』를 포함해 그의 초기 시에서 이 '살아 있다'는 명제는 주로 육체와 감각을 통해 드러나고,『중심의 괴로움』같은 후기 시로 올수록 그것은 점차 영성靈性과 감성으로 바뀌게 된다. 이러한 몸 바꾸기는 '살아 있다'로 표상되는 그의 몸이 어느 한순간도 한곳에 머무르지 않고 모든 것과의 관계 속에서 무궁한 변화와 생성을 거듭하기 때문에 가능한 것이다. 이것은 곧 그의 몸이 상황에 따라 생존 양식을 달리한다는 것을 의미한다.

상황에 따른 이러한 몸 바꾸기는 진정성과 함께 그 실존적인 치열함이 문제 된다. 진정성과 실존적인 치열함 없이 몸을 바꾼다는 것은 상황에 대한 맹목적인 추수나 공허한 신념이라는 아이러니를 낳을 수 있다. 이런 점에서 볼 때 육체와 감각에서 영성과 감성으로 몸을 바꾼 그의 행위는 일단 실존적인 치열함의 약화 내지 소멸로 보여질 수도 있다는 점에서 문제적이라고 할 수 있다. 그의 몸에서 육체와 감각이 전경화된다는 것은 억압적이고 모순된 상황에 대한 보다 직접적인 부딪침, 추상적으로 제시되는 것이 아닌 실질적인 충동의 분출, 이성적으로는 설명할 수 없는 원초적인 저항 등 몸적 주체의 실존적인 치열함 내지 강렬함을 표상하는 것이라고 할 수 있다. 이에 비해 영성과 감성의 전경화는 육체와 감각이 가지는 상황에 대한 직접성과 강렬함이 제거된 다분히 정적이고 명상적인 몸의 양태라고 할 수 있다.

표면적으로 드러난 사실만 놓고 보면 그의 몸 바꾸기는 비판받을 여지를 많이 가지고 있다. 더욱이 그의 몸 바꾸기가 억압적이고 모순된 상황이 제거되지 않은 80년대에 불거져 나왔다는 것은 그 비판의 여지를 더욱 크게 한 요인으로 작용했다고 할 수 있다. 70년대의 민주투사로 추앙받던 그가 80년대에 들어와 변절자로 몰린 것도 모두 이 몸 바꾸기에서 기인한 것이다. 그런데 여기에서 한 가지 간과하지 말아야 할 것은 그를 변절자로 몰아붙인 사람들 대부분이 그의 몸 바꾸기를 연속이 아닌 단절의 선상에서 바라보고 있다는 점이다. 이 점은 그들이 그의 몸 바꾸기의 이면을 제대로 들여다보지 못했다는 것을 말해준다.

그의 몸 바꾸기는 단절이 아니라 연속이다. 그것은 그의 몸 바꾸기가 '살아 있다'는 명제를 토대로 하고 있기 때문이다. 이 '살아 있다'는 측면에서 보면 육체와 감각에서 영성과 감성으로의 변화는 '살아 있다'는 것의 드러남(가시적인 것)과 숨김(비가시적인 것) 혹은 외면화와 내면화의 정도에 지나지 않는 것이다. 비가시적이고 내면화되었다고 해서 그의 몸이 표상해온 '살아 있다'라는 명제가 부재하거나 소멸되었다고 간주할수는 없는 것이다. 육체와 감각에서 영성과 감성으로의 변화는 '살아 있다'라는 동動의 이미지가 정중동靜中動의 이미지로 변화한 것에 불과하다. 오히려 이 '살아 있다'는 명제는 육체와 감각에서보다 영성과 감성에서 심화 확산되었다고 할 수 있다.

이러한 심화와 확산에 결정적인 계기를 제공한 것은 감옥 체험이다. 그는 여러 차례 투옥된다. 그가 처음 투옥된 것은 1964년 대일 굴욕외교 반대 시위에 연루되어서고, 이어서 1970년 오적 사건, 1974년 민청학련 사건 등으로 투옥된다. 그리고 1975년, 마지막으로 그는 인혁당 고문 사실 폭로와 옥중 메모 사건으로 투옥된다. 이 각각의 체험은 부조리하고 억압적인 상황에 육체와 감각으로 저항하던 그의 몸이 그 존재성을 상실하게 될 위기에 처했다는 것을 말하는 것이다. 이것은 곧 그의 몸의 위기이자 '살아 있다'라는 사실에 대한 위기라고 할 수 있다. 이 위기에 대한 체험이 극에 달한 것이 1975년이다. 그의 몸은 갑자기 벽이 다가들어 오고 천장이 자꾸만 내오기 시작하고, 가슴이 답답하여 소리 지르고 싶은 충동에 마구 휩쓸리는 벽면증壁面症을 앓게 되고, 감방 문짝 위쪽 벽에 부착되어 있는 텔레비전 모니터와 문밖의 교도관에 의해 24시간 내내 감시받기에 이른다. 이 절체절명의 위기에서 그는 자신의 몸을 바꾼다. 그 계기를 제공한 것은 쇠창살 틈으로 날아든 "민들레 꽃씨"와 "개가죽나무"라는 풀이다.

그때가 마침 봄이었는데, 어느 날 쇠창살 틈으로 하얀 민들레 꽃씨가 감방 안에 날아들어와 반짝거리며 허공 중에 하늘하늘 날아다녔습니다. 참 아름다웠어요. 그리고 쇠창살과 시멘트 받침 사이의 틈, 빗발에 패인 작은 홈에 흙먼지가 날아와 쌓이고 또 거기 풀씨가 날아와 앉아서 빗물을 빨아들이며 햇빛을 받아 봄날에 싹이 터서 파랗게 자라 오르는 것, 바로 그것을 보았습니다. 개가죽나무라는 풀이었어요. 새삼스럽게 그것을 발견한 날, 웅크린 채 소리 죽여 얼마나 울었던지! 뚜렷한 이유가 없었어요. 그저 '생명'이라는 말 한마디가 그렇게 신선하게, 그렇게 눈부시게 내 마음을 파고들었습니다. 한없는 감동과 이상한 희열 속으로 나를 몰아넣었던 것입니다.

'아, 생명은 무소부재로구나! 생명은 감옥의 벽도, 교도소의 담장도 얼마든지 넘어서는구나! 쇠창살도, 시멘트와 벽돌담도, 감시하는 교도관도 생명 앞에는 장애물이 되지 못하는구나! 오히려 생명은 그것들 속에마저도 싹을 틔우고 파랗게 눈부시게 저렇게 자라는구나! 그렇다면 저 민들레 꽃씨나 개가죽나무보다 훨씬 더 영성적인 고등 생명인 내가 이렇게 벽 앞에서 절망하고 몸부림칠 까닭이 없겠다. 만약 이 생명의 끈질긴 소생력과 광대한 파급력, 그 무소부재함을 깨우쳐 그것을 내 몸과 마음에서 체득할 수만 있다면 내게 더 이상 벽도 담장도 감옥도 없는 것이다.'

–『생명과 자치』[96]

몸의 위기 혹은 '살아 있다'라는 사실에 대한 위기의 순간에 그가 체득한 것은 몸이 육체와 감각을 넘어 마음의 활동에 의해 성립되는 영성과 감성으로도 존재한다는 사실이다. 그는 자신에게 문제가 된 것이 감옥 속의 몸이 아니라 몸속의 감옥이라는 사실을 스스로 체득하게 된 것이다. 몸이 육체를 넘어 마음의 영역으로 확산되면서 '살아 있다'라는 명제는 비가시적이고 내면화된 세계의 의미 영역까지 포함하기에 이른

---

96. 김지하, 『생명과 자치』, 31쪽.

다. 이제 몸은 눈에 보이는 가시적인 어떤 실체를 넘어 눈에 보이지 않는 기운들이 교차하는 하나의 새로운 개념으로 거듭나게 된 것이다. 몸이 가시적인 어떤 실체에 지나지 않는다는 생각은 흔히 '보이는 것은 믿을 수 있다'는 서구의 합리주의적인(이성 중심주의적인) 전통 하에서의 몸에 대한 정의이다. 이러한 전통에서는 보이지 않는 것, 이를테면 기氣, 무無, 공空, 허虛 등 영성적이고 감성적인 힘과 그 원리가 몸의 의미 영역에서 배제되는 것이 일반적이다.

그러나 기, 무, 공, 허 등은 몸을 이루는 바탕 중의 바탕이다. 이 영성적이고 감성적인 힘과 원리가 없으면 육체와 감각 등도 존재할 수 없다. 영성적이고 감성적인 힘과 원리는 육체와 감각의 이면에 작용하면서 그것을 보존하고 무궁하게 살아 있게 하는 보다 큰 몸의 형상形象이다. 이런 점에서 영성적이고 감성적인 힘 중의 하나인 기氣의 원리 아래에서 몸을 해석하는 장횡거張橫渠와 왕부지王夫之같은 사람은 몸을 일종의 기氣의 집이며, 우주적 기氣가 끊임없이 모였다가 흩어지는 과정에서 나타나는 일시적인 통합체로 간주하기도 한다. 이것은 기본적으로 몸이 실체가 아니라 생성이라는 사실을 말해주는 것이다. 김지하는 감옥에서의 체험을 통해 바로 이 좀 더 크고 무궁한 몸을 새롭게 발견한 것이다.

2. 신생新生의 즐거움, 중심의 괴로움

영성과 감성의 몸을 발견함으로써 신생의 장을 연 일련의 사실은 의미심장한 것이다. 그것은 그동안 육체와 감각 중심의 몸이 드러내지 못한 의미들을 탈은폐disclose하면서 존재론적인 확장을 가져온다는 것을 의미한다. 존재론적인 확장은 미지의 세계에 대한 새로운 체험으로 이어진다는 점에서 그것은 언제나 모험과 위험을 동반한 즐겁지만 불안한 어떤 것이 될 수밖에 없다. 어쩌면 그것은 즐거움보다는 불안감이 더 크다고 할 수 있을 것이다.

　이러한 사실을 김지하는 『중심의 괴로움』에서 잘 보여주고 있다. 이 시집은 육체와 감각의 몸이 영성과 감성의 몸으로 바뀐 이후를 노래한 신생의 서書이다. 시집이 담고 있는 특성들을 고려한다면 그 제목을 '신생의 즐거움'을 표상할 수 있는 어떤 것으로 명명할 수도 있었을 것이다. 하지만 그는 '즐거움' 대신 '괴로움'이라는 표제를 붙였다. 왜 그랬을까? 왜 그는 신생을 '즐거움'이 아니라 '괴로움'이라고 했을까? 그것은 그가 신생, 다시 말하면 새롭게 시작한다는 것이 무엇을 의미하는지를 이미 잘 알고 있었기 때문이다.

　먼저 그는 신생이라는 것이 무의 상태에서 새로운 바탕을 만드는 것임을 알고 있었다. 그것은 신생이라는 것이 새롭게 시작한다는 명분하에 잘못하면 모든 존재 자체를 초토화시켜 버릴 수도 있는 그런 위험성을 전제한 개념이라는 것을 그가 잘 알고 있었다는 것을 의미한다. 신생에서 비롯될 수도 있을 이런 불안을 그는 「다가고」에서 "다가고 / 나만 남으리 // 솔잎 누렇게 변해 / 새들 떠나고 // 길짐승도 물고기도 / 벌레 모두 떠나고 // 주위의 친구들 / 하나둘씩 병으로 죽어 없어지고 / 나만 남으리 / 지구 위에 홀로 // 지구마저 흙도 돌도 / 물도 공기도 마저 다 죽어 // 나라 이름 붙인 / 허깨비만 남으리 // 끝내는 / 오도 가도 못할 천벌처럼 / 나만 오똑 남으리."라고 노래하고 있다. "다가고 / 나만 남으리"라는 모토를 통해 알 수 있듯이 이 시는 존재를 구성하는 "나무", "새", "짐승", "물고기", "벌레", "흙", "돌", "물", "공기", "사람" 등 모든 존재자들이 사라지고 난 다음의 실존에 대한 절대 고독을 노래한 것이라고 할 수 있다.

　모든 존재자들이 사라지고 나만이 남아 무언가 새로운 것을 시작한다는 것은 진정한 의미의 신생이라고 할 수 없다. "천벌처럼 나만 홀로 남는 신생"은 자신만의 도그마에 빠진 신생이다. 이것은 모든 존재자들이 영성과 감성의 몸으로 거듭나 무궁한 생명을 갖게 된다는 그런 궁극적인 신생과는 거리가 먼 것이다. 이것은 존재자들을 살리는 것이 아니라 죽이는 것으로 결국에는 존재의 황폐함을 가져올 뿐인 그런 것이다. 만일 신생이 살림이 아니라 죽임이 될 수도 있다면 그것을 알고 행하는 주체는 불안하고 괴로울 수밖에 없는 것이다.

　신생의 괴로움은 이렇게 자신만의 도그마에 빠져 그것이 죽임이 될 수 있다는 불안에서 올 수도 있지만 그것은 또 실존의 중심에 있어야 한다는 불안으로부터도 온다. 그의 몸은 언제나 실존의 중심에 있었다. 60년대와 70년대, 육체와 감각으로 표상된 그의 몸은 시대의 한 중심에 서서 억압적인 정치권력과 사회의 부조리함에 맞서 격렬하게 저항했던 것이 사실이다. 중심에서의 이탈은 그에게는 곧 치욕인 동시에 죽음이었던 것이다. 언제나 중심에 있어야만 실존적인 치열성을 가질 수 있고, 여기에서의 이탈은 치욕인 동시에 죽음이라는 이러한 중심에 대한 민감한 자의식은 그의 몸이 육체와 감각에서 영성과 감성으로 몸 바꾸기를 했다고 해서 변할 수 있는 성질의 것은 아니다. 그 역시 이 사실을 잘 알고 있었다.

봄에
가만 보니
꽃대가 흔들린다

흙밑으로부터
밀고 올라오던 치열한
중심의 힘

꽃피어

퍼지려
사방으로 흩어지려

괴롭다
흔들린다

나도 흔들린다

내일
시골 가
가
비우리라 피우리라.

– 「중심의 괴로움」 전문[97]

　신생에는 반드시 중심에 대한 자의식에서 비롯되는 괴로움이 따른다
는 사실을 단순한 언어로 명증하게 보여주고 있는 시이다. 이 명증성은
'봄에 꽃이 핀다'라는 하나의 현상과 '나 혹은 내 몸이 신생을 완성한다'라
는 하나의 현상이 등가로 놓이는 데서 비롯된다. 그런데 이 과정에서
주목해야 할 것은 봄에 꽃은 그냥 피는 것이 아니라는 점이다. 여기에는
'꽃대를 타고 올라오는 치열한 중심의 힘'이 있어야 가능하다는 것이다.
그 '중심의 힘'이 꽃대를 온통 뒤흔들어 놓고 여기에서 오는 괴로움조차
비울 때 비로소 꽃이 핀다는 것이다. 이것은 내 몸이 신생을 완성할
때도 이와 동일한 과정이 필요하다는 것을 의미한다.
　그러나 이 시는 신생이 완성된 상태(꽃이 핀 상태)를 노래한 것은

---

97. 김지하, 「중심의 괴로움」, 『중심의 괴로움』, 50~51쪽.

아니다. 이 시는 신생의 완성을 '꽃을 피운다'나 '꽃을 피웠다'같은 현재형이나 과거형이 아닌 '꽃을 피우리라'라는 미래형으로 노래하고 있다. 이것은 무엇인가. 이것은 치열한 중심의 힘만으로는 아직 신생의 완성이 부족하다는 것 아닌가. 무엇이 더 필요한 것일까. 여기에 대한 답은 바로 이 시의 마지막 연에 있는 "시골"이라는 단어에 있다. 시인은 다른 어떤 곳도 아닌 "시골에 가 꽃을 피우리라"(신생을 완성하리라)라고 노래하고 있다. 왜 하필이면 "시골"일까. 그리고 그 "시골"은 과연 어떤 곳일까.

하지만 이 시 어디에도 그 의문을 풀어줄 뚜렷한 단서는 없다. 이 시의 문맥에서는 그 "시골"을 단순히 꽃을 피우기에 적합한 곳, 신생의 완성을 위한 토대가 될 수 있는 곳 정도로 유추할 수밖에 없을 것이다. "시골"에 대한 해석은 이 시 자체의 문맥에서는 제대로 드러날 수 없다. 이 대목에서 필요한 것이 바로 맥락의 독법이다. 이 시에서의 "시골"을 그의 시의 전체 맥락에서 읽어보면 보다 구체적으로 그 의미들이 드러난다. "시골"이 신생의 완성을 위한 토대가 될 수 있는 곳이라면 그 "시골"은 곧 영성과 감성으로의 몸 바꾸기에 일정한 사상적, 철학적 토대가 된 그런 상징(원형)의 공간으로 볼 수 있을 것이다. 그의 시 전체 맥락에서 보면 이 상징의 공간은 「역려逆旅」에 나와 있는 "옛 고부군에 있었다는 고즈넉한 그 집이 있는 시골"이다. 그의 영성과 감성으로의 몸 바꾸기를 통한 신생의 토대는 바로 이 공간에서 비롯되었다고 할 수 있다. 그렇다면 "옛 고부군에 있었다는 고즈넉한 그 집이 있는 시골"은 어떤 곳인가.

그곳은 단순한 시골이 아니다. 그곳은 우리 근대사를 상징하는 한 공간이다. 좀 더 정확히 말하면 그곳(고부)은 갑오농민전쟁이 일어난 곳이다. 이 전쟁은 우리 근대사의 신생을 알리는 그런 전쟁이었으며, 그 기본적인 모태가 된 것은 동학이다. 동학은 시천주侍天主와 불연기연不然 其然 사상을 그 근본적인 토대로 하고 있다. 시천주侍天主에서 가장 중요한 글자는 시侍이다. 이 시侍, 모심은 다음과 같은 내적 규정을 가지고 있는

말이다. 내유신령 외유기화 일세지인 각지불이자야內有神靈 外有氣化 一世之人
各知不移者也가 그것인데, 이 말을 풀면, '안으로 신령이 있고 밖으로 기화가
있으며, 한 세상 사람이 각각 우주의 옮길 수 없는 전체 유출을 제 나름대
로 알아서 실현한다는 것이다.'(『생명과 자치』, 128쪽)

　이러한 축어적인 해석을 확대하면 먼저 내유신령內有神靈, 안으로 신령
이 있다는 것은 인간만이 아닌 모든 생명체와 무기물, 최초의 초기적
물질 입자 내부에도 그 신령이 있다는 것이 된다. 외유기화外有氣化, 밖으로
기화氣化가 있다는 것은 기氣의 변화 활동, 기氣의 지속과 수렴과 확산
등 일체 음양陰陽의 전화와 진화 활동, 흐름을 의미한다. 이것은 눈에
보이는 물질적 외형 진화뿐만 아니라 눈에 보이는 듯 보이지 않는 영적
활동과 신적 활동, 심적 활동 모두를 포함하는 복잡하고 무궁한 카오스적
인 생성 활동 전체를 말하는 것이다. 그리고 일세지인 각지불이자야一世之
人 各知不移者也, 한 세상 사람이 옮기되 옮기지 못함은 분할할 수 없는 우주
전체의 끊임없는 변화를 의미한다. 불이不移, 옮길 수 없음은 사실은 옮기
되 옮길 수 없다는 뜻으로 이것은 모든 사물과 우주 생명 전체가 따로따로
떨어져(틈, 여백, 거리, 자유) 각립할 개연성이 있으되 결코 떨어져 분리할
수 없는 전체적이고 유기적이고 끊임없는 차원 변화와 더불어 변화,
생성, 진화하는 전체적 유출 활동 개념으로 해석할 수 있다.

　이처럼 시侍자는 그 안에 우주의 법칙을 가지고 있으며, 이 말뜻대로
하면 존재가 있다기보다는 전체적 유출 활동 곧 '살아 있음'이 있을
뿐이다. 바로 이 '살아 있음'을 모심이 侍天主인 것이다.

　시천주侍天主와 더불어 또 하나의 동학의 핵심 개념인 불연기연不然其然
은 시천주 사상을 보다 체계적으로 발전시킬 수 있는 하나의 실천적인
방법론이다. 불연기연不然其然이란 한마디로 무궁진화론이다. 이것은 그렇
다其然와 아니다不然의 교차, 증폭으로 우주 삼라만상의 생성과 변화를
이해하는 것이다. 특히 드러난 차원의 세계에 대한 그렇다其然와 숨겨진

차원의 세계에 대한 아니다不然의 교차, 증폭은 우주 삼라만상의 비밀을 밝히는 한 원리를 제공하고 있다. 이 원리는 드러난 차원의 세계와 숨겨진 차원의 세계 중 어느 하나를 배제하지 않는 상생을 전제로 한다. 이 점은 기연其然 속에 이미 불연不然이 있고 또 불연不然 속에 이미 기연其然이 있다는 것을 의미한다. 이것은 곧 드러난 질서는 숨겨진 질서의 현현이며(其然은 곧 不然이며), 역으로 숨겨진 질서는 그것을 토대로 하여 또 하나의 드러난 질서의 생성을 전제한다는 것을 의미한다(不然은 곧 其然이다).

숨겨진 차원과 드러난 차원을 통한 이러한 불연기연不然其然의 무궁한 진화의 논리는 드러난 차원의 모순과 대립을 종합하고 그것 속에서 끊임없는 확장과 변화의 체계를 세우는 서구의 변증법과는 변별된다고 할 수 있다. 불연기연不然其然의 논리는 주역의 음양오행陰陽五行, 불교의 공空, 무無, 노자의 허虛 등 숨겨진 차원의 질서를 배제하지 않고 오히려 그것을 우주 삼라만상의 진화 원리의 바탕으로 삼고 있는 동양의 사유 체계들을 종합적으로 수렴한 것이라고 할 수 있다. 이렇게 보면 불연기연不然其然의 논리는 우주의 숨겨진 질서로부터 드러난 질서로 혹은 그 반대로 끊임없는 생성과 유출을 거듭하는 존재하는 모든 존재자들의 무궁무궁한 살아 있음의 논리로 볼 수 있을 것이다.

"옛 고부군에 있었다는 고즈넉한 그 집"으로 표상된 "시골"은 동학의 시천주侍天主와 불연기연不然其然이라는 무궁무궁한 신생의 원리를 담지한 공간이었던 것이다. 이것은 "고부"가 하나의 상징적인 공간이라는 것을 의미한다. "고부"는 실재하는 "고부"일 수도 있지만 무궁한 신생의 원리를 담지한 공간은 모두 "고부"가 될 수 있다는 것이다. 이 사실은 "고부"가 그냥 주어지는 공간이 아니라 "시골 가 가 비우리라 피우리라"에서도 알 수 있듯이 의지에 의해 만들어지는 공간이라는 것을 말해준다. 가령, 가장 고부답지 않은 공간, 무궁한 신생의 원리가 담지 되지 않는 그런 죽임의 공간(시골과 대비되는 도시)도 고부다운 살림의 공간으로 거듭날 수 있다는 것이다.

> 고름 흐르는
> 썩어가는 도시의 살 속에
> 묻혔던 우레가 솟아 터져오르듯
> 물과 불이 서로 싸우는 다리
> 혁명이다
> 무쇠솥다리
> 세발 달리 집 쇄신이다
> 부활이다
> 옛마을의 희미한 실핏줄
> 핏줄을 찾아 벗이여
> 다리를 놓자 살속으로
> 큰 산이 쿵쿵 울릴 때까지
> 다리를 놓아
> 무쇠솥다리
> 집을 짓자
> 세 발 달린 집.

– 「逆旅」 부분[98]

도시는 죽임의 공간이다. 이미 썩을 대로 썩은 이 죽임의 공간에 신생의
피(옛마을의 희미한 실핏줄)를 흐르게 해 살림의 공간으로 바꿔놓으려는
강한 의지를 읽어낼 수 있는 시이다. 이 신생의 강한 의지는 특히 "물과
불이 서로 싸우는 다리" 곧 "무쇠솥다리"의 표현을 통해 강렬하게 드러난

---

98. 김지하, 「逆旅」, 『중심의 괴로움』, 13~14쪽.

다. 물과 불의 단련을 거쳐 만들어진 그 "무쇠솥다리"로 "세 발 달린 집"을 "짓는다"는 것은 음陰(물)과 양陽(불)의 조화를 통해 성립되는 완전한 집(세 발의 3이 완전수라는 점을 고려한다면)을 의미한다. 따라서 이렇게 해서 만들어진 집은 곧 신생의 완성(혁명을 통한 부활)을 상징한다고 할 수 있다.

신생의 완성을 위해서는, 다시 말하면 영성과 감성의 몸으로 거듭나기 위해서는 존재의 초토화에 대한 두려움, 실존의 중심에 서야 한다는 강박관념에서 오는 괴로움, 시천주侍天主와 불연기연不然其然의 우주적이고 동양적인 논리, 그리고 시인의 신생에 대한 강한 의지가 필요한 것이다. 신생은 즐거우면서도 괴로운 것이고, 또 괴로우면서도 즐거운 것이다. 즐거움과 괴로움이라는 어떻게 보면 이 기우뚱한 균형 속에 신생은 존재하는 것이다. 하지만 시인은 이 기우뚱한 균형 속에서도 우주 삼라만상의 살아 있음(신생)에 대한 대 긍정의 논리를 포기하지 않고 그것의 실현을 위해 자신의 혼魂과 신神을 다하고 있는 것이다.

3. 몸과 우주의 동기감응同氣感應

신생의 토대를 단단하게 다진 그의 영성과 감성으로서의 몸이 보여주는 가장 아름다운 현현은 우주와의 감응이다. 몸과 우주가 감응한다는 것은 사람의 몸과 몸 사이의 감응이라든가 사람과 사물 사이의 감응에 비해 상당히 낯선 감이 있다. 그것은 우주라는 감응의 대상이 그 실체를 헤아릴 수 없을 정도로 광대무변하기 때문이다. 이런 점에서 몸과 우주와의 감응은 그 진위를 의심받거나 비현실적인 것으로 치부되는 경향이 있다. 일단 감응 자체에 관심을 두는 경우에도 그것이 가지는 실질적인 면보다는 신비주의와 관련된 호기심 정도의 차원에 머무는 것이 사실이다.

　그러나 몸과 우주의 감응은 실질적인 차원에서 행해지는 살아 있음의
한 표상이다. 눈에 보이지 않고 감응의 대상이 광대무변하다는 이유로
감응 자체를 부정할 수는 없는 것이다. 몸과 우주와의 감응은 우리의
이성이 활동하지 않는 깊은 잠 속에서도 끊임없이 계속되고 있다. 이러한
사실을 깨닫지 못하는 것은 순전히 인간적인 한계 때문이지 몸과 우주의
감응 자체가 존재하지 않는 것은 아니다. 그렇다면 몸과 우주는 어떻게
감응을 할까. 또 그것은 무엇 때문에 가능한 것일까. 이 의문에 대한
답은 기氣가 동同하기 때문이라고 말할 수 있다. 즉 몸과 우주의 감응은
동기감응同氣感應인 것이다.

　기氣는 동양적 감성의 에너지이다. 이 기氣로 인해 우주는 가변적이고
친화력이 풍부하며 흘러넘쳐 끊임없이 요동하면서 만물 만사를 생성
생기시키게 되는 것이다. 이것은 우주가 기氣에 의해 하나의 전체적인
흐름 속에 놓인다는 것을 의미한다. 기氣의 이와 같은 속성을 몸에 적용하
면 몸은 일종의 기氣의 집이며, 우주적 기氣가 끊임없이 모였다가 흩어지
는 과정에서 나타나는 일시적인 통합체에 불과한 것이 된다. 몸과 우주는
바로 이 기氣의 흐름에 의해 감응할 수 있게 되는 것이다.

　이처럼 몸이 우주적 기氣가 흐르는 존재의 집이 될 수 있는 것은 몸이
틈을 가지고 있기 때문에 가능한 것이다. 몸의 틈 사이로 우주적 기氣가
들어와 흐르지 않는다면 신생은 이루어질 수 없는 것이다. "사람은 틈이며
/ 새 일은 늘 틈에서 벌어지는"(「틈」) 것이다. 이 점에서 사람의 몸에
틈 혹은 구멍이 나 있다는 것은 대단히 의미심장한 의미를 지닌다고
할 수 있다. 몸에 난 이 틈이 크게 열리면 열릴수록 그만큼 우주적 기氣의
흐름이 왕성해져 감응의 폭도 커지게 되는 것이다. 그런데 이 틈의 열림
정도는 몸이 육체와 감각보다는 영성과 감성의 양태로 존재할 때 더
크게 열린다.

눈 감고
빗소리 듣네

하늘에서 내려와
땅을 돌아 다시 하늘로
비 솟는 소리
듣네

귀 열리어
삼라만상
숨쉬는 소리 듣네

– 「빗소리」 부분[99]

몸이 단순히 육체와 감각으로만 이루어진 물질적인 존재가 아니라는
사실을 잘 보여주고 있는 시이다. 육체와 감각의 물질적인 몸으로는
우주 삼라만상의 숨쉬는 소리를 들을 수 없다. 이것은 몸이 영성과 감성으
로 이루어진 존재이기 때문에 가능한 것이다. 영성과 감성으로서의 몸은
그 기氣의 살아 있는 왕성한 흐름으로 인해 우주 삼라만상의 미묘한
현상을 감지할 수 있는 능력을 지니게 된다. 이 기氣의 충만한 흐름은
"하늘에서 내려와 / 땅을 돌아 다시 하늘로 / 비 솟는 소리 / 듣네"에 잘
드러나 있다. 단순히 육체와 감각의 차원에서의 몸으로 비 내리는 소리를
들었다면 그것은 하늘에서 땅으로 떨어지는 소리의 상상에 머물렀을
것이다. 하지만 기氣의 흐름이 충만한, 다시 말하면 우주적 기氣가 몸에

---

99. 김지하, 「빗소리」, 『중심의 괴로움』, 26쪽.

끊임없이 모였다가 흩어지는 그런 역동적인 흐름을 담지하고 있는 영성과 감성의 몸으로 그 소리를 들었기 때문에 하늘에서 내려와 땅을 돌아 다시 하늘로 비 솟는 소리를 상상할 수 있었던 것이다.

몸과 우주의 이러한 동기감응同氣感應은 「빗소리」에서처럼 귀에 의한 소리의 이미지로 드러날 뿐만 아니라 눈에 의한 색과 빛의 이미지, 피부에 의한 살갗의 이미지, 코에 의한 냄새의 이미지 등으로 드러나기도 한다. 몸의 오관을 통한 이러한 동기감응同氣感應은 비록 그것이 오관이라는 감각을 전제로 수행되기는 하지만 단순한 감각인상의 차원을 넘어 마음의 깊은 곳에서 그 기氣의 흐름을 감지할 수 있는 반영인상(감성)의 차원으로 보아야 한다.

> 마음 차분해
> 우주를 껴안고
>
> 나무 밑에 서면
> 어디선가
> 생명 부서지는 소리
> 새들 울부짖는 소리.
>
> – 「새봄·4」 부분[100]

> 꽃 한번
> 바라보고 또 돌아보고
>
> 구름 한번 쳐다보고

---

100. 김지하, 「새봄·4」, 『중심의 괴로움』, 35쪽.

또 쳐다보고

봄엔 사람들
우주에 가깝다.

–「새봄·5」일부

푸른 새순 돋는가
온몸 쑤시고

우울의 밑바닥에서
우주가 떠오른다

–「새봄·7」 부분[101]

매연의 거리에 내리는
봄눈

천지의 향기
(…)
이 봄엔
우주 안에서
우주 만나라

–「빈가지」 부분[102]

---

101. 김지하, 「새봄·7」, 앞의 책, 38쪽.
102. 김지하, 「빈가지」, 앞의 책, 79~80쪽.

몸의 모든 틈(구멍)들이 우주와 동기감응同氣感應을 한다는 사실은 우주라는 대상을 실감의 차원으로 존재하게 한다. 우주는 우리의 의식으로부터 어디 멀리 있는 존재가 아니라 바로 '지금 여기'에 살아 있는 존재로 거듭난다. 우주가 우리와 가깝다는 것은 물리적인 거리가 아니라 심적인 거리의 차원에서 그렇다는 것이다. "저 먼 우주의 어느 곳엔가는 / 나의 병을 앓고 있는 별"(「저 먼 우주의」)이 있으며, "꽃샘바람 부는 / 긴 우주에 앉아 / 진종일 편안하게 지낼"(「새봄·2」) 수도 있고, "해와 달과 별들이 / 나와 함께 기도도 하고"(「새 교회」), "끝끝내 돌아갈 / 우주 / 내 고향"에는 "붙박이 채송화 같은 / 네가 살고 있기"(「내 고향」)도 하다. 어디 그뿐인가. 시인은 "푸른 하늘에 걸린 반달 / 서편 기우는 붉은 해 / 검은 나무줄기 보고도 / 히죽 웃기도 하고"(「요즘」), 자신이 "혼자서 우주만큼 커져 / 삼라만상과 노닐기"(「나이」) 때문에 외롭다는 푸념을 하기도 하고, "오후에 빈가슴에 / 우주 들었으니 // 밤엔 죽어도 좋다"(「빈방」)고도 하며, "오늘밤"에는 "천지를 안고 자리라"(「가을노을」)는 제법 에로틱聖愛한 다짐도 한다.

일찍이 우리 현대 시사에서 우주가 이렇게 심적으로 가깝게 존재한 적은 없었다. 그의 시에서 보이는 우주는 마치 인간과 다를 바 없는 살아 있는 생명체 그 자체이다. 인간과 우주 혹은 인간의 몸과 우주의 동기감응同氣感應은 우주적 휴머니즘으로 불러도 무방할 정도다. 이 새로운 우주적 휴머니즘은 서양의 휴머니즘과는 질적으로 다른 것이다. 이 휴머니즘은 우주와 인간의 마음 사이의 벽을 만들어 그 감응 자체가 불가능한 서구의 것과는 달리 인간의 마음, 즉 영적이고 감성적인 인간의 몸과 우주의 변화를 아우르는 그런 무궁한 감응을 전제로 하고 있는 것이다. 이것은 분명 인간과 우주에 대한 새로운 사유 체계임과 동시에 기존의 문명이나 문화에 일정한 반성과 비판, 그리고 대안을 제시할 수 있는 체계임에 틀림없다. 최근 그가 새롭게 들고나온 율려문화운동律呂

文化運動도 이 새로운 우주적 휴머니즘 운동으로 볼 수 있을 것이다. 율려문화운동이란 우리가 변혁을 하려면 우주의 변화를 인식하고, 그 우주의 변화 가운데서 '황종음黃鐘音'이라는 중심음을 찾아 그것을 중심으로 문화와 문명을 새롭게 창출하자는 동양적인 우주관에 입각한 신사고 운동이다.

인간의 몸과 우주와의 동기감응同氣感應에서 비롯되는 이 새로운 우주관의 시작을 상징적으로 보여주는 시가 바로 「啐啄줄탁」이다.

> 저녁 몸속에
> 새파란 별이 뜬다
> 회음부에 뜬다
> 가슴 복판에 배꼽에
> 뇌 속에서도 뜬다
>
> 내가 타죽은
> 나무가 내 속에 자란다
> 나는 죽어서
> 나무 위에
> 조각달로 뜬다
>
> 사랑이여
> 탄생의 미묘한 때를
> 알려다오
>
> 껍질 깨고 나가리
> 박차고 나가

우주가 되리

부활하리.

– 「啐啄」 전문[103]

이 시는 새로운 우주관의 도래를 노래하고 있는 시이다. 그러나 아직 이 새로운 우주관은 그 실체를 드러낸 것은 아니다. 이 시는 새로운 우주관의 실체가 드러나기 전까지의 과정을 노래하고 있는 그런 시이다. 이것은 "啐啄"이라는 이 시의 제목을 통해서도 알 수 있는 것이다. "啐啄" 은 닭이 알을 깔 때 알 속의 병아리가 껍질을 깨뜨리고 나오기 위하여 껍질 안에서 쪼는 것啐과 어미 닭이 밖에서 쪼아 깨뜨리는 것啄이 합쳐진 말이다. 따라서 "啐啄"은 두 가지가 동시에 행해져야 한다는 것을 의미하는 것으로 어떤 일의 시작이 무르익은 상태를 비유한 말이다.

"啐啄"이 드러내는 의미처럼 새로운 우주관의 도래도 어떤 탄생의 무르익은 시기가 있다는 것이다. 이런 맥락에서 1연은 새로운 우주관의 탄생을 위한 토대의 어떤 정점을 노래하고 있는 것으로 볼 수 있다. 그 정점이란 한 마디로 "몸속에 별이 뜬" 상태를 말하는 것이다. "몸속에 별이 뜬다"는 것은 몸과 우주와의 심적인 거리가 무화된 것으로 이것은 달리 말하면 몸과 우주와의 동기감응同氣感應이 정점에 달한 상태라고 할 수 있다. 이 상태에서는 내 몸이 곧 우주가 되고, 우주가 곧 내 몸이 되는 것이다. 이 사실은 우리가 흔히 몸을 소우주라고 하는 기존의 해석을 벗어난 것이다. 몸은 우주의 축소판이 아니라 그 자체로 생동하는 무궁한 대우주인 것이다.

내 몸이 대우주이기 때문에 나라는 존재 자체가 완전히 소멸하는 그런 죽음이란 있을 수 없다. 나는 비록 죽지만 그 죽음은 단지 기氣의 해체에

---

103. 김지하, 「啐啄」, 『중심의 괴로움』, 18~19쪽.

불과한 것으로 아직도 수렴력을 가진 분해된 유기물질 안팎에 신기神氣가 살아서 귀신 생명 활동을 하는 것이다. 이 생명 활동은 2연의 "내가 타죽은 / 나무가 내 속에 자란다 / 나는 죽어서 / 나무 위에 / 조각달로 뜨는" 그런 진화와 생성이 끊임없이 이어지는 무궁무궁한 운동인 것이다. 이런 맥락에서 보면 다음과 같은 시, "내 나이 / 몇인가 헤아려보니 // 지구에 생명 생긴 뒤 삼십오억살 / 우주가 폭발한 뒤 백오십억살 / 그전 그후 꿰뚫어 무궁살"(「새봄·8」)이라는 말이 과장이 아님을 알 수 있을 것이다.

"몸속에 별이 뜬다"는 것은 이처럼 우주에 대한 새로운 해석을 담지하고 있는 것이 사실이다. 하지만 이 말은 그 안에 우주에 대한 또 다른 해석도 담고 있다. 그것은 별이 몸속에 뜨는 과정에서 드러난다. 이 시에서 보면 별은 처음에 "회음부"에서 떠서 "가슴 복판", "배꼽"을 거쳐 "뇌" 쪽에서 뜨게 된다. 이 사실은 새롭게 탄생될 우주관은 "뇌" 중심의 하강적 수직주의가 아니라 그것을 뒤집고 해체한 "회음부" 중심의 우주관이라는 것을 의미한다. "회음부" 중심이라는 것은 새로운 우주관이 하반신 곧 자궁, 성기, 똥구멍, 불알이 중심이 된다는 것이며, 이것은 필연적으로 섹스와 육체적인 감각을 동반하게 된다는 것을 말한다. 섹스와 육체적인 감각은 지금까지 불경한 것으로 금기시되어 왔으나, 그 이면에는 섹스와 육체적인 감각을 지나치게 물질적인 것으로만 파악하는 물질 중심주의적인 사고가 작용한 것이다. 섹스와 육체적 감각 속에도 새롭고 성스러운 우주적 영성의 씨가 존재하며, 이 사실을 자각하고 이것을 찾아내서 새롭게 재창조해 내는 것이 "회음부" 중심의 우주관이다. "회음부"로부터 시작되는 그 끈적끈적하고 핏기 있는 살아 꿈틀거리는 기운이 "가슴", "배꼽", "뇌" 등으로 흘러 차갑고 딱딱한 로고스 중심의 체계들을 감싸 안을 때 진정한 의미의 새로운 우주관은 성립되는 것이다.

새로운 우주관의 탄생을 위한 토대는 이렇게 성립되었지만 그것이 하나의 모습으로 현현되기 위해서는 다른 무엇이 더 필요한 것이다. 그것이 바로 3연에서 말하고 있는 "사랑"이다. 이 "사랑"이란 "啐啄"에서 처럼 아기 병아리가 껍데기를 깨고 나올 때 밖에서 그것을 도와주는 어미 닭과의 이심전심의 감응 같은 것을 말하는 것이다. 아기 병아리와 어미 닭과의 관계에서 볼 수 있는 이 "사랑"이 의미하는 것은 새로운 탄생에는 우주 전체의 감응의 기운이 맞아야만 한다는 사실이다. 이 감응의 기운이 신묘성神妙性을 획득하는 순간 비로소 껍데기를 깨고 나와 우주와 한 몸이 되어 새로운 탄생을 현현할 수 있게 되는 것이다.

4. 생명 사상에서 생명 운동으로

김지하의 우주적 영성과 동아시적 감성을 지닌 생명 사상은 '지금, 여기'에서의 실존적인 위기 상황을 비판하고 반성하게 할 뿐만 아니라 그 대안까지 제시하고 있는 새로운 패러다임에 틀림없다. 그의 영성과 감성의 몸에 젖줄을 대고 있는 동학의 시천주侍天主와 불연기연不然其然의 논리, 불교의 공空과 무無, 노자의 허虛, 주역의 음양오행陰陽五行, 동아시아 의 기氣 등은 서구의 이성 중심주의적(인간 중심주의적)이고 수직적인 세계관이 야기한 문제들을 그 근본에서 치유할 수 있는 원리들을 담고 있는 사상들이다. 이 동아시아의 사상들은 그동안 개혁과 진보에 대한 의욕을 불가능하게 하거나 무의미하게 한다는 이유로 배척당해 왔으며, 물질적 빈곤과 물리적 패배를 모면할 수 없는 결과를 초래한다는 이유로 배제되어 온 것이 사실이다. 그 결과 우리는 눈에 보이는 세계만을 공경하 게 되었고, 정말로 우리의 실존에 필요한 눈에 보이지 않는 세계의 사슬들 을 도외시하게 되어 생태계의 파괴 혹은 생명의 살림이 아닌 죽임이라는 무서운 실존적 위기를 맞게 된 것이다.

이러한 실존적 위기 상황에서 그가 들고나온 우주적 영성과 동아시아적 감성을 통한 새로운 우주관과 문명관의 창출은 많은 동서양의 지식인들로부터 공감을 얻기에 충분했던 것이다. 더욱이 80년대 중반 육체와 감각에서 영성과 감성으로 몸 바꾸기를 했을 때 그를 변절자로 몰아세웠던 사람들조차도 생태주의를 시대의 중심 및 대안 담론으로 받아들이고 있는 작금의 상황을 고려한다면 그의 우주적 영성과 동아시아적 감성을 토대로 하고 있는 생명 사상이 가지는 파급력과 영향력은 가히 대단하다고 할 수 있다.

그러나 그의 생명 사상에 딜레마가 없는 것은 아니다. 그것은 바로 그의 생명 사상이 하나의 '사상'이라는 점에 있다. 사상의 측면에서 보면 '지금, 여기'에서 이보다 더 좋은 사상이 어디 있겠는가. 우리가 처한 실존적인 위기의 상황에서 구원해 줄 사상을 마다할 사람이 어디 있겠는가. 다만, 문제는 많은 사람들이 그의 사상을 '사상'으로만 생각하지 그것이 '지금, 여기'에서 어떤 실천적인 변혁을 가져다주리라고 생각하지는 않는다는 점이다. 이것은 아직도 많은 사람들이 우주적인 영성과 동아시아적인 감성의 몸으로 거듭나기에는 그 상황 자체가 지극히 어렵다는 점도 있지만 기본적으로 사상이라는 것이 가지는 그 관념성과 진보성 내지 선진성에 그 원인이 있다고 할 수 있다.

김지하의 생명 사상은 '사상'으로만 그쳐서는 안 된다. 그의 생명 사상은 '생명 운동'으로 그 흐름을 바꿔야 한다. 생명 운동은 생명 사상을 통해 그가 끊임없이 강조했듯이 죽어 있는 생명이 아니라 살아 있는 생명을 하나의 사상의 차원에서가 아닌 보다 구체적인 일상(현실)의 차원에서 그것을 구현하는 것이다. 그의 생명 사상의 '생명'은 보다 많은 일상의 공간에서 일상적인 사람들의 실천적인 운동에 의해 구현되어야만 한다. 더욱이 그의 생명 사상이 우리의 실존적인 위기를 벗어날 수 있는 대안이라는 점에서 이 운동은 절실하다고 할 수 있다. 이것이야말로 그의 생명 사상이 살 수 있는 길이다. 실천적인 운동성 없이 사상으로만 남아 있는 사상은 공허한 것이다.

4. 산알 소식에 접하여 몸을 말하다
— 김지하의 『흰그늘의 산알 소식과 산알의 흰그늘 소식』

요즘 내 몸 공부가 딜레마에 빠져 있다. 그 원인은 간단하다. 내 몸이 안 좋기 때문이다. 가진 건 몸밖에 없다고 큰소리칠 때의 호기는 간데없고 하루하루 몸 챙기기에 전전긍긍이다. '아파보고 고파봐야지 몸을 안다'라고 어느 시인이 이야기했지만 나 같은 겁쟁이에게 그 말은 너무 댄디하게 들린다. 너무 아파서 거금을 들여 정밀검진을 받았다. 결과는 참으로 간단했다. 몸의 이상은 모두 비만에서 비롯되었다는 것이다. '몸무게를 줄이고, 생활습관을 고쳐야 몸이 좋아지고 건강하게 살 수 있어요'라고 의사는 말했다.

의사의 그 말이 정말로 지당하다고 생각했다. 의사의 그 말을 소처럼 되새김질하면서 내가 생각한 것은 비만함의 원인이다. 무엇이 나를 점점 비만하게 하는가? 이 물음에 대한 답을 찾아야 내 비만한 몸에 대해 경멸과 저주의 눈빛을 보내던 그 의사에게 무슨 변명이라고 할 수 있지 않겠는가? 나의 이 의문을 한 방에 해결해 준 이는 다름 아닌 노모였다. 학교 연구실이 아닌 주말에도 방 안에 틀어박혀 늘 컴퓨터를 끼고 도는 나를 향해 노모는 '컴퓨터하고만 살지 말고 밖에 나가 햇볕도 좀 쐬고 바람도 맞아야 몸이 버티지'라는 말을 걱정스럽게 하곤 했다. 생각해 보니 잠자는 시간과 밥 먹는 시간을 제외하고는 늘 컴퓨터 앞에 붙어

앉아서 무엇인가를 하고 있었다. 정말이지 컴퓨터 앞에 앉으면 나는 내 몸이 햇볕을 쏘이고 바람을 맞아야 하는 존재라는 것을 망각한다. 밖의 햇볕과 바람보다 더 끌리는 온갖 매혹적인 질료들이 내 눈의 감각을 즐겁게 하고 또 전신을 마사지해 주기 때문이다.

확실히 내 몸은 많은 시간 컴퓨터와 휴대폰에 접속해 있다. 이런 점에서 내 몸속에는 비트화 된 전류가 흐르고 있다고 할 수 있다. 이 비트화 된 전류가 에코∞적인 피와 기의 흐름에 영향을 미치면서 내 몸 안에서는 치열한 실존적인 싸움이 벌어지고 있다고 할 수 있다. 공기든 물이든 아니면 음식이든 먹지 않으면 살 수 없는 생식기능을 하는 몸속으로 비트화 된 전류가 흐르면서 그 생식적인 기능이 약화되거나 소멸해버린 것이 사실이다. 피와 기의 왕성한 흐름이 60조라는 헤아릴 수 없을 정도의 생식 세포를 만들어내고, 그것이 복잡한 구조와 체계를 생성하면서 인간의 몸은 존재하는 것이다. 생식기능을 하는 인간의 몸은 스스로 피와 기의 흐름을 조절하고 통제하여 늘 우주와의 평형 관계를 유지하려고 한다. 하지만 비트화 된 전류는 이 우주와의 평형 관계를 교란하고 심지어는 그것을 새로운 관계로 대체하려고까지 한다.

비트화 된 전류의 흐름의 정도에 따라 우리의 몸은 일정한 차이를 드러낸다. 인간의 몸이 생식기능을 한다고 해서 그것을 이 범주로만 국한해서 규정하는 것은 위험한 생각이다. 사실 외형으로 보면 인간의 몸은 과거와 크게 달라진 것이 없지만 그 보이지 않는 이면을 보면 사정은 달라진다. 인간의 몸이란 눈에 보이는 차원과 눈에 보이지 않는 차원을 모두 포괄하는 존재이기 때문에 육체성은 물론 감성, 이성, 영성 등 정신적인 영역을 모두 보아야만 그 존재성을 제대로 파악할 수 있다. 비트는 인간의 감성, 이성, 영성에 침투하여 그것들의 지형도를 순식간에 바꿔놓는다. 비트화 된 감성, 비트화 된 이성, 비트화 된 영성이 인간의 정신세계를 지배하면서 자연히 육체성 자체도 변모하게 된다. 이것은 육체와 정신이 분리된 것이 아니라 통합되어 있기 때문에 일어나는 현상이다.

이런 맥락에서 볼 때 나의 비만함은 단순한 육체적인 외형의 문제라기보다는 비트에 의한 정신적인 차원의 여러 현상이 일으킨 복합적인 사건이라고 할 수 있다. 내 몸 어딘가에 비트화 된 영역이 생겨남으로써 피와 기의 순환에 자연스럽게 스며들지 못하는 잉여적인 어떤 것이 만들어진 것이다. 잉여적인 것이 늘어나면 그만큼 몸은 제 기능을 발휘할 수 없게 된다. 생식기능을 하는 인간의 몸이 소화해 낼 수 있는 인풋이란 한계가 있지만 비트화 된 몸의 경우에는 그것이 모호하다. 비트화 된 몸속에 들어오는 감성, 이성, 영성은 그것이 소화 혹은 소비되는 양태가 예측 불가능하기 때문이다.

몸의 비만함을 이렇게 잉여적인 것으로 규정한다는 것은 그것이 외형적인 비만함만을 의미하는 것이 아니라는 것을 말해준다. 어쩌면 나의 몸의 비만함은 외형적인 것보다 그 안에 잠재해 있는 채 소화되지 않고 켜켜이 쌓여 두꺼운 어둠의 심층을 형성하고 있는 정신의 덩어리를 말하는 것이라고 할 수 있다. 몸이 아프고 점점 비만해지는 이유가 이 소화되지 않고 있는 정신의 덩어리 때문이라고 할 수 있다. 몸 공부를 시작할 때 생식기능을 하는 몸 자체만으로도 감당하기 힘들었는데 여기에 비트화 된 몸이 새롭게 출현하면서 괴물과 같은 검은 그림자가 턱하고 버티고 서 있는 형국이 숨이 막힐 지경이다. 어디서부터 그 검은 그림자를 부수고 들어갈지 막막하다. 늘 불안과 공포는 늪처럼 나를 따라다니고 여기에 빠져 허우적대다가 아까운 시간만 죽이는 형국이 반복될 뿐이다.

어쩌면 이러한 불안의 거대한 뿌리는 몸 공부를 시작할 때부터 예견된 것인지도 모른다. 몸 공부의 성패는 '눈에 보이는 차원보다 눈에 보이지 않는 차원을 어떻게 들추어내느냐의 싸움에서 결정 난다'는 사실을 이미 처음부터 알고 있었다. 몸의 외형에 탐닉해 있는 이 시대의 사회 문화 현상을 그 근원부터 반성하고 성찰하기 위해서는 눈에 보이지 않는 차원에 대한 인식이 전제되어야 한다는 생각을 하였다. 의학적으로 해부한 몸을 전시하면서 그것을 '인체의 신비'(2002년 서울과학관에서 열렸던 인체의 신비전을 상기해보라)라고 대대적으로 광고하는 이 시대의 무지하고 천박하기 그지없는 몸에 대한 인식을 접하면서 눈에 보이지 않는 차원에 대해 이야기하는 것이 하나의 소명처럼 다가왔다. 우리가 그토록 맹신하는 과학이란 길거리에 아무렇게나 피어 있는 들꽃의 신비도 제대로 해명하지 못하고 있는 것이 사실이다.

　세상에 존재하는 그 어떤 것들에 대해서도 변변하게 해명하지 못하고 있는 것이 과학인데도 불구하고 그것으로 눈에 보이지 않는 차원을 온전히 해명할 수 있다고 맹신하는 데에는 인간의 이성을 절대시하는 오만함이 자리하고 있다고 할 수 있다. 인간의 게놈 지도가 완성되었을 때, 마치 인간의 몸의 신비를 과학적으로 명쾌하게 밝혀낸 것처럼 요란을 떤 이유도 따지고 보면 그 오만함이 낳은 과잉 반응이라고 할 수 있다. 들꽃의 신비조차도 제대로 밝혀내지 못하고 있는 과학이 어떻게 우주의 또 다른 모습을 하고 있는 몸의 신비를 밝혔다고 이야기할 수 있겠는가? 우주만큼 우리가 알고 있는 몸은 혹은 과학이 밝힌 몸은 지극히 부분적인 것에 불과하다. 전체를 보지 못하고 부분만 보는 과학으로는 몸의 신비를 온전히 해명할 수 없다.

　몸에 대한 인간의 인식이나 태도와 자연이나 우주에 대한 인식이나 태도는 별반 다를 바가 없다. 인간의 몸처럼 자연이나 우주도 해부의 대상이며, 그 결과 자연(우주)은 회복 불가능할 정도로 처참하게 난도질 당해 버려진 것이다. 몸 혹은 자연의 눈에 보이는 차원 이면에 비교할 수 없을 정도로 신비롭고 신령스러운 눈에 보이지 않는 차원이 놓여 있다는 것을 인식하지 못한 채 그것의 존재성을 규정해 버림으로써 결과적으로 몸(자연)을 죽음으로 내모는 어리석음을 저지르게 된 것이다. 눈에 보이지 않는 차원이 존재하지 않으면 눈에 보이는 차원도 존재할 수 없다는 것을 인식하지 못하는 인간의 이성이나 과학이란 아이러니하게도 눈뜬장님의 그것을 닮았다. 눈에 보이는 것만을 절대시하는 세계에서 눈에 보이지 않는 것을 옹호하고 주장하는 일은 언제나 소외당할 수밖에 없다.

이렇게 우리의 몸을 둘러싸고 전개되는 눈에 보이는 차원과 보이지 않는 차원 사이의 갈등과 긴장은 몸이 컴퓨터와 휴대폰 같은 비트를 토대로 한 디지털 매체에 접속되면서 보다 복잡한 양상을 띠게 된다. 비트가 만들어내는 디지털 세계는 상상을 초월할 정도로 화려한 이미지로 우리의 시각을 자극하지만 그 너머에는 무한정의 텅 빈 눈에 보이지 않는 세계가 놓여 있다고 할 수 있다. 사실 우리 눈에 보이는 차원은 그 너머 보이지 않는 차원에 존재하는 어떤 힘의 원천(생명의 정수리) 같은 것이 있어서 성립되는 것이다. 이것은 마치 너무 크고 텅 비어 있어서 우리 눈에 보이지 않지만 모든 우주 만물을 생성하는 생명의 근원인 무無와 같은 세계라고 할 수 있다. 무는 어두컴컴하며 언제나 모든 존재자들을 수렴하고 있다는 점에서 그늘로 표상할 수 있는 그런 세계를 말한다. 이 무에서 유有가 발생한다는 것이 바로 동양의 존재론 아닌가?

눈에 보이지 않는, 하지만 없는 것이 아니라 반드시 존재하는 무와 같은 세계는 그 자체가 생명을 표상한다고 할 수 있다. 그것이 에코적이든 아니면 디지털적이든 이러한 존재를 가능하게 하고 그것을 끝없이 생성하는 생명의 정수는 있게 마련이다. 눈에 보이지 않는다고 이와 같은 존재를 부정하는 것은 생명의 존재를 부정하는 것과 다를 바 없다. 가령 기氣나 비트bit가 눈에 보이지 않는다고 해서 그것의 존재를 부정하는 것은 곧 그것을 토대로 하여 성립되는 에코와 디지털의 세계를 부정하는 것과 다를 바 없는 것이다. 눈에 보이지 않지만 없는 것이 아니라 반드시 존재하는 이런 세계는 해부를 하면 그것의 실체가 사라지기 때문에 그 존재를 감지할 수 없다. 사람의 몸을 해부해서 찾으려고 하는 것은 외부 증상이나 징후에 대응되는 어떤 환부(자리)이다. 환부라는 부분은 분절되어 드러나고 이렇게 되면 전체적인 몸의 흐름을 제대로 이해할 수 없게 된다.

부분이 아니라 전체, 분절이 아니라 흐름으로 몸을 이해하면 기와 혈맥 같은 것이 중요한 논의의 대상이 된다. 기와 혈맥의 흐름을 전체적으로 파악하여 몸의 상태를 알아보는 태도는 기본적으로 자연이나 우주와의 관계 속에서 인간(인간의 몸)을 규정한다는 것을 의미한다. '기가 허하다'라든가 '맥이 약하다'라는 말의 의미는 그것이 자연이나 우주와의 교감이 활발하게 이루어지지 않고 있다는 것을 뜻한다. 이처럼 인간의 몸에는 눈에 보이지 않는 기나 혈맥 같은 생명의 에너지가 존재한다고 할 수 있다. 그 생명의 에너지 중에서도 가장 정수리에 있는 것이 바로 '산알'인 것이다. 따라서 산알은 '살아 있는 생명의 알맹이'라고 할 수 있다.

김지하 시인이 『흰그늘의 산알 소식과 산알의 흰그늘 소식』에서 그것을 들고 나왔다는 것은 생명 담론을 줄기차게 전개해온 그의 전력으로 보아 어쩌면 그것은 당연한 귀결이라고 할 수 있다. 사실 산알에 대한 언급은 이미 『산알 모란꽃』(2010년 4월)에서 이야기된 바 있다. 인간의 몸 안에 산알이 있다는 말을 이것이 발생한 배경과 전후 맥락을 생략하고 들으면 정말로 '귀신 씻나락 까먹는 소리'로 오해할 수 있다. 산알은 분명 존재하지만 눈에 보이지 않기 때문에 과학적인 증명이나 눈에 보이는 실체를 요구하는 쪽에서 보면 거짓되고 허황된 것으로 사람들을 현혹시키는 사이비적인 것이 될 수밖에 없다. 시인 역시 이것을 잘 알고 있기에 김봉한이라는 인물을 내세운다. 김봉한이란 누구인가? 분명한 것은 그가 너무나 낯선 존재라는 것이다. 이것은 그가 월북한 북한의 경락학자이고, 그의 이론이 이곳에서 인정받고 있지 못하기 때문이다.

그는 6·25전쟁 당시 야전병원 의사로서 부상병들을 치료하는 과정에서 산알의 존재에 대한 단서를 찾았고, 이후 월북하여 평양의과대학에서 동물실험 등을 통해 인체에 존재하는 경락의 실체에 대해 연구한 결과 몸 안에 많은 수의 '산알'과 이것을 잇는 그물망 같은 물리적 시스템이 존재한다는 것을 밝혀내고 이를 '산알 이론'으로 확립하였다. 하지만 이 이론에 대해 '비인도적인 인체실험을 통해 연구된 것'이라는 소문과 국제적 의혹이 제기되자 입장이 난처해진 북한은 정치적 판단에 의해 김봉한과 그의 '산알 이론'을 매장시키기에 이른다. 한때 60년대 북한 과학의 3대 업적으로 꼽힐 만큼 칭송을 받았지만 정치적인 이유로 숙청된 이 비운의 경락학자를 김지하가 들고 나왔다는 사실은 많은 것들을 생각하게 한다. 그는

> '김봉한에 의하면 인체 내의 365종의 표층 경락이 세포나 내분비 등 일체 생명생성 활동을 지휘하고 치유하는 과정에서 그 음양생극陰陽生剋의 이진법적 생명생성 관계가 무디어지거나 서로 충돌하거나 하여 근본 치유력이 소실될 때 그 밑에 있는 360류의 심층 경락, 즉 기혈氣穴에서 문득 예기치 못한 치유력이 불쑥 솟아오르는 법인데, 이 솟아오름을 '복승複勝'이라 부르고 그 복승의 실체를 '산알'이라 부른다는 것이다. 이 '산알'은 세포를 확장 생산하기도 하고 세포가 도리어 산알로 수렴되기도 하는 확충擴充 작용을 한다고 하는데, 일본 경락학계에 따르면 '산알'은 절집에서 고승高僧이 죽을 때 다비茶毘에서 얻는 '사리舍利'와 같은 '핵산 미립자'라고 한다.
>
> ─ 「스톡홀름에서의 41개의 산알」[104]

104. 김지하, 「스톡홀름에서의 41개의 산알」, 『산알 모란꽃』, 시학, 2010, 35쪽.

에서 알 수 있듯이 산알의 출현이 가지는 의의를 '복승複勝'에서 찾고
있다. 복승이란 표층 경락의 치유력이 소실될 때 심층 경락인 기혈氣穴에서
예기치 못하게 불쑥 솟아오름을 말한다. 그가 복승에 주목하는 것은
인체 혹은 몸의 치유력이 소실되어 간다는 자각을 했기 때문이라고 할
수 있다. 몸 치유력의 소실은 그것이 우주의 기의 흐름을 표상하는 대표적
인 존재라는 점에서 생명의 소실에 대한 하나의 메타포로 볼 수 있다.
시인에게 생명의 소실만큼 불안하고 공포스러운 것이 없다고 한다면
점점 치유력을 소실해가고 있는 몸을 보면서 그가 복승을 떠올리고 그것
에 주목하는 것은 지극히 당연하다고 할 수 있다.

이런 점에서 시인이 바라보는 몸은 강한 전망을 내포하고 있다. 비록
그것은 점점 치유력을 소실해가고 있지만 그 안에서 스스로 그것을 회복
하는 작용이 일어난다는 것은 몸의 생명성을 강하게 믿고 있다는 것을
말해준다. 시인이 이렇게 믿는 데에는 몸의 눈에 보이지 않는 차원, 김봉한
이 말하는 심층 경락의 복잡하고 신비한 차원의 치유력을 누구보다도
잘 알고 있기 때문이다. 그는 김봉한의 산알을 41개의 형식으로 정리하면
서 그것이 5복승五複勝, 15복승十五複勝과 같은 오운육기론五運六氣論적 우주
생명의 확충을 통해 우주 생명학 혹은 생명학의 단초가 될 것이라고
말한다.(「스톡홀름에서의 41개의 산알」, 38쪽) 심층 경락의 치유력은 김
봉한에 의해 관념적으로 증명된 것이 아니라 사람의 몸을 통한 임상
실험을 통해 증명된 것이다.

이러한 사실을 토대로 보면 인간의 몸은 우리가 해명하기 어려운 복잡
한 영적, 우주적 기능이 충만한 존재라는 것을 알 수 있다. 몸 안에 있는
표층 경락이나 심층 경락은 단순한 물질적인 세포 덩어리가 아니라 그
안에 '넋'이나 '얼' 등 정신 에너지를 지닌 존재이다. 이 정신 에너지는
몸 안에서 진화하며, 그 진화의 방식은 변증법적인 것이 아니라 '아니다,
'그렇다'의 교차배어법으로 이루어진 불연기연不然其然의 논리이다. 이 논

리대로라면 마음속의 몸이 우주 생명학에서 중요한 문제가 된다. 마음은 정신의 한 측면으로만 그치는 것이 아니라 마음 자체가 하나의 실체로 존재하는, 김지하식으로 이야기하면 그것은 '정신적 실체로서의 새로운 생명'(「마음 속의 몸」, 『흰그늘의 산알 소식과 산알의 흰그늘 소식』, 130쪽)이 된다. 마음이나 정신이 실체가 없는 것이 아니라 분명한 실체를 가지고 있다면 그 마음이나 정신은 몸이 되는 것이라고 할 수 있다.

마음이 몸 안에 있지 않고, 몸이 마음 안에 있다면 물질이 정신을 결정한다는 유물론은 용도폐기 되어야 한다. 그렇다면 몸 안의 복승의 실체인 산알은 유물인가? 아니면 마음인가? 산알은 마음이 만들어낸 실체 곧 몸인 것이다. 산알이 왜 우주 생명학이 될 수 있는가? 만일 우주 생명학이 물질이 토대가 되어 이루어지는 것이라면 영적이고 신령스러운 넋이나 얼은 여기에서 배제되어야 한다. 우주 생명학에 넋이나 얼이 없으면 그 생명은 영성이 아닌 물성을 띠게 될 것이다. 영성이 부재하면 인간과 자연 혹은 인간과 우주는 격리될 수밖에 없다(토머스 베리). 영성의 부재는 인간과 자연(우주)의 관계를 토대로 하는 생태학에 서도 나타난다. 김지하가 '유물론이 생태학의 한 철학'(「唯物論 극복」, 86쪽)이라고 하여 그것을 비판한 이유가 바로 여기에 있다. 이 말은 생태학 의 방향이 생물학적인 차원에 머물러서는 안 되고 영성이나 마음과 같은 차원을 함께 고려해야 한다는 것을 의미한다.

그러나 그가 생각하는 영성이나 신령스러운 마음을 어떻게 회복할 수 있을까? 영성이나 신령스러운 마음보다는 감각과 물질에 더 탐닉하고 있는 지금, 여기의 상황을 고려한다면 암담한 생각마저 드는 것이 사실이 다. 아무리 영성이나 마음에 대한 이론을 설파하고 그것을 통해 누군가를 설득하려고 해도 그것을 행하려는 사람의 의지가 없으면 무용지물이다. 영성이나 신령스러운 마음의 회복은 무엇보다도 먼저 의식의 대전환(게 슈탈트 스위치)이 있어야 한다. 오랜 인습과 안주로 점철된 의식을 일거에 깨뜨리기 위해서는 마치 선불교에서 아직 깨달음에 이르지 못한 수행승들에게 행하는 방망이질이나 죽비의 세례가 있어야 할 것이다. 이런 깨달음은 내발성이 가장 중요하지만 그것을 충격하는 것은 외부로부터 주어질 수 있다. 김지하는 이것을 '啐啄줄탁'에 비유하고 있다.

> 啐은 달걀 안에서 햇병아리가 밖으로 나오려고 부리로 껍질을 쪼는 것이고 啄은 달걀 밖에서 그 啐의 부위와 시기와 그 지혜의 수위와 기운을 짐작한 어미닭이 그 부위를 정확하게 밖에서 쪼아 안팎의 일치로 달걀이 깨어져 병아리가 비로소 이 세상에 탄생하는 과정 자체를 啐啄이라한다. 이것은 흔히 개벽의 비유로 사람과 한울님 사이에, 또는 내밀한 계기와 외면적 조건 사이의 필연의 문제로, 특히나 불교에서는 侍者의 禪機와 이를 눈치챈 祖室 사이의 안팎의 喝과 棒 또는 禪門의 해탈문의 계기로 비유된다. 치유는 바로 큰 깨달음인 것이다.
>
> – 「啐啄」[105]

그는 줄탁, 다시 말하면 달걀이 깨어져 병아리가 되기 위해서는 안팎의 일치가 중요하다는 이야기를 하고 있다. 그가 말하는 안팎이란 '사람과 한울님 사이', '내밀한 계기와 외면적 조건 사이'를 뜻한다. 이 사이에는 필연의 문제가 개입되며, 안팎이 일치하는 순간이 바로 '개벽' 혹은 '해탈'인 것이다. 이것이 곧 그가 말하는 '치유이자 큰 깨달음'이다. 그는 이러한 큰 깨달음의 시기(개벽 세상)가 곧 도래할 것이라는 믿음을 가지고 있다. 그의 믿음의 이면에는 '정역'이 있고, 정역의 논리에 의하면 기울어진 지구의 자전축이 점차 수직 방향으로 대이동하고 있으며, 이 대이동에 따라 지구에 엄청난 변동이 일어난다는 것이다. 정역의 예언의 예로

---

105. 김지하, 「啐啄」, 『중심의 괴로움』, 66쪽.

그는 '지구 자전축이 북극태음북귀 때에 북극 동토대가 녹고 대빙산이 해빙되면서 동시에 적도와 케냐에는 눈이 내리고 "비비컴, 나르발라돔, 하이예(이랬다저랬다 변덕스러운 날씨)이 현상'(「經度」, 105쪽)을 들고 있다. 그의 논리대로라면 정역의 대예언과 '지금, 여기'에서 일어나고 있는 지구의 대변동 사이에는 우연이 아닌 필연이 개입되어 있는 것이다. 그 필연이란 자연생태계 파괴와 지구 환경오염, 공해의 남발 등과 같은 생명 파괴를 발생 근거로 하는 것이다.

그가 말하는 지구축의 이동이야말로 '복승複勝'인 것이다. 사람의 병든 몸처럼 지구 역시 병들어 있는 것이 사실이며, 이렇게 가면 정말이지 죽을 수도 있다는 위기와 불안이 증폭되면서 지구의 숨은 차원, 다시 말하면 심층 경락이 솟구쳐 오른 것이다. 지구의 복승에 대한 인식은 그것이 물질로만 이루어진 것으로만 간주해서는 일어날 수 없는 일이다. 이러한 인식은 지구를 넋이나 얼을 지닌 마음의 생명체로 인식한 결과라고 할 수 있다. 지구가 하나의 자기 조절 능력과 시스템을 지닌 살아 있는 생명체라는 사실은 이미 제임스 러브룩에 의해 이야기된 바 있다. 지구가 하나의 생명체라는 사실은 기존의 지구 역사와 진화에 대한 인식과는 다른 지극히 새로운 학설이며, 지구가 최고선을 향해 어떤 총체적인 계획을 수립한다는 점에서 우주 생명 진화의 영역과 연결된다고 할 수 있다.

지구의 복승의 징조가 여러 곳에서 벌어지고 있다면 미네르바의 부엉이가 날갯짓을 할 수 있는 황혼이 짙게 드리워진 것은 아닐까? 우리가 지금 무엇을 해야 하는지 그는 잘 알고 있다. 그가 구상하고 있는 것은 '우주 생명학'이다. 이것은 분명 '학'이라는 점에서 하나의 제도이다. 우주 생명학이라는 제도를 그는 크게 '五複勝', '十五複勝', '五運六氣論'(「制度」, 55쪽) 등 세 가지로 체계화한 뒤, 이것을 실현하기 위해서는 '일체의 생명이 있는 것에 대한 열기 있는 모심'(「熱氣」, 56쪽)을 강조한다.

그리고 그것을 실현시킬 주체로 '여성, 어린이, 쓸쓸한 중생(스스로 몸이 약하거나 사회적으로 소외되어 있거나 스스로 항상 외롭다고 느끼는 다수의 비정규직, 변두리 남녀 대중, 또는 수익은 있어도 불행을 느끼는 중산층 남녀들)'(「主體」, 57쪽)을 들고 있다.

그의 구상의 의의는 우주 생명학의 주체와 열정과 제도를 제시함으로써 우주 생명의 시대에 우리가 지녀야 할 태도와 방향을 이야기하고 있다는 점에 있다. 그의 구상이나 담론은 늘 담대하여 여기에서 어떤 경외감을 느끼기도 하지만 이에 못지않게 어떤 거리감도 느끼는 것이 사실이다. 그것은 이 우주라는 말 때문이다. 우리가 우주 안에 있고, 우주의 기가 내 몸 안에서 끊임없이 모였다가 흩어지고, 좁쌀 한 알에서도 우주가 깃들어 있다고 하는데 여전히 우주는 이쪽이 아니라 저쪽에 있다. 언제부터 우주가 이렇게 우리의 의식 속에서 멀어진 것일까? 아마 그것은 우리가 우주를 대상화하고, 과학적으로 분석하고 관찰하면서부터일 것이다. 하늘의 별들을 망원경으로 관찰하고, 우주선을 발사하여 달이나 화성, 목성 등을 탐사하게 되면서 사람들은 일월성신을 향해 빌기를 멈추고, 동아줄을 타고 남매가 하늘에 올라 달과 별이 되는 이야기와 계수나무 아래서 옥토끼가 방아를 찧던 이야기가 아주 나이브한 판타지로 인식하게 된 것이다. 이렇게 신화가 사라진 자리에 과학이 들어서면서 우주는 더 이상 우리와 친밀한 교감을 하는 대상에서 사라져버린 것이다.

신화의 복원이 우주와의 교감의 한 방법이라면 신화의 시대의 지혜를 오늘날에 되살려야 한다. 그것이 바로 '입고출신入古出新'(「傳統」, 61쪽)인 것이다. 근대 이후 우리는 너무나 쉽게 우리의 것을 버렸다. 그 대표적인 것 중의 하나가 동아시아의 우주 생명의 전통이다. 생명과 우주의 진리가 다양하게 감추어져 있는 동아시아의 전통은 아이러니하게도 우리보다 서양인들의 관심의 대상이 되어 복원의 손길을 기다리고 있다. 동아시아 신화의 시대에는 우주 생명 이야기를 누구나 알고 있었으며,(「누구나 아는 생명 이야기를 이제는 참으로 우주화 하자」, 110쪽) 그것을 자신의 안에서 생명화 했던 것(「누구나 우러러보는 우주생각을 이제는 내 안에서 생명화하자」, 111쪽)이 사실이다. 몸과 우주가 둘이 아니었기 때문에 인간이 죽어 우주로 수렴된다거나 우주가 다시 인간의 몸속에서 현현되는 일은 전혀 낯선 생각이 아니었다. 우주 생명이 몸 안에서 일어나는 것을 감지하고 그것을 자연스럽게 받아들이는 일이야말로 우리가 망각하고 있던 인간과 우주와의 친밀한 관계를 회복하는 것이라고 할 수 있다.

이런 점에서 우주로 투사된 생각이나 의식을 다시 몸으로 수렴하는 것이 중요하다. 몸을 자세히 들여다보고 느끼는 것이 곧 우주를 들여다보고 느끼는 일이기 때문이다. 김지하가 김봉한의 산알론을 들고나온 의미도 여기에 있다고 할 수 있다. 몸 안의 심층 경락의 복승을 통해 우주 생명학을 구상한 그의 의도가 여기에 있다면 이것은 나의 구상과도 크게 다르지 않다고 할 수 있다. 다만 몸 안의 복승을 가능하게 하는 조건의 차원에서 조금 차이가 있다. 그가 말하는 복승을 가능하게 하는 조건 중에서 '내밀한 계기와 외면적 조건 사이'에 비트를 토대로 하는 디지털 생태학 혹은 디지털 생명학을 포함시키자는 것이다. 우리 몸과 디지털의 세계 접속을 가능하게 하는 비트화 된 전류의 실체가 분명한 하나의 현상으로 대두하고 있는 상황에서 그것을 배제한 채 몸의 복승을 통한 우주 생명학을 이야기한다는 것은 무언가 중요한 것을 간과하고 있다는 생각이 든다. 몸 안의 심층 경락의 복승에 비트화 된 전류가 흐르고 있다는 사실을 인간의 사이보그화 된 욕망은 잘 보여주고 있다.

비트화 된 전류가 심층 경락의 복승을 빠른 속도로 자극하고 있는 징조가 디지털 생태계의 출현이다. 기氣처럼 형체도 없고 색, 크기, 무게도 없는 비트에 의해 이루어지는 디지털 생태계는 몸의 또 다른 실존의 장이다. 디지털 생태계라는 말이 의미하는 것은 그것이 몸의 안과 밖의 존재에 결정적인 조건으로 작용한다는 것을 말한다. 디지털 생태계는 몸에 내밀한 계기와 외면적 조건 사이에 어떤 필연성으로 존재한다고 할 수 있다. 디지털 생태계의 출현은 다음과 같은 딜레마를 제공한다.

첫째, 비트가 반에코적인 것이기 때문에 디지털 생태계는 생식기능을 하는 몸과 체질적으로 맞지 않을 수 있다. 생식기능을 하는 몸은 전류를 에너지로 쓸 수 없다. 즉 비트의 흐름과 기의 흐름이 상생의 방향으로 흐르지 않을 수 있다는 것이다. 둘째, 비트가 만들어내는 디지털 세계는 마음의 상태를 손쉽게 조작하고 통제할 수 있다. 디지털의 세계는 마음의 안정이나 불안정, 불안과 평온, 질서와 무질서 등의 다양한 상태를 창출할 수 있는 동시에 그것은 또한 0과 1이라는 불연속적인 기술을 통해 손쉽게 다른 차원으로의 이동을 조절하고 통제함으로써 인간의 마음이 가지는 우주율에 입각한 자연스러운 흐름을 깨뜨릴 수 있다. 셋째, 디지털 생태계는 영토가 무한정이기 때문에 그만큼 틈이 많아 인간의 정신을 자유롭게 하여 내면의 영성을 자극할 수도 있지만 그것이 과도하면 손쉽게 우상을 만들어 사이비적인 영성을 만들어낼 수도 있다. 넷째, 디지털 세계에서는 가상의 영토와 빠른 속도로 인해 감각이나 욕망이 어떤 출구도 없이 계속될 위험성이 있다.

디지털 생태계는 이처럼 몸의 생명을 자극할 수도 있고, 또 그것을 파국으로 몰아갈 수도 있다는 점에서 신중하게 탐색해야 할 대상이다. 하지만 몸의 복승이 디지털 생태계에 놓여 있든 아니면 에코적인 생태계에 놓여 있든 중요한 것은 산알에 대한 '개체의 강렬한 내적 갈망'(「個修」, 69쪽)이다. 개체의 내적 갈망이 없으면 외적 조건이 아무리 무르익는다 하더라도 산알은 탄생할 수 없다. 줄탁동시啐啄同時라는 말이 의미하듯이 병아리의 탄생(산알)은 밖에서 어미가 쪼아주기에 앞서 안에서 새끼가 자발적으로 알을 깨고 나가려는 열망이 있어야 가능한 것이다. 어쩌면 개체의 내적 갈망 자체가 산알이라고 할 수 있을 것이다. 이와 관련하여

한 가지 염려스러운 것은 디지털 생태계가 인간의 몸을 스테레오타입화된 자동화의 상태로 바꿔놓고 있는 것은 아닌가 하는 점이다. 이 세계에 들어서면 자신도 모르게 개체의 내적 갈망보다는 무한정 네트워크화된 전자의 바다에 몸을 마사지 받고 싶은 감각이나 욕망이 앞서는 것이 사실이다. 이것 역시 지금 내 몸이 앓고 있는 산알의 탄생을 위한 진통이라고 생각한다. 이런 점에서 김지하가 전해온 '흰그늘의 산알 소식과 산알의 흰그늘 소식'은 분명 희소식이지만 그만큼 또한 나를 반성하게 하고 분발하게 하는 소식이라고 할 수 있다. 아! 삶의 늪에 빠져 망각을 밥 먹듯이 하는 이 비만한 몸을 어떻게 하면 산알처럼 천의무봉한 몸으로 거듭나게 할 수 있을까?

5. 풍자냐 자살이냐— 비트냐 펑크^{funk}냐
— 90년대 혹은 김지하와 백민석의 거리

1. 김지하와 백민석, 그리고 90년대

　90년대 한국문학의 가장 큰 특징 중의 하나는 김지하와 백민석이 공존하고 있다는 점이다. 이들의 공존은 90년대 한국문학이 보여주고 있는 건강성과 병리성, 자연과 문명, 동양과 서양, 정신과 해체, 전통성과 근대성(탈근성), 이성과 감성, 유토피아와 디스토피아, 리얼리티와 환상, 통합과 분열, 생명(살림)과 반생명(죽임) 등과 같은 서로 상반되는 담론을 상징적으로 수렴하고 있는 존재 양태라고 할 수 있다. 90년대는 미시담론 시대라는 말에 걸맞게 이와 같은 대립적인 다양한 담론들이 존재하면서 서로 충돌하고 또 상생相生하며 한국문학의 판과 틀을 유지해온 것이 사실이다. 비록 거대담론이 지배하던 시대처럼 집중과 결집된 논의를 보여준 것은 아니지만 이러한 담론들은 90년대 이전부터 우리 문학사의 한 존재 양태를 형성해 온 중요한 화두들이다. 다만 이 화두들은 90년대 이전에는 이데올로기 같은 거대담론으로 인해 본격적인 논의 대상으로 부상할 기회를 얻지 못했다.

　그러나 90년대에 들어와 미시담론들이 대두되면서 한국문학은 다른 어느 시기보다도 다양한 담론과 다양한 인식론적인 차이를 노정하기에 이른다. 이 차이는 어떤 경우에는 편차의 양태로 드러나기도 하지만, 또 어떤 경우에는 편차를 넘어 격차의 양태로 드러나 상호 간에 논쟁의 형태로 불거져 나온 경우도 있다. 이를테면 이승훈의 시 「시」, 「노예」(『문예중앙』 1997년 가을호)와 평론 「모든 것이 시작이다」(『문학사상』 1997년 9월호), 「문학의 역사는 폐허의 역사다」(『소설과 사상』 1997년 가을호)를 두고 최동호 교수가 '시에 대한 부정과 해체를 일삼는 우울증 환자의 시쓰기'(『문학사상』 1997년 10)라고 비판한 데서 시작된 이승훈/최동호 간의 논쟁은 건강성과 병리성, 정신과 해체, 자연과 문명, 동양과 서양, 전통성과 근대성(탈근대성), 생명과 반생명에 대한 인식론적인 차이가 불거져 나온 경우라고 할 수 있고, 96년 11월 민족문학연구소와 민족문학작가회의가 주최한 '민족문학론의 갱신을 위하여'에서 발표된 진정석의 비평 「민족문학과 모더니즘」에 대해 윤지관과 김명환이 각각 「문제는 모더니즘의 수용이 아니다」(사회평론 『길』 1997년 1월호)와 「민족문학 갱신의 노력」(『내일을 여는 작가』 1997년 1·2월호)을 통해 그의 '리얼리즘의 한계 극복으로서의 모더니즘 수용'을 비판한 데서 촉발된 진정석과 윤지관·김명환의 논쟁은 통합(리얼리즘)과 분열(모더니즘), 이성과 감성에 대한 인식론적인 차이가 불거져 나온 경우라고 할 수 있으며, 『상상』의 '동아시아 문화론'(1994년 여름호)에 대해 고미숙이 '새로운 중세로의 회귀'(『문학동네』 1995년 가을호)라고 비판한 데서 촉발된 김탁환과 고미숙·방민호의 논쟁은 리얼리티와 환상, 통합과 분열, 이성과 감성, 근대성(탈근대성)과 전통성에 대한 인식론적인 차이가 불거져 나온 경우라고 할 수 있다.

이렇게 90년대는 인식론적인 차이를 통해 다양한 논쟁이 활발하게 이루어졌으며, 이 이외에도 크고 작은 논쟁[106]이 있어 왔다. 여기에서

---

106. 90년대에 진행된 국지적이고 파편적인 논쟁에 대해서는 『문예중앙』(1998년 가을호)

예를 든 논쟁들은 공론화된 대표적인 것일 뿐이다. 사실 논쟁을 통해 공론화되지 않아서 그렇지 90년대 문학에서 인식론적인 차이를 드러내는 예들은 얼마든지 있다. 이들은 일정한 장만 마련되면 여기에서 예를 든 것들보다 훨씬 더 강하고 명증한 논쟁으로 점화될 수 있는 성질의 것이며, 그 대표적인 것이 바로 김지하와 백민석의 텍스트들이다. 이 두 작가의 텍스트들은 비록 시와 소설이라는 장르 상의 장애는 있지만 인식론적인 차이의 극명함으로 인해 위에서 예로 든 논쟁을 선명하게 수렴하면서 이들에게서 발견할 수 없는 부분들을 많이 가지고 있다. 또한 이 두 작가의 텍스트들은 90년대라는 당대적인 상황에서 중요하게 대두된 문제들을 넘어 세기의 전환과 패러다임의 변환에 대한 예상까지도 가능하게 하는 일종의 '전망의 텍스트'로서의 기능도 가지고 있다고 할 수 있다.

2. 풍자냐 자살이냐, 비트냐 펑크냐

김지하와 백민석의 텍스트가 90년대의 주요한 논쟁들은 물론 당대적인 상황과 다가오는 세기에 대한 전망까지를 상징적으로 수렴하고 있다면 그것을 가능하게 하는 이 두 텍스트의 인식론적인 차이는 어디에서 기인하는 것일까? 이 질문은 두 작가의 세계에 대한 지각, 인지, 이해, 판단이라는 사유의 모든 과정에서 드러나는 차이를 포함하는 대단히

에서 마련한 '한국문학 논쟁, 그 발전적 모색을 위하여'라는 기획특집을 참고할 필요가 있다. 이 특집에는 최근의 논쟁이 제기한 문제점, 비평가의 자의식, 섹트주의의 공과, 비평의 독자성 확보, 실제비평의 문제에 대한 한기, 권성우, 김경수의 특집좌담과 권명아의 한국문학 논쟁사에 대한 개괄과 논쟁 관련 목록, 그리고 논쟁 이면에 도사린 권력의 문제를 파헤친 신철하의 「문학의 감옥」이라는 글이 실려 있다.

광범위한 문제이기 때문에 여기에서 이 과정을 모두 설명한다는 것은 불가능한 일이다. 그러나 여기에서 간과해서는 안 될 중요한 사실은 작가의 인식이 그가 속해 있는 세계에 의해 결정되며, 작가는 어떤 경우에도 그 세계를 넘어서지 못한다는 점이다. 이것은 세계가 작가의 사유 혹은 의식에 앞서 존재한다는 것을 의미하며, 작가는 필연적으로 이 '세계 내'에 존재할 수밖에 없고, 바로 이 '세계 내'에서 작가는 신체를 통한 체험에 의해 자신의 존재성을 드러내는 것이다.

이렇게 작가는 '세계 내'에서 신체를 통한 체험에 의해 '산다기보다는 살아지기' 때문에 그 세계의 양태라든가 '지금 여기'라는 시공성의 문제가 중요하게 대두될 수밖에 없으며, 이러한 사실은 김지하와 백민석의 인식론적인 차이가 어쩔 수 없이 그가 '살아진 세계'와 신체를 통해 체험한 '지금 여기'의 산물이라는 것을 말해준다고 할 수 있다. 그런데 작가의 의식에 앞서 이미 존재하고 있는 세계는 어떤 경우에도 온전히 드러나지 않는다. 세계는 언제나 은폐되어 있으며, 그것을 탈은폐시키기 위해서는 도구(도구적 연관성)를 사용해야 한다. 이 도구에 의해 혹은 이 도구적 연관에 의해 세계는 드러나고, 또 그 드러남의 방식이 결정되는 것이다.

김지하와 백민석의 경우 세계를 드러내는 이러한 도구로 두 사람 모두 질문의 형식을 취하고 있다. 먼저 김지하는 그것을 '풍자냐 자살이냐'(『시인』 1970)라는 형식으로 표현했고, 백민석은 '비트냐 펑크냐'(『16믿거나 말거나 박물지』 1997)라는 형식으로 표현했다. 세계에 대한 탈은폐 행위로 두 사람 모두 이렇게 선택적인 표현 형식을 도구로 취하고 있다는 것은 이들의 사유 과정thinking process에 어떤 공통점이 존재한다는 것을 의미한다. 그러나 이 공통점이란 그야말로 사유 과정상의 공통점이지 그 사유 과정을 통해 드러나는 현상이나 결과 자체의 공통점은 아니다. 오히려 이들의 선택적인 표현 형식을 취하고 있는 사유 과정을 통해 드러나는 현상이나 결과는 공통점보다는 차이점이 더 많다.

두 사람의 선택적인 표현이 차이점을 노정할 수밖에 없는 것은 우선 '풍자냐 자살이냐', '비트냐 펑크냐'라는 구문에서 이들이 취사선택한 계열체적인 어휘, 곧 풍자/자살, 비트/펑크의 차이 때문이다. 이들이 은폐된 세계를 탈은폐시키기 위해 선택한 풍자/자살, 비트/펑크라는 어휘 중에서 풍자/자살은 서로 대립되는 극단적 선택 행위를 드러내고 있는 어휘들이고, 비트/펑크는 서로 유사한 속성을 지니고 있기 때문에 극단적인 행위의 선택을 드러내고 있지 않는 어휘들이다. 이것은 은폐된 세계가 김지하의 경우에는 풍자/자살이라는 서로 대립되는 극단적인 선택 행위를 할 때 탈은폐된다는 것을 의미하는 것이고, 백민석의 경우에는 그것이 비트/펑크라는 두 선택항이 가지는 유사한 속성 때문에 극단화된 선택 행위를 하지 않아도 탈은폐된다는 것을 의미하는 것이다. 그렇다면 마치 죄수가 갇혀 있는 감옥처럼 이 두 작가를 가두고 있는 세계, 이미 거기 있는 세계, 아니 이 세계는 어떤 도구적 연관성을 통해서도 완전하게 드러나지 않는, 단지 부분만이 드러나는 그 세계란 도대체 어떤 세계인가?

김지하의 경우 이 세계는 물신物神이나 제도가 지배하는 세계, 물이 곧 신처럼 숭배되고 제도가 억압성을 띠는 그런 세계로 드러난다. 이 세계에서는 모든 것들이 상품화되고 그 상품은 사용가치가 아니라 교환가치가 되어 자연적 관계가 아니라 사회적 관계에 종속되고, 주체가 제도에 종속되게 된다. 이 물신과 제도의 폭력 앞에서 시인은 패배할 수밖에 없고, 이 패배는 비애를 불러온다. 따라서 세계의 폭력과 시인의 비애는 갈등 관계에 놓이게 된다. 이 갈등 관계 속에서 시인이 할 수 있는 일은 물신과 제도의 폭력 앞에 무릎을 꿇거나 물신과 제도의 폭력에 시인도 폭력으로 대응하는 방법이다. 이 두 방법 중 전자는 자살이고 후자는 풍자이다. 즉 물신과 제도의 폭력이 지배하는 세계에 대해 시인이 할 수 있는 것은 '풍자냐 자살이냐'라는 극단적인 대응 방식이다.

이미 철저하게 물신화·제도화되어버린 세계, 그래서 '풍자냐 자살이냐'라는 극단적인 대응 방식을 통해서만이 탈은폐되는 세계, 이 세계에서 '살아간다'는 것은 곧 정치적인 감각을 지닌 존재로 '살아간다'는 것[107]을 의미한다. 정치적인 감각이란 삶에 있어서 필수적인 것이지만 '풍자냐 자살이냐'라는 서로 대립되는 극단적인 행위를 통해 온몸으로 세계와 만나는 김지하의 경우에 이 정치적인 감각은 자신의 실존 전체와 맞먹는 무게를 지닌다고 할 수 있다. 그의 이러한 정치적인 감각은 첫 시집 『황토』(1970)를 시작으로『검은 산 하얀 방』(1986), 『애린 1』(1986), 『애린 2』(1986), 『이 가문날에 비구름』(1988), 『별밭을 우러르며』(1989)를 거쳐 『중심의 괴로움』(1994)에 이르기까지 변화와 굴절의 양상을 거듭하면서 그의 시의 중심 토대를 형성해 왔다. 이것을 좀 더 구체적으로 살펴보면, 『황토』로 대표되는 70년대의 그의 정치적인 감각은 세계에 대해 감정적이고 직설적인 리듬의 형태로 드러났고, 『검은 산 하얀 방』, 『별밭을 우러르며』로 대표되는 80년대는 그것이 형이상학적, 종교적, 일상적인 체험의 형태로, 그리고『중심의 괴로움』의 90년대에 와서는 그것이 윤리적인 형태로 각각 드러났다고 할 수 있다.

그런데 이처럼 시공간을 달리하면서 그의 정치적인 감각은 변화와

---

107. 정치적인 감각이 김지하의 실존을 가능하게 하는 토대가 된다는 해석은 이미 김우창이나 김재홍 등 여러 평자에 의해 지적된 바 있다. 특히 김우창은 김지하의『중심의 괴로움』에 대한 해설에서 이 점을 부각시키고 있는데, 그의 해석 중에서 주목할 부분은 그가 김지하의 정치 감각을 단순히 이념이나 이데올로기의 차원에서 해석하지 않고 인간의 본능과 본태에 입각해서 해석하고 있다는 점이다. 이 점은 김지하가 생경한 구호의 차원에서 세계를 노래한 것이 아니라 실재적인 삶의 차원(생활세계)에서 세계를 노래하고 있다는 것을 잘 드러내주는 해석이라고 할 수 있다. 또한 이것은 그가 80년대에 생명의 문제를 들고나올 수밖에 없었던 것이 이 실재적인 삶의 차원의 문제와 맥이 닿아 있다는 것을 잘 보여주고 있는 해석이라고도 할 수 있다.

굴절을 거듭해 온 것이 사실이지만 이 변화와 굴절이 단절뿐만 아니라 연속을 함의하고 있다는 것을 간과해서는 안 된다. 그의 정치적인 감각의 최근 형태인『중심의 괴로움』속에는 70년대의 감정적이고 직설적인 리듬과 80년대의 형이상학적, 종교적, 일상적 체험이라는 정치적인 감각 역시 존재한다. 다만 70년대의 감정적이고 직설적인 리듬은 90년대에 와서는 상당히 정제된 형태로 내면화되어 드러나는데 이것은 세계가 행사하는 억압의 정도가 감소 내지 간접화되었기 때문이다. 이렇게 억압의 정도가 감소 내지 간접화됨에 따라 세계에 대응하는 정치적인 감각 역시 부정에서 긍정으로 바뀔 수 있는 여지를 제공할 뿐만 아니라 또 그렇게 드러나기도 한다. 70년대의 연속선상에서의 변화와 굴절처럼 80년대의 형이상학적, 종교적, 일상적인 체험이라는 정치 감각 역시 90년대에 와서 고스란히 존재할 뿐만 아니라 오히려 더 구체화되고 강화된다고 할 수 있다. 80년대에 보여준 정신 지향적이고 불교의 자비와 기독교의 사랑, 그리고 다소 관념화되고 추상화된 일상적인 체험이라는 정치 감각은 90년대에 와서는 도가의 무위자연 사상, 알베르트 슈바이처류의 생명 경외 사상(여기서 고통을 느끼지 못하는 무기물은 일단 윤리적인 반성의 대상에서 제외된다)보다 더 근본적인 동학의 시천주 사상에 토대를 둔 생명 사상인 우주 생명 공동체라는 감각으로 변화 굴절되면서 정신의 투명성과 생명 공경의 윤리성, 그리고 개개인의 삶과 사물, 자연, 우주가 하나가 되는 보다 실질적이고 구체적인 실존성을 획득하게 된다.

세계에 대응하는 그의 정치적인 감각이 이렇게 변화 굴절됨에 따라 그 현재태인 90년대에 보여주는 인식은 병리성보다는 건강성, 문명보다는 자연, 서양보다는 동아시아, 해체주의보다는 정신주의, 감성보다는 이성, 디스토피아보다는 유토피아, 환상보다는 리얼리티, 분열보다는 통합, 반생명(죽임)보다는 생명(살림) 등에 더 많은 가치를 두는 존재 양태로 드러난다. 물론 이러한 인식의 결과는 억압적인 세계, 물신화된 세계에 맞서 '풍자냐 자살이냐'라는 반성적이고 실천적인 행위를 동반한 치열한 그의 정치 감각에서 비롯된 것이라고 할 수 있다. 그의 세계에 대응하는 정치 감각의 변화와 굴절이 절대적인 보편타당성을 가진다고는 할 수 없지만 70, 80년대의 억압의 상황과 90년대의 혼란과 혼돈의 상황에서 나온 반성과 실천의 필연적인 결과물이며 그로 인해 많은 부분에서 보편타당성과 공감대를 형성하고 있다는 사실만은 인정하지 않을 수 없다. 이것은 80년대에 그가 생명주의의 기치를 들고 나왔을 때 그를 변절자로 몰아붙였던 많은 리얼리즘 혹은 민중의식을 가진 사람들이 90년대에 들어와 생태주의(생명주의) 내지 정신주의적(선적)인 양태를 보이는 사실[108]이라든가 또한 이들과는 다른 궤적을 보인 많은 사람들이 생명, 정신, 통합, 이성(계몽), 자연, 전통, 동양 등의 인식을 중심 화두로 글을 쓰고 있는[109] 90년대의 문단 현실을 통해서도 알 수 있는 사실이다. 이러한 점을 통해 볼 때, 그의 시 「중심의 괴로움」은 90년대적인 인식의

---

108. 이러한 변모 과정을 보여준 작가로는 김준태, 신경림, 이시영, 조태일, 이재무, 이동순, 김명수, 고형렬, 고재종 등을 들 수 있다. 이들의 변모 역시 김지하처럼 정치적인 감각에서 기인한다고 할 수 있다. 이들은 더 이상 70년대나 80년대에 사용한 세계 대응의 도구들이 90년대에 들어와 보편타당성을 가질 수 없다는 것을 인식하고 있었던 것이다. 이들의 변모를 상징적으로 보여주는 작품집이 바로 89년에 나온 김준태의 『칼과 흙』이다. 이 시집에서 그는 이제 '칼이 아니라 흙'으로 갈 수밖에 없음을 고통스러운 인식 과정을 통해 보여주고 있다. 그러나 '칼에서 흙으로' 의 변모는 세계에 대응하는 도구가 바뀐 것이지 그 목적이 바뀐 것이라고는 할 수 없다.

109. 여기에는 정현종, 송수권, 조정권, 황동규, 장석남, 이태수, 이기철, 안도현, 김종, 이문재, 박용하, 허수경, 정일근, 김용택, 조창환, 최동호, 이성선, 정진규, 오세영, 이건청, 구상, 이청준, 김주영, 윤대녕, 구효서, 이순원 등의 작가들이 포함된다. 이들 일군의 작가들이 보여주고 있는 생명, 정신, 자연, 통합, 이성, 동양, 전통 등의 특성들은 거창하게 어떤 이론을 표면화하고 이것에 맞추어 의도적인 창작과정에서 얻어진 것이라기보다는 이들이 생래적으로 혹은 생득적으로 체험하고 추체험한 과정에서 자연스럽게 얻어진 것이라고 할 수 있다. 이것은 이들이 보여주는 생명, 정신, 자연 같은 특성들이 우리의 정서와 감성 속에 놓여 있다는 것을 의미한다.

한 존재 양태를 상징적으로 수렴 혹은 집적하고 있다고 말할 수 있다.

그러나 앞서 언급한 것처럼 90년대에 드러난 세계 인식의 존재 양태로는 김지하류만 있는 것이 아니라 백민석류의 존재 양태도 있다. 이 백민석류의 존재 양태는 김지하류의 존재 양태와 대비의 차원을 넘어 완전히 대립의 차원으로 드러나기도 한다. 그의 세계에 대한 도구적 형식인 '비트냐 펑크냐'라는 선택 행위를 통해 드러난 세계는 김지하의 자본주의의 물신화된 세계를 넘어 그 물 자체의 존재가 해체된, 다시 말하면 물物이 물이 아니라 기호이며, 이 기호 자체가 자기 증식을 즐기는 그런 후기 자본주의 세계이다. 이 세계에서는 물이 기호로 대치되기 때문에 인간이 생산하지 못하는 것까지 생산할 수 있으며, 기호가 의미를 앞질러 가고, 또 그것이 비지시적이며, '풍자냐 자살이냐'라는 극단적인 인식론적인 선택 행위를 하지 않아도 된다(어차피 물이라는 실재는 존재하지 않기 때문에). 이 세계에서의 존재 방식은 '풍자냐 자살이냐'에서처럼 어느 하나를 극단적으로 취하는 것이 아니라 비트도 좋고 펑크도 좋다는, 즉 믿어도 좋고 안 믿어도 좋은 '믿거나 말거나'식의 존재 방식이다. 이러한 방식 아래서는 세계에 대한 탈은폐 도구인 '풍자냐 자살이냐'라는 김지하식의 존재 방식은 냉소와 빈정거림의 대상이 될 뿐이다.

"산택하라, 비트냐 퍼크냐? 이게 뭐야?" 내가 물었다.

"선택하라, 비트냐 펑크냐, 예요." 사내애가 한심스럽다는 듯 말했다. "선택하라는 거죠. 비트냐 펑크냐."

"비트나 펑크나 다……" 나는 조심스럽게 물었다. "다 그게 그거 아냐?"

"그게 그거죠?"

사내애가 울적한 얼굴로 시인했다. 그러곤 내 손에서 쪽지를 뺏어 들었다. "이건 김지하, 라는 어떤 옛날 사람이 쓴 「諷刺냐 自殺이냐」란 글에서 베낀 거거든요. 그 글 끝에 선택하라, 풍자냐 자살이냐, 고 써어져 있었지요. 괜찮죠?"

"「諷刺냐 自殺이냐」를 끝까지 다 읽었어?" 놀란 내가 추궁했다.

"아농." 사내애는 부정했다. "그럴 시간이 어디 있나요?"

"아무튼 그 아저씬 좀 불쌍한 노친네더군요. 서울대학교까지 나와서, 전과자에다, 직장도 없고, 정신병원이나 들락날락하고, '죽음의 굿판'이니 뭐니 해서 깨지고, 지 이름 때문에 인생이 좆됐으니 이름을 바꾼다고 신문사에다 편지질이나 해대고. 일간지들에 쫙 났어요. 마누라한테 이혼은 안 당했는지 몰라."

"그런 걸 다 어떻게 알았어?"

"PC통신요."사내애가 짧게 대답했다.

"어쩐지 그 노친넨 그 둘 중에서 암것도 선택하지 못한 것 같더라구요…… 풍자든 자살이든 하날 제대로 선택했다면 PC 통신을 뒤지는 이 현장 감독의 눈에 그렇게까지 한심하겐 보이지 않았을 거예요. 아마 선택의 과정에서, 어떤 딜레마에 부딪혔겠죠."

– 백민석의 「음악인 협동조합 2」[110]

김지하에게서 드러나는 세계에 대한 극단적인 선택 행위, 뚜렷한 목적의식, 고뇌에 찬 자의식 같은 것이 없는, 비트든 펑크든 모두가 그게 그거로 인식되는 이와 같은 세계에서는 유희적인 놀이만이 가능하며, 이 놀이는 욕구와 집착, 이미지와 동일시 등으로 이루어진 상상계적인 행위이기 때문에 통합, 정신, 이성, 질서, 리얼리티, 유토피아, 건강성 등의 인식론적 양태보다는 분열, 해체, 감성, 무질서, 환상(몽상), 디스토

---

110. 백민석, 「음악인 협동조합 2」, 『16믿거나말거나 박물지』, 문학과지성사, 1997, 211~212쪽.

피아, 병리성 등의 양태로 드러난다.

　백민석의 세계가 이렇게 김지하의 세계와 극단적으로 대립되는 인식론적인 양태로 드러날 수밖에 없는 그 주된 원인이 '비트냐 펑크냐'의 형식, 즉 '믿거나 말거나'식의 형식이라면 이것을 가능하게 한 것은 도대체 무엇일까? 그것은 범박하게 말하면 김지하가 '풍자냐 자살이냐'에서 보여준 그러한 현실적인 정치 감각이 제거된 어떤 감각이라고 할 수 있다. 그 감각이란 바로 비현실 차원에서 전개되는 매체 감각[111]이다. 매체, 특히 텔레비전과 영화 같은 영상매체와의 관계에서 성립되는 감각은 세계를 무반성적이고 무비판적인 기호적인 감각으로 수용한다. 따라서 이 기호에 의한 감각은 유희적일 수밖에 없으며, 이 감각을 백민석은 이미 70, 80년대에 유아기와 유년기를 거치면서 몸화해 버린 것이다. 이것은 김지하가 70, 80년대에 억압적인 세계에 대해 온몸으로 첨예한 현실 감각을 드러낸 것과 좋은 대조가 된다고 할 수 있다. 70, 80년대라는 동일한 시공 속에서 이렇게 한쪽은 현실적인 감각을 다른 한쪽은 비현실적인 감각을 하나의 이념이나 관념을 넘어 각각 몸화하고 있었다는 것은 이들의 감각이 그렇게 쉽사리 몸 바꾸기를 할 만한 성질의 것이 못 된다는 것을 이해한다면 90년대에 들어와 이 두 사람의 감각이 서로 대립적인

---

[111]. 정과리와 신수정 역시 백민석 소설의 감성적 토대를 매체 감각으로 보고 있다. 정과리는 『헤이, 우리 소풍 간다』의 해설에서 이 작품이 "숲속을 뛰놀며 개구리를 잡는 대신 텔레비전의 만화 영화를 보고 자란 세대, 모든 활극과 폭력 참극이 어떤 실제의 상처도, 아픔도 없이 오직 쾌락만을 솟아나게 한다는 것을 눈과 귀를 통해 몸으로 흡수한 신세대"의 특성을 보여주는 소설로 보고 있으며, 신수정은 「텔레비전 키드의 유희」(『문학과사회』, 1997년 가을호)라는 글에서 "백민석의 소설 형식은 텔레비전 키드의 전형적인 감각적 특징을 그대로 반영하기 때문에 온갖 대중문화의 잔재들을 긁어모은 듯한 콜라주 형식, 시간의 진행에 따른 네러티브를 거부하고 동시적인 진술을 채택한 파편적인 몽타주 형식, 시각에 의존하는 묘사, 필연성을 대신하는 우연적이고 환상적인 구성, 자유자재로 조정되는 시간 개념" 등의 특성을 잘 드러내고 있는 포스트모던한 텍스트로 읽어내고 있다.

양태를 띠게 되리라고 예상하는 것은 어려운 일이 아닐 것이다.

3. 우주 생명 공동체와 인공화된 가상 공동체

김지하와 백민석의 은폐된 세계에 대한 도구와 감각의 차이는 탈은폐된 세계 역시 다를 수밖에 없음을 이미 살펴보았지만, 그 탈은폐된 세계가 구체적으로 어떤 세계인지에 대해서는 살펴보지 않았다. 단지 이 두 사람에게 있어 그 탈은폐된 세계가 정신/해체, 자연/문명, 건강/병리 등과 같은 인식론적인 차이를 노정한다는 식의 추상적이고 개념적인 차원에서의 논의만 있었을 뿐이다. 이러한 논의는 텍스트가 하나의 미적 대상으로 존재하며, 그 대상을 통한 세계에 대한 무한하고 생생한 체험이라는 해석의 기본 전제를 간과하기 쉽다. 따라서 문학 텍스트의 해석이 좀 더 그 깊이와 넓이를 확보하기 위해서는 추상적이고 개념적인 차원에서의 논의를 벗어나 보다 구체적이고 감성적인 차원에서의 논의가 필요하다고 할 수 있다.

이렇게 김지하와 백민석의 텍스트에서 탈은폐된 세계를 구체적이고 감성적으로 드러낸다는 것은 곧 '풍자냐 자살이냐', '비트냐 펑크냐'의 형식과 그 근본적인 토대인 정치 감각과 매체 감각의 현실태, 혹은 그 현상을 드러내는 것이라고 할 수 있다. 탈은폐된 세계의 존재성을 결정하고 있는 이 형식과 감각의 현실태, 이것은 두 사람 모두에게 공동체라는 형태로 구체화되고 있다. 김지하의 경우 이 공동체는 정치 감각을 공통 감각sensus communis으로 하여 형성되어 현실적이고 인간–자연–우주를 하나의 생명체를 지닌 동등한 존재로 묶어 유토피아적인 연대성을 드러내며, 백민석의 공동체는 매체 감각을 공통 감각으로 하여 형성되기 때문에 비현실(인공)적이고 인간–자연–우주의 연대가 파괴된, 모든 존재들이 그 고유의 존재성을 상실한 채 유영하는 극도의 혼란과 타락만이 지배하는 디스토피아적인 양상을 드러내고 있다. 이것은 김지하의 『중심의 괴로움』(1994), 백민석의 90년대에 생산된 텍스트 『헤이, 우리 소풍 간다』(1995), 『내가 사랑한 캔디』(1996), 『16믿거나말거나 박물지』(1997) 중에서 특히 『16믿거나말거나 박물지』에 드러난 공동체의 양태를 살펴보면 잘 알 수 있다.

『중심의 괴로움』에 드러난 김지하의 공동체에 대한 인식은 우리가 살아지는 '지금 여기'에 대한 불안감에서 비롯된다. 그의 이 불안은 지상에 존재하는 모든 것들이 자신을 떠나 어디로 가버릴지도 모른다는 소멸과 죽음 의식의 산물이다. "솔잎 누렇게 변해 / 새들도 떠나고, 길짐승도 물고기도 / 벌레 모두 떠나고, 주위의 친구들 / 하나둘씩 병으로 죽어 없어지고, 지구마저 흙도 돌도 / 물도 공기도 마저 다 죽어"(「다 가고」) 어디론가 떠나면 "천벌처럼" 남는 것은 나라는 이러한 자아와 세계에 대한 실존적인 인식은 그가 체험한 불안이 어떤 것인지를 말해주고 있다. 즉 그의 불안은 절대 고독이라든가 외로움과 같은 근원적이고 본질적이라기보다는 '지금, 여기'라는 보다 직접적이고 감각적인 세계에서 일어나는 다분히 현실적인 것이라고 할 수 있다. 이것은 그의 불안 체험이 '지금, 여기'를 살아가는 인간의 생존을 넘어 전국구적인 생명들의 생존을 위협하는 대단히 절박하고 절실한 것임을 의미하는 것이다.

이렇게 그의 불안 체험이 절박하고 절실하다는 것은 그에 대응하는 방식 역시 절박하고 절실할 수밖에 없음을 말해준다. 인간은 누구나 불안이 있으면 그 불안을 제거하고(극복하고) 세계에 대한 평정을 되찾으려고 하며, 이러한 과정의 연속을 통해 인류가 존재해왔다고 할 수 있다. 따라서 인류의 역사 혹은 개인의 역사란 당대의 지배적인 불안과 그에 대한 대응과 응전이라고 해도 무방할 것이다. 그런데 이 불안에 대한 대응과 응전은 언제나 천차만별이었으며 이로 인해 인류나 개인의 역사

또한 다양한 차이를 노정해 온 것이 사실이다. 이것은 인간이라면 누구나 불안과 이에 대한 대응과 응전이라는 구도에서 살아질 수밖에 없다는 것을 의미하는 것으로 특히 불안에 대한 체험이 다른 그 누구보다도 절박하고 절실한 김지하에게 있어서 이 구도는 남다른 의미를 지닌다고 할 수 있다.

김지하는 존재에 대한 소멸과 죽음에서 오는 불안을 극복하고 세계에 대한 평정을 되찾기 위해 '죽임'에서 '생성'과 '생명'으로 의식을 전환한다. 그의 이 전환은 지금까지 그가 견지해온 세계에 대한 부정의 정신이 대긍정의 정신으로의 이행을 의미하며, 아울러 그의 사유 체계에 유교, 불교, 도교, 동학, 풍류, 증산 등의 동아시아의 종교와 사상이 본격적으로 수용되고 있음을 또한 의미한다. 동아시아의 종교와 사상의 수용으로 인해 그의 시는 생성生成, 변화變化, 상생相生, 상극相剋, 감통感通, 항구恒久, 췌일萃一 등의 원리에 기반한 세계 인식의 양상을 보여준다. 소멸과 죽음에서 생성과 생명으로의 전환에도 이 원리는 하나의 토대로 작용하며, 그 구체적인 예가 바로 공허空虛 혹은 무無이다. 이것은 생성, 변화, 상생, 상극, 감통, 항구, 췌일 모두 그 이면에 공허 혹은 무를 공통분모로 가지고 있기 때문이다. 이 공허와 무가 없이는 생성, 변화, 상생, 상극도 또 감통, 항구, 췌일도 성립될 수 없는 것이다.

공허하므로 움직인다

시장해서
나
너를 사랑했노라

땅위의 풀과 벌레

거리의 이웃들
해와 달 별과 구름 모두 다
모두 다 죽어가는 이 한낮

내 속에
텅빈 속에
바람처럼 움트는
웬 첫사랑 우주사랑

그 새뽋음을
본다

공허하므로
공허하므로 움직인다.

– 김지하의 「無」 전문[112]

　존재하는 모든 것들의 소멸과 죽음에서 "새뽋음"(생성 혹은 생명)으로
의 의식의 전환이 공허를 통해 이루어지고 있음을 알 수 있다. 즉 "공허하
므로 움직인다"는 것이다. 어떻게 공허한 것이 움직일 수 있을까. 이것은
공허가 불가의 색즉시공色即是空 공즉시색空即是色의 공空이며, 도가의 무無
와 같은 존재이기 때문이다. 이때의 공이나 무는 '없음을 전제로 한 없음'
인 'nothing'이 아니라 '있음을 전제로 한 없음'이다. 없는 것이 아니라
있다는 것, 이것은 공이나 무가 가시화되거나 표상의 형태로 존재하지
않고 비가시적인 형태로 존재한다는 것을 의미하며, 이로 인해 이 무나

공은 언제나 너무 크고 넓어서 텅 비어 있는 것 같고 아무것도 없는 것같이 인식되는 것이다. 그러나 이 공이나 무는 모든 만물을 존재할 수 있게 하는 에너지와 힘을 가진 그런 존재로 모든 것들을 받아들이고 그것들이 무한히 작용할 수 있도록 하는 기호들이다.

공허와 무의 속성이 이러하기 때문에 이 존재성을 바탕으로 한 시인의 세계 인식은 '신생新生의 서書'로 나아갈 수밖에 없다. 그는 "회한과 원한 가득한 진흙창" 같은 죽음의 이미지로 남아 있는 과거 속이나, "고름 질질 흘리며 썩어가는" '지금, 여기'의 병든 도시에서도 "한송이 연꽃"을 피울 수 있는(「逆旅」) 의식의 전환을 할 수 있게 되었을 뿐만 아니라 "내 안에 나 아닌 나"를 다시 태어나게 하는(「예전엔」) 경지까지 나아가게 된다. 그는 텅 비어 있는 내 안에 사람, 자연, 그리고 우주까지 받아들여 나와 타인-자연-우주가 한 몸이 되는 광대무변한 인식 체계를 형성한다. 그는 이제 "정발산 아래 아파트, 그 아파트 속의 방속"에 갇혀 있으면서도 "귀가 열리어 삼라만상이 숨 쉬는 소리"를 듣고 그들과 이야기할 수 있으며(「빗소리」), "몸속에 새파란 별이 뜨고, 내가 타죽은 나무가 내 속에서 자라며, 나는 죽어서 나무 위에 조각달로 뜨며"(「啐啄」), "흙도 물도 공기도 바람도 모두 형제이고"(「새봄 3」), "나는 끝없이 죽으며 죽지 않는 삶"을 살기 때문에 "내 나이는 무궁살"이며(「새봄 8」), "아파트 사이 공터에 내린 눈"이나 "눈 위에 넘어진 아이, 푸른 하늘에 걸린 반달, 서편에 기우는 붉은 해, 검은 나무줄기" 보고도 웃을 수 있는(「요즘」) 새롭게 사유된 인식 체계를 가지게 되는 것이다.

그가 보여주는 이 새로운 인식 체계는 한마디로 우주적인 생명 공동체를 표상한다고 할 수 있다. 이 공동체에서는 생명을 가진 존재는 모두 공경의 대상이 되고, 서로 죽임의 대상이 아니라 살림의 대상이 되며, 서로 감통感通하고, 삶과 죽음, 영혼과 육체, 과거 현재 미래가 분리되어 있지 않고 한 몸이며, 시작도 없고 끝도 없는 무궁한 시간 속에 놓이게 되는 것이다. 이것은 이 공동체가 궁극적으로 인간 중심주의(로고스 중심주의), 주체 중심주의, 개인주의, 비관주의, 이항대립, 종말론, 해체, 분열의식, 무질서, 문명찬양, 디스토피아적인 사유보다는 타자 의식, 낙관주의, 도道, 생명주의, 공동체 의식, 통합, 순환론, 질서, 자연찬양, 유토피아적 사유 등이 두드러지게 드러날 수밖에 없는 인식 체계이며, 이로 인해 그의 텍스트는 기존의 체계, 즉 서구 자본주의적인 체계에 대한 반성과 성찰, 그리고 전망의 형식을 거느린다는 것을 의미한다. 지금도 자본주의 체계가 가지는 모순과 부조리한 점이 곳곳에서 홍수처럼 불거져 나와 단순한 부정의 차원을 넘어 인간의 생존까지 위협하고 있는 상황이며, 앞으로 이 상황은 더 나아질 조짐이 보이지 않고 계속 그렇게 흘러간다면 그가 보여주는 이러한 체계와 이 체계가 드러내는 반성과 성찰 그리고 전망은 더욱더 많은 주목의 대상이 될 것이 분명하며, 아울러 다른 어떤 패러다임보다도 경쟁력 있는 대항 담론이 될 것이다.

이렇게 그의 담론을 주목하는 데는 '지금, 여기'에서의 상황에도 그 원인이 있지만 그에 못지않게 그의 텍스트가 드러내는 반성과 성찰, 그리고 전망이 시류나 일시적인 분위기 속에서 즉흥적으로 나온 것이 아니라 70년대 『황토』 이후 90년의 『중심의 괴로움』에 이르기까지 '풍자냐 자살이냐'의 형식을 통해 보여준 세계에 대한 치열한 정치 감각이라든가 동서양의 존재론이나 인식론적인 사유(동양의 유교, 불교, 도교, 동학, 풍류, 증산 등과 서양의 신과학, 생태학, 진화론 등의 사유)를 기반으로 한 철저한 의식의 환원 등을 통해 만들어진 것이라는 점에 있다. 이것은 그의 텍스트가 예감이나 비가시적인 감각, 영성과 같은 상상력으로 기울어져 있음에도 불구하고 섣불리 그것을 관념적이고, 현실도피적이며, 이상주의적인 사유라고 말할 수 없는 이유이기도 하다. 어떤 사람들은 그가 드러내는 이러한 태도를 세계와의 실존성 확보를 위한 일정한 거리 두기로, 또 어떤 사람들은 그것을 '지금 여기'에서의 돌올한 삶의 방식으로 이해하기도 한다.

　『중심의 괴로움』을 통해 드러난 김지하의 세계에 대한 탈은폐 행위와
그 결과로 제시된 우주 생명 공동체라는 새로운 인식 체계는 분명히
90년대적인 시공 속에서 효용성 및 보편타당성을 인정받고 있는 것이
사실이다. 특히 문학이 어둡고 혼란한 시대일수록 세계에 대한 전망과
화해와 긍정의 세계를 담고 있어야 한다고 생각하는 사람들에게 그의
텍스트는 하나의 좋은 전범이 될 수 있을 것이다. 그러나 그가 추구하는
우주 생명 공동체라는 인식 체계에 대해 부정적인 시선은 물론 아예
처음부터 알레르기적인 반응을 보이는 사람들도 이 체계를 추종하는
사람들 못지않게 많이 있다. 이 극명한 차이의 현존은 그의 체계에 대해
늘 틈과 구멍으로 남아 또 다른 인식을 변화할 수 있게 하는 잠재태로
기능하고 있다.

　김지하와 극명하게 대비되는 이러한 인식론적인 공동체를 백민석은
그의 텍스트를 통해 적나라하게 보여주고 있다. 그의 공동체에서는 김지
하의 우주 생명 공동체에서 중요한 토대가 되고 있는 자연성이나 생명성
이 존재하지 않는다. 그의 공동체는 자연성이나 생명성이 배제된 인공화
된 공동체이다. 그의 공동체의 모든 원리는 자연이나 생명의 흐름 혹은
그 문법을 따르는 것이 아니라 인공화된 체계의 문법을 따른다. 이 인공화
된 체계의 문법은 곧 매체에 의해 생산된 것으로 어떤 절대적인 기준이나
준거 틀이 존재하지 않는 다분히 조작되고 일순간 소멸할 수 있는 그런
것이다. 따라서 이 인공화된 공동체 속에 살고 있는 구성원들은 자발적이
고 지속적인 감성보다는 수동적이고 순간적인 감각에 의해 길들여진,
철저하게 감각의 노예로 전락할 위험성을 가진 그런 존재로 살아간다.
이것은 그의 공동체가 '비트냐 펑크냐'의 형식과 매체 감각의 현실태라는
것을 말해주는 것이다. 매체 감각에 의해 성립된 공동체는 하나의 거대한
감각의 제국일 뿐이며, 이 세계에서는 모든 것들이 다 인공적이고 가상적

인 것에 불과하기 때문에 김지하의 '풍자냐 자살이냐'에서처럼 꼭 한 가지를 선택해야만 하는 절체절명의 형식을 필요로 하지 않는다. 여기에 서는 비트든 펑크든 둘 중 어느 것을 선택해도 무방하며, 또 이것들 중 어느 것을 선택하지 않아도 된다. 즉 백민석의 공동체는 인공화된 감각에 의해 형성된 '믿거나 말거나'식 공동체인 것이다.

공동체의 존재 기반이 매체 감각이고 그 결과 드러난 세계가 현실과는 관계가 없는 가상적인 것이라면 이 세계에서 행해지는 모든 것들은 유희적 인 놀이의 차원으로 연결될 수 있는 것이다. 그의 세계가 보여주는 이 놀이는 아버지의 존재에 대한 부정에서 비롯된다. 그의 세계에서 아버지 는 '아들이 아빠를 죽이고 제 엄마랑 씹하는' 프로이트식의 오이디푸스 콤플렉스oedipus complex를 가능하게 하는 존재로 드러나는 것이 아니라 '이제는 제 아버지가 누군지 몰라 아버지를 죽일 수 없는' 그런 존재로 드러날 뿐만 아니라 '발가벗은 아버지와 함께 한방에 들어가 놀기까지 하는' 그런 존재로 또한 드러난다. 이것은 아버지의 존재에 대한 부정, 다시 말하면 아버지의 이름으로 표상되는 상징적인 질서에 대한 부정이라 고 할 수 있다. 이 부정의 양태는 상상을 초월할 정도로 극단화되어 드러나 는데, 이 정도가 심하면 심할수록 그것은 갑작스러움, 당황스러움, 예기치 못함과 관계된 부조화, 무질서, 광란, 타락과 같은 정상적인 질서에서 벗어난 병리적인 특성을 띠게 된다. 이것을 적나라하게 보여주는 텍스트 가 바로 『16믿거나말거나 박물지』의 「음악인 협동조합」 시리즈이다.

「음악인 협동조합」 시리즈는 매체 감각에 의한 인공화된 공동체의 병리적인 양태를 「음악인 협동조합」에서 주최하는 공연을 통해 보여주 고 있다. 일반적으로 음악 공연은 하모니와 멜로디를 통해 새로운 미적인 세계를 창조하는 것을 목적으로 하지만 여기에서의 공연의 목적은 창조 가 아니라 부조화, 무질서, 광란, 타락에 두고 이러한 이미지를 끊임없이 배설하고 분비하는 일이다. '음악인 협동조합'의 공연자들이 이처럼 창조가 아닌 배설과 분비적인 것만을 생산할 수밖에 없는 것은 그들이 하나같이 과도한 욕망과 욕구에 사로잡힌 자들이기 때문이다. 그들이 드러내는 이 과도함의 주된 원인은 매체 감각에 의해 구성되는 가상현실에서 비롯된다고 할 수 있다. 매체 감각이란 즉물성, 유아성, 몰아성과 같은 속성을 가지기 때문에 이 세계에 살아가는 인간은 어떤 입력이 들어가면 자동적으로 출력이 나오고, 그들의 머리는 사유가 아니라 비트로 채워져 있으며, 반성의 정도가 어린이같이 유치한 수준에 머물러 있고, 기호화된 이미지들의 끊임없는 명멸 속에서 주체성을 상실한 존재로 드러난다. 따라서 이러한 매체 감각에 의해 구성되는 가상현실 속에서의 유희란 통제와 조절이 불가능하게 되면 과도한 욕망과 욕구를 드러내게 되어 모든 것들을 파멸시키는 불가사의한 괴물로 표상되기도 한다.

나는 거기서 몇 번째인지도 모를 무대를 만났다. 그 무대엔 '고행苦行들'이라는 타이틀이 붙어 있었다. 내가 첫 번째로 맞닥뜨린 고행자는 KFC의 TV 광고를 흉내 내며 제 엉덩이와 위장을 고문하고 있었다. 터번을 쓰고, 쇠못이 촘촘히 박힌 강철판 위에 책상다리를 하고 앉아, 식어 차가워진 튀긴 닭다리를 뜯고 있었다. 주위엔 닭 뼈들이 즐비했다. 강철판은 엉덩이와 허벅지의 출혈로 피의 붉은 늪이 돼 있었다.

수간獸姦의 고행도 있었다. 한 나체의 사내가 제 성기를 수꽃돼지의 항문에 밀어 넣곤 피스톤 운동을 하고 있었다. 그것이 인간만의 흔치 않은 도락인 줄 알 턱이 없는 수꽃돼지는, 아가리로 찐득하고 노란 액체를 흘리며 비명을 질렀다. 수꽃돼지는 공업용 바이스에 완전히 고정돼 있었고, 놀라 새까매진 피가 돼지의 항문과 생식기를 타고 질질 흘러내렸다. 사내는 와우! 와우! 하고 가증스런 거짓 탄성을 연신 질러댔다.

− 백민석의 「음악인 협동조합 2」[113]

나는 어떤 젖소 부인의 젖꼭지를 물고 미끄럼을 탔다. 내가 부인의 궁둥이를 썰매 삼았기 때문에, 떨어질 때까지 부인은 몹시 쓰라린 비명을 질러댔다. 미끄럼틀에서 잠깐 내려다본 풀장은 푸들푸들 떠는 자지 보지들과, 홀딱 벗은 엉덩이들로 들끓고 있었다. 젤라틴이 묻어 검푸르러진 팔다리들이 바글바글했다. 나는, 제일 먼저 손에 닿은 엉덩이를 열고 들어갔다. 정신을 차려보니, 그것은 크고 쭈글쭈글한 불알이 달려 있는 늙은 엉덩이였다. 젤라틴을 바른 내 자지는 미끄러지듯 가볍게 항문으로 빨려 들어갔다. 몇 초 후, 이번에 내 항문이 누군가의 입식 변기가 되었다.

– 백민석의 「음악인 협동조합 2」[114]

현실 세계에서는 도저히 상상할 수 없는 것들이 상상되고 있는 "음악인 협동조합" 주체의 무대공연 장면이다. 변태성 난교 지옥을 연상시키는 이 세계에서의 유일한 정상은 비정상이며, 유일한 현실은 비현실이다. 정상이나 현실로 향하는 출구는 어디에서도 발견할 수 없는 상태에서 비정상과 비현실의 심연을 향해 끝없이 하강하는 자기 파멸적인 세계, 이 세계는 상징적인 질서의 세계로의 편입을 거부하기 때문에 일탈을 통해 얻게 되는 환상적인 체험을 드러내기보다는 오히려 그것이 사라진 환멸의 차원을 더 많이 드러낸다고 할 수 있다. 진정한 환상이란 언제나 접점이나 경계, 혹은 사이의 존재 양태이기 때문이다. 이것은 환상이 이 계에서 저 계로 혹은 이 차원에서 저 차원으로 넘나들면서 일정한 변형을 전제로 한 개념이라는 사실을 의미하는 것이다. 환상이 가지는 이러한

113. 백민석, 「음악인 협동조합 2」, 앞의 책, 199~200쪽.
114. 백민석, 위의 글, 203~204쪽.

존재성은 그것이 리얼리티나 실재, 물질성을 강조하는 세계에서조차도 비록 중심은 아니지만 그 필요성과 효용성을 유지해온 주된 요인이다.

그러나 「음악인 협동조합」 시리즈에서의 환상은 접점이나 경계, 혹은 사이의 넘나듦을 전제로 한 것은 아니다. 이곳에서는 넘나듦이 존재하지 않는다. 이곳에서는 한 번 '계'나 '차원'을 넘으면 그것으로 끝이며, 어떤 변형도 이루어짐이 없이 그 하나의 계나 차원 내에서 모든 존재들이 환상이 사라진 극단적인 환멸의 양태로 드러날 뿐이다. 이것은 마치 베일(장막)이 제거된 상태에서 곧바로 드러나는 포르노를 볼 때 느끼는 환멸과 같은 것이다. "음악인 협동조합"에서의 공연자들은 모두 자신의 욕망과 관객의 욕망을 동일시해 버린다. '발가벗은 미소년 소녀와 중년의 동성애자들 간의 혼간무대', '삶은콩방귀포대의 배설무대'와 '고행 및 수간무대', '젤라틴 풀장에서의 난교무대', '투명인간 실패작들의 무대' 등은 자신들이 관객들에 의해 보여진다는 것을 무시한 공연들이다. 그들은 '보는 것eye'만 알았지 '보여짐gaze'을 모르는 존재들인 것이다. 그들의 공연이 '보여짐'을 인식하지 못하기 때문에 환상보다는 관객들에게 역겨움과 극단적인 환멸을 체험하게 하는 것이다. 이러한 극단화된 환멸은 「음악인 협동조합」에 등장하는 모든 존재들이 욕망에 대한 과도한 집착으로 인해 더 이상 상징계로의 넘나듦이 불가능한 상상계the imaginary속에 갇혀 있다는 것을 의미한다.

아버지의 개입이 없는 유아적인 나와 어머니의 2자二者적인 세계인 상상계는 현실의 소음이 제거된 행복한 곳이긴 하지만 이 세계에 몰입하면 생명의 길, 사회화의 길의 차단으로 인해 결국에는 위험과 파멸이 뒤따르게 된다. 이것은 상상계의 '최종 바닥, 밑바닥 중에서도 밑바닥'인 '믿거나 말거나 박물지 음악인 협동조합의 감독관인 팸프'가 환기하는 이미지를 통해서 알 수 있다. 상상계 속에 안주한 그에게서 최후로 환기되는 것은 '부패의 정점에 오른 죽은 쥐 냄새', '가장 어둡고 절망의 끔찍스러운 악취', '거칠고 잿빛인 털로 덮인 굽은 등'으로 표상되는 죽음의 이미지이다. 상상계 속의 안주가 죽음과 연결된다는 것은 이 세계가 징후적인 동시에 극복해야 할 대상으로 존재한다는 것을 말한다. 팸프도 죽음 앞에 이르러 애원 조로 "구세주를 기다렸어, 날 병원에 데려다줄래?"라고 자신을 가두고 있는 징후적인 상상계에서 벗어나려는 강한 의지를 보인다.

그러나 「음악인 협동조합」에서는 이렇게 의지만 드러낼 뿐 구체적으로 어떻게 징후적인 상상계에서 벗어날 수 있는지에 관해서는 언급하고 있지 않다. 사실 상상계를 벗어나는 방법은 어쩔 수 없이 상징계와의 적절한 타협을 통해 자신의 욕망을 우회적으로 충족하는 방어와 금지의 과정일 수밖에 없는 것이다. 이 사실을 작가 역시 알고 있다. 그럼에도 불구하고 그는 이 사실에 대해 구체적으로 언급하기를 거부한다. 왜일까? 그것은 상징계와의 적절한 타협에 대한 강조가 지극히 당위적인 것으로 흐를 위험이 있다는 것을 그가 이미 알고 있었기 때문이다. 이러한 그의 우려는 90년대에 생산된 징후적인 텍스트에 대해 가지는 왜곡과 편견의 시선을 통해 확인되는 바이다. 징후적인 상상계를 벗어나기 위해 그가 보여주고 있는 것은 건강하고 상징적인 질서로의 당위적인 이행에 앞서 징후를 징후로써 만나야 한다는 '환상의 윤리학sinthome'적인 방식[115]이다.

---

115. 환상의 윤리학에 입각한 징후적인 텍스트의 해석 문제를 필자는 이미 1997년 『문학정신』 겨울호와 1998년 『한국문학평론』 봄호에서 김영하와 백민석의 소설을 평하면서 언급한 바 있다. 이 졸고의 골자는 김영하와 백민석의 징후적인 텍스트를 해석할 때, 이성이나 정신주의적인 시각에 입각해서 그 가치를 평가하면 안 된다는 것이다. 이성이나 정신은 징후를 드러내는 감성이나 육체(징후는 이성이나 정신 안에서 드러날 수 없다)와 우열의 관계로 존재하는 것이 아니라 동등한 관계로 존재하기 때문에 이성이나 정신을 내세워 징후적인 텍스트를 해석하면 감성이나 육체와 관련된 너무나 많은 것들— 광기, 무의식, 불안, 우울, 환상 등이 희생될 수도 있다는 것이다. 사실 문학 혹은 문학성은 이성이나 정신보다 감성이나 육체를 통해 좀 더 구체화될 수 있는 성질의 것이다. 따라서 징후를 이성이나 정신에 입각해 해석할 것이 아니라

이것은 마치 의사가 정신병적인 징후를 가진 환자를 진단할 때 그 징후를 자신의 입장에서 제거하려 하지 않고 환자가 그 징후와 친해질 수 있도록 도와주는 것과 같은 이치이다. 환자에게 있어 징후는 그것의 가치 유무를 떠나 지금 여기에서 그를 살아지게 하는 동력이며, 이에 대한 깊이 있는 천착 없이 건강한 것으로의 이행은 당위성을 강조한 것으로 그의 징후를 치료하는 진정한 방법이 될 수 없는 것이다.

이처럼 백민석의 매체 감각에 의해 성립된 인공화된 공동체는 그 안에 분열과 도착, 과도한 욕망, 원초적인 환상(환멸), 나르시시즘 등 병적인 징후를 지니고 있는 상상계적인 공간이다. 그의 공동체가 드러내는 이 세계는 분명히 현실적인 세계이기보다는 기호에 의한 가상적인 세계이다. 매체가 주요한 생산력으로 작용하는 한 이 세계는 앞으로 지금보다도 더 견고한 성채를 유지할 것이다. 가상현실이 현실이 되고, 모든 기호가 사물을 대체하는 세계는 그 실체의 상실에서 오는 불안과 공포로 인해 유토피아적인 전망으로만 존재할 수 없을 것이다. 어쩌면 그것은 「음악인 협동조합」 시리즈에서 드러난 것처럼 상상할 수 없을 정도의 디스토피아적인 것으로 다가올 수도 있을 것이다. 90년대라는 '지금, 여기'의 상황이 유토피아보다는 오히려 디스토피아적인 의미를 더 많이 함축하고 있는 것도 이 불길함을 예견한다고 할 수 있다.

그러나 우리는 지금 매체 감각이 지배하는 세계 속에서 살아지고 있고, 이 세계에 대응해 실존을 찾지 않으면 안 되는 상황에 놓여 있다. 비록 「음악인 협동조합」 시리즈를 통해 드러난 백민석의 세계에 대한 탈은폐 행위와 그 결과로 제시된 인공화된 가상적인 공동체가 부정으로만 일관되어 있고, 과장된 것도 사실이지만 90년대라는 '지금, 여기'의 상황을 개연성에 입각해 적나라하게 재현해 낸 텍스트라고 할 수 있다. 이것은

징후를 징후로써 만나는 환상의 윤리학적인 방식이 필요한 것이다.

「음악인 협동조합」 시리즈를 통해 드러난 매체 감각에 의한 인공화된 공동체라는 그의 인식 체계가 90년대라는 시공 속에서 효용성 및 보편타 당성을 인정받고 있는 것을 의미한다. 특히 매체적인 감각에 의해 살아진 신세대 작가들[116], 세계에 대한 종합보다는 부정으로만 나가는 사유를 가진 사람들이나 극단적인 해체주의자들[117]에게 그의 텍스트는 하나의 전범이 될 수 있을 것이다. 그러나 그가 추구하는 인공화된 가상적인 공동체라는 인식 체계에 대해 부정적인 시선은 물론 아예 처음부터 알레르기적인 반응을 보이는 사람들도 이 체계를 추종하는 사람들 못지않게 많이 있다. 이 극명한 차이의 현존은 그의 체계에 대해 늘 틈과 구멍으로 남아 또 다른 인식을 변화할 수 있게 하는 잠재태로 기능하고 있다고 할 수 있다.

116. 매체 감각에 의해 살아지는 세계의 특성을 잘 드러내고 있는 신세대 작가로는 박정대, 서정학, 배수아, 김영하, 송경아, 김설, 김종욱 등이 있다. 이들은 80년대 장정일이나 유하, 그리고 90년대 초의 하재봉이 보여준 매체에 대한 단순한 소재적인 차원의 관심을 벗어나 그것을 자신의 글쓰기 행위에 적극적으로 끌어들여 텍스트의 형식과 구조적인 차원의 변화라는 몸 바꾸기를 감행한다. 이로 인해 이들의 텍스트들은 매체의 형식과 구조가 드러내는 파편화, 비선조성, 즉물성, 환상성 등의 특성을 보여준다.

117. 세계에 대한 종합이 없는 부정과 해체의 양상을 드러내는 작가들로는 김영승, 성기완, 김태형, 함기석, 박순업, 연왕모, 이승하, 이윤학, 함성호, 유성식, 주종환, 박찬일, 배용제, 이연주, 이철성, 김소연, 김언희, 신현림, 박상순, 조하혜, 함민복, 이승훈, 박상배, 이만식, 최승호, 이윤택, 최수철, 김수경, 장정일, 성석제, 김이소, 김연경 등을 들 수 있다. 이들은 90년대 한국문학이 성취한 실험성, 전위성, 참신성, 독창성을 가늠할 수 있는 작가군임에 틀림없다. 그러나 이들은 기존의 틀을 벗어나 세계에 대한 새로운 해석과 창조를 시도한 점에서는 인정할 수 있는 부분이 많지만 그 완성도와 수준 면에서는 결코 만족할 만한 것이 못 된다. 즉, 여기에 언급된 일군의 작가들의 작품은 실험성과 전위성은 엿보이지만 그에 걸맞은 참신성과 독창성을 성취하지 못하고 있다. 이것은 이들이 참신성과 독창성을 확보하기 위해 먼저 세계와 치열하게 부닺히는 법을 배우는 것이 아니라 단순히 언어를 통한 부정과 해체 놀음부터 일삼고 있기 때문이다. 언어란 언어 그 자체가 아니라 그것은 존재의 집인 동시에 세계라는 인식을 그들은 간과하고 있는 것이다.

4. 대립을 넘어 길항拮抗으로

　　김지하와 백민석이 드러내는 인식의 차이는 그 간극이 크고 깊은 것이 사실이다. 김지하가 우주의 엘랑비탈élan vital(생명의 도약 혹은 생명의 약동)한 원리를 지향한다면 백민석은 음험함과 불순함이 들끓는 지상(지옥에 가까운)의 퇴행적인 원리를 지향한다고 할 수 있다. 이것은 곧 김지하와 백민석의 의식이 각각 원심력을 가지고 외적으로 팽창하려는 운동성과 구심력을 가지고 내적으로 퇴행하려는 운동성을 가지고 있다는 것을 의미한다.

　　이러한 의식의 외적인 팽창과 내적인 퇴행은 '지금 여기'의 상황을 과장하고 왜곡시킬 수 있는 위험을 현재태 혹은 잠재태로 가지고 있다는 점에서 그 세계의 존재성을 온전히 드러낼 수 있는 인식론적인 방법이라고 할 수 없다. 세계의 존재성을 드러내는 최상의 방법은 인간의 의식이 '천상과 지상 사이에서 추처럼 진동할 때'라고 할 수 있다. 이 '사이성' 속에 바로 인간과 세계의 고통스러운 실존의 모습이 놓여 있는 것이다. 이 '사이성'에 입각해서 보면 주체와 객체, 자아와 세계의 관계는 대립과 갈등을 통해 새로운 합에 이른다는 변증법적인 논리로 이해되는 것이 아니라 애초에 주체와 객체, 자아와 세계의 관계가 대립과 갈등이 아닌, 그것이 무화된 해체의 논리로 이해되는 것이다.

　　이러한 사실은 곧 김지하와 백민석이 드러내는 인식론적인 차이를 극복하기 위해서는 이 '사이성'에 대한 인식이 필요하다는 것을 말해준다. 즉 우주의 엘랑비탈함과 지상의 퇴행을 지향하는 인식론적인 차이가 갈등과 대립이 아닌 길항 관계를 유지해야 한다는 것이다. 이들의 세계 인식은 그 지향하는 방법이 다를 뿐 '지금, 여기'의 상황이 불확실하고 불확정적이라는 사실에 대해서는 인식을 같이하고 있다고 볼 수 있다. 이들의 인식은 모두 그 나름의 치열한 세계 비판과 자기반성을 통해서 얻어진 결과물이다. 이것은 이들의 세계 인식이 진정성을 확보하고 있다는 것을 의미한다. 따라서 이 두 사람의 인식을 '사이성'이라는 측면을 염두에 두고 새롭게 그 존재성을 찾아보면 이들의 인식으로부터 세기말의 혼돈을 가로질러, 다가오는 세기의 전망까지도 읽어낼 수 있는 어떤 힘을 발견할 수 있을 것이다.

6. 저항 그리고 정서의 응축과 시적 긴장

― 김지하의 『타는 목마름으로』

『타는 목마름으로』는 김지하가 1982년에 상재한 그의 두 번째 시집이다. 이 시집은 전체가 168면으로 되어 있다. 총 4부로 구성되어 있는데 제1부는 황토 이후, 제2부는 황토, 제3부는 황토 이전 그리고 제4부의 산문 등이 바로 그것이다. 이러한 구성에서 특히 눈에 띄는 것은 제4부 산문 부분이다. 여기에는 「명륜동 일기」, 「가포 일기」, 「풍자냐 자살이냐」, 「민족의 노래 민중의 노래」, 「시집 『황토』 후기」 등이 실려 있다.

이 다섯 편의 산문 중에 특히 「풍자냐 자살이냐」는 그의 초기 시 세계뿐만 아니라 우리 민중시를 대표하는 시론으로 꼽아도 손색이 없을 정도로 미학적이고 또 일정한 전망을 함의하고 있다. 이 시론에서 김지하는 김수영의 한계를 지적하고 그것의 극복을 시도하고 있으며 또한 저항적 풍자시의 개념을 제시하고 있다. 그는 김수영이 풍자의 대상을 소시민 곧 민중의 차원에서만 이해했을 뿐 반민중적인 계층에 대해서는 그다지 관심을 두지 않았다는 점과 함께 김수영이 모더니즘을 현실비판의 방향으로 발전시켰지만 우리의 전통적인 민요나 가사 속에 내재해 있는 해학과 풍자의 세계를 제대로 인식하지 못했다는 점을 비판하고 있다. 김수영에 대한 비판을 통해 그는 바람직한 풍자시의 개념을 제시하는데, 그것은 반민중적인 소수 집단을 대상으로 한 비판과 풍자가 결합되는 표현양식을 말한다.

「타는 목마름으로」를 계기로 하여 그는 문학에서의 사회 윤리적인 가치 차원을 넘어선 문학성의 차원에서 주목받기에 이른다. 이 시집에서 그는 사회 현실에 대한 비판과 저항의 의지를 강하게 표출하고 있지만 그것이 생경한 이념의 차원보다는 깊이 있는 내면화와 정서의 응축과 시적 긴장의 차원에서 형상화되고 있다는 점에서 여느 민중시인과 일정한 차이를 보인다고 할 수 있다. 하지만 그의 문학적인 태도는 이러한 서정적인 언어의 차원에만 머물러 있는 것이 아니라 대설『南』전 5권 (1982~1994)에서 볼 수 있듯이 기존의 문학적 제도와 관습의 틀에 종속되어 버린 시의 언어를 산문 형식의 실험을 통해 그것을 과감하게 해체하고 있다. 그가 이러한 다양한 시도를 감행할 수 있었던 것은 현실과 시대적인 흐름 속에서 인습적이고 관습적인 것에서 벗어나 새로운 세계를 창출하려는 그의 미학주의적인 본능과 의지 때문이라고 할 수 있다.

그러나 이러한 그의 미학주의자로서의 본능과 의지의 바탕에는 언제나 현실과 시대에 대한 실존의식이 강하게 자리하고 있다는 것을 간과해서는 안 될 것이다. 70년대의『황토』, 80년대의『검은 산 하얀 방』,『애린』1·2,『이 가문날에 비구름』,『별밭을 우러르며』, 90년대의『중심의 괴로움』에 이르기까지 그는 '이미 거기'에 선험적으로 존재한 적이 거의 없다. 그는 언제나 '지금, 여기'에 생존하면서 그 존재성을 스스로 획득해왔다. 이것은 그의 실존적인 태도가 단순히 '있다', '없다'보다는 '살아 있다'로 표상된다는 것을 의미한다.

상황에 따른 그 실존적인 치열함은『중심의 괴로움』에 오면 '생명'의 문제로 구체화되며, 이런 점에서 이 시집은 시대와 생명을 노래한 신생의 서書이다. 시집이 담고 있는 특성들을 고려한다면 그 제목을 '신생의 즐거움'을 표상할 수 있는 어떤 것으로 명명할 수도 있었을 것이다. 하지만 그는 '즐거움' 대신 '괴로움'이라는 표제를 붙였다. 왜 그랬을까? 왜 그는 신생을 '즐거움'이 아니라 '괴로움'이라고 했을까? 그것은 그가 신생, 다시 말하면 새롭게 시작한다는 것이 무엇을 의미하는지를 이미 잘 알고 있었기 때문이다. 이런 점에서 단순한 육체와 감각을 넘어 영성과 감성을 포괄하는 생명 혹은 생명 사상으로 몸을 바꾼 그의 행위는 단절이 아니라 연속이다. 그것은 그의 몸 바꾸기가 '살아 있다'는 명제를 토대로 하고 있기 때문이다. 이 '살아 있다'는 측면에서 보면 육체와 감각에서 영성과 감성으로의 변화는 '살아 있다'는 것의 드러남(가시적인 것)과 숨김(비가시적인 것) 혹은 외면화와 내면화의 정도에 지나지 않는 것이다. 비가시적이고 외면화되었다고 해서 그의 몸이 표상해온 '살아 있다'라는 명제가 부재하거나 소멸되었다고 간주할 수는 없는 것이다. 육체와 감각에서 영성과 감성으로의 변화는 '살아 있다'라는 동動의 이미지가 정중동靜中動의 이미지로 변화한 것에 불과하다. 오히려 이 '살아 있다'는 명제는 육체와 감각에서보다 영성과 감성에서 심화·확산된다고 할 수 있다.

감옥에서 생명의 위기 혹은 '살아 있다'라는 사실에 대한 위기의 순간에 그가 체득한 것은 몸(생명)이 육체와 감각을 넘어 마음의 활동에 의해 성립되는 영성과 감성으로 존재한다는 사실이다. 그는 자신에게 문제가 된 것이 감옥 속의 몸이 아니라 몸 속의 감옥이라는 사실을 스스로 체득하게 된 것이다. 몸이 육체를 넘어 마음의 영역으로 확산되면서 '살아 있다'라는 명제는 비가시적이고 내면화된 세계의 의미 영역까지 포함하기에 이른다. 이제 몸은 눈에 보이는 가시적인 어떤 실체를 넘어 눈에 보이지 않는 기운들이 교차하는 하나의 새로운 개념으로 거듭나게 된 것이다. 몸이 가시적인 어떤 실체에 지나지 않는다는 생각은 흔히 '보이는 것은 믿을 수 있다'는 서구의 합리주의적인(이성 중심주의적인) 전통 하에서의 몸에 대한 정의이다. 이러한 전통에서는 보이지 않는 것, 이를테면 기氣, 무無, 공空, 허虛 등 영성적이고 감성적인 힘과 그 원리가 몸의 의미 영역에서 배제되는 것이 일반적이다.

그러나 기氣, 무無, 공空, 허虛 등은 몸을 이루는 바탕 중의 바탕이다.

이 영성적이고 감성적인 힘과 원리는 육체와 감각의 이면에 작용하면서 그것을 보존하고 무궁하게 살아 있게 하는 보다 큰 생명의 형상形象이다. 이런 점에서 영성적이고 감성적인 힘 중의 하나인 기氣의 원리하에서 몸을 해석하는 장횡거張橫渠와 왕부지王夫之 같은 사람은 몸을 일종의 기氣의 집이며, 우주적 기氣가 끊임없이 모였다가 흩어지는 과정에서 나타나는 일시적인 통합체로 간주하기도 한다. 이것은 기본적으로 몸이 실체가 아니라 생성이라는 사실을 말해주는 것이다. 김지하는 감옥에서의 체험을 통해 바로 이 좀 더 크고 무궁한 몸(생명)을 새롭게 발견한 것이다. 이런 맥락에서 그가 제기한 '율려律呂'와 '흰그늘', '산알' 등도 해석이 가능하다. 그동안 그가 걸어온 궤적을 고려해 볼 때, 분명 그는 한국 현대 시인 중에 시와 사상을 가장 행복하게 미학적으로 승화한 시인이라고 할 수 있다.

> 저 청청한 하늘
> 저 흰구름 저 눈부신 산맥
> 왜 날 울리나
> 날으는 새여
> 묶인 이 가슴
>
> 밤새워 물어뜯어도
> 닿지 않는 밑바닥 마지막 살의 그리움이여
> 피만이 흐르네
> 더운 여름날의 썩은 피
>
> 땅을 기는 육신이 너를 우러러
> 낮이면 낮 그여 한번은

울 줄 아는 이 서러운 눈도 아예
시뻘건 몸뚱어리 몸부림 함께
함께 답새라
아 끝없이 새하얀 사슬소리여 새여
죽어 너 되는 날의 길고 아득함이여

낮이 밝을수록 침침해가는
넋 속의 저 짧은
여위어 가는 저 짧은 볕발을 스쳐
떠나가는 새

청청한 하늘 끝
푸르른 저 산맥 너머 떠나가는 새
왜 날 울리나
덧없는 가없는 저 눈부신 구름
아아 묶인 이 가슴

- 「새」 전문[118]

  이 시를 지배하는 전반적인 상황은 비극적이다. 하지만 그것이 정서
과잉이나 지나친 비애감으로 흐르지 않고 적절하게 조절되면서 일정한
긴장을 유지하고 있는 것은 이 시가 지니는 미덕이다. 죽음을 앞둔 시적
자아를 표상하는 존재는 "새"이다. 시인은 이 "새"에게 자신의 비극적인
상황을 투사하고 있다.
  그런데 이 과정에서 시인은 그 특유의 '그늘' 혹은 '흰그늘'의 미적

---

118. 김지하, 「새」, 『타는 목마름으로』, 창작과비평사, 1982, 56~57쪽.

인식 태도를 강하게 드러낸다. "죽어 너 되는 날의 길고 아득함"이란 분명 한스러운 것임에 틀림없지만 시인은 그것을 단순히 한의 차원으로만 인식하지 않고 있다. 여기에는 한을 넘어서는 어떤 몸짓이 있다. 이것은 밝음을 단순히 밝음으로만 바라보지 않고 그 속에 내재한 어둠을 함께 바라보는, 즉 밝음과 어둠이 어우러진 그늘의 세계로 이 상황을 인식한다는 것을 의미한다. 이 시의 구도는 '눈부심과 슬픔', '비상과 묶임', '삶(살과 피)과 죽음(썩은 피)', '하늘과 땅', '밝음과 침침함', '떠남과 돌아옴', '높음과 낮음', '영원과 순간' 등 상반되는 것이 함께 공존하면서 균형을 이루는 그런 세계이다. 이 사실은 시인이 세계를 이분법적인 논리로 이해하고 있는 것이 아니라 그것을 넘어선 탈이분법적인 논리로 이해하고 있다는 것을 말해준다.

반대일치나 기우뚱한 균형의 논리로 세계를 이해하는 시인에게 세계의 존재 방식은 단순히 한의 차원이 아닌 그것을 넘어선 또 다른 차원을 모색하는 방향으로 전개될 수밖에 없다. 시적 자아가 비극적인 상황 속에 놓여 있음에도 불구하고 여기에 좌절하거나 의지를 잃지 않고 또 다른 세계로 나아가고자 하는 데에는 늘 어떤 상반되는 현상을 동시에 바라보고 그 속에서 그것을 넘어서는 방향을 끊임없이 모색해 온 시인의 치열한 실존적인 탐색과 끊임없는 상생과 공존의 논리가 전제되었기에 가능한 일이다. 이처럼 「새」에는 그의 사상이 아름답게 투영되어 있다. 70, 80년대 우리의 민중시가 한때의 운동 차원에서 그 시적인 생명력이 다한 것에 비하면 2000년대에 들어서도 갱신과 변화를 거듭하고 있는 그의 시는 분명 사상의 생명력 못지않게 시적 생명력을 내재하고 있는 것이 사실이다. 시만큼 매력적으로 사상을 환기하고 또한 여기에 빠져들게 하는 양식도 없다는 것을 그의 시는 잘 말해주고 있다.

제Ⅱ부

생명 사상의 창발적 진화

1. 생명 문화 정립을 위한 시론적 모색

1. 패러다임paradigm의 전환과 생명 문화

인류 문명이 이룩해 놓은 지식의 총량과 기술의 능력으로 인해 이제 한 단계의 커다란 정신적 도약을 성취시키지 않으면 안 될 상황에 놓여 있다'는 사실에 대부분 공감하고 있다. 이 공감은 지식의 축적과 기술의 발달이 다른 어느 시기보다 빠른 속도로 이루어지고 있는 근래에 들어 그 강도를 더하고 있다. 지식의 축적과 기술의 발달이 빠른 속도로 이루어지고 그것이 하나의 정치권력이 되면서 과도한 경쟁이 발생하게 된다. 이미 그 과도한 경쟁은 전 세계적 차원의 문제가 된 것이 사실이다. 이렇게 경쟁이 전 세계적 차원의 문제가 되고, 또 지식의 축적과 기술의 발달이 절대적인 속도의 상태에 이르면 그것에 대한 복잡성complexity의 문제는 자연스럽게 전경화 될 수밖에 없다. 이런 점에서 그것은 문명사 전반에 대한 불안과 위기뿐만 아니라 반성과 성찰의 문제를 강하게 내장하고 있다고 할 수 있다.

지금까지 축적된 지식과 기술은 서구적인 차원에서 볼 때 다분히 변증

---

1. 장회익, 『과학과 메타과학』, 지식산업사, 1990, 7쪽.

법적인 진보의 논리를 주된 방향으로 설정하고 있다. 변증법이란 어떤 문제의 실상을 관련 맥락과 연관시켜 모순과 대립의 관점에서 파악하고 그것을 통해 진리를 추구하는 논리이다. 인류의 역사 전체를 상호 모순을 통한 이상적인 종합으로 보기 때문에 반드시 여기에는 부정적인 현실과 유토피아적인 미래가 대립한다. 현실 맥락에 대한 강조와 실천성을 담보하고 있다는 점에서 변증법은 역사의 진보라는 논리를 구현하는 데 그 나름의 정당성을 인정받아 왔다고 할 수 있다. 이것은 변증법이 새로운 시대의 진리 패러다임이 등장할 때마다 그것을 정당화하는 방식으로 새로운 세계관을 도입하는데 절대적인 기여를 해 왔다는 것을 의미한다.[2] 서구의 역사가 변증법에 토대를 두고 발전해 왔다는 논리가 바로 여기에서 비롯된 것이라고 할 수 있다.

변증법의 논리는 상호 모순과 종합을 지향하지만 이때의 종합이란 우열 혹은 선택과 배제의 논리를 토대로 하기 때문에 필연적으로 억압과 소외를 동반할 수밖에 없다. 이러한 논리는 이분법적이며, 힘의 논리에 의해 종합을 시도하려는 속성을 드러낸다. 이분법적인 우열의 논리에서 그것을 판단하는 기준은 이성이다. 이성주의자의 관점에서 보면 상호 모순의 변증법적인 종합은 세계에 대한 합법칙성을 지닌 논리로 인식된다. 이러한 논리는 이성에 대한 절대성을 드러낸 것으로 이성이 곧 초월적인 지위를 부여받게 된 것을 말해주는 것이라고 할 수 있다. 초월적 지위를 부여받음으로써 이성은 니체, 아도르노, 푸코, 데리다 등으로부터 타자를 절대화한다는 비판을 받기에 이른다. 이에 하버마스는 의사소통 합리성을 내세워 이성에 초월적인 지위를 부여하지 않으면서도 생활세계 속에서 분열된 인류적 총체성을 회복하려고 한다.[3]

2. 홍윤기, 「변증법」, 『철학과현실』 제27호, 1996년 겨울호, 315~325쪽 참조.

3. 위르겐 하버마스, 『현대성의 철학적 담론』, 이진우 옮김, 문예출판사, 1996, 52쪽.

하버마스의 의사소통 합리성은 주체의 회복을 목적으로 하고 있지만 '행위의 가능성을 박탈하는 현대사회의 익명적 권력의 그물망 안에서 유한한 주체가 어떻게 자율을 획득할 수 있는가 하는 문제는 그의 철학에서 간과되고 있다'[4]고 할 수 있다. 하지만 그가 겨냥하고 있는 주체의 회복은 단순히 현대사회의 구조나 제도에 국한시켜 논의할 성질의 것은 아니다. 현대사회의 구조나 제도가 행사하는 권력으로부터 주체가 자율성을 획득하지 못하고 있는 것은 사실이지만 그것보다 더 중요한 것은 이성의 타자에 대한 절대화이다. 이성의 타자를 절대화함으로써 인간은 상생과 융화적인 관계를 통해 성립되는 공동체를 상실하기에 이른다. 인간의 이성이 절대화한 타자의 경우 이성의 범주에서 멀거나 차이가 클수록 그 정도가 클 수밖에 없다. 이성이 가지는 이러한 한계를 극복하기 위해서는 인간의 이성이 절대화한 타자를 해체해야 한다. 타자의 해체란 타자의 자율성 혹은 개체성을 회복하는 것이라고 할 수 있다. 타자의 개체성은 곧 타자의 주체성에 다름 아니다.

타자가 이성에 의해 절대화되지 않기 위해서는 무엇보다도 먼저 그 이성을 다른 것으로 대체해야 한다. 이성이 주체와 타자를 구분하는 척도가 될 수 없다는 인식이 필요한 것이다. 이성이 이러한 구분에 척도가 될 어떤 내적 필연성도 여기에는 없는 것이다. 이성이 척도가 된 것은 순전히 인간의 필요에 의한 작위적인 결정일 뿐이고, 신과 같은 초월적 지위를 부여받으려는 욕망이 작동한 것으로 볼 수 있다. 이성의 초월적 지위를 해체함으로써 타자의 절대화로부터 벗어나려 한 하버마스의 의사소통 합리성 역시 이러한 욕망이 약화된 것일 뿐 그것이 온전히 사라진 것은 아니다. 하버마스의 의사소통 합리성은 기존의 이성의 초월적 지위를 바꾸려는 새로운 시도로 볼 수 있지만 그것은 패러다임의 전환이라고

---

4. 위르겐 하버마스, 앞의 책, 464쪽.

하기에는 지나치게 기존의 패러다임을 고수하고 있다고 할 수 있다.

그러나 패러다임의 전환은 말처럼 그렇게 쉬운 일은 아니다. 이 말은 기존의 패러다임을 혁명적으로 바꾼다는 의미이지만 이것은 기존과 새로운 패러다임을 서로 비교함으로써 가능하다. 이런 점에서 두 패러다임을 '동일한 평면상에 올려놓고 비교할 수 있는 객관적인 기준이 존재하지 않기' 때문에 패러다임의 전환을 이야기하는 것은 불가능한 것처럼 보인다. 따라서 패러다임과는 '무관한 본질적인 요소를 찾아내어 인간 사고의 기본적 구조를 밝혀내는 작업이 이루어져야'[5] 하는 지도 모른다. 하지만 패러다임과는 무관한 요소를 찾아내어 기본적 구조를 밝히는 것 역시 또 다른 패러다임을 정립한다는 점에서 패러다임으로부터 무관할 수는 없다고 볼 수 있다. 패러다임이 가치나 이념과 같은 정신적인 것과 제도나 체계, 도구와 같은 물질적인 것 모두를 포괄하는 개념이기 때문에 이 둘 사이의 차이를 밝히는 일이 패러다임의 전환 문제와 관련하여 중요한 의미를 지닌다고 할 수 있다.

그렇다면 이성이라는 패러다임에서 획기적인 전환을 가능하게 하는 또 다른 패러다임이란 어떤 것일까? 이 물음에 대한 답은 이성이 아닌 그것과 대비되는 또 다른 척도 아닌 척도를 찾으면 된다. 이성과는 달리 타자를 절대화하지 않는 그 척도 아닌 척도란 존재는 과연 어떤 것일까? 아이러니하게도 그것은 이성이 절대화한 '생명'이다. 이성은 생명마저도 합리적이고 과학적인 논리를 앞세워 그것의 존재성을 규정하고 개념화하기에 이른다. 생명은 이성의 논리로 온전히 해명할 수 없는 영역을 지니고 있다. 또한 생명은 인간에게만 국한된 것이 아니다. 이성은 인간에 국한된 것이지만 생명은 인간을 포함하여 모든 생물, 무생물에게 깃들어 있는 것이다. 이 생명의 척도로 보면 인간과 이성이 타자로 절대화한

---

5. 장회익, 앞의 책, 40~41쪽.

짐승, 나무, 꽃 심지어 곤충 사이에는 우열의 논리가 성립될 수 없는 것이다. 인간의 생명이 저 길거리에 아무렇게나 피어 있는 잡초의 생명보다 더 신비하다거나 소중하다고 말할 수 없기 때문이다. 그리고 인간이 절대적인 척도로 내세우고 신뢰하는 이성 혹은 과학은 아직 그 잡초의 신비를 해명하지 못하고 있는 것이 사실이다.

이렇게 생명이 이성을 대체하면 세계 이해 전반에 혁명적인 변화가 도래할 것이다. 그것은 이성 혹은 그것에 토대를 두고 형성된 인류 문명사 전반에 대한 비판과 반성은 물론 이성이 미치지 못한 미지의 영역에 대한 성찰을 포함할 것이다. 하지만 생명에 대한 성찰에 앞서 고려해야 할 점은 그것이 이성과는 달리 관념적이고 개념화된 존재가 아니라 구체적인 감각을 통해 존재하는 살아 있는 실체라는 사실이다. 이것은 생명에 대한 성찰에 있어서 그것을 잘 드러내는 구체적인 대상을 정하는 일이 무엇보다도 중요하다는 것을 의미한다. 생명이 감각이나 느낌으로 존재한다면 그것을 관념이나 개념이 아닌 살아 있는 존재로 체험할 수 있는 대상이 필요한 것이다. 그 대상이 바로 '몸'이다. 몸은 이성이나 과학으로 그 존재를 온전히 드러낼 수 없다. 그것은 몸이 이성, 감성, 영성이라는 눈에 보이는 차원과 눈에 보이지 않는 차원의 복잡성으로 이루어진 존재이기 때문이다.

몸이 하나의 생명으로서 존재한다면 그것은 존재라기보다는 생성으로 명명하는 것이 타당할 것이다. 이런 점에서 몸은 현상이나 개념의 논리로 해명할 수 없는 현상과 경험의 세계를 지닌다고 할 수 있다. 몸으로 세계를 이해하면 '존재', '실체', '주체' 같은 전통적인 이성 중심의 패러다임에서 벗어나 '생성', '역동성', '운동' 등이 세계의 근본적인 의미가 되는 새로운 패러다임[6]이 탄생한다. 이렇게 몸이 하나의 패러다임을

---

6. 박재주, 『주역의 생성논리와 과정철학』, 청계, 2001, 13쪽.

창출한다는 것은 그것이 인간 이성에 의한 변증법적인 논리를 넘어서는 새로운 변화의 논리를 지니고 있다는 것을 말해준다. 이 변화의 논리란 '생성', '역동성', '운동' 등이 표상하고 있는 것처럼 인간을 넘어선 자연과 우주 차원에서의 거대하고 신비한 유기적인 흐름을 의미한다고 볼 수 있다. 인간의 이성이 타자를 절대화함으로써 몸, 자연, 우주 같은 생명의 유기적인 흐름에 대한 인식이 망각되어 오히려 인간은 이 관계로부터 소외되기에 이른다.

이러한 소외는 인간의 문화를 '영성, 순환성, 다양성, 관계성 등 생명의 네 가지 본성'[7]으로부터 멀어지게 한 것이 사실이다. 만일 이 네 가지 생명의 본성을 회복하지 못한다면 인류의 문화는 지금까지 축적한 지식과 기술이 방향성을 잃거나 자기반성을 행하지 못해 스스로 파멸하고 말 것이다. 지금 우리 시대의 문화는 생명의 네 가지 본성을 토대로 이루어지는 것이 아니라 그것을 망각한 채 단순히 이성의 억압으로부터 벗어나려는 표피적인 욕구나 욕망의 차원에 머물러 있기 때문에 진정한 차원의 반성은 물론 어떤 전망perspective도 획득하지 못하고 있다. 기술의 발달로 인해 매체적인 감각이나 감성이 이성을 대신하지만 그것이 드러내는 후기산업사회 혹은 포스트모던한 사회의 특성은 '즉물성卽物性, 소아성小兒性, 몰아성沒我性' 등과 같은 천박하고 메마른 세계[8]이다.

그런데 여기에서 주목해 보아야 할 것은 천박하고 메마른 세계의 특성이 몸을 통해 드러난다는 점이다. 이 사실은 몸이 지니고 있는 영성, 순환성, 다양성, 관계성 등 생명의 네 가지 본성과 이것들이 복잡한 관계를 유지할 수밖에 없다는 것을 의미한다. 이런 점에서 보면 몸은 그 안에 지금 이 시대 문화의 천박함과 숭고함, 생명성과 반생명성, 부정성과

7. 김지하, 『생명과 자치』, 솔, 1996, 342쪽.
8. 이정우, 『가로지르기』, 민음사, 1997, 128~135쪽.

긍정성을 모두 지니고 있다고 할 수 있다. 몸의 이러한 속성은 지금이 시대의 문화에 대한 이해를 왜 몸으로부터 시작해야 하는지를 잘 말해준다고 할 수 있다. 몸이 지니는 생명의 본성이 어떻게 천박하고 메마른 세계의 중심에서 솟구쳐 오르느냐 하는 것이야말로 일종의 패러다임의 전환 혹은 인식론적인 혁명과 관련하여 중요한 문제라고 할 수 있다.

2. 몸, 생명, 우주의 카오스모스chaosmos

몸의 본래적인 생명성을 되살리기 위해서는 그동안 이성에 의해 절대화된 타자로 간주된 자연 혹은 우주와의 관계를 회복해야 한다. 몸이 곧 자연이고 우주 생명에 다름 아니라는 사실에 대한 망각은 반생명성의 문화 속에서 몸이 은폐하고 있는 진정한 의미를 발견할 수 없게 했다고 할 수 있다. 이성이 자연과 우주 이해의 중심이 된 서양에서도 몸을 소우주라고 하여 몸의 구조와 우주의 구조 사이의 유비적인 관계를 발견하려는 움직임이 없었던 것은 아니지만 몸의 헤게모니를 유물 철학이나 의학이 쥐게 되면서 이러한 인식은 더 이상 진전되지 못한 채 소수의 비주류 담론으로 존재하기에 이른다. 서양의 의학은 18세기 말 이후 임상 의학과 해부 병리학을 거치면서 인간의 몸을 '수학적 실험적 객체화로 간주하여 공간화된 신체의 부분들을 기준으로 분절'[9]해 왔다.

몸의 이러한 분절은 몸에서 기氣, 혈血 같은 경락經絡의 생성과 운동을 배제한 채 외부 증상이나 징후에 대응되는 어떤 환부(자리, 공간)만을 탐색함으로써 전체적인 몸의 흐름을 제대로 이해할 수 없게 한 것이

---

9. 이정우, 앞의 책, 75쪽.

사실이다. 몸의 분절은 부분의 이해에 집중하여 전체에 대한 이해를 간과하게 되면서 눈에 보이지 않는 심층화된 몸의 세계를 드러낼 수 없는 한계를 조정하게 된다. 부분이 아니라 전체, 분절이 아니라 흐름으로 몸을 이해하면 기와 혈맥 같은 것이 중요한 논의의 대상이 된다. 기와 혈맥의 흐름을 전체적으로 파악하여 몸의 상태를 알아보는 태도는 기본적으로 자연이나 우주와의 관계 속에서 인간(인간의 몸)을 규정한다는 것을 의미한다. '기가 허하다'라든가 '맥이 약하다'라는 말의 의미는 그것이 자연이나 우주와의 교감이 활발하게 이루어지지 않고 있다는 것을 뜻한다. 이처럼 인간의 몸에는 눈에 보이지 않는 기나 혈맥 같은 생명의 에너지가 존재한다[10]고 할 수 있다.

몸의 기나 혈의 흐름이 우주와의 관계 속에서 이루어지기 때문에 몸은 소우주라기보다는 우주 그 자체라고 할 수 있다. 몸은 우주의 한 부분이면서 동시에 전체인 것이다. 이와 관련하여 기철학자인 장횡거와 왕부지는 인간을 '우주적인 기가 몸속에 모였다가 흩어지는 존재'로 간주한다. 몸과 우주 혹은 인간과 우주와의 관계를 이러한 기와 혈의 흐름 속에서 파악하면 우주란 인간과 분리되어 어디 멀리 있는 접근할 수 없는 대상이 아니라 바로 인간 그 자체인 것이다. 인간의 몸이 곧 우주이고 우주가 곧 인간의 몸이라는 사실은 마치 우리가 공기를 늘 들이마시고 내쉬고 하는 일을 한순간도 쉬지 않고 하지만 그것을 망각한 채 살아가는 것과 다르지 않다. 만일 공기(기氣)의 이러한 작용이 없다면 우리는 생명을 유지할 수 없다. 아주 간단한 예로 밥을 먹을 때 우리는 밥뿐만 아니라 공기도 함께 먹는 것이다. 공기를 함께 먹지 않으면 밥은 인간의 몸속에서 제대로 소화될 수가 없다.

몸과 우주와의 관계가 점점 더 멀어지게 된 것은 수학적이고 과학적인

---

10. 이재복, 「산알 소식에 접하여 몸을 말하다」, 『시작』, 2010년 겨울호.

사고가 급격하게 인간의 인식을 지배한 근대 이후의 일이며, 고대인들의 사유 속에는 이 거리가 느껴지지 않을 만큼 몸과 우주가 둘이 아닌 일상의 자연스러운 현상으로 드러나기도 한다. 일상의 삶 속에 그것이 자연스럽게 드러난다는 것은 몸과 우주와의 관계 속에서 문화가 형성되었다는 것을 의미한다. 몸과 우주는 하나의 기의 흐름 속에 있지만 그 흐름이라는 것은 일종의 변화이며 그 변화는 동적인 양陽과 정적인 음陰 그리고 동정 이전의 상태인 천지인 삼태극三太極을 모두 포함하는 상태를 말하는 것이다. 동양에서는 그것을 '율律'라고 명명하고 있다.[11] 이런 점에서 보면 율려는 '천지인 3기를 함유하고 있는 삼태극이 동과 정, 음과 양을 반복하면서 대대유행待代流行해 가는 것'[12]을 말한다고 할 수 있다. 율려가 우주의 율, 다시 말하면 '우주 생명의 율'이라면 인간의 몸 역시 우주 생명의 원리가 작동하는 살아 있는 생명체인 것이다.

우주 생명의 율에 따라 천지인의 삶 특히 고대 혹은 한국, 중국 등 동북아인의 삶이 이어진 것이라면 그 흔적이 다양한 형태로 존재할 수밖에 없을 것이다. 우리의 경우 그것은 의, 식, 주 같은 일상의 형태로부터 노래, 춤, 굿, 시와 같은 의식이나 예술의 형태로 전승되어 왔다. 하지만 근대 이후 급격한 서구화로 인해 그 형태는 점차 사라지거나 아니면 은폐되어 제대로 우리의 일상과 의식 그리고 예술의 양식에 적용되어 그것이 중심적인 가치로 부상하거나 의미화된 적은 거의 없다고 해도 과언이 아니다. 이것은 이 말 앞에 늘 전통이라는 수식어가 따라다닌다는 사실과 다르지 않다. 전통 의상, 전통 음식, 전통 가옥, 전통 가요, 전통춤, 전통 굿, 전통 시가 등의 경우에서처럼 언제나 우주 생명의 율에 입각한

---

11. 반고, 『漢書』 卷21上, 律曆志 第1上, 北京, 中華書房, 1992, 964쪽.
12. 우실하, 「율려(律呂)와 삼태극(三太極) 사상」, 『한국의 생명담론과 실천운동』, 세계생명
    문화포럼, 2004, 248쪽.

우리의 삶의 양식이나 의식, 예술의 형태들은 서구의 것에 비해 열등하거나 부차적인 것으로 인식돼왔다고 할 수 있다. 전통이라는 수식어를 붙인다는 것 자체가 보편성으로서의 지위나 위치를 가지지 못한다는 것을 의미한다.

그러나 전통이라고 명명되는 것이 비록 근대 이후 단절의 양상을 강하게 드러내고 있기는 하지만 우리의 의식주나 의식 그리고 예술의 차원에 은폐되어 있지 않은 것은 아니다. 급격한 서구화와 근대화를 거치면서 전통이라고 명명되는 우리의 것에 대한 성찰과 반성의 시간이 절대적으로 부족했음에도 불구하고 서구화와 근대화로 인한 인간 실존의 위기가 도래하면서 그것의 가치에 대한 인식이 확산되기에 이른다. 이처럼 우리 것에 대한 인식의 확산은 서구화와 근대화에 대한 안티테제로서 부상한 것이 사실이다. 하지만 그것과는 상관없이 본래적으로 이어져 온 우리 민족의 원형이나 원형질 같은 것이 지니고 있는 우주 생명의 율에 입각한 복승複勝의 시기가 작용한 것 또한 사실이다. 우주 생명의 차원에서 보면 기후 변화, 해수면의 상승, 생태계의 오염, 인간성의 변질과 파괴 등은 지구의 자정 능력의 시기를 더 앞당기는 징조들에 해당한다. 기울어진 지구의 축이 수직 방향으로 이동하면서 개벽 세상이 온다는 동학 정역계의 예언은 단순한 신비주의자들의 미신이 아니라 우주 대혼돈Big Chaos의 시기를 변화의 역易으로 풀어낸 우주 생명학의 논리[13]로 이해할 수 있을 것이다.

우주 생명학은 동학, 불교, 유교 등 우리의 종교나 사상에 토대를 두고 정립될 수 있는 새로운 패러다임이라고 할 수 있다. 우주 생명 혹은 우주 생명의 율이란 과거 우리 민족의 원형이나 원형질 속에 내재

---

13. 김지하, 「음개벽(陰開闢)에 관하여」, 『생명과 평화의 길』, 문학과지성사, 2005, 66-81쪽 참조.

해 있으면서 자연스럽게 일상의 한 장으로 수용되어 역동적인 삶의 원리로 작용해 왔다고 할 수 있다. 일반 민중들은 따로 우주 생명학에 대한 지식을 깊이 있게 공부하지 않아도 그것을 몸으로 느끼고 인지하면서 우주 생명을 실천하고 또 생활화했다고 할 수 있다. 근대 이후에 들어서도 우주 생명에 대한 이러한 실천과 생활화는 단절된 것이 아니라 비교적 서구화와 도시화가 이루어지지 않는 시공간을 중심으로 그 원형을 찾아볼 수 있다. 우주 생명의 흐름이 단절되지 않고 하나의 원형으로 남아 있는, 무엇보다도 그것이 관념적인 지식의 형태가 아닌 일상 혹은 실제 생활 속에서 이루어지는 세계를 서정주의 '질마재 신화'에서 발견할 수 있다. 시인 스스로 신화라고 명명한 것처럼 질마재라는 시공간에서 벌어지는 일은 현대의 이성적인 투명함이나 합리적인 체계성의 논리로는 해명할 수 없는 불투명함과 혼돈을 지니고 있다고 할 수 있다. 가령 『질마재 신화』에 있는 다음 두 편의 작품을 보자.[14]

　　질마재 上歌手의 노랫소리는 답답하면 열두 발 상무를 젓고, 따분하면 어깨에 고깔 쓴 중을 세우고, 또 喪輿면 喪輿머리에 뙤약볕 같은 놋쇠 요령 흔들며, 이승과 저승에 뻗쳤읍니다.

　　그렇지만, 그 소리를 안 하는 어느 아침에 보니까 上歌手는 뒤깐 똥오줌 항아리에 똥오줌 거름을 옮겨 내고 있었는데요. 왜, 거, 있지

---

14. 나는 이미 미당의 『질마재 신화』의 시편들을 그로테스크 리얼리즘이라는 차원에서 다룬 바 있다. 여기에서의 내 글의 요지는 미당의 이 시편들이 우주 생성의 원리를 토대로 그로테스크 리얼리즘의 미학을 성취하고 있다는 점이다. 이것은 인간이 우주와 단절된 것이 아니라 우주 생명의 흐름 속에 있다는 것을 언급한 것이라고 할 수 있다. 인간과 우주와의 단절이 아닌 연속은 패러다임의 전환으로 볼 수 있는 여지가 있다는 점에서 이러한 언급은 생명 문화 정립을 위한 일정한 단초를 제공한다고 할 수 있다(이재복, 「한국 현대시와 그로테스크」, 『우리말글』 47집, 우리말글학회, 457~463쪽).

않아, 하늘의 별과 달도 언제나 잘 비치는 우리네 똥오줌 항아리, 비가
오나 눈이 오나 지붕도 앗세 작파해 버린 우리네 그 참 재미있는 똥오줌
항아리, 거길 明鏡으로 해 망건 밑에 염발질을 열심히 하고 서 있었습니
다. 망건 밑으로 흘러내린 머리털들을 망건 속으로 보기좋게 밀어넣어
올리는 쇠뿔 염발질을 점잔하게 하고 있어요.

   明鏡도 이만큼은 특별나고 기름져서 이승 저승에 두루 무성하던
그 노랫소리는 나온 것 아닐까요?

-「上歌手의 소리」전문[15]

   왼 마을에서도 品行方正키로 으뜸가는 총각놈이었는데, 머리숱도
제일 질고, 두개 앞이빨도 사람 좋게 큼직하고, 씨름도 할라면이사
언제나 상씨름밖에는 못하던 아주 썩 좋은 놈이었는데, 거짓말도 에누
리도 영 할 줄 모르는 숫하디 숫한 놈이었는데, <소 X 한 놈>이라는
소문이 나더니만 밤 사이 어디론가 사라져 버렸다. 저의 집 그 암소의
두 뿔 사이에 봄 진달래 꽃다발을 매어 달고 다니더니, 어느 밤 무슨
어둠발엔지 그 암소하고 둘이서 그만 영영 사라져 버렸다. 「四更이면
우리 소누깔엔 참 이쁜 눈물이 고인다」, 누구보고 언젠가 그러더라나,
아마 틀림없는 聖人 녀석이었을거야. 그 발자취에서도 소똥 향내쯤
살풋이 나는 틀림없는 틀림없는 聖人 녀석이었을거야.

-「소 X 한 놈」전문[16]

를 보자. 먼저 「上歌手의 소리」에서 우리가 주목해야 할 대상은 '上歌手'이
다. 상가수란 말 그대로 최고의 가수란 뜻이다. 그렇다면 시인은 왜 한낱

---

15. 서정주, 『미당 시전집 1』, 민음사, 1994, 344쪽.
16. 서정주, 위의 책, 388쪽.

농부에 지나지 않는 그에게 상가수란 명칭을 부여한 것일까? 그가 단순히 노래만 잘하는 사람이라면 상가수라고 하지 않았을 것이다. 이와 관련하여 시인이 그에게서 특별히 주목한 것은 두 가지이다. 하나는 '그의 노랫소리가 이승과 저승에 뻗쳤다'는 것이고, 또 다른 하나는 '지상의 똥오줌과 천상의 별과 달을 그가 수렴하고 있다'는 점이다. 그의 소리가 이승과 저승, 천상과 지상의 경계를 단숨에 훌쩍 뛰어넘는다는 시인의 말은 보기에 따라서는 과장된 것으로 들릴 수 있다. 실제로 우리는 이 말을 과장해서 노래 잘하는 사람을 칭찬할 때 사용한다.

그러나 시인의 농부에 대한 칭찬은 이와는 차원이 다르다. 시인의 칭찬은 노래에 국한된 것은 아니다. 시인의 상가수라는 명명 속에는 단순히 노래만이 아니라 '노래와 인간(인간의 삶)과 우주'라는 맥락이 포함되어 있다. 무엇보다도 농부의 노래는 일상이나 실재 삶 속에서 이루어진다. 일상이나 삶과 유리되고 폐쇄된 특별한 공간(무대) 속에서 이루어지는 노래와는 차원이 다른 것이다. 농부에게는 자신이 살아가는 일상의 시공간이 곧 무대인 것이다. 농부에게는 분리의 의식이 없다. 그는 똥오줌 항아리에서 하늘의 달과 별을 본다. 그에게는 지상의 가장 추한 똥과 천상의 가장 아름다운 달과 별 사이를 구분 짓는 분리와 분화의 의식이 없다. 미추의 경계가 없는 세계 인식이란 그가 노래를 한낱 목소리의 아름다움으로 인식하고 있는 것이 아니라 인간의 삶의 신산고초辛酸苦楚를 다 겪고 난 이후에 얻을 수 있는 것으로 인식하고 있다는 것을 의미한다. 그가 추구하는 소리가 단순히 맑고 아름다운 소리인 천구성을 넘어 신산고초를 다 겪고 난 이후의 어둡고 탁한 소리인 수리성인 것이다. 진정한 소리는 바로 이 어둡고 탁한 소리인 수리성에 있다고 할 수 있다.

하지만 수리성을 낸다는 것은 말처럼 그렇게 쉬운 것이 아니다. 미와 추는 물론 이승과 저승, 지상과 천상, 기쁨과 성냄, 슬픔과 즐거움, 성스러움과 통속함, 남성과 여성, 젊음과 늙음, 이별과 만남 등 '서로 상대적인 것들을 하나로 혹은 둘로 능히 표현할 수 있는 소리가 바로 수리성인 것'이다. 수리성이 가능하기 위해서는 이 상대적인 것들을 '삭히고 견디는 인욕정진忍辱精進하는 삶의 자세가 있어야 하는데 이것을 시김새 혹은 그늘'[17]이라고 한다. 수리성에는 늘 그늘이 깃들어 있으며, 그늘이 없는 소리는 소리꾼으로서의 자격도 소리로서의 가치도 없는 것이다. 이 그늘이 깊어지면 하늘도 움직일 수 있고 또 우주도 바꿀 수 있는 것이다. 질마재의 상가수의 소리는 삶의 과정에서 경험하는 온갖 신산고초를 삭히고 견디면서 끊임없이 정진하여 얻어낸 것으로 여기에는 그늘이 깊게 드리워져 있다고 할 수 있다. 그의 노랫소리가 '이승과 저승에 뻗쳐 있는 것'도 또 '천상과 지상의 경계를 단숨에 훌쩍 뛰어넘을 수 있는 것'도 모두 다 그늘이 깃들어 있기 때문이다.

그의 노랫소리가 우주를 바꾼다는 말이 여기에서 비롯된 것이다. 이것은 그의 지극한 기운至氣이 우주와 통하면서 나타난 현상이라고 할 수 있다. 이런 점에서 우주 생명의 율은 신과 같은 절대적인 존재에 의해 결정되는 것이 아니라 인간의 지극한 기운에 의해 얼마든지 새롭게 생성되고 또 변화될 수 있는 것이다. 우주와 인간 어느 일방에 의해 결정되는 것이 아니라 이들 간의 상호 작용을 통해 우주 생명의 율의 흐름이 이루어지는 것이다. 이것은 우주 생명이 인간과 같은 개체성과 우주라는 총체성의 차원에서 이해해야 한다는 것을 의미한다. 이때 개체성은 총체성 안으로 온전히 수렴되지 않는 독자성을 가지고 있으며, 총체성은 다시 개체성으로 환원되지 않는 그 자체의 독자성을 가지고 있는 것이다. 그러나 실질적으로 우주 생명의 총체성이라고 할 만한 것은 없다. 우주 생명의 총체성은 아니지만 지금까지 밝혀진 기존의 개체 생명과는 다른 전일적인 실체로 인정할 수 있는 생명은 태양과 지구 사이에 나타난

---

17. 김지하, 『흰그늘의 미학을 찾아서』, 실천문학사, 2005, 48~50쪽 참조.

생명이 유일하다고 할 수 있다. 장회익은 이러한 생명을 기존의 생명 개념과 구분하여 '온생명global life'[18]이라고 명명한다.

온생명의 개념이 지구 차원에 머물러 있기는 하지만 그것을 우주로 확장하는 것도 그 나름의 의미가 있다고 할 수 있다. 지구에서 우주로의 확장은 다소 허황되게 받아들일 수도 있지만 '온생명global life'이라는 말 역시 현대과학의 범주 안에서 정의된 개념이기 때문에 그것을 우주로 확장하는 것에 대해 옳다 그르다 단정할 수 없다. 현대과학의 눈이 아닌 그동안 축적된 경험을 바탕으로 동양의 직관과 지혜에 입각해 '우주 생명'이라는 개념을 규정하는 일도 온생명이라는 규정 못지않게 절실하고 또 의미가 있다고 할 수 있다. 「소 X 한 놈」에서처럼 우리의 오랜 삶의 척도는 우주였다고 할 수 있다. 오늘날의 이성과 과학의 논리로 어떻게 소와 수간獸姦한 총각 놈의 이야기를 온전히 이해할 수 있겠는가? 인간의 이성과 과학의 논리로 볼 때 인간과 소와의 수간은 절대 아름답고 성스러운 사건이 될 수 없다. 하지만 소와의 수간이 '우주적인 주기를 맞아 행하는 지극히 자연스러운 행위'[19]라면 이야기는 달라진다. 이와 관련하여 필자는

    …… 총각의 수간은 우주적인 순리에 따르는 것이라고 할 수 있다. 총각, 다시 말하면 인간 됨됨이의 척도를 우주적인 질서에 순응하느냐 아니냐 하는 것으로 평가하는 것이다. 우주적인 질서에 순응하는 총각 이야말로 인간 중의 최고의 인간, 질마재의 화법으로 이야기하면 '상인 간'이 되는 것이다. 시 속의 총각은 품행이 방정하고 몸도 준수하고

---

18. 장회익, 『삶과 온생명』, 솔, 1999, 179쪽.
19. 고은숙, 「서정주의 『질마재 神話』에 나타나는 그로테스크 연구」, 부산대 석사학위 논문, 2004, 19~20쪽.

아주 진실한 '숫하디 숫한 놈'이다. 하지만 이 모든 것들보다 총각의 됨됨이를 알 수 있는 것은 "四更이면 우리 소누깔엔 참 이쁜 눈물이 고인다"고 한 총각의 말이다. 소의 눈에 고인 눈물을 볼 줄 아는 사람이란 우주의 불일이불이의 원리를 깨달은 사람이라고 할 수 있다. 시인은 그런 총각에 대해 '聖人'이라고 명명한다.[20]

라고 해석한 바 있다. 시인이 질마재 사람들에게서 본 것은 우주의 질서에 승순承順하는 삶이다. 똥이나 푸는 평범한 농부가 상가수가 되고 순박하기 그지없는 숫총각이 상인간이 될 수 있었던 것은 이들이 모두 우주의 질서에 승순하였기 때문이다. 우주의 질서에의 승순은 지극한 기운으로 우주의 역易을 감지하고 그것의 흐름에 자신의 몸을 던질 때 가능한 일이다. 상가수의 지극한 기운이 '똥오줌 항아리에 하늘의 별과 달을 비추게 한 것'이고, 상인간의 지극한 기운이 '사경의 소 눈에 고이는 눈물을 보게 한 것'이다. 지극한 기운이 이들의 몸을 움직이고 우주를 움직인 것이라고 할 수 있다.

　우주 생명의 율은 지극한 기운에 의해서 생성되는 것이다. 인간의 지극한 기운이나 우주(자연)의 지극한 기운은 다르지 않다. 가령 우주 혹은 자연의 지극한 기운이 '봄, 여름, 가을, 겨울에 걸쳐서 이슬, 비, 서리, 눈을 내려 뭇 생명들을 기르듯이 인간도 똑같이 외부적인 강제나 억지 없이 자연스럽게 뭇 생명들에게 인, 의, 예, 지의 마음을 베푼다는 것'[21]이다. 인간의 지극한 기운은 우주의 지극한 기운과 둘이 아니기 때문에 언제나 인간은 '동적일 때나 정적일 때나 성할 때나 패할 때를

---

20. 이재복, 「한국 현대시와 그로테스크」, 앞의 책, 462쪽.
21. 오문환, 「동학의 생명평화 사상」, 『한국의 생명담론과 실천운동』, 세계생명문화포럼, 2004, 62쪽.

막론하고 모두 천명에 따라서 생각하고 말하고 행동·²²한다. 우주 생명이란 바로 이런 것을 말한다. 인간 생명도 인간만의 것이 아니라 우주(하늘) 생명과의 관계 속에서 이루어진다는 것은 생명이 가지는 무한한 이타성의 세계를 잘 말해주는 것이라고 할 수 있다. 그동안 생명에 대해 인간이 가져온 배타적인 태도를 고려한다면 이것은 새로운 패러다임의 전환을 담지하고 있는 일대 사건이라고 할 수 있다. 우주 생명 혹은 우주 생명 문화는 바로 이러한 패러다임의 전환으로부터 시작되어야 할 것이다. 기존 패러다임의 전환이라는 점에서 우주 생명 혹은 우주 생명 문화는 혼돈을 잉태한 새로운 질서를 말하는 것이라고 할 수 있다.

3. 산알의 문화와 문화의 산알

우주 생명 문화로의 패러다임의 전환이 절실한 것은 과학기술과 자본을 통해 형성되는 지금 이 시대의 문화가 반생명성을 드러내면서 폭넓게 확산되고 있다는 데에 있다. 후기 자본주의 문화 논리의 지배력은 전세계를 몇몇 다국적 기업이 독점화하면서 문화의 다양성을 파괴하고 인간을 자본의 노예로 만들어 주종 관계의 영속화를 초래하였고, 과학기술은 인간 중심주의적인 도그마를 벗어나지 못한 채 생명에 대한 도덕적이고 윤리적인 차원을 망각하여 인간의 정체성을 근본에서부터 흔들어 놓고 있다. 자본과 과학기술의 이러한 부정성의 급격한 확산은 물질이나 육체, 감각과 같은 눈에 보이는 차원의 비대함으로 이어져 정신이나 마음, 영혼 같은 눈에 보이지 않는 차원을 축소시키고 소멸시켜 인간의 정체성을 심하게 왜곡시키는 결과를 불러온 것이 사실이다. 이것은 인간,

---

22. 최제우, 「論學文」, 『東經大全』.

자연, 우주의 생명이 눈에 보이는 차원보다는 눈에 보이지 않는 정신이나 마음, 영혼과 같은 차원에서 더욱 활발하게 이루어진다는 사실을 망각하게 하여 결과적으로 생명의 깊이 있는 이해를 가로막아 왔다는 것을 의미한다.

이처럼 반생명적인 패러다임으로 인해 우주 생명 문화는 위기를 맞았다고 해도 과언이 아니다. 우주 생명 문화의 위기는 그것이 고대로부터 오랜 역사적인 흐름을 가지고 있다는 점에서 전통적인 생명 문화에 대한 위기를 반영한다고 볼 수 있다. 우주 생명 문화에 대한 우리의 오랜 전통은 몸을 통해 구현되고 또 실천되어 왔다고 할 수 있다. 몸과 우주와의 관계를 망각하면서 그것이 지니는 무한한 생명성을 상실하게 되었으며, 그로 인해 인간의 문화는 점점 표피적이고 복제화된 인공의 생명성을 지니게 된 것이다. 우주를 법法 받거나 승순하지 않고 인간 자신의 이성에 입각해 표피적이고 복제화된 인공 생명을 생산함으로써 인간은 자연이나 우주와의 관계 속에서 이루어지는 자정 능력과 정화 능력을 상실하게 되었다고 할 수 있다.

생명의 자연 순환이 이루어지지 않으면 엔트로피의 증가로 인해 무질서가 초래되어 큰 혼란이 도래할 것이다. 엔트로피의 증가는 지구상의 뭇 생명들을 사라지게 하여 생명의 고리를 파괴할 뿐만 아니라 우주와 맺고 있는 무한한 생명의 지평을 인식하지 못하게 할 위험성이 크다. 우주 생명은 물질로부터 시작되지만 그 물질 속에 '얼'이 있고, 그 얼은 개인 반성과 집단 반성의 과정을 거쳐 '얼누리'로 진화하며, 그 얼누리는 결국에는 여러 중심들 가운데 빛나는 중심, 다시 말하면 매우 자율적인 하나 아래에서 전체의 하나됨과 각 개체의 개체화가 서로 섞이지 않고 동시에 최고가 되는 오메가 포인트의 영향 아래 놓이게 되는 것이다.[23]

---

23. 테야르 드 샤르댕, 『인간현상』, 양명수 옮김, 한길사, 2007, 244쪽.

우주의 무한한 생명성의 표상인 오메가 포인트는 생명의 수렴인 동시에 확산으로 이것은 살아 있는 생명의 알맹이인 '산알'에 비견할 수 있다.

산알은 '생명령生命靈이나 영적인 생명 치유력의 실체'를 일컫는 말이다. 북한의 경락학자인 김봉한[24]에 의하면 몸 안에는 365종의 표층 경락과 360류의 심층 경락이 있어 신비한 생명 현상을 이룬다는 것이다. 그의 경락 이론 중에서 가장 흥미로운 것은 '복승複勝'이라는 용어이다. 복승이란 '인체 내의 365종의 표층 경락이 세포나 내분비 등 일체 생명생성 활동을 지휘하고 치유하는 과정에서 그 음양생극陰陽生剋의 이진법적 생명 생성 관계가 무디어지거나 서로 충돌하거나 하여 근본 치유력이 소실될 때 그 밑에서 360류의 심층 경락, 즉 기혈氣穴에서 문득 예기치 못한 치유력이 불쑥 솟아오르는 그 생명의 알맹이'[25]를 말한다. 김봉한의 산알론은 몸의 경락 혹은 기혈 현상을 대상으로 한 것이지만 몸과 우주가 동기同氣의 상태를 이룬다는 점에서 그것은 우주의 생명 현상에 대한 메타포로도 볼 수 있다.

인간의 몸처럼 우주 혹은 자연 역시 경락이 있는 것이다. 가령 바람을 예로 들어 보자. 바람이 그냥 부는 것 같지만 사실은 그렇지 않다. 바람에도 '길(기혈)'이 있다. 우리는 그것을 '바람길'이라고 할 수 있을 것이다.

---

24. 김봉한(1916~1966?)은 북한의 경락학자이다. 그는 6·25전쟁 당시 야전병원 의사로서 부상병들을 치료하는 과정에서 산알의 존재에 대한 단서를 찾았고, 이후 월북하여 평양의과대학에서 동물 실험 등을 통해 인체에 존재하는 경락의 실체에 대해 연구한 결과 몸 안에 많은 수의 '산알'과 이것을 잇는 그물망 같은 물리적 시스템이 존재한다는 것을 밝혀내고 이를 '산알 이론'으로 확립하였다. 하지만 이 이론에 대해 '비인도적인 인체실험을 통해 연구된 것'이라는 소문과 국제적 의혹이 제기되자 입장이 난처해진 북한은 정치적 판단에 의해 김봉한과 그의 '산알 이론'을 매장시키기에 이른다. 한때 60년대 북한 과학의 3대 업적으로 꼽힐 만큼 칭송을 받았지만 정치적인 이유로 숙청당했다는 점에서 그는 비운의 경락학자이며, 아직 국내에서는 그에 대한 깊이 있는 연구와 그 성과물들이 거의 없는 형편이다.

25. 김지하, 「스톡홀름에서의 41개의 산알」, 『산알 모란꽃』, 시학, 2010, 35쪽.

바람길은 우주 생명의 흐름에 수렴되기도 하고 또 그것을 확충하기도 하면서 무한한 운동성을 이어간다고 할 수 있다. 이런 점에서 바람길은 우주 생명의 흐름을 담지하고 있는 것이다. 하지만 바람길이 언제나 무한한 생명 생성의 활동을 보여주는 것은 아니다. 바람길 역시 인간의 몸의 기혈처럼 생명생성의 관계가 무디어 치거나 그것이 소실될 수 있다. 바람길의 이러한 현상 역시 인간과 무관할 수 없다. 바람길의 무한한 생명성과 운동성을 가로막는 것은 인간의 지식과 기술을 토대로 형성된 문명과 같은 것이라고 할 수 있다. 인간의 지식과 기술이 집적된 거대 도시인 서울의 경우 바람길은 철저하게 그 생명성과 운동성을 방해받고 있다. 서울에서 바람이 가장 많은 곳은 한강과 북한산, 도봉산 근처이다. 여기에서 생성된 바람은 서울의 곳곳으로 흘러들면서 길을 이루는 것이다. 이러한 바람길로 인해 서울은 자정과 정화의 기능을 하게 되는 것이다.[26]

그러나 인간은 자신들의 길만 의식했지 바람길에 대해서는 이렇다 할 만한 의식을 보여주지 않았다. 바람길 곳곳에 아파트와 빌딩을 세우고 도로를 내고 다리를 건설하여 그 흐름을 가로막아 서울의 생명성을 약화 시키고 또 파괴시켜 왔다고 할 수 있다. 바람길이 제대로 흐르지 못하면 그 영향은 바람에서만 그치는 것이 아니라 인간에게까지 영향을 미친다. 인간에 의한 바람길의 차단은 곧 몸의 기혈에도 영향을 미쳐 생명의 흐름 자체를 위태롭게 하게 된다. 바람길에서처럼 인간에 의한 우주 생명의 흐름이 약화되거나 차단되는 경우가 도처에서 발생하고 있다. 하지만 이러한 흐름을 감지하고서도 여기에 대한 적절한 대안을 제시하지 못하고 있는 것이 사실이다. 이것은 기존의 패러다임에 대한 자각을 통해 새로운 패러다임을 제시하려는 의지와 미래에 대한 전망perspective이

---

26. 이재복, 「자연이란 무엇인가?」, 『시와시』 2010년 봄호, 푸른사상, 27쪽.

부재하기 때문이라고 할 수 있다.

　기존의 패러다임에 대한 자각과 의지와 전망의 부재가 깊어질수록 우주 생명의 기혈이 약화되고 무디어지리라는 것은 충분히 예상할 수 있는 일이다. 그렇다면 이렇게 우주 생명의 기혈을 약하게 하고 무디어지게 하는 반생명적인 문화와 문명이 지속되면 어떤 일이 벌어질까? 이 물음에 대한 답은 개체 생명과 전체 생명 혹은 온생명을 포괄하는 차원에서 이야기해야 할 것이다. 인간과 같은 개체 생명은 개체 생명으로서의 기혈이 있고, 지구나 우주와 같은 전체 생명 혹은 온생명은 그것으로서의 기혈이 있다. 그러나 개체 생명이든 아니면 전체 혹은 온생명이든 모두가 살아 있는 생명의 알맹이인 '산알'을 가지고 있다는 점이다. 개체 생명으로서의 인간의 몸 안에 복승을 가능하게 하는 산알이 있고, 전체 혹은 온생명으로서의 지구나 우주에도 복승을 가능하게 하는 산알이 있는 것이다. 따라서 우리에게 중요한 것은 개체 생명으로서의 인간의 몸이나 전체 혹은 온생명으로서의 지구나 우주 내에 은폐되어 있는 눈에 지 않는 산알을 발견하고 그것을 솟구치게 하는 일이다.

　이러한 산알의 발견과 복승은 마음을 통해 이루어진다. 마음 안에 산알이 있고 그것이 지극한 기운을 만나면 솟구쳐 오르는 것이다. 인간의 마음과 우주의 마음은 둘이 아니기 때문에 지극한 기운에 이르면 서로 통하는 것이다. 우주 생명 혹은 우주 생명 문화란 바로 이런 것을 말하는 것이다. 그래서 시인은

　　우리는 생명을 우주로부터 분리시켰다.
　　그래서 고통받고 있다. 그 분리부터 넘어서자.
　　어째서 하늘과 땅과 목숨이 따로따로 인가?
　　어째서 天地人이 따로 노는가?
　　또

어째서 天地人은 물, 달, 여성, 그들과 따로 노는가?
물은 우주와 생명의 근원이다.
산알은 물로부터 발원한다.
　　- 김지하, 「누구나 아는 생명 이야기를 이제는 참으로 우주화 하자」 전문[27]

라고 말하는 것이다. 이 시에서 제일 중요한 시적 질료는 '물'이다. 그것은
물이 결코 분리될 수 없는 속성을 지니고 있기 때문이다. 이런 점에서
'산알' 역시 물과 다르지 않다. 물이 모든 생명을 분리하지 않듯 산알
또한 그렇다는 것이다. 산알 속에는 우주, 다시 말하면 '천지인, 물, 달,
여성' 등 생명이 깃들어 있는 것이다. 우주에도 산알이 있고 천지인,
물, 달, 여성에게도 산알이 있다는 것이다.

　시인은 우주를 생명 논의에 적극적으로 끌어들여야 한다고 역설한다.
인간의 고통의 뿌리가 생명을 우주와 분리시킨 데에서 비롯되었다는
시인의 논리는 우주 생명 혹은 우주 생명 문화 정립의 필연성을 강하게
내재하고 있다고 볼 수 있다. 생명을 우주와 분리시킬 수 없듯이 생명
문화 역시 우주와 분리시킬 수 없는 것이다. 인류의 문화란 인간의 정신의
산물로 여기에는 우주와 분리되지 않은 생명 문화도 포함되어 있는 것이
사실이지만 최근에 와서 그것은 망각된 채 하나의 아득한 흔적으로만
남아 있다. 우주가 인간의 마음에서 멀어짐으로써 자연히 생명도 인간의
마음에서 멀어졌다고 할 수 있다. 따라서 우주를 마음에 깃들게 하면
자연히 생명도 마음에 깃들게 되는 것이다. 이것은 우주를 내 안에서
생명화하는 것이라고 할 수 있다.

---

27. 김지하, 「누구나 아는 생명 이야기를 이제는 참으로 우주화 하자」, 『흰그늘의 산알
　　소식과 산알의 흰그늘 소식』, 천년의 시작, 2010, 110쪽.

나는 뒷산 흰 자작나무 숲길에서 내가 앙금이라고 이름 지은 아주
쬐끄만 딱정벌레를 바라보며 그 앙금이 안에서 앙금앙금이가, 앙금앙
금앙금이가 앙금앙금앙금앙금이가 물속에서 흔들리는 애기달처럼 태
어남을 보았다.

내 안에서도 달이, 그리하여 그 달의 물빛으로, 태양이 뜨거운 불이
아닌 투명한 찬란한 예감의 빛으로 나날이 드높아짐을 보았다. 왜
그런가? 당신은 안 그런가?"
- 김지하, 「누구나 우러러보는 우주생각을 이제는 내 안에서 생명화하자」 전문[28]

시인이 자신의 안에서 어떻게 우주를 생명화하는지를 잘 보여주고
있는 시이다. 뒷산 흰 자작나무 숲길에서 만난 딱정벌레가 시인에 의해
앙금이로 새로운 생명을 얻게 되는데 그 과정을 살아 있는 생명의 알맹이
곧 산알의 언어로 표현하고 있다. "앙금앙금이가, 앙금앙금앙금이가 앙금
앙금앙금앙금이가"는 그 자체가 산알이다. 시인이 산알의 언어를 얻을
수 있게 된 것은 그가 우주를 마음에 담았기 때문이다. 시인이 탄생시킨
산알의 언어는 '애기달처럼 투명한 찬란한 예감의 빛'으로 환기되는
생명체이다. 시인이 꿈꾸는 생명 혹은 생명의 문화란 '앙금이'나 '애기달'
처럼 예감의 빛으로 충만한 첫 모습을 하고 있는 것이라고 할 수 있다.
이런 점에서 시인이 꿈꾸는 생명의 문화는 '첫 문화'이다. 시인은 그
첫 문화를 자주 '화개花開'에 비유하기도 한다. 화개란 말 그대로 꽃이
피는 것이지만 여기에는 줄탁동시啐啄同時에서처럼 우주의 지극한 기운이
뻗쳐야 한다는 의미가 은폐되어 있다. 꽃잎이 열리기 위해서는 '흙밑으로
부터 밀고 올라오는 치열한 중심의 힘'과 '괴로움과 비움'[29] 같은 우주의

28. 김지하, 「누구나 우러러보는 우주생각을 이제는 내 안에서 생명화하자」, 『흰그늘의
    산알 소식과 산알의 흰그늘 소식』, 111쪽.

지극한 기운과 시인의 지극한 마음이 하나가 되어야 하는 것이다. 시인은 이 개화 곧 첫 문화를 '말하고 싶어 견딜 수가 없다'[30]고 고백한다. 시인의 고백은 우주 생명 혹은 우주 생명의 문화가 개화처럼 깊이를 헤아릴 수 없는 신비하고 찬란한 살아 있는 생명의 알맹이의 모습을 해야 한다는 것을 의미한다. 또한 그것은 '한 송이 꽃이 피니 세계가 모두 일어선다'[31]는 말이 의미하듯이 우주 생명 혹은 우주 생명의 문화가 관계를 통한 깨달음을 통해 성립되어야 한다는 것을 말해준다.

4. 반성과 전망

우주 생명 문화 정립에 있어서 무엇보다도 먼저 이루어져야 할 것은 기존의 인간 중심주의 문화에 대한 반성이라고 할 수 있다. 인간 이외의 대상들을 이성의 논리로 절대화하면서 우주 생명 문화는 그 기반이 약화되거나 상실되기에 이른다. 인간과 우주와의 분리는 곧 생명을 우주로부터 분리시킨 것과 다르지 않다. 인간이든 지구든 그 생명의 원천이 우주로부터 비롯된다는 점에서 이러한 분리는 전체 생명 혹은 온생명을 배제한 채 개체 생명의 차원만 중시한 것으로 볼 수 있다. 개체 생명은 개체 생명으로서의 독립성을 지니지만 그것은 또한 전체 생명 혹은 온생명과의 관계 속에서 그 의미가 결정된다고 할 수 있다. 이것은 마치 인간의 몸과 우주가 기혈氣穴의 작용을 통해 둘이 아닌 상태를 유지하는 것과

---

29. 김지하, 「중심의 괴로움」, 『중심의 괴로움』, 솔, 1994, 50~51쪽.

30. 김지하, 「첫 문화」, 『산알 모란꽃』, 105쪽.

31. 원오극근(圓悟克勤), 『碧巖錄』19칙, 垂示云, 一塵擧, 大地收, 一花開, 世界起. 只如塵未擧, 花未開時, 如何著眼. 所以道, 如斬一絲, 一斬一切斬. 如染一絲, 一染一切染. 只如今, 便將葛藤截斷, 運出自己家珍, 高低普應, 前後無差, 各各現成. 或未然, 看取下文.

다르지 않다.

인간의 몸과 우주의 기혈이 활발한 흐름을 보여주지 못하면 그것은 곧 생명에 문제가 있다는 것을 의미한다. 인간 중심주의적인 문화나 문명은 우주의 존재를 망각한 채 생명 자체를 절대화했기 때문에 그 위험성은 수위를 넘어섰다고 할 수 있다. 지금 현 상황에서 요구되는 것은 기존의 인간 중심주의적인 문화 패러다임의 전환이라고 할 수 있다. 이 말은 인간 중심주의 생명 문화에 대한 깊이 있는 반성을 통해 우주 생명 문화로의 패러다임의 전환을 단행해야 한다는 것을 의미한다. 이때 가장 필요한 것은 우주 생명의 순리에 따르는 인간의 신실한 마음이다. 이것은 마치 판소리에서의 그늘처럼 세상의 신산고초辛酸苦楚를 다 겪으면서 그것을 삭히고 삭혀서 내는 소리꾼의 신실함 같은 것이라고 할 수 있다. 그러한 소리꾼의 그늘이 우주를 바꾸는 것이다. 인간의 마음의 지극한 기운과 우주의 지극한 기운이 서로 통할 때 우주 생명 혹은 우주 생명 문화는 이루어질 수 있는 것이다.

이런 점에서 볼 때 우주를 내 안에서 생명화하고, 내 안과 밖의 모든 생명을 우주화하는 것이 절실히 요구된다고 할 수 있다. 우주는 어디 멀리 있는 것이 아니라 바로 내 안, 다시 말하면 내 몸 안에 있는 것이다. 우주 생명 문화란 눈에 보이는 생명의 차원을 넘어 눈에 보이지 않는 생명의 차원까지를 수렴하고 그것을 다시 확산하는 일련의 과정을 말한다. 우주가 인간의 마음에서 멀어짐으로써 자연히 생명도 인간의 마음에서 멀어졌다고 할 수 있다. 따라서 우주를 마음에 깃들게 하면 자연히 생명도 마음에 깃들게 되는 것이다. 이렇게 우주를 내 안에서 생명화하고, 내 안과 밖의 모든 생명을 우주화하는 일은 점점 생명성을 잃어가는 몸이나 우주 속에 은폐되어 있는 살아 있는 생명의 알맹이인 '산알'을 찾아내어 그것이 솟구쳐 오르는 복승複勝의 문화를 꽃피우는 일이라는 점에서 그것은 인류사의 중대한 기획이라고 하지 않을 수 없다. 생명에서 가장 중요한 것이 흐름이듯이 지금 우리 인류는 거대한 우주의 카오스모스chaosmos적인 생명의 흐름 상태에 놓여 있다고 할 수 있다. 이 우주의 카오스모스적인 대혼돈Big Chaos의 시기를 변화의 역易으로 풀어내면서 우주 생명 문화를 어떻게 새롭게 정립해 나가야 하는지에 대한 고민이 바로 우리 인류가 당면한 가장 커다란 과제인 것이다.

2. '그늘'의 발생론적 기원과 동아시아적 사유의 탄생

1. '지속 가능한 발전'에서 '생명 지속적 발전'으로

생태 문제는 근대적인 패러다임의 문제와 맞물려 있다. 우리의 경우 그것이 수면 위로 부상한 것은 산업화의 단계에 접어든 1970년대 이후의 일이다. 산업화의 논리는 근대적인 가치와 체계를 토대로 인간의 문화와 문명을 속도와 생산성이 지배하는 욕망의 경제학에 본격적으로 편입시킨 모순과 역설로 가득 찬 논리이다. 특히 우리의 경우 이 논리는 '개발 독재'라는 특성을 그 안에 은폐하면서 파시즘적인 양상을 띤 채 전개된 것이 사실이다. 그것이 파시즘적인 논리라는 사실을 자각하고 그것에 대한 반성적인 태도를 보인 지식인들이 대거 등장하면서 우리 사회의 새로운 저항 담론을 생산하기에 이르지만 그 논리와 싸워 그것을 돌려놓았다고 보기 어렵다. 산업화의 논리는 이미 우리 민중 혹은 대중의 의식 무의식의 심층을 지배하면서 또 다른 파시즘을 형성하기에 이른 것이다.

산업화의 논리의 가속화로 인해 새로운 소외 계급과 계층이 생겨나면서 사회의 불균형이 초래되고 불안 심리가 팽배해졌음에도 불구하고 그것에 대한 전 민중적이고 전 대중적인 자각이나 개념적 돌파가 쉽게 이루어지지는 않았다. 여기에는 식민지와 분단으로 이어지면서 타성화되어 버린 주체적인 인식의 부재, 다시 말하면 주체성의 망각이 한 원인으로 작용했다고 할 수 있다. 주체성의 문제는 비단 식민지와 분단이라는 우리의 근현대사에만 통용되는 것이 아니라 조선 시대나 그 이전 시대에까지도 통용되는 우리 역사의 딜레마이다. 특히 사대주의와 노비제도의 구조적인 모순으로 점철된 조선 시대에는 주체성의 문제와 관련해서 반드시 짚고 넘어가야 할 우리의 상처trauma이다.

이러한 주체성의 망각은 해방을 기점으로 회복할 계기를 맞은 듯했지만 그것 역시 우리의 주체적인 힘에 의해 이룩된 것이 아니라는 점에서 문제성을 지니며, 그 후 개발 독재의 논리에 의해 주체성은 억압되고 또 관리 및 통제되기에 이른다. 70년대 말과 80년대 후반 독재자의 종말과 시민 혁명으로 우리의 주체성은 회복의 징후를 드러내면서 이전보다 진일보한 것이 사실이다. 하지만 이것이 곧 주체성의 회복이라고 말하기에는 우리가 놓여 있는 지금 여기의 상황이 너무 절박하고 불안할 뿐만 아니라 비극적인 전망을 환기하고 있다. 우리가 처해 있는 상황은 근대 이행기와 크게 다를 것이 없고, 다국적 자본주의의 문화 논리에 의해 좀 더 교묘하고 세련된 식민성의 논리가 우리 삶의 심층까지 그 지배력을 행사하고 있다. 무엇보다도 이러한 상황이 불안한 것은 그것이 행사하는 속도가 우리의 상상을 초월하고 있다는 점이다. 그것은 비트를 토대로 하고 있다는 점에서 물리적인 속도임에도 불구하고 마치 어떤 물체가 거대한 블랙홀 속으로 순식간에 빨려 들어가는 현상처럼 일정한 환상을 불러일으켜 우리를 혼돈 속으로 몰고 한다.

주체성의 망각에 대해 우리 지식인들이 보여준 반성적인 담론체계 중에 대표적인 것으로 민족문학론(민중문학론)이 있다. 민족 모순과 계급 모순에 대한 천착을 통해 식민성과 독재성의 극복이라는 이들의 모토는 쇼비니즘의 위험성에도 불구하고 주체성 망각이라는 절박한 상황 속에서 그것에 대한 반성적인 인식을 통해 여기에 저항하는 대항 담론을 생산해 왔다는 점에서 그 나름의 의미가 있다. 민족문학론은 담론체로서도 의미가 있지만 그것이 실제 작품 창작에도 영향을 주면서 시너지 효과를 창출해 왔다는 점에서 더 의미가 있다고 할 수 있다. 담론체의 딱딱한 논리만으로 전 민중 혹은 전 대중의 의식과 무의식 속으로 스며들어 그것이 지배력을 행사하기에는 한계가 있으며, 그것이 가능하기 위해서는 감성과 정서의 논리를 지닌 문학 작품의 힘을 빌리지 않을 수 없다.

민족문학론이 우리 문학사에서 지배력을 행사해온 것은 이러한 이유 때문이라고 할 수 있다. 하지만 90년대 이후 민족문학론은 급격하게 그 영향력을 상실하기에 이른다. 민족문학론의 효력 상실은 범박하게 말하면 이들이 추구해온 거대담론과 그 형식인 리얼리즘이 더 이상 지배력을 행사할 수 없기 때문이라고 할 수 있다. 이 문제는 곧 문학론과 실제 작품 창작과의 관계를 통해서도 드러난다. 실제로 90년대 이후 이들이 추구해온 민족문학론의 모토에 적합한 문학 작품의 창작은 이루어지지 않았으며, 이것은 결국 민족문학론을 다시 되돌아보게 하는 결정적인 계기를 제공하기에 이른다. 민족문학론의 갱신이 바로 그것이다. 리얼리즘의 고수냐 아니면 모더니즘의 수용이냐의 논쟁도 따지고 보면 기존의 민족문학론을 갱신해야 한다는 절박한 요구에서 나온 것이라고 할 수 있다.

그러나 다른 한편에서 보면 이들이 처해 있는 딜레마는 세계사적인 전망에 대한 성찰의 부재에서 비롯된 것이라고 할 수 있다. 민족문학의 논리를 세계사적인 차원에서 보려는 시도는 백낙청의 담론에서 지속적으로 있어 왔다. 가령 그의 민족문학론의 핵심 중의 하나인 분단체제론에 대해 "분단체계 자체는 다시 그보다 큰 세계체제의 하위체제를 이루는 것"이라고 말한다. 이어서 그는 이러한 세계체제가 "자본주의적일 뿐만 아니라 성차별적이고 인종주의적인 성격을 띠"며, "오늘날 일국적인 편향성과 편협성보다 전 지구적 자본과 그 코스모폴리탄적인 문화시장이 주된 위험이라는 사실을 상기함직하다."[32]고 말한다. 그의 민족문학의 논리와 그것의 세계사적인 통찰은 공감할 만한 충분한 여지를 지닌다. 특히 그가 세계체제의 음험함, 다시 말하면 세계체제가 자본주의적이고 성차별적이며 인종주의적이라는 점을 간과하고 있는 대목은 이미 상식이 되어버린 진실을 이야기하고 있다는 점에서 그 여지가 더욱 크다.

백낙청의 세계체제론적인 논리는 우선 '체제' 그 자체에 대한 강조로 읽힌다. 체제가 인간 삶의 조건을 결정한다는 점에서 그것의 강조의 의미가 있다. '체제'나 '구조' 좀 더 최신의 용어로 말하면 '시스템'의 개념 속에서 우리의 삶이 영위되고 이것이 점점 가속화된다는 인식은 이미 오래전부터 있어 왔다. 따라서 '체제'를 어떻게 인식하고 여기에서 어떤 실천적인 행위를 할 것인가의 문제는 그래서 중요하다고 할 수 있다. 체제에 대해 우리가 강조해야 할 것은 '주체' 혹은 '주체성'이다. 백낙청은 그것을 제3세계적인 의미를 포함한 민족의 차원에서 바라보고 있다. 이때 주체는 체제에 의해 억압받고 있는 존재가 된다. 그의 분단체제론 혹은 세계체제론도 이러한 의미 영역에 놓여 있다고 할 수 있다. 만일 그처럼 우리가 세계체제론을 문제 삼는다면 그 체제에 의해 억압받는 존재는 제3세계의 각 민족, 그중에서도 특히 노동자, 농민, 도시 빈민, 여성 같은 힘없고 가진 것 없는 민중들이 될 것이다.

그런데 그의 세계체제론에서 그 '체제'에 의해 억압받고 배제된 존재가 과연 이들밖에 없을까 하는 의문이 든다. 이 이론은 다분히 인간 중심적이다. 세계체제론에 입각해서 전 지구적 착취와 파괴에 맞서 싸우다 주체가 인간으로 국한되어 있다는 것은 지금 이 시대의 현실적인 당면 문제를 간과하고 있다는 것을 의미한다. 억압과 소외의 차원에서 보면 인간보다 더한 위치에 놓이는 존재가 있지 않은가? 우리가 흔히 '자연'이라고

---

32. 백낙청, 「지구화 시대의 민족과 문학」, 『내일을여는작가』, 1997년 1·2월호, 18~19쪽.

불리는 존재는 그 어떤 것보다도 견고하게 대상화된 존재이다. 인류사 그중에서도 특히 근대 이후 자연의 대상화의 정도는 극에 달했다고 해도 과언이 아니다. 자연을 적극적으로 대상화시킴으로써 인간이 얻은 것은 채워지지 않은 '욕망'이다. 인간이 자연 안에 놓일 때 그의 욕망은 적절하게 조절되지만 그것으로부터 벗어나 그것을 배제하고 억압할 때 그의 욕망은 충족되지 않은 채 끊임없이 거짓 환상에 시달리게 되는 것이다. 근대인들이 가지는 근원적인 불안은 바로 자연으로부터 멀어짐으로써 생겨난 것이다.

백낙청의 세계체제론이 바로 이 자연의 논의를 배제하고 있다는 것은 그가 그리는 미래적인 전망의 형태가 어떤 것인지에 대해 의문이 들게 한다. 전 지구적인 차원에서도 '자연'에 대한 인간의 인식 문제는 주변이 아닌 중심에 놓일 만한 비중을 지닌다고 할 수 있다. 전 지구적인 차원의 미래적인 전망이 단순한 발전이 아닌, '지속 가능한 발전sustainable development'에 있다는 합의가 이미 1987년 세계환경개발위원회WECD 보고서에서 제시된 바가 있다는 점을 고려한다면 '자연'의 문제는 이제 전 지구적인 담론의 형태를 띤다고 할 수 있다. 그러나 '지속 가능한 발전' 역시 인간 중심적인 인식의 산물이다. 현세대의 개발 욕구를 충족시키면서도 미래 세대의 개발 능력을 저해하지 않는다는 것, 다시 말하면 환경친화적인 개발을 한다는 것은 여전히 자연을 대상화한다는 것을 의미한다. 여전히 자연은 인간의 주변부에 놓인 하나의 환경인 것이다. 보다 바람직한 미래의 발전의 형태는 인간 중심에서 벗어나 자연까지 포괄하는 보다 확장적인 차원으로 정립되어야 할 것이다. 그것은 '지속 가능한 발전'이 아니라 '생명 지속성life-sustaining'과 '생명 지속적 발전life-sustain development'의 형태가 되어야 할 것이다.

미래의 형태가 '생명 지속적 발전'이라면 그것의 궁극은 보다 복잡하고 심층적인, 눈에 보이는 것뿐만 아니라 눈에 보이지 않는 무수한 생명의 존재까지 포함하는 그야말로 '온생명'의 세계일 것이다. 생명의 개념과 범주를 어떻게 규정하느냐에 따라 그 의미가 달라질 수 있지만 이 세계에서 중요한 것은 '생명의 지속성'이다. 생명이란 개체이면서 동시에 전체인 것으로 어느 한 생명이 전일성을 행사하는 그런 형태로 존재하는 것이 아니라 각각의 생명이 그 나름의 목적성을 가지고 존재하는 것을 말한다. 각각의 생명이 그 자체의 목적으로 존재한다는 것은 어느 한 존재가 다른 존재를 배제하거나 억압하는 것은 물론 소멸의 욕구조차 가질 수 없다는 것을 의미한다. 이 점에서 '생명 지속적 발전'은 종교적이고 윤리적인 차원까지 포괄하는 개념이라고 할 수 있다.

2. 동아시아, 새로운 주체성의 회복을 위하여

생명의 문제를 발전의 문맥 속으로 끌어들이면 인간 중심의 문화와 문명에 대한 거대한 반성과 성찰이 뒤따르게 된다. 동양이든 서양이든 문화와 문명의 발전이 근대 이후 인간 중심적으로 진행되어 왔다는 점을 고려한다면 여기에 대한 반성과 성찰은 필연적이라고 할 수 있을 것이다. 그런데 여기에서 우리가 간과하지 말아야 할 것은 근대 이후 문화와 문명의 흐름이 점차 서양에서 동양으로 이동하고 있다는 점이다. 우리가 서양의 문물이 밀려들 때 그 현상의 수용을 '동도서기東道西器'라고 했듯이 서양은 동양에 비해 '기器'가 발달했으며, 그것이 중심적인 패러다임으로 굳어지면서 자연히 동양의 '도道'는 배제되고 억압받을 수밖에 없었던 것이다. 그런데 아이러니한 것은 서양의 '기'에 의해 배제되었던 동양의 '도'가 서양에서, 그리고 서양의 '기'가 동양에서 미래의 실존의 한 대상으로 주목받고 있다는 점이다. 서양의 '기'를 토대로 한 문명과 문화가 더 이상 유토피아적인 전망을 담보할 수 없다는 점에서 관심의 방향이 동양으로 향하게 된 것이다.

하지만 동양은 서양에 비해 주체적인 근대화의 실패와 산업화의 후발성으로 인해 '기'의 가치가 현실의 삶의 조건을 결정짓는 강력한 토대로 작용하고 있다고 할 수 있다. 이러한 동양의 '기'에 대한 추구는 서양처럼 한계에 부딪힐 수밖에 없으며, 결국 자신들이 외면한 동양적인 가치에 대한 자의식이 발동하여 서구 중심의 인식의 패러다임을 바꾸려 할 것이다. 서양의 동양에 대한 관심은 오리엔탈리즘을 넘어서기가 쉽지 않다는 한계가 있음에도 불구하고 그것은 지속될 것이며, 아울러 동양은 차츰 자신의 주체성을 회복해 갈 것이다.

서양의 오리엔탈리즘에 비견할 만한 옥시덴탈리즘도 위험성을 가지고 있지만, 이 사실들은 '생명 지속적 발전'이라는 미래적인 발전 형태의 차원에서 보면 결코 과장된 것이 아님을 알 수 있다. 생명에 대한 인식과 담론들이 서양의 사상이나 철학, 종교 등에 존재하지 않은 것은 아니지만 이들의 논의는 대개 과학적(자연과학적)인 패러다임 속에서 행해져 왔다고 할 수 있다. 서양에서의 생명은 해부학적인 대상으로 존재해 왔다고 해도 과언이 아니며, 그 결과 이들은 눈에 보이는 생명 현상에 많은 관심과 연구를 집중해 왔다. 이에 비해 동양에서의 생명론은 사랑, 철학, 종교는 말할 것도 없고, 아주 사소하고 비루한 일상의 차원에서 저 광대무변한 우주적인 차원까지 그것은 자연스럽게 소통 가능한 담론으로 존재해 왔다고 할 수 있다. 동양에서의 생명은 지극히 자연스러운 것인 동시에 이원론적인 사고로 해명할 수 없는 유기체적인 속성을 지닌 존재로 인식되어 왔던 것이다. 가령 인간의 내부에 부처님의 성질이 있고, 인성人性 속에 천명天命이 내재해 있다고 보는 것이 바로 그것이다.

노자가 말하길 사람은 땅을 법 받았고, 땅은 하늘을 법 받아 생겨났으며, 하늘은 도(진리)를 법 받았고, 도는 자연을 법 받았다고 하였다(人法地 地法天 天法道 道法自然). 이때의 자연은 생명성의 자연으로 그것은 주관

속에서도 직관 속에서도 존재하는, 다시 말하면 주체와 객체 혹은 내적 외적 차원에 모두 들어 있다. 이것을 흔히 진리의 단丹이라고 부른다. '自然'에서의 그 '自'는 코鼻의 뜻으로 원래 코를 그려 놓은 것이다. 코는 숨 쉬는 곳이고, 사람은 그 숨 쉼으로 인해 산다. 따라서 사람은 그 숨을 떠나서 살 수 없다. 인간은 숨, 즉 우주적인 기氣가 몸 안에 모였다가 흩어지는 것으로 정의할 수 있다('氣體候'라는 말을 상기해 보라). '然'은 '탄다'의 뜻이다. 이때의 탄다는 공기와 밥이 만나 이루어지는 것과 같은 의미를 내포한다. 밥은 공기가 없으면 타지 않는다. 즉 생명을 살릴 수 없다. 이런 점에서 볼 때 '自然'은 곧 생명을 가리킨다고 할 수 있다.

자연이 곧 생명이라면 그 자연은 인간과 분리될 수 없는 것이다. 자연을 대상화하여 그것을 인간이 마음대로 관리하고 통제하여 억압하는 것은 곧 인간 자신의 생명을 죽이는 행위가 되는 것이다. 이처럼 동양에서의 생명은 인식의 대상이 아니라 그 자체가 실재하는 감각이다. 이 감각의 회복이야말로 자연의 배제와 억압으로 인한 인류 공멸의 위기를 넘어설 수 있는 실질적인 대안인 것이다. 자연과 생명이 이러하다면 그것은 전 지구적인 의미를 지닌다고 할 수 있다. 생명은 단절되어 있는 것이 아니라 모두 고리처럼 연결되어 있기 때문에 그것은 '온생명'의 형태를 띠며, 만일 그 생명 중의 하나가 위기에 처해 있다면 그것은 어느 한 부분의 위기가 아니라 전체의 위기인 것이다. 우리가 흔히 전 지구적 혹은 세계 체제적이라는 말을 하는데 생명만큼 그것이 잘 어울리는 것도 없을 것이다.

자연은 혹은 생명은 우리 모두가 공감하듯이 그것은 이미 전 지구적인 담론의 형태를 지니고 있다. 하지만 선진국과는 달리 제3세계 혹은 개발도상국이나 후진국에서는 생명이 발전이나 정치 논리에 밀려 그 민감도나 중요한 면에서 보편타당한 담론으로 부상하지 못하고 있는 경우가 없지 않다. 우리의 경우만 보아도 그렇다. 생명이 하나의 중심 담론으로 부상한 것은 불과 몇 년 정도밖에 되지 않는다. 우선순위에서 생명은 식민지, 분단, 개발, 민족, 민중, 이데올로기, 독재, 인권 등보다 앞선 담론은 아니었다고 할 수 있다. 이 문제들이 실질적으로 우리의 현실에서 생명보다 절박한 것이 아니었다고 말할 수는 없을 것이다. 아니 어쩌면 우리는 생명에 대해 깊이 성찰할 여유도 없이 이 많은 문제들과 실존적으로 맞서 싸워왔다고 할 수 있다. 이 싸움이 곧 소박한 차원의 자신의 생명을 지키는 일이었다고 할 수 있다. 생명이 인간의 차원을 넘어 전 지구적 또는 우주적인 문제와 맞물려 있다는 인식을 하기에, 이 문제들은 우리에게 너무 직접적인 실존적 강제력을 행사했던 것이다. 지금도 이 문제들은 우리에게 여전히 중요한 의미를 지닌다.

그런데 여기에서 우리가 간과하지 말아야 할 것은 이 모든 문제들과 생명이 밀접한 관계가 있다는 점이다. 생명은 이 모든 담론들의 상위 담론이라고 할 수 있다. 생명이 상위 담론이 되면 이 문제들은 단순히 인간 개인이나 사회 문제 정도로 그치는 것이 아니라 전 지구적이고 우주적인 문제로 확대된다고 할 수 있다. 1960~1970년대를 거쳐 80년대에 본격화되어 90년대에 이르기까지 이 문제들은 인간 차원의 문제의식을 중심으로 전개되어 왔다. 이 시기에 생명의 의미는 아주 비현실적인 도덕이나 윤리 혹은 종교의 한 담론으로 치부되었던 것이다. 이 시기 생명의 의미가 어떠했는가는 김지하의 저 유명한 「죽음의 굿판을 걷어치워라」(<조선일보>, 1991)와 「젊은 벗들! 역사에서 무엇을 배우는가」(『사회평론』, 1991)를 둘러싸고 벌어진 일련의 담론들을 살펴보면 잘 알 수 있다. 생명의 논리에 입각해 당시의 분신 정국을 신랄하게 비판하고 있는 김지하의 글은 당시 좌파 진영을 분노로 들끓게 했다. 그는 즉각 변절자로 규정되었고, 이것은 양측 모두에게 상처를 남겼다. 그 후 이들은 서로 화해를 했지만 당시 김지하의 말은 이들에게 '미친놈의 잠꼬대'나 '귀신 씻나락 까먹는' 소리로 들렸을 것이다. 시인의 예감이 당대 현실을 살아내던 사람들의 감각보다 앞서간 탓도 있지만 생명에 대한 우리 사회의 사상적이고 이론적인 바탕이 부족했다는 것을 반영하는 사건으로도 볼 수 있을 것이다. 이들의 화해는 전적으로 생명에 대한 이해에서 비롯되었다고 볼 수 없다. 여기에는 분신한 젊은 목숨에 대한 시인의 안타까움을 읽어낼 수 있는 거리를 확보할 만큼 시간이 흘렀기 때문이라고 할 수 있다.

생명에 대한 민족문학 진영의 이해는 백낙청의 「21세기 한국과 한반도의 발전 전략을 위해」(『21세기 한반도 구상』, 창비, 2004)에 잘 드러나 있다. 이 글에서 그는 '생명 지속적 발전', '동아시아 문화의 세계사적 기여와 창조적 가능성', '한반도의 세계사적 발전의 주도적 역할' 등에 대한 이야기를 하고 있다. 생명 지속성과 그것의 세계사적 발전과 문명의 건설에서 동아시아와 한반도의 주체적인 역할을 강조한 것은 그의 미래적인 전망에 생명의 문제가 중요한 담론의 하나로 정립될 수 있으리라는 것을 말해준다. 생명에 대한 관심은 이들이 처해 있는 딜레마를 해결할 수 있는 계기를 제공해 줄 수 있을 것이다. 후기 자본주의 문화 논리와 그것을 배경으로 하고 있는 문학 작품 등에 이렇다 할 담론을 마련하지 못한 채 숨 고르기에 들어간 이들 진영에 새로운 사회 저항적이고 비판적인 담론체를 생산하는 데 일정한 토대를 제공하리라고 본다. 생명에 대한 이들의 관심은 그동안 추구해온 담론과의 연계 속에서 이루어질 것이며, 이것은 20세기 후반 이후 계속되어 온 우리 비평의 공백기를 메울 새로운 비평 담론이 될 것이다.

3. 생명학의 뿌리를 찾아서

생명은 환경이나 생태처럼 익숙한 개념은 아니다. 다만 분명한 것은 생명이 환경의 인간 중심주의적인 한계와 생태의 마음이나 영성의 부재를 넘어선 개념이며, 그 이론적인 토대는 동아시아와 우리의 전통 속에서 발견할 수 있다는 점이다. 우리 사회에서 이 생명 문제는 오랜 역사적인 뿌리를 가진 사상이다. 고조선의 『삼일신고』와 『천부경』, 신라 최치원의 풍류도, 최제우와 강증산의 동학사상, 김일부의 『정역』 그리고 함석헌과 장일순의 사상이 바로 그것이다. 이러한 역사적인 흐름을 지닌 생명 사상이 하나의 논쟁적인 형태로 드러난 것은 1991년 김지하의 「죽음의 굿판을 걷어치워라」와 「젊은 벗들! 역사에서 무엇을 배우는가」를 통해서이다. 하지만 그것 역시 하나의 온전한 담론의 형태는 아니었다고 할 수 있다. 그것이 하나의 담론의 형태로 드러난 것은 『생명』(1992)과 『생명과 자치』(1996)의 출간이라고 할 수 있다.

이 책은 주로 자신이 한 생명에 대한 강연과 대담의 형식으로 이루어져 있으며, 그가 생명 공부의 길로 들어서게 된 동기와 자신의 생명학에 젖줄을 댄 동서양의 사상과 철학, 종교가 종횡무진으로 펼쳐져 있고, 그것이 어떻게 현실 정치와 경제, 문화에 적용될 수 있는지 또 생명학에 대한 시적 예감들이 어떻게 미래를 펼쳐 보일 것인지 그것에 대한 성찰로 가득 차 있다. 그가 말하는 생명은 그 외연이 너무 넓어 한마디로 규정할 수 없지만 대략 '혼돈적 질서Chaosmos'라고 할 수 있을 것이다. 그의 이 논리는 일리야 프리고진의 혼돈 과학(비평형의 질서)과 동학의 지기至氣 즉 혼원지일기混元之一氣, 김일부의 정역에서의 율려律呂를 뒤집은 여율呂律 등에서 연원을 찾을 수 있다. 그의 이 혼돈적 질서는 전체보다는 개체를 중시하는 것으로 그것은 그가 인용하고 있는 동학의 '일세지인각지불이자야一世之人 各知不移者也'에 잘 드러나 있다. 이것은 한세상 사람이 옮기되 옮기지 못함을 곧 분할할 수 없는 우주 전체의 끊임없는 변화를 의미한다. 그리고 불이不移, 옮길 수 없음은 사실은 옮기되 옮길 수 없다는 뜻으로 이것은 모든 사물과 우주 생명 전체가 따로따로 떨어져(틈, 여백, 거리, 자유) 각립할 개연성이 있으되 결코 떨어져 분리할 수 없는 전체적이고 유기적이고 끊임없는 차원 변화와 더불어 변화, 생성, 진화하는 전체적 유출 활동 개념으로 해석할 수 있다. 이것은 그가 말하는 생명이 눈에 보이는 물질적 외형뿐만 아니라 눈에 보이는 듯 보이지 않는 영적 활동과 신적 활동, 심적 활동 모두를 포함하는 복잡하고 무궁한 카오스적인 생성 활동 전체를 말하는 것이다.

이러한 그의 생명 사상은 이후 『생명과 평화의 길』(2005)에 와서 평화의 문맥을 거느리게 되는데 이때의 평화 역시 생명의 연장선상에서 나온 개념이다. 이것은 달리 말하면 '생명 현상들은 혼돈과의 관계 속에서 찾아 들어갈 때만이 평화의 의미를 발견할 수 있다'는 뜻이 된다. 그렇다면 여기에서 혼돈과의 관계라는 것은 무엇을 말하는 것일까? 그가 말하는 혼돈은 생명의 본질이다. 혼돈이 없으면 거기에는 생명도 없는 것이다. 그런데 이 혼돈은 아주 자연스러운 것으로 그것은 실제 삶 그 자체이다. 따라서 실제 삶 자체의 평화가 진짜 평화인 것이다. 이런 점에 입각해 그는 칸트의 관념적인 평화론과 상생적인 차원의 평화가 아닌 어느 한쪽을 배제하고 소외시키는 변증법적인 평화를 비판한다. 또한 그가 1991년 분신 정국을 보고 죽음의 굿판을 걷어치우라고 호통친 것은 그것이 살아 있는 생명에 입각한 평화를 궁구한 것이 아니라는 점에서 쏟아낸 독설이라고 할 수 있다.

김지하의 생명론은 마음과 영성을 강조한다. 우리가 처한 문명사적인 위기를 회복하는 길은 마음과 영성을 통해 인식의 패러다임을 바꾸는 일이라는 것이 그의 생각이다. 지금의 환경론이나 생태론이 가지는 한계가 여기에 있음을 지적하면서 그는 마음의 자발적 가난과 생명에 대한 신령스러움과 공경을 내세운다. 자발적으로 가난해지지 않으면 후기 자본주의의 저 음험한 소비 욕망의 회로에서 벗어날 수 없으며, 인간이 이 우주의 중심이라는 생각을 버리고 모든 존재자들이 생명이라는 이름 하에 평등하다는, 그래서 신령스러움과 공경의 대상이 되어야 한다는 이러한 인식의 전환이 없는 한 우리가 처한 문명사적인 위기는 극복될 수 없다는 것이다.

그의 생명론은 과학 제도나 테크놀로지의 효과적인 활용을 통해 그 위기를 극복하려는 루이스 멈포드 같은 기술철학자의 생각과는 일정한 차이를 드러낸다고 할 수 있다. 그의 생명론은 문명의 위기를 야기한 거대 테크놀로지 시스템에 대한 해석이 부재하다. 상대적으로 그의 생명론은 반테크놀로지적인 마음이나 명상 그리고 영성을 토대로 하고 있다. 그는 우리 시대의 가장 강력한 테크놀로지인 디지털 자체도 영성으로 해석해버린다. 디지털 소통에 참여하는 유저user들 각자 각자의 내면이 자유롭게 표출되고 흘러 다닌다는 점에서 그것은 영성으로 해석될 여지가 충분하다. 하지만 이러한 태도는 지나친 낙관론으로 보이기도 한다. 디지털은 영성과 대척점에 놓일 만한 통속적이고 말초적인 감각들이 흘러넘치는 시공간이기도 하기 때문이다.

그의 낙관적인 태도의 이면에는 디지털적인 것이 눈에 보이지 않은 숨은 차원의 전체성을 유기적으로 결합하는 힘을 중시하는 생명론적인 사유가 깔려 있다. 그는 이러한 밀실 네트워크를 외로운 개별성이자 혼돈이며 무질서이고 또 역설이라는 점에서 '아이덴티티 퓨전identity fusion'[33]으로 명명한다. 이것의 구체적인 현현을 그는 2002년 한일 월드컵의 붉은악마로 보고 있다. 이들은 어떤 중심적인 힘의 통제나 관리를 통해 조직된 것이 아니라 자기 자신의 자유의지로 구성된 유기체이며, 개체 개체가 숨어 있는 전체성을 드러내고 있다는 것이다. 이런 점에서 붉은악마가 보여준 여러 현상들은 동양적인 특히 한국적인 생명의 논리가 아닌 서구의 어떤 논리로도 해명할 수 없다는 것이다. 붉은악마 현상이 집단히스테리인지 아니면 파시즘의 현현인지 그것도 아니면 그의 말대

---

33. 김지하, 『생명과 평화의 길』, 247쪽.

로 한국적인 생명 현상의 현현인지 명확하게 규정하기는 어렵지만 한 가지 분명한 것은 그가 주체적인 시각을 가지고 그 현상을 해석하고 있다는 점이다.

그의 생명론은 시적 상상과 예감으로 가득 차 있다. 이론 인해 신화와 역사, 현실과 환상, 부분과 전체, 처음과 끝, 논리와 감성의 경계가 해체되어 거대한 말씀의 세계를 이룬다. 그의 광대무변한 생명의 담론들은 개념화되지 않은 채 뒤엉켜 있어 혼돈스러울 뿐만 아니라 현실과의 거리 감각을 상실하고 있는 경우가 적지 않다. 가령 그가 우주의 역동성을 드러내는 '율려'라는 말을 제시했을 때 여기에서 받게 되는 인상은 우리가 발을 딛고 사는 지상에서 수천 광년 떨어진 어느 별에 대한 실감만큼이나 멀다. 우주에 대한 우리의 인식은 기氣에 대한 감각의 망각 혹은 상실과 그 궤를 같이한다. 분명히 존재하는데 우리가 실감의 차원으로 느끼지 못하는 기의 존재처럼 우주 또한 그와 다를 바 없다. 이 우주처럼 그가 풀어놓은 생명론 역시 그 신선하고 광대무변한 상상과 예감에도 불구하고 학적인 체계를 갖추지 못했다는 비판으로부터 자유롭지 못한 것이 사실이다. 또한 그의 생명론을 현학적이고 난해하며, 신비적이고 퇴행적인 국수주의라고 비판하기도 하고 그를 새것 콤플렉스와 전위 콤플렉스에 시달리는 소영웅주의자라고 비판하기도 한다.

그에 대한 이러한 비판은 그 나름의 타당한 일면이 있지만 그것은 그에 대한 본本이 아닌 말末에 집착해서 행해진 비판일 뿐이다. 이러한 비판에도 불구하고 그가 보여준 생명론은 지금의 문명사적 위기를 돌파해 나아가는 데 중요한 시사점을 제공하고 있다. 특히 주체적인 시각에 입각해서 동아시아와 한반도의 사상사적인 가능성을 읽어내고 그것을 생명론이라는 담론으로 구체화한 일련의 작업들은 특수성과 함께 세계사적인 보편성을 획득하고 있다고 할 수 있다. 그에 대한 비판은 얼마든지 가능하지만 그것이 보다 생산적인 것이 되기 위해서는 그 목적이 '죽임'이 아닌 '살림'의 성격을 띠어야 할 것이다.

　나 역시 김지하의 생명론을 옹호하는 입장에 서 있다. 하지만 내가 그의 생명론을 옹호하는 데는 이러한 이유 이외에 또 다른 것이 있다. 어떤 담론이 가치를 지니기 위해서는 그 담론을 전개하는 주체가 진정성을 지녀야 한다. 담론 주체의 진정성은 그 담론에 대한 자의식에서 비롯되며, 그 자의식의 정도에 따라 담론의 육화 정도가 결정되는 것이다. 육화된 담론은 그것에 대한 사적史的인 문맥을 문신처럼 거느리기 때문에 창조적인 자기 미학을 낳을 수밖에 없다. 김지하의 생명론이 적지 않은 문제점을 가지고 있음에도 불구하고 그것이 하나의 창조적인 담론으로 인정받고 있는 것은 이 자의식, 육화, 그리고 '그늘'이 있기 때문이다. '그늘이 우주를 바꾼다'는 명제는 그의 생명론의 화두이다. 흔히 판소리나 탈춤, 정악, 풍물 등에서 중요시하는 이 그늘은 인간의 고통이 극에 달한 상태를 일컫는다. "인간의 고통이 심하여 극에 이르면 마침내 하늘을 움직인다". 이것은 "신산고초를 다 겪은 사람의 마음, 온갖 독공을 다해본 예술가의 그 껄껄한 수리성, 바로 그늘이 귀곡성, 귀신 울음소리를 낼 수 있으니 그게 바로 하늘을 움직인다"[34]는 사실을 의미한다. 그는 이러한 그늘에 대한 체험을 30년 전에 하게 된다. 그에게 절체절명의 위기가 찾아오고 그 체험이 극에 달한 것이 1975년이다. 감방 문짝 위쪽 벽에 부착되어 있는 텔레비전 모니터와 문밖의 교도관에 의해 24시간 내내 감시받기에 이른다. 시간이 흐르면서 갑자기 그를 향해 벽이 다가들고 천장이 자꾸만 내려오기 시작하고, 가슴이 답답하여 소리 지르고 싶은 충동에 마구 휩쓸리는 '벽면증壁面症'을 앓게 된다. 고통이 극에 달한 이 절체절명의 위기에서 그는 새로운 세계를 체험하게 된다. 그런데 그 계기를 제공한 것은 어떤 거창한 이념이나 담론이 아니라 감옥의 쇠창살 틈으로 날아든

---

34. 김지하, 앞의 책, 189쪽.

"민들레 꽃씨"와 "개가죽나무라는 풀"이다.

> 그때가 마침 봄이었는데, 어느 날 쇠창살 틈으로 하얀 민들레 꽃씨
> 가 감방 안에 날아 들어와 반짝거리며 허공 중에 하늘하늘 날아다녔습
> 니다. 참 아름다웠어요. 그리고 쇠창살과 시멘트 받침 사이의 틈, 빗발
> 에 패인 작은 홈에 흙먼지가 날아와 쌓이고 또 거기 풀씨가 날아와
> 앉아서 빗물을 빨아들이며 햇빛을 받아 봄날에 싹이 터서 파랗게 자라
> 오르는 것, 바로 그것을 보았습니다. 개가죽나무라는 풀이었어요. 새
> 삼스럽게 그것을 발견 한 날, 웅크린 채 소리 죽여 얼마나 울었던지!
> 뚜렷한 이유가 없었어요. 그저 '생명'이라는 말 한마디가 그렇게 신선
> 하게, 그렇게 눈부시게 내 마음을 파고들었습니다. 한없는 감동과 이상
> 한 희열 속으로 나를 몰아넣었던 것입니다.
> '아, 생명은 무소부재로구나! 생명은 감옥의 벽도, 교도소의 담장도
> 얼마든지 넘어서는구나! 쇠창살도, 시멘트와 벽돌감도, 감시하는 교
> 도관도 생명 앞에는 장애물이 되지 못하는 구나! 오히려 생명은 그것들
> 속에마저도 싹을 틔우고 파랗게 눈부시게 저렇게 자라는구나! 그렇다
> 면 저 민들레 꽃씨나 개가죽나무보다 훨씬 더 영성적인 고등 생명인
> 내가 이렇게 벽 앞에서 절망하고 몸부림칠 까닭이 없겠다. 만약 이
> 생명의 끈질긴 소생력과 광대한 파급력, 그 무소부재함을 깨우쳐 그것
> 을 내 몸과 마음에서 체득할 수만 있다면 내게 더 이상 벽도 담장도
> 감옥도 없는 것이다.'[35]

자신의 생명이 위기에 처한 순간에 역설적으로 또 다른 생명의 의미를
깨닫게 된 것이다. 생명의 끈질긴 소생력과 광대한 파급력, 그 무소부재

---

35. 김지하, 『생명과 자치』, 31쪽.

의 생명성을 자각하게 된 것이다. 이것을 계기로 그는 생명을 자신의 필생의 화두로 삼게 된다. 이것은 그가 세상을 보는 눈을 새롭게 정립했다는 것을 의미한다. 생명을 자각하면서 그가 새롭게 인식한 것은 육체와 감각을 넘어 마음의 활동에 의해 성립되는 영성이다. 정작 자신을 억압하고 고통스럽게 한 것이 감옥이 아니라는 사실을 깨달은 것이다. 눈에 보이는 어떤 가시적인 실체를 넘어 눈에 보이지 않는 기운들이 교차하는 하나의 새로운 신념, 곧 생명에 대해 알게 된 것이다. 비가시적인 세계를 자신의 내면으로 수용했다는 것은 흔히 '보이는 것은 믿을 수 있다'는 서구의 합리주의적이고 과학적인 전통에 대한 비판과 반성을 포함한다는 것을 의미한다. 그와 동시에 눈에 보이지 않는 세계를 인간과 우주를 이해하는 원리로 삼아 온 동양, 특히 동아시아와 그중에서도 한반도의 오랜 사상적인 전통에 관심을 갖게 되었다는 것을 말해준다.

4. 생명이 세상을 바꾼다

김지하의 그늘에 대한 체험은 생명에 대한 구상에 절대적인 힘으로 작용하면서 광대무변한 우주적인 통찰로 이어지게 된다. '그늘이 우주를 바꾼다'고 했듯이 감옥 체험이 그의 우주를 바꾼 것이다. 그의 생명론은 『생명』(1992), 『생명과 자치』(1995), 『예감에 가득 찬 숲 그늘』(1999), 『율려란 무엇인가』(1999), 『생명학』(2002), 『탈춤의 민족미학』(2004), 『생명과 평화의 길』(2005), 『흰그늘의 미학을 찾아서』(2005)에서 이론적인 차원의 담론으로 체계화되었고, 『별밭을 우러르며』(1989), 『중심의 괴로움』(1994), 『花開』(2002), 『유목과 은둔』(2004), 『비단길』(2006), 『새벽강』(2006)에서는 그것이 시적인 차원으로 형상화되었다. 사상과 시의 행복한 만남을 늘 추구해 온 그의 이력으로 보면 이러한 최근의 그의 행보는 새로운 것이 아니다. 다만 이 대목에서 한 가지 주목해야 할 것은 그가 시의 형식에서 생명의 형식을 발견하려고 한다는 것이다. 그는 생명 사상의 문학적 표현이 '말의 절약'이라고 강조한 뒤, "지나치게 풍요롭게 살고자 하는 욕망이 말의 과잉과 비유의 범람으로 나타났다"[36]고 보고 있다. 후기 자본주의 사회의 과도한 소비 욕망을 말의 과잉과 비유의 범람에서 찾고 있는 그의 시각은 충분히 경청할 만한 가치가 있다. 행간의 여백에서 생명의 형식을 발견하려는 시도는 『비단길』이나 『새벽강』에 앞서 이미 『중심의 괴로움』에서 그 진면목을 보여준 바 있다.

말의 생명성에 대한 통찰은 박이문의 글에서도 발견할 수 있다. 그는 "주체와 내용이 자연 친화적 태도를 나타내든 반자연 친화적 태도를 나타내든 문학(그리고 모든 예술)적 언어 구조는 다른 담론에서의 언어와는 달리 원천적으로 생태학적"이며, "문학 그리고 모든 예술의 보편적 본질은 자연을 지배하는 생태계의 구조와 마찬가지로 어떤 대상을 가장 생생하게 구체적이면서도 유기적으로 표상하는 데 있"[37]다고 보고 있다. 문학의 언어가 원천적으로 생태학적이라는 그의 말은 시의 말이 생명성을 지녀야 한다는 주장과 크게 다르지 않다. 그는 문학 언어의 생태학적인 속성을 강조하고 있지만 그것을 가장 잘 드러내는 것은 문학 중에서도 시이다. 시의 언어가 본질적으로 지니는 비논리성과 애매모호성, 다양성 등은 생명 혹은 생태의 속성을 닮아있다고 할 수 있다.

시(문학)의 언어에서의 생태 혹은 생명에 대한 주목은 소재적이고 주제론적인 해석의 한계를 넘어서지 못하고 있는 우리 생태주의 비평에 하나의 방법론적인 출구를 제공할 것이다. 이것은 생태시(생명시)를 쓰는

---

36. 김지하, 「생명 사상의 문학적 표현은 말 줄임」, <한겨레신문>, 2006년 7월 7일.
37. 박이문, 「동서양 자연관과 문학」, 『문학동네』, 2001년 여름호, 491쪽.

시인에게도 마찬가지로 해당되는 바이다. 이들 역시 언어에 대한 생태학적인 자의식이 부족하다. 1970년대 이후 생태에 대한 수많은 문학적인 담론들이 우후죽순처럼 생겨났음에도 불구하고 언어적인 형식에 대한 자의식이 없었다는 것은 깊이 반성해야 할 대목이다. 비교적 시의 문제를 외부 환경과의 직접적인 관계로 인식하지 않고 시 자체의 내적 형식의 관점에서 보고 있는 경우에도 그것은 깊이 있게 논의되지는 않고 있다. 이런 식의 논의는 대개 다음 몇 가지로 요약된다. '문학 중에서도 시는 본질적으로 자연 친화적이다', '시적 상상력 속에서 자연 만물은 평등하게 수용되고 인간과 대등한 위치에 자리 잡는다', '거의 대부분의 시에서 자연은 시상 전개에 중요한 매개 역할을 한다'[38], '생태주의 시는 자연보다 시적 세계로 환원되고 해석된 자연에 대한 시이다'[39], '생태 시학의 문제가 외부의 자연환경의 파괴보다는 인간의 내부로 전화되어야 한다'[40] 등이 바로 그것이다.

이숭원과 최동호의 논의는 서정시의 차원에서 시와 생태성과의 관계를 언급한 것이고, 김용희의 논의는 문학 일반의 해석학적인 관점을 언급한 것이다. 시가 가지는 생태성이 시 그 자체의 속성에 있다는 이들의 논의는 보편타당성을 획득하고 있지만 그것이 환원론적인 차원으로 귀결되기 때문에 더 이상 논의의 진전을 보이지 못하고 있다. 시가 본질적으로 생태성을 드러내며 그러한 시적 융화성, 유기성, 자연 친화성은 동양의 오랜 전통이라는 것이 이 논의의 근간이다. 결코 틀리지 않은 말이다. 하지만 이러한 이야기를 들으면 이제 낡을 대로 낡은 그래서 식상해버린 한 소박한 서정론자의 유폐되고 닫힌 사유를 떠올리는 것은 왜일까?

---

38. 이숭원, 「서정시의 본질과 생태학적 상상력」, 『시와사람』 2004년 봄호, 99쪽.
39. 김용희, 「생태주의 문학에 던지는 몇 가지 질문」, 위의 책, 112쪽.
40. 최동호, 「한국시의 생태학적 사고와 유기적 인간」, 『문학동네』 2001년 여름호, 527쪽.

이제 이런 류의 글들은 끝까지 읽지 않고도 서두 몇 줄만 읽어도 '또 그 얘기야'라는 말이 절로 나오게 되는 것이 사실이다. 서정이 이 시대에 가치가 없다는 것이 아니라 낡은 것을 넘어선 무언가 새로운 서정(모던한 서정)에 대한 모색이 다양한 차원에서 행해져야 하지 않을까? 서정은 변하지 않는, 변할 수 없는 그 무엇이라는 생각의 고수보다는 그것이 해석에 의해 다양하게 변주될 수 있다는 보다 열린 사유가 필요하리라고 본다. 물론 이와 관련해서 새로운 시각을 보여주는 논의가 없는 것은 아니다. 김수이는 '우리 서정시가 자연의 매트릭스에 갇혀 있다'[41]고 진단한다. 그녀가 이야기하고 있는 자연의 매트릭스는 인공적인 자연에 가깝다. 그녀는 '자연의 매트릭스는 현대문명 속에서 인간과 시가 처한 위기를 보여주는 징후'[42]라고 말한다. 따라서 시인은 이러한 자연의 매트릭스를 해체하기 위해 일정한 자각을 해야 한다는 것이다. 그 자각의 형식이 '질문'이며, 그것은 '자연을 노래할 때 시인들은 어느 시간, 어느 장에 있는가? 그것에도 시인의 현실도 함께 있는가? 무엇보다 그 아름다운 곳은 자연의 매트릭스가 아닌, 현실의 온갖 문제와 욕망이 교차하는 실제의 자연인가?'[43]와 같은 내용으로 이루어진다는 것이다.

문학과 생태에 관한 논의는 이러한 내적인 시각 못지않게 외적인 시각을 보여주고 있는 경우도 있다. 생태적인 것과 여성적인 것을 결합한 '에코 페미니즘'의 경우가 대표적이다. 이와 관련해서 나희덕은 우리 시를 사물과의 교감을 통한 시쓰기(이성복), 실존적인 자기 탐구로서의 시쓰기(이성복, 최정례), 환유적인 시쓰기(김혜순), 현실적인 삶의 문제에 대한 천착을 통한 물화적인 세계의 극복으로서의 시쓰기(강은교, 천양희,

41. 김수이, 「자연의 매트릭스에 갇힌 서정시」, 『서정은 진화한다』, 창비, 2006.
42. 김수이, 위의 글, 30쪽.
43. 김수이, 위의 글, 30쪽.

최승자) 등으로 분류한 뒤 이러한 다양한 시적 형태는 생산적인 가능성을 지닌다고 평가한다.[44] 에코 페미니즘과 관련한 논의는 자연과 여성이 모두 억압받는 존재라는 점에서 출발하지만 그것이 담지하고 있는 의미는 신화적이고 우주적인 차원까지 닿아 있다. 특히 여성은 현 문명의 위기를 극복할 수 있는 새로운 주체로 부상하고 있다는 점에서 주목할 만하다.

그러나 에코 페미니즘의 한계는 페미니즘의 한계를 극복하지 못하는 한 도그마로 흐를 위험성이 있다. 이때 요구되는 것이 바로 다양한 시각과 반성적인 형식을 거느린 통시적인 감각이다. 생태주의는 '근본적으로 근대의 모순을 극복하고자 하는 것이라는 점에서 탈근대의 논리와 연결되고, 그 결과 탈근대의 여러 사상과 상관성을 지니면서 결합될 수 있다'[45]는 점을 간파하는 일이 요구된다고 할 수 있다. 고현철의 논리는 또한 고인환의 논리와도 연결된다. 고인환은 "최근의 생태주의 담론은 자연에 대한 경험이 계층, 성차, 인종 등에 따라 단일하지 않다는 점에 주목"하며, "지구의 생태계를 위협하는 문화 제국주의의 형태, 불평등한 경제구조, 모순적인 정치구조들을 극복하기 위한 다양한 저항의 서사를 내부로 끌어들"이고 있다는 것이다. 이어서 그는 페미니즘과 탈식민주의는 "근대의 모순을 해체하고 전복하려는 실천적인 담론이라는 점에서 생태주의와 공통점을 지닌다."[46]고 말한다.

생태주의가 실천적 담론이라는 그의 말은 지금 이 담론이 처해 있는 딜레마의 핵심을 건드린 것이라고 할 수 있다. 생태주의는 그것이 인류의

---

44. 나희덕, 「생태적인 것과 여성적인 것 그리고 시」, 『창작과비평』 2000년 겨울호, 48~62쪽.
45. 고현철, 「현대시와 생태학」, 『탈식민주의와 생태주의 시학』, 새미, 2005, 106쪽.
46. 고인환, 「생태주의 문학논의의 심화와 확장을 위하여」, 『시작』 2004년 여름호, 80쪽.

실존과 맞물려 있다는 점에서 관념적인 담론과는 차별화된다고 할 수 있다. 만일 생태주의 이념이 실천성을 동반하지 않는다면 그것은 이념의 죽음을 넘어 실질적인 인류, 더 나아가 우주 생명의 공멸을 가져올 수 있다. 이것은 생태주의가 폐쇄적인 이론을 위한 이론으로 존재하는 것이 아니라 생명의 속성처럼 끊임없이 흐르고 그 흐름을 통해 유기적인 온생명의 형태로 존재한다는 것을 의미한다. 생태주의가 문학의 담론에 갇혀 있을 수 없는 이유가 바로 여기에 있는 것이다. 김지하의 생명론도 이런 맥락에서 이해할 수 있을 것이다. 최근에 '생명과 평화의 길'을 창립하여 전 지구적인 운동을 실천하고 있는 그의 행보는 이런 점에서 실로 주목할 만하다고 할 수 있다. 이 생명과 평화의 길은 2003년 '21세기 문명의 전환과 생명 문화'로부터 시작하여, 2004년에는 '한국의 생명 담론과 실천 운동', 2005년에는 '동아시아의 문예 부흥과 생명 평화' 그리고 2006년에는 '생명 사상과 전 지구적 살림 운동'의 포럼을 개최하였다. 이 포럼은 생명 운동의 역량을 결집해 결성한 새로운 문화 실천 운동으로 어느 정도 자리매김을 했다고 할 수 있다. 이론과 사상을 중심에 둔 4년(2003년~2006년)간의 1기 활동이 끝나면 여성과 청소년을 주제로 한 보다 현장적인 실천 운동에 돌입하려는 계획을 세워놓고 있다.

생태주의 이념의 실천성과 관련하여 주목할 만한 또 한 명의 인물로 김종철을 들 수 있다. 그는 1991년 진보적인 생태잡지인 『녹색평론』을 발간하여 생태에 대한 우리 사회의 담론을 선도해왔다. 이 잡지는 생태와 관련된 다양한 사회 문화적인 현상을 단순하게 보여주는 차원을 넘어 그것에 대한 선명한 입장 표명을 함으로써 지금 여기에서의 생태(생명)의 의미와 그 가치를 적극적으로 옹호하고 있다. 가령 『녹색평론』 통권 제70호(2003년 5·6월)에서 다루고 있는 내용을 보면, 생태와 관련된 문제가 전방위적인 문제임을 쉽게 알 수 있다. 70호의 포맷을 보면 특집 1은 미국과 세계평화이고 특집 2는 생명공학의 질주, 위협받는 생명윤리이다. 가장 민감한 현시대적인 문제를 전면에 내세우면서 이 특집이 겨냥하고 있는 것은 팍스 아메리카의 음험한 패권주의에 대한 비판과 인간 복제라는 생명과학의 위험성과 윤리성에 대한 깊이 있는 성찰이다. 이러한 이론적인 담론 이외에도 새만금 문제와 삼보일배라는 작금의 우리 사회의 가장 뜨거운 이슈를 생생하게 전하면서 생명 혹은 생태의 가치를 강하게 환기시키고 있다. 이런 점에서 볼 때 이 잡지의 모토는 생명 혹은 생태에 대한 관념이 아닌 행동과 논리라고 할 수 있다.

이렇게 녹색의 기치를 선명하게 내세움으로써 그것이 첨예한 정치성을 동반한 운동으로서의 담론이 되어야 한다는 의도가 이 잡지를 더욱 주목하게 만든다고 할 수 있다. 이런 면에서 이 잡지가 추구하고 있는 이념과 김지하의 생명과 평화의 길이 추구하고 있는 이념이 서로 다른 것이 아님을 알 수 있다. 김지하가 내세운 생명과 평화 역시 김종철에게도 중요한 성찰과 실천의 대상으로 존재한다고 할 수 있다. 또한 이 두 사람의 사상의 이면에는 '시'가 중요한 인식의 토대로 작용하고 있다. 김지하가 그랬듯이 김종철 역시 '시적 감수성이야말로 생태적 감수성'[47]이라고 믿고 있다. 또한 이들은 모두 자신의 정신적 스승으로 장일순을 꼽고 있다. 이것은 곧 이들의 사상이 많은 부분 동학에 빚지고(토대를 두고) 있다는 것을 의미한다.

『녹색평론』이 전문적인 생태잡지라면 『시와생명』이나 『신생』은 문학 전문지라고 할 수 있다. 『시와생명』은 비록 단명하고 말았지만 우포늪이라는 살아 숨 쉬는 생명의 공간을 토대로 문학과 현실 사이의 생명의 문제를 다각도로 조명하고 해석해서 우리 문단에 신선한 공기를 제공했다고 할 수 있다. 이에 비해 『신생』은 부산, 경남을 중심으로 우리 사회의 생명현장의 목소리를 담아 왔다. 이 잡지의 이러한 모토를 잘 보여주고

---

47. 김종철, 『시적 인간과 생태적 인간』, 삼인, 1999.

있는 코너가 '신생의 현장을 찾아서'이다. 여기에서의 신생의 현장은
생명 혹은 생태의 현장을 의미한다. 신생의 삶을 살아가는 사람들을
찾아 그들의 삶을 들여다보거나 그것을 직접 체험해 보는 신생의 현장은
생명이나 생태의 문제가 삶의 실천 속에서 의미를 가질 수 있다는 것을
말해준다. 또한 이 잡지는 부산·경남 지역의 생명 사상에 대해 깊이
있게 성찰하고 있다. 이것은 주변부적인 것을 통해 중심부에 대한 저항과
해체를 드러낸 것으로 볼 수 있다. 중심과 주변의 해체가 곧 생명 현장과
통한다는 점을 상기한다면 이것은 생명이나 생태의 의미를 담고 있는
의도된 기획이라고 할 수 있다.

5. 에코토피아와 디지털토피아

생명 사상이나 생태주의가 우리 사회의 지배적인 담론이 되기 위해서
는 이제 이와 관련된 수많은 크고 작은 흐름이 어우러져야 한다. 주체성에
입각해 동아시아와 한반도의 생명 전통을 통합적으로 해석한 김지하식
의 생명 사상이든, 아니면 진보적인 녹색의 기치를 행동과 논리의 실천적
인 운동으로 전개하고 있는 김종철식의 생태주의든, 우주의 생명은 고리
처럼 연결되어 하나의 원을 이룬다는 장회익류의 온생명 사상이든 그것
들은 모두 하나로 어우러져야 한다. 또 외국의 생명과학자들의 새로운
이론들(에리히 얀치의 『자기 조직하는 우주』(1989), 일리야 프리고진의
『혼돈으로부터의 질서』(1988)), 제임스 러브록의 『가이아』(1990)나 외국
문학 전공자들에 의해 소개되고 있는 독일이나 미국을 중심으로 한 서구
의 생태학 담론(김욱동의 『문학생태학을 위하여』(1998), 김용민의 『생태
문학』(2003)), 동양학이나 한국의 생태학 담론(박희병의 『한국의 생태사
상』(1999)과 『운하와 근대』(2003), 김상일의 『원효의 판비량론』(2003), 최

한기의 『기학』(2004)) 등이 또한 하나로 어우러져야 한다.

그러나 생명이나 생태와 관련해서 무엇보다도 우리가 간과하지 말아야 할 것은 테크놀로지에 대한 이해이다. 테크놀로지에 대한 이해가 전제되지 않는 생명이나 생태 담론은 공허할 수 있다. 21세기의 모든 학문은 이 테크놀로지를 떠나 이야기할 수 없다. 흔히 테크놀로지와 대척점에 놓인다고 간주해 온 인문학, 그중에서도 특히 문학 역시 예외일 수 없다. 문학의 역사는 매체의 변화와 그 운명을 같이했듯이 앞으로의 문학의 존재성은 테크놀로지의 형식에 의해 결정될 것이다. 당장 인터넷이 가져온 문학장의 변화를 상기해보라. 그것은 더 이상 신포도가 될 수 없다. 이 문제 앞에서는 '창비'와 '문지'가 다를 수 없다. 가령 『창작과비평』 2001년 가을호와 『문학과사회』 2001년 여름호를 보자. 먼저 『창작과비평』을 보면, 「21세기 과학기술의 특징」이라는 글에서 이필렬 교수는 21세기 과학기술의 특징이 인터넷과 생명공학 그리고 에너지 기술에 있다고 전제한다. 이어서 그는 그것이 가지는 문제가 전체를 조망할 수 없을 정도로 복잡하고 통제가 거의 불가능한 분산적 네트워크에 있다고 말한다. 또한 「실험실 속의 모반자들」이라는 글에서 한스 마그누스 엔첸스베르거는 인간과 자연을 완전히 지배하려는 유토피아의 기획이 자신들의 반대세력에 의해서가 아니라 그 자체 내에 잉태된 자기모순과 과대망상에 의해서 파멸하게 될 것이라는 결론을 내린다. 이것은 과학의 오만함에 대한 엄중한 경고의 메시지를 담고 있다. 강신익 교수의 「게놈, 생명의 지도인가 인간종의 역사인가」는 의학 지식을 바탕으로 그동안 피상적인 관념의 형태로 이야기되던 유전자의 실체에 대해 과학적이고 객관적인 접근을 보여주고 있다. 고철환 교수의 「새만금 문제와 과학기술의 정치경제」는 과학기술이 언제나 정치경제와 함수관계가 있다는 점을 밝힘으로써 과학기술의 환경 파괴적인 원인이 결국 인간의 이해관계에 있다는 결론을 내리고 있다. 이 네 편의 글은 모두 지금 우리 시대의 과학이 가지는 존재 양태를 잘 보여주고 있는 하나의 예라고 할 수 있다.

『문학과사회』는 인간의 경계에 대해 묻고 있다. 2001년 2월, 게놈 지도가 완성된 이후 새롭게 제기되고 있는 인간 존재에 대해 직접적인 성찰을 단행하고 있다. 이필렬의 「인간 게놈 프로젝트, 인간 유전자의 조작, 현생인류의 증발」과 주일우의 「인간 게놈 프로젝트의 숨은 그늘」은 게놈 지도 완성에 대해 불안과 경계 쪽에, 복거일의 「유전자 혁명과 인류의 진화」, 듀나의 「게놈 프로젝트의 SF적 모티프」는 그 반대쪽에 놓인다. 그러나 이필렬과 주일우의 글이 단순한 경계나 계몽으로 일관하는 것은 아니다. 이들의 글은 인공 선택을 인정한 상태에서 그것을 비판적으로 읽어내고 있다. 이필렬의 글 중에서 유전자의 조작으로 인해 인간이 서로 생식이 안 되는 많은 종류로 분화된다는 예측 대목과 인간 수명의 연장이 결국에는 생명의 탄생에 대한 무관심 또는 생명의 탄생이 지닌 신비스러운 감정의 상실을 가져올지도 모른다는 대목 등이 바로 그 비판적인 읽기의 예이다. 그의 글은 인공 선택이 단순한 인식론적인 선택의 문제가 아니라 그것이 존재론적인 생존의 문제와 직접 연결되어 있다는 점에서 일종의 묵시록적인 속성을 지닌다. 주일우의 글은 인간 게놈 프로젝트가 정치 경제학적인 가능성을 간과하고 있음을 지적한다. 그에 의하면 인간 게놈 프로젝트는 유전자의 조작만으로 실현될 수 있는 것이 아니라 그에 따르는 정치 경제적인 제도가 행사하는 힘의 실체와 그 상황을 고려해야만 실현될 수 있다고 보고 있다. 과학적인 어떤 발견이 현실 속을 뚫고 들어오기에는 많은 난점이 있다는 지적은 과학적인 발견과 현실을 아주 쉽게 동일시해 버린 상태에서 우리 시대의 여러 실존적인 조건들을 말하는 오류를 저지르고 있는 경우를 되돌아보게 한다.

이필렬과 주일우의 비판은 인간 게놈 프로젝트에 대한 부정 의식을 드러내고는 있지만 그것이 가지는 보다 근본적인 불안의 실체에 대해서는 언급하고 있지 않다. 인간 게놈에 의한 인공 선택의 문제는 근본적으로 중대한 불안을 유발할 수밖에 없다. 그것은 자연 선택을 배제함으로써 강제적인 분리 및 분화를 경험하게 하기 때문이다. 분리 및 분화는 통합을 지향할 수밖에 없고, 이것은 근대 이후 우리가 가지는 태생적 불안의 한 양태이다. 따라서 인공 선택에 의한 게놈 프로젝트가 유발하는 보다 중요한 문제 중의 하나는 심리적인 불안이라고 할 수 있다. 그러나 『문학과사회』 특집에서는 이 사실을 간과하고 있다. 인간이 인간을 조작할 수 있다는 오만은 과학에 대한 절대적인 믿음에서 기인하며, 이러한 조작은 언제나 보이는 것보다는 보이지 않는 쪽에서 더 많은 문제들을 가지고 있는 것이 사실이다. 게놈 프로젝트에 의한 인공 선택이야말로 이 보이지 않는 인간의 심리적인 불안을 유발할 수 있는 많은 인자들을 가지고 있다고 볼 수 있다. 게놈 프로젝트에 대한 장밋빛 환상이 환멸로 바뀔지도 모른다는 불안은 그것을 욕망하는 자들을 뜻하지 않은, 아니 어쩌면 예정된 아이러니에 직면하게 할 것이다.

게놈 지도가 완성되었다는 것은 인류사의 최대의 사건이라고 하지 않을 수 없다. 게놈 지도의 완성은 이제 인류의 진화가 '자연 선택natural selection'이 아니라 '인공 선택artificial selection'에 의해 결정된다는 것을 의미한다. 이것은 인간이 인간을 창조할 수 있다는, 다시 말하면 인간이 신이 될 수 있다는 불경의 최대치를 드러내고 있는 것으로 볼 수 있다.

게놈 지도의 완성은 유전자 조작을 통해 인류의 오랜 숙원인 질병으로부터의 해방과 수명 연장이라는 장밋빛 미래에 대한 전망을 담고 있지만 그것이 인간 욕망의 궁극적인 지향점과 만난다는 점에서 그 이면에는 인간 욕망의 돌이킬 수 없는 음험함이 도사리고 있다고 할 수 있다. 인간의 욕망은 제어하기가 힘들며(그래서 욕망을 '환유' 혹은 '기계'라고 하지 않는가?) 우리가 그 욕망의 끝을 경험한다는 것은 죽음이 아니고서는 불가능하다. 이 사실은 우리가 욕망을 단순한 경계나 계몽의 대상으로만 간주할 수 없다는 것을 말해준다. 게놈 지도의 완성으로 인해 인류의 진화가 인공 선택에 의해 결정된다는 것은 그 누구도 막을 수 없는 대세이다. 보다 현명한 방법은 인공 선택의 욕망을 욕망으로 받아들이는 일이다. 『문학과사회』의 특집은 이런 점에서 주목할 만하다.

문학이 본래적으로 생명 지향적이고 생태 지향적이라면 이러한 과학 기술의 음험함에 대한 저항은 당연한 것이다. 하지만 문학의 저항은 어디까지나 그 과학기술의 배제가 아니라 그것의 선택 하에서 이루어질 수밖에 없다. 이런 점에서 21세기는 생명과 과학기술이 공존의 묘를 찾아야 하는 그런 시대가 될 것이다. 나는 이것을 '에코토피아와 디지털토 피아의 동상이몽'[48]이라고 명명한 바 있다.

'지금, 여기'에서는 새천년을 향한 동상이몽이 한창이다. 새천년을 향한 이 동상이몽은 무엇이 유토피아인가 하는 차이에서 비롯된다. '지금, 여기'에서 행해지는 몽상 중에서 가장 중심적인 것으로는 디지 털토피아가 곧 유토피아가 될 것이라는 몽상과 에코토피아가 곧 유토 피아가 될 것이라는 몽상을 들 수 있다. 유토피아를 꿈꾼다는 점에서는 공통되지만 이 두 몽상은 중대한 차이를 가진다.

먼저 디지털토피아와 에코토피아는 토대 자체가 다르다. 디지털토 피아와 에코토피아의 토대가 되는 디지털과 에코는 각각 인공(문명)과 자연이라는 서로 대립적인 속성을 가진다. (…) 다음으로 디지털토피 아와 에코토피아는 세계 인식 자체가 다르다. 디지털적인 인식이란 세계를 불연속적이고 불확정적인 방식을 통해 드러내는 것을 의미한 다. (…) 디지털적인 인식에 비해 에코적인 인식은 세계를 연속적이고 확정적인 방식을 통해 드러낸다. (…) 마지막으로 디지털토피아와 에 코토피아는 존재에 대한 해석 자체가 다르다. 존재론적인 측면에서

---

48. 이재복, 「생태시의 모색과 전망」, 『시와정신』 2002년 겨울호.

보면 디지털은 존재하지 않는 것을 존재하게 하는 것이다. (…) 이것은 우리가 존재론을 이야기할 때 종종 말해지는 '無名天地之始'의 無와는 다른 것이다. 無의 없음은 '있음을 전제로 한 없음'이다. 이에 비해 'being digital'의 없음은 '없음을 전제로 한 없음nothing'이다.

디지털과 에코적인 것은 그 존재성의 측면에서 볼 때 相生하기가 어려운 것이 사실이다. 그러나 이 둘은 반드시 상생해야만 한다. '지금, 여기'에서의 삶의 양식 자체가 무서운 속도로 디지털화되고 있기는 하지만 이 디지털 혁명이 에코적인 존재 기반 없이는 성립될 수 없다는 것을 잊어서는 안 된다. 만일 그것이 가능하다고 믿는다면 그것은 토대 없이 집을 지을 수 있다고 하는 것과 같은 이치이다. 우리가 컴퓨터의 디지털 기능이 제공하는 가상공간의 세계 속으로 끊임없이 미끄러져 내리다가도 생명의 氣로 충만한 현실로 돌아와야만 하는 이유가 바로 여기에 있는 것이다.

이런 점에서 '지금, 여기'에서 행해지고 있는 디지털토피아와 에코토피아의 동상이몽은 위험한 결과를 낳을 수 있다. 디지털토피아가 유토피아라는 발상은 인간을 포함하여 모든 존재 혹은 존재자의 토대가 되는 에코적인 존재성을 배제한다는 점에서 위험하며, 에코토피아가 곧 유토피아라는 발상은 '지금, 여기'에서 모든 사람들의 숭배의 대상이 될 정도로 지배적인 힘의 실체로 부상하고 있는 디지털 문명 자체를 외면한 채 지나치게 당위적이고 이상적인 측면만을 내세울 우려가 있다는 점에서 또한 위험하다. 가장 바람직한 유토피아 상은 디지털토피아와 에코토피아 사이의 적절한 긴장과 이완을 통해 성립되는 것이다. 하지만 이 둘 사이의 적절한 긴장과 이완을 통해 어떤 통합적인 것을 창출한다는 것이 말처럼 그렇게 쉬운 일은 아니다. 사정이 이러하다면 가장 직접적으로, 가장 단순명료하게 이 문제를 수렴하고 있는 무엇인가를 찾아내는 것이 중요하리라고 본다. 과연 그것이 무엇일까. 그것은 바로 다른 어떤 것도 아닌 몸이다. 몸은 디지털과 에코적인 것 사이에 있으면서 그 둘을 통합적으로 수렴하고 있는 '지금, 여기'의 존재 그 자체이다.[49]

생태시에 대한 모색과 전망의 일환으로 쓰인 글이지만 이것은 비단 시만이 아니라 21세기 내가 추구하는 문학, 더 나아가 사회, 문화적 전반의 시각이라고 할 수 있다. 나는 생명론과 생태론도 에코와 디지털에 대한 긴장 사이에서 형성되지 않으면 안 된다고 본다. 그것은 인류사의 전 과정을 되돌아볼 때 인간이 가지는 본능이기 때문이다. 인간은 각자 각자가 끊임없이 내면의 영성을 추구하면서 동시에 외면의 생명에 입각해 삶을 살아왔다. 여기에서의 영성은 디지털로, 생명은 에코로 치환할 수 있을 것이다. 디지털은 각자 각자로 하여금 어떤 권력이나 힘의 억압으로부터 벗어나 자유롭게 상상하고 표현할 수 있게 하는 속성으로 인해 이들의 내면에 은폐되어 있는 신령스러움을 자연스럽게 드러나게 한다. 디지털이 말초적인 감각의 생산지이자 백과사전적 정보의 저장소라는 인식은 그것의 한 단면일 뿐이다.

디지털이 인간이 헤어날 수 없는 가장 매력적인 것이라면 그것은 인간의 내면에 은폐되어 있는 영성을 일깨우기 때문일 것이다. 현실에서는 결코 실현될 수 없는 자유와 평등의 문제가 디지털(인터넷)의 세계에서 가능한 이유가 바로 여기에 있는 것이다. 디지털의 세계에서는 절대적인 권력자가 존재할 수 없을 뿐만 아니라 어떤 절대적인 힘에 의해 통제되지도 않는다. 인터넷에서는 정반합의 힘의 논리인 변증법이 통하지 않는다는 것은 익히 알려진 사실이다. 디지털의 영성이 몸을 통해 드러나는 것이 바로 생명이다. 생명(에코)은 디지털의 영성이 주체적으로 조직된

---

49. 이재복, 「생태시의 모색과 전망」, 57~67쪽.

것이다. 이런 점에서 생명은 눈에 보이는, 생물학적이거나 물리적인 차원의 것으로 해명할 수 없는 신령스러움의 차원으로 드러나게 되는 것이다. 디지털 생태학이라는 용어가 가능하다면 그것 역시 이러한 맥락에서 이해될 수 있을 것이다. 인간이라는 존재는 이제 이러한 에코와 디지털 혹은 생명과 영성이 결합된 디지털 생태학(디지털 생명학)의 차원에서 새롭게 해석되어야 할 것이다.

6. 그늘에 대하여

'그늘이 우주를 바꾼다'는 김지하의 생명과 평화의 길 선언이 단순한 선언으로 들리지 않는 것은 왜일까? 세상 돌아가는 일에 둔감하기 짝이 없는 내게 어느 때부턴가 불길한 기운이 감지되었다면 그 의문이 풀릴까? 전 지구적 대재앙으로 불리는 쓰나미를 단순한 기상이변으로 치부할 수 있을까? 그러기에는 우리가 지은 죄가 너무 크지 않은가? 자발적으로 가난해져야 한다는 말은 후기 자본주의의 욕망의 통조림 공장 같은 이 세상에서는 '미친놈의 잠꼬대'로 들릴 뿐이다. 인간이 어떻게 인간을 벌줄 수 있으랴. 인간이 못하면 신이 그 일을 해야 하는 것 아닌가. 오, 신이시여! 당신은 어디에 있습니까? 그러나 그 신은 이미 니체에 의해 죽은 지 오래다.

'그늘이 우주를 바꾼다더니 그 그늘이 지금 내 머리 위에 있지 않으냐? 그것은 시련이냐, 아니면 구원이냐 그것도 아니면 시련인 동시에 구원이냐? 온갖 허기들이 몰려온다. 피를 토하고 귀신 울음소리를 낼 수 있어야 저 하늘을 움직인다는데……. 나는 아직 그런 신산고초, 껄껄한 수리성, 귀곡성을 감내할 만한 몸을 가지고 있지 못하다. 몸을 바꿔야 하리라. 몸을 바꾸려면 그늘이 내 머리 위에 있어야 한다. 갑자기 나에게 묻고 싶다. 나의 지극함으로 이 천지 혹은 우주의 운행을 바꿀 수 있다면 이 우주의 진정한 주체는 나 혹은 이 세계 너머에 존재하는 초월적인 신이 아니라 스스로 그러한 자기 원인적인 자연적 존재로서의 인간인 '나가 아닌가. 즉 초월적이고 오직 하나뿐인 그리고 인격적인 신이 아닌 스스로 그러한 전체로서의 신으로서의 '나가 바로 그 우주 운행(경영)의 주체 아닌가.

동아시아 사상사적인 흐름 위에 있는 그늘론은 세계 이해의 새로운 방식과 방향성을 요구한다. 이제 인간의 지식과 문명의 발달은 우주의 지형도를 바꿔놓을 정도로 막강한 영향력을 행사하고 있다. 최근의 기후 변화의 원인이 그 대표적인 예라고 할 수 있다. 특히 이 기후 변화의 원인이 인간에 있다는 사실은 이미 과학적으로도 밝혀진 바다. 이러한 인간의 행위로 인해 문명의 불안은 더욱 가중되기에 이르렀고, 인류는 생존의 위기에 직면하게 된 것이다. 인류가 처한 이 위기를 어떻게 넘어서야 할까? 동아시아의 그늘론은 그 구원의 대상을 이 우주, 다시 말하면 우리가 숨 쉬고 있는 이 천지 내에서 찾는다. 우주 밖의 초월적인 신이 아니라 우주 내에서의 전체로서의 신, 그중에서도 특히 인간에게서 그것을 찾는다. 인간은 천지 내에 존재하고, 그 천지와의 끊임없는 상호 작용을 통해 지금까지 생명이 진화해온 저간의 사정을 고려한다면 앞으로 이 우주의 잠재적인 존재 가능성을 결정할 주체 역시 인간일 수밖에 없는 것이다. 이런 점에서 초월적인 신에 의한 구원이란 일어날 수 없다. 위기에 처한 지구와 인류를 구원할 존재가 있다면 그것은 초월적인 신이 아닌 내재적 존재로서의 인간이며, 이를 위해 인간은 자신의 몸을 그늘의 경지로 끌어올려야 하는 것이다. 인간의 온갖 혼돈 상태의 의식과 행동, 감정과 욕망을 삭이고 풀어내 그 지극함이 하늘에 가닿는 과정 곧 그늘의 발견과 생성의 과정이 있어야 한다.

이런 점에서 '그늘이 우주를 바꾼다'는 말은 강한 윤리성을 띤다고 할 수 있다. 인간이 행하는 지극한 정성을 기반으로 하는 그늘의 윤리성은 '지금, 여기'에서 그것은 우주 생명을 향할 수밖에 없다. 지금 우리 인류에게 가장 결핍되어 있는 것이 바로 우주 생명에 대한 존중과 공경이다. 우주 생명에 대한 경시와 망각은 곧 그늘의 윤리에 대한 경시와 망각을 의미한다. 생명 혹은 그늘이 내재하고 있는 전체, 포용, 융화, 아우름, 자기원인, 통섭, 생성, 변화, 순환, 직관, 교섭, 조화, 균형 등은 인간의 지극한 정성(이와 관련하여 우리는 『중용』의 '誠'과 관련된 논의를 참고할 필요가 있다)을 통해 회복할 수 있는 윤리적 덕목들이다. 언제나 천지인天地人 삼재三才의 구도하에서 인간의 역할을 중시한 우리 동아시아의 윤리론은 인간의 능동적인 생명의 힘을 기반으로 하고 있다는 점에서 신의 역할을 중시한 초월적이고 추상적인 서구의 윤리론과는 차이가 있다고 할 수 있다. 동아시아적인 차원에서의 신은 인간 자신의 몸속에서 구현되는 존재에 다름 아니다. 이것은 몸을 배제한 서구적 근대 이성의 배타적인 합리주의와는 지향점이 다르며, 인간소외와 자연소외가 아닌 천지 자체가 나와 같은 생명체라는, 즉 우주에 존재하는 모든 것은 가치적 존재라는 사실을 드러낸다. 우주는 과학에서 말하듯이 그것은 객관적 사태가 아니라 하나의 생명적 사태로 바라보는 것이 우주를 인식하는 올바른 방법이 될 것이다. 우주 생명은 늘 스스로 그러하듯이 전체로서의 신과 그 쉼 없는 작용 내에서 그늘의 윤리를 실현하려 한다. 우주 생명 전체로서의 이 윤리를 인간은 법法 받아야 한다. 큰 우주 생명을 향해 작은 우주의 몸을 가진 인간 생명은 지극한 성실함을 기반으로 한 그늘의 윤리를 실천해야 한다. 그럼으로써 그동안 인류가 저질러온 끔찍한 생명 파괴를 멈추고 모두가 공생하는 새로운 우주 생명 공동체를 불러낼 수 있을 것이다. 이런 점에서 이 사건event은 천지가 새롭게 열리는 '개벽開闢'의 의미를 띤다고 할 수 있다. 다시 개벽을 향해 인간이 지닌 그늘의 윤리를 새롭게 정립하는 것이 우주의 실질적인

경영자로서의 인류의 본래 모습과 그동안 상실해온 주체성을 회복하는
일이 될 것이다.

3. '그늘' 그 어떤 경지
— 사유 혹은 상상의 토포필리아topophilia

이번에 낸 졸저의 제목이 『몸과 그늘의 미학』이다. 이 책을 받아본 사람 중에 나에게 이런 질문을 하는 이가 있었다. 왜 '몸의 미학이 아니라 '몸과 그늘의 미학이냐?' 하는 것이었다. 그래서 내가 그에게 '여기에서 말하는 그늘이 무엇을 말하는 것 같으냐?'라고 되물었다. 그는 주저주저 하더니 '설마 나무 그늘 같은 것은 아니겠지?' 하는 것이었다. 나는 '맞다' 고 했다. 그는 내 대답을 듣더니 '난 또 무슨 특별한 뜻이 있는 줄 알았지.' 하는 것이었다. 그의 말을 듣고 말문이 막혀 나는 더 이상 어떤 대답도 할 수 없었다. 나무 그늘의 '그늘'이 정말로 무슨 특별한 뜻이 없는 말일까? 사실 그가 보인 태도처럼 이 물음에 대해 그것을 심각하게 받아들이거나 그 말의 이면에 은폐되어 있는 의미에 대해 고민해 본 사람이 얼마나 될까?

그늘에 대한 사유가 깊지 않다는 것은 그것이 우리 미학의 근간을 이룬다는 인식에 대한 자각이 거의 전무한 데에서도 나타난다. 그늘은 눈에 보이는 차원으로만 규정지을 수 없는, 눈에 보이지 않는 차원의 웅숭깊음과 숭고함이 내재해 있다. 가령 나무의 그늘이 매력의 대상으로 존재한다면 그것은 단순히 우리의 시각을 자극해서라기보다는 그늘이 지니고 있는 깊이와 크기에 압도당하기 때문이라고 할 수 있다. 그늘이라는 현상이 내포하고 있는 의미의 폭과 깊이는 그것을 세심하게 들여다보지 않으면 발견할 수 없다. 나무의 그늘을 보고 그저 따가운 태양빛을 피할 수 있는 곳이라든가 아니면 그 그늘로 인해 빛이 들지 않는다거나 하는 식으로 단순하게 인식한다면 그늘의 은폐된 의미는 온전히 드러나지 않을 것이다. 먼저 그늘에 대한 사유에서 가장 중요한 것 중의 하나는 그것을 결과가 아닌 과정으로 인식해야 한다는 점이다.

나무의 그늘처럼 하나의 현상으로 드러나는 그늘은 갑자기 만들어진 것이 아니다. 나무가 그늘을 드리우기 위해서는 긴 시간의 과정이 전제되어야 한다. 나무의 그늘은 시간의 주름(나이테)에 비례한다. 그늘의 원형이 본래부터 그늘의 형태를 지니고 있는 것은 아니다. 그늘은 한 알의 작은 씨앗에서 비롯되어 가지와 줄기와 잎과 열매 등으로 영역을 확장해 가면서 존재성을 드러낸다. 여기에서 우리는 이 과정에서 어떤 일 혹은 어떤 사건이 발생하는지를 살펴볼 필요가 있다. 한 그루의 나무가 그늘을 드리우기까지 여기에 관계한 대지의 기운과 하늘의 기운을 떠올려 보라. 해와 달, 비, 눈, 서리, 바람, 이슬, 물, 흙, 공기, 벌레, 사람, 나무, 꽃, 풀, 새, 천둥, 구름 등 이루 헤아릴 수 없을 정도로 많은 것들의 관계를 통해 그늘이 만들어진 것이다. 이런 점에서 그늘의 탄생을 가장 잘 표현하고 있는 시는 미당의 「국화 옆에서」라고 할 수 있다. 얼핏 보아서는 관계가 있을 것 같지 않은 '소쩍새의 울음'과 '천둥'이 국화꽃의 개화와 관계된다는 미당의 통찰이야말로 그늘의 미학의 정수를 노래한 것이라고 해도 결코 과장된 것이 아니다.

그늘이 간단하게 만들어지지 않고 이렇게 우주의 모든 기운이 오랜 시간 작용하여 탄생한다는 사실은 그 그늘의 깊이 크기를 말해준다. 만일 그늘이 눈, 서리와 비, 바람을 견디지 못하고 쓰러진다거나 햇빛, 흙, 공기, 물 같은 양분을 제대로 섭취하지 못한다면 그늘은 온전히 만들어지지 못할 것이다. 하지만 오랜 시간 이러한 여러 조건과 기운을 잘

견뎌 내거나 활발한 관계를 통해 줄기와 가지를 뻗고 무성한 잎과 열매를 맺는다면 자연스럽게 그늘의 형상이 드러나게 될 것이다. 오랜 시간 동안 온갖 풍상을 견디고 그에 비례해 나이테가 늘어갈수록 그늘은 깊어지고 또 넓어질 것이다. 우리가 그러한 나무의 그늘을 보았을 때 자신도 모르게 그 형상에 끌리는 것은 단순히 겉으로 드러난 모습 때문만이 아니라 그 그늘에 깃든 시간의 장구함, 다시 말하면 날것이 삭힘의 과정을 거치면서 점점 웅숭깊어지고 견고해지면서 지니게 되는 품격과 숭고함 때문이라고 할 수 있다.

하나의 나무가 그늘을 드리운다는 것은 비로소 그 나무가 나무로서의 정체성 혹은 존재성을 지니게 되었다는 것을 의미한다. 나무의 입장에서 생각해 보면 그가 가장 듣고 싶어 하고 또 지니고 싶어 하는 것은 '그늘'이라고 할 수 있을 것이다. '그 나무에는 그늘이 있어'라고 할 때의 그늘은 부정이나 긍정 어느 한 차원에 국한되지 않고 그 모든 것들을 아우르는 의미 지평을 드러낸다. 이런 점에서 그늘은 프로이트의 무의식화된 욕망이나 융의 그림자와는 차원을 달리한다. 흔히 자아의 어두운 면으로 명명되는 그림자의 경우에는 그 내부에 파괴적이고 폭력적인 에너지 덩어리가 응축되어 있어서 그것이 의식의 차원으로 투사되는 경우 이성에 의해 구축된 상징계가 전복될 위험성이 있다. 이에 비해 그늘은 그림자의 상태로 존재하는 세계가 아니라 그것을 넘어선 세계이다. 그늘의 세계는 그림자의 세계가 은폐하고 있는 파괴적이고 폭력적인 덩어리를 일정한 삭임의 과정을 통해 풀어낸 세계라고 할 수 있다.

자아의 내부에 도사리고 있는 어둡고 부정적인 그림자 덩어리를 풀어 내지 못하면 타자의 존재를 그 안에 품을 수도 없고 또 아우를 수도 없다. 이 말은 그림자의 상태에서는 결코 그늘을 드리울 수 없다는 것을 의미한다. 그늘이 타자를 품고 아우를 수 있는 데에는 그것이 삭임의 과정을 거쳐 그림자의 덩어리를 풀어냈기 때문이다. 어둡고 부정적인 그림자의 덩어리가 삭임의 풀어내는 과정을 거쳐 탄생한 세계가 바로 그늘인 것이다. 그림자의 상태가 깊어지면 그것은 독이 되고 독이 깊어지면 한이 된다. 우리는 종종 '여자가 한을 품으면 오뉴월에도 서리가 내린다'라는 말을 한다. 한이 지니는 관계의 단절에서 오는 섬뜩함을 잘 드러내고 있는 이 말을 통해 우리는 한이 한의 차원에 그치면 새로운 전망이나 기대 지평을 제시하기가 어렵다는 것을 알 수 있다. 한이 한으로 머물지 않고 그것을 삭이고 풀어내는 과정을 통해 세계의 지평은 열리게 되는 것이다. 오뉴월에 서리가 내리면 나무는 더 이상 그늘을 드리울 수 없게 되고 그렇게 되면 그 그늘에 깃들거나 그것과 서로 어울리는 관계 자체가 불가능하게 될 것이다.

오랜 삭임과 풀어냄의 과정을 통해 탄생하는 그늘은 그 웅숭깊음으로 인해 빛나지만 눈부시지 않고 욕망하지 않아도 그것이 이루어지는 어떤 경지를 보여준다. 그 지극한 자연스러운 힘은 일종의 신명神明과 같은 것이라고 할 수 있다. 이때의 신은 God라기보다는 우주 혹은 자연을 표상한다. 그늘이 탄생하기까지의 삭임과 풀이는 어느 한 개체의 힘으로 이루어지는 것이 아니라 그 각각의 개체가 관계를 통해 어우러지면서 형성하는 집단적이고 영적인 각성과 반성이 내재된 우주적 활동 과정이다. 이런 맥락에서 우리는 '그늘이 우주를 바꾼다'고 말한다. 그늘의 의미가 여기에까지 미치기 때문에 어떤 존재가 그늘을 가진다는 것은 곧 그 존재의 크기와 깊이가 일정한 경지에 이를 만큼 절대적이라는 것을 말한다. 한 그루의 나무가 그늘을 드리운다는 것이 얼마나 웅숭깊고 의미심장한 것인지는 이러한 과정과 맥락을 고려할 때 온전히 이해할 수 있을 것이다. 한 그루 나무를 통해 알아본 그늘이 은폐하고 있는 의미는 다른 존재 대상으로의 확장과 치환이 가능하다.

한 그루의 나무가 드리우고 있는 그늘처럼 인간에 의해 탄생하는 예술의 경우도 일정한 경지에 이른 작품들은 한결같이 이 그늘을 지니고 있다. 이와 관련하여 가장 널리 알려진 예술 양식이 바로 판소리이다. 판소리의 소리꾼에게 최고의 찬사는 '그 사람 소리에 그늘이 있어'라는 말이다. 하지만 이 소리의 그늘은 쉽게 얻어지는 것이 아니다. 소리의 그늘은 온갖 신산고초의 과정, 곧 삭임 혹은 시김새의 과정을 거쳐서 탄생하는 것이다. 이렇게 그늘이 있는 소리는 우주도 감동시킬 정도로 유려하고 오묘한 웅숭깊은 소리라고 할 수 있다. 특히 한의 정서를 삭이고 그것을 풀어내는 과정을 거쳐 최고의 경지에 이르기 때문에 그늘이 깃든 소리는 세계의 평정을 회복한 데서 오는 여유와 품격을 드러낸다. 한이 서리를 맞아 더 이상 진척이 없는 것이 아니라 그것을 넘어 멋스러운 그늘을 드리우는 세계란 단순한 기교나 재주만으로 도달할 수 있는 경지가 아니다. 그것은 온몸으로 밀고 나갈 때 얻어지는 최고의 경지인 것이다. 그늘이 은폐하고 있는 의미가 여기에 있다면 그것은 판소리뿐만 아니라 다른 양식에서도 존재하는 그 무엇이라고 할 수 있다.

판소리의 소리가 몸의 소리라면 춤 혹은 무용 역시 몸으로 표현되는 행위라고 할 수 있고, 시 역시 어느 경지에 이른 작품에는 그늘이 깃들어 있다. 어쩌면 우리 예술가들이 열어야 할 지평이 이 그늘의 세계가 아닌가 한다. 임권택 감독(이청준 원작)의 <서편제>에서 송화와 동호 그리고 오봉이가 진도아리랑을 부르고 춤을 추면서 신명풀이를 하는 장면은 그늘의 한 경지를 보여준다고 할 수 있다. 이들의 한이 한으로 그치는 것이 아니라 신명으로 승화되는 대목에서 우리는 오묘하고 웅숭깊은 삶 혹은 세계의 한 경지를 체험하게 된다. 하지만 이 그늘은 지금, 여기에서 너무 쉽게 망각되고 있는 것처럼 느껴진다. 몸의 소리도, 몸의 순정한 몸짓도, 육화된 말과 이미지도 모두 몸 가볍게 부유하는 지금, 여기의 상황을 고려해 볼 때 이 그늘야말로 존재에 대한 어떤 둔중함으로 다가온다. 이런 점에서 문태준 시인이 「그늘의 발달」에서

아버지여, 감나무를 베지 마오

감나무가 너무 웃자라

감나무 그늘이 지붕을 덮는다고

감나무를 베는 아버지여

그늘이 지붕이 되면 어떤가요

눈물을 감출 수는 없어요

우리 집 지붕에는 폐렴 같은 구름

우리 집 식탁에는 매끼 묵은 밥

우리는 그늘을 앓고 먹는

한 몸의 그늘

그늘의 발달

아버지여, 감나무를 베지 마오

- 문태준, 「그늘의 발달」 부분[50]

라고 한 고백이나 이태수 시인이 「회화나무 그늘」에서

여태 먼 길을 떠돌았으나 내가 걷거나 달려온 길들이 길 밖으로
쓰러져 뒹군다. 다시 가야 할 길도 저 회화나무가 품고 있는지, 이내
놓아줄 건지. 하늘을 끌어당기며 허공 향해 묵묵부답 서 있는 그 그늘
아래 내 몸도 마음도 붙잡혀 있다.

- 이태수, 「회화나무 그늘」 부분[51]

라고 한 고백 그리고 허형만 시인이 「그늘이라는 말」에서

---

50. 문태준, 「그늘의 발달」, 『그늘의 발달』, 문학과지성사, 2008, 31쪽.
51. 이태수, 「회화나무 그늘」, 『회화나무 그늘』, 문학과지성사, 2008, 25쪽.

그늘이라는 말
참 듣기 좋다

그 깊고 아늑함 속에
들은 귀 천 년 내려놓고

푸른 바람으로나
그대 위에 머물고 싶은

그늘이라는 말
참 듣기 좋다

– 허형만, 「그늘이라는 말」 전문[52]

라고 한 고백 등은 그늘에 대한 시인의 자의식이 강하게 투영되어 있는
대목이라고 할 수 있다. 그늘에의 이러한 끌림은 지극히 자연스러운
것일 수도 있지만 여기에 이르기 위해서는 <서편제>에서처럼 흙먼지
풀풀 날리는 길을 통과해야 하고 또 김지하의 「황톳길」에서처럼 핏자국
선연한 길을 따라 죽음을 각오하고 걸어야 하는 그야말로 신산고초의
길이 전제된 끌림인 것이다. 한 그루의 나무가 그늘을 드리우듯이, 소리꾼
이 그늘이 깃든 소리를 찾아 떠돌 듯이, 하나의 온전한 몸짓을 표현하기
위해 춤꾼이 수없이 그것을 반복하고 또 반복하듯이, 시인이 육화된
이미지와 상징을 찾아 불가능해 보이는 언어의 세계에 도전하는 것 등은
이들이 지향해야 할 그 어떤 경지, 다시 말하면 이들의 사유 혹은 상상의

---

52. 허형만, 「그늘이라는 말」, 『그늘』, 활판공방, 2012, 33쪽.

궁극이 그늘의 토포필리아Topophilia에 있다는 것을 의미한다. 시인의 고백처럼 진정한 시인(예술가)이란 '그늘을 앓고 먹는 존재'라고 할 수 있다. 어쩌면 우리는 시인 혹은 시의 그늘에 깃들어 그 오묘하고 웅숭깊은 깊이와 크기에 몸 둘 바를 모르는 그 황홀경의 세계에 빠지고 싶어 하는 것인지도 모른다. 이런 점에서 그늘은 단순한 아름다움을 넘어 숭고와 멋과 같은 또 다른 아름다움의 차원에 닿아 있는 미학의 한 경지를 이르는 말이라고 할 수 있다.

4. 에코토피아와 디지털토피아
— 생태시학의 모색과 전망

1. '지금, 여기'에서 '존재Being'를 문제 삼는 이유?

전망은 미래가 아니라 현재의 산물이다. '지금, 여기'에서의 존재성에 대한 질문을 통해 미래에 대한 가능 의식은 성립되는 것이다. 이 점에서 보면 전망은 미래에 대해 점을 치는 행위가 아니라 '지금, 여기'에서의 존재성에 대한 철저한 탐색에 다름 아닌 것이다. 따라서 전망과 관련하여 우리가 문제 삼아야 할 것은 '지금, 여기'에서의 존재성이 어떻게 드러나고 있는가 하는 점이다.

그러나 이 문제는 간단히 보아 넘길 성질의 것이 아니다. 그것은 '지금, 여기'에서의 존재성이라고 할 때, 그 존재성 자체가 아이로니컬하게도 존재론적인 회의에 빠져있기 때문이다. 지금 여기에서는 '존재(혹은 존재자)란 무엇인가'를 문제 삼기보다는 '존재(존재자) 자체가 과연 존재하느냐 아니냐'를 문제 삼는다. 이것은 무엇인가. 이것은 '지금, 여기'에서는 '나는 누구인가', '세계의 본질은 무엇인가'보다는 '나 혹은 세계가 과연 존재하느냐, 아니냐'를 문제 삼고 있다는 것을 의미한다. 이런 존재에 대한 회의는 세계를 불확정적이고 비선형적인 쪽으로 몰고 간다.

이러한 존재론적인 회의는 곧바로 언어의 문제로 드러난다. 언어가 존재의 집이기 때문이다. 지금 여기에서의 언어는 존재론적인 회의로 인해 단어와 사물 혹은 기표와 기의 사이의 지시성이 파괴되고 해체된다. 이렇게 되면 결국 남는 것은 단어와 기표뿐이다. 하나의 단어와 기표가 하나의 세계가 되는 '문체화된 세계styled worlds'가 성립되는 것이다. 이 세계에서는 단어가 지워지면서 세계가 전경화 되는 것이 아니라 오히려 세계가 지워지면서 단어가 전경화 되기에 이른다. 단어의 전경화란 전통적으로 언어의 영역에서 중시해온 실재, 재현, 주체 등이 더 이상 그 기능을 발휘하지 못한다는 것을 말한다. 그 대신 가상 실재, 이미지, 타자 등이 언어의 영역 안으로 들어와 끊임없이 미끄러져 내리면서 불확정적이고 비선형적인 지형도를 만들어가게 되는 것이다.

이와 같은 일련의 사실에서 놓쳐서는 안 될 것이 바로 실재to on이다. 실재는 재현이나 주체와 긴밀하게 연결되어 있으면서도 그것들의 바탕 중의 바탕이다. 실재란 무엇일까. 이 질문은 그리스에서 비롯되어 지금까지 계속되고 있는 큰 화두이다. 이 실재의 개념 변화에 따라 학문과 예술이 변화해 왔다고 해도 과언은 아니다. 그러나 중요한 것은 아무도 그 실재에 대해 명확하게 정의를 내리고 있지 못하고 있다는 사실이다. 리얼리즘에서처럼 그것은 객관적인 현실일까. 그것은 안정된 형상이나 법칙성으로 이해될 수 있을까. 아니면 모더니즘에서처럼 그것은 주관적인 현실일까. 그것은 역동적이고 복잡하고 기묘한 그 무엇일까. 그것도 아니면 포스트모더니즘에서처럼 그것은 하나의 현실이 아니라 이미지나 환상으로 존재하는 일종의 가상현실일까.

만일 가상현실이 실재라면, 실재라고 믿고 있다면 지금까지 정의된 실재하는 것과 존재하는 것 사이의 관계성은 깨지게 되는 것이다. 가상현실을 실재라고 믿고 있다면 그것은 어떤 의미에서는 존재하지 않는 것을 존재한다고 믿고 있는 것이 된다. 이것은 가상현실이라고 못 박아 놓고 시작하는, 그래서 현실과 환상, 허구와 사실의 경계가 해체되지 않는 그런 것과는 질적으로 다른 것이다. 여기에서는 존재하는 것과 존재하지 않는 것 사이의 경계가 완전히 해체되기에 이른다. 후기 자본주의의 삶의 양식하에 살고 있는 사람들은 이미 해체를 넘어 존재하는 것보다 존재하지 않는 것을 더 실재적이라고 믿고 있다. 그들에게 존재하지 않는 것은 이제 단순한 믿음을 지나 경건한 숭배의 대상이 되기에 이른 것이다.

그렇다면 왜, 이와 같은 일이 벌어진 것일까? 존재하지 않는 것을 존재하는 것보다 더 숭배하게 만든 그 힘은 도대체 무엇일까? 그리고 그것을 어떻게 바라보아야 할까? 이 고통스러운 질문을 던지자마자 인식의 지평으로 부상하는 것이 있다. 바로 에콜로지와 디지털이다. 이 두 대상은 존재하는 것과 존재하지 않는 것을 상징적으로 수렴하면서 다가오는 새천년의 지형도를 형성할 힘의 실체들이다.

2. 에코토피아와 디지털토피아

'지금, 여기'에서는 새천년을 향한 동상이몽이 한창이다. 새천년을 향한 이 동상이몽은 무엇이 유토피아인가 하는 차이에서 비롯된다. '지금, 여기'에서 행해지는 몽상 중에서 가장 중심적인 것으로는 디지털토피아가 곧 유토피아가 될 것이라는 몽상과 에코토피아가 곧 유토피아가 될 것이라는 몽상을 들 수 있다. 유토피아를 꿈꾼다는 점에서는 공통되지만 이 두 몽상은 중대한 차이를 가진다.

먼저 디지털토피아와 에코토피아는 토대 자체가 다르다. 디지털토피아와 에코토피아의 토대가 되는 디지털과 에코는 각각 인공(문명)과 자연이라는 서로 대립적인 속성을 가진다. 인공과 자연이라는 이러한 차이는 디지털토피아와 에코토피아가 화합과 공존보다는 그 안에 불화의 요소를 더 많이 가지고 있다는 것을 의미한다. 지금까지 인류가 이룩한 문명이 자연의 희생을 통해 성립된 것을 상기한다면 이 불화는 어떤 뿌리 깊은 딜레마를 제공한다고 할 수 있을 것이다.

다음으로 디지털토피아와 에코토피아는 세계 인식 자체가 다르다. 디지털digital적인 인식이란 세계를 불연속적이고 불확정적인 방식을 통해 드러내는 것을 의미한다. 디지털은 존재 혹은 존재자 자체를 0과 1로 조각낸 다음 그것을 무한수열적인 조합을 통해 새로운 어떤 것을 생산해 내는 것이다. 따라서 디지털적인 인식하에서는 우리가 도저히 상상할 수 없는 것까지 생산해 냄으로써 잉여적인 양태를 보인다. 이 잉여성이 세계를 점점 더 불연속적이고 불확정적인 쪽으로 몰고 가는 것이다. 디지털적인 인식에 비해 에코적인 인식은 세계를 연속적이고 확정적인 방식을 통해 드러낸다. 에코적인 인식하에서 세계는 디지털에서처럼 갑자기 켜지거나(0) 꺼지는(1) 일이 없으며, 갑자기 검정색(0)에서 흰색(1) 으로 변하는 일도 없다. 여기에서는 어떤 변화과정을 거치지 않고 하나의 상태에서 다른 상태로 급변하는 그런 일은 일어나지 않는다. 따라서 잉여적인 양태라는 것이 드러날 수 없다. 이런 점에서 에코적인 인식은 아날로그적이라고 할 수 있다.

마지막으로 디지털토피아와 에코토피아는 존재에 대한 해석 자체가 다르다. 존재론적인 측면에서 보면 디지털은 존재하지 않는 것을 존재하게 하는 것이다. 'being digital'이라고 할 때 그 being은 기존의 어떤 실체로부터 존재성을 부여받은 그 being은 아니다. 이때의 being은 색깔도 없고 크기도 없고 무게도 없는 단지 광속으로만 흐를 수 있는 bit라는 기반 위에서 성립된 것이다. 이것은 우리가 존재론을 이야기할 때 종종 말해지는 '무명천지지시無名天地之始'의 무無와는 다른 것이다. 무無의 없음은 '있음을 전제로 한 없음'이다. 이에 비해 'being digital'의 없음은 '없음을 전제로 한 없음nothing'이다.

'being digital'의 이 없음을 잘 보여주고 있는 예가 있다. 디지털토피아를 가능하게 해 준 컴퓨터를 사용한 사람이라면 누구나 한 번쯤 체험했을 그런 것이다.

먹혔다는 말. 정확한 표현이 아니라고 생각한다. 그게 정녕 먹힌 것이라면, 먹은 놈의 배를 갈라 흔적 정도는 찾아낼 수 있어야 한다. 배 가를 시기를 놓쳤다면 적어도 그놈의 똥 정도는 확인할 수 있어야 한다. 그것을 보면서, 지난밤 내내, 혹은 지난주 내내 신열을 앓으며 써낸 상상의 산물이 최후엔 저딴 모습을 하는구나 하고 자위를 하든 통곡을 하든 할 것이다.

그러나 흔적이 없다…….

누군가가 훔쳐 갔다면 차라리 참을 만하다. 다시는 찾지 못하더라도 어디엔가 존재한다는 믿음을 가질 수 있으니까. 찾다가 지쳐 포기하는 것과, 찾는 것을 원천적으로 봉쇄당하는 것 사이의 엄청난 차이…….

결국 아무것도 할 수 없는 것이다. 찬 바람을 쐬고 나면 괜찮아지겠지. 바깥으로 나가 거리를 쏘다녀 보지만 자꾸 억울하다는 생각이 든다. 하소연할 데도 없이 무작정 억울하다. 그때 눈물이 나온다.[53]

문자가 전류를 탄다는 디지털적인 세계의 존재성을 잘 보여주고 있는 대목이다. 존재란 어떤 흔적을 남겨야 되지만 이 세계에서는 그런 것이 통하지 않는다. 이 세계에서의 부재는 영원한 부재인 것이다. 디지털적인 세계가 상상할 수 없을 정도로 우리의 모든 삶의 양식과 의식과 무의식, 전의식의 차원으로 지배력을 확장하고 있기는 하지만 그 존재성이라는 것이 이렇게 영원한 부재의 양태로 드러날 수 있다는 것은 디지털토피아

---

53. 구효서, 「뛰는 독자, 걷는 작가」, 『현대비평과 이론』 4호 1992년 가을, 48~49쪽.

자체가 사상누각이며 허무의 심연 속으로 빠질 수도 있다는 것을 말해준다.

디지털토피아가 유토피아를 건설하기 위해 이처럼 존재하지 않는 것의 존재성을 확장한다면 에코토피아는 존재하는 것의 존재성에 대한 보존 내지 확장을 통해 그것을 성취하려 한다. 에코는 어떤 경우에도 반드시 어디엔가 흔적을 남긴다. 디지털의 비트처럼 에코도 색깔도 없고, 크기도 없고 무게도 없는 물질을 가진다. 가령 에코의 토대를 이루는 氣(생명의 숨결)는 색깔, 크기, 무게가 없지만 이 세상 어디엔가 반드시 존재한다. 그것이 없으면 天地人은 물론 바람, 흙, 불, 물, 공기 같은 에코적인 존재 혹은 존재자 자체가 성립될 수 없다. 에코적인 물질은 반드시 어디엔가 존재하기 때문에 끊임없이 순환할 수밖에 없는 것이다. 만일 이 순환의 고리가 끊긴다면 그것은 곧 에코의 세계에서는 종말을 의미하는 것이다.

> 가을 햇볕에 공기에
> 익은 벼에
> 눈부신 것 천지인데,
> 그런데,
> 아, 들판이 적막하다 —
> 메뚜기가 없다!
>
> 오 이 불길한 고요 —
> 생명의 황금 고리가 끊어졌느니
>
> — 정현종, 「들판이 적막하다」 전문[54]

---

54. 정현종, 「들판이 적막하다」, 『정현종 시전집 2』, 문학과지성사, 1999, 25쪽.

들판에 '메뚜기가 없음'을 보고 시인은 '불길해' 한다. 왜, 그럴까. '생명의 황금 고리가 끊어졌기' 때문이다. 이 끊김은 존재하지 않는 것의 없음이 아니라 존재하는 것의 없음이기 때문에 문제적인 것이 된다. 메뚜기의 부재로 말미암아 에코적인 존재 일반은 평형이 이루어지지 않게 된다. 메뚜기의 없음은 어떤 가상의 인공적인 존재를 만들어 보충할 수 없는 살아 숨 쉬는 생명적인 존재의 상실인 것이다. 이 점에서 메뚜기의 없음은 황금 고리로 연결되어 있는 모든 존재 혹은 존재자들을 돌이킬 수 없는 종말의 불길함 속으로 빠져들게 한다.

이러한 메뚜기의 없음에서 보이는 에코적인 존재의 상실은 지금 여기에서 점차 그 속도를 더해가고 있고 그만큼 실존의 불길함도 커지고 있는 것이 사실이다. 이 에코적인 존재의 상실(존재하는 것의 없음)과 그에 비례한 불길함의 증대는 그 토대, 세계 인식, 존재 방식의 상이함을 드러내고 있는 디지털적인 존재의 과잉분만(존재하지 않는 것의 있음)과 어떤 함수관계를 가진다고 할 수 있다. 디지털적인 존재의 과잉분만은 에코적인 존재의 측면에서 보면 그것은 상이한 존재성을 지닌 일종의 불순물이며, 생명의 황금 고리에 끼어들어 그것을 파괴하고 해체하는, 그래서 결국에는 실존의 위기를 가져올 수 있는 그런 불안 인자로 볼 수도 있을 것이다.

디지털과 에코적인 것은 그 존재성의 측면에서 볼 때 상생相生하기가 어려운 것이 사실이다. 그러나 이 둘은 반드시 상생해야만 한다. 지금 여기에서의 삶의 양식 자체가 무서운 속도로 디지털화되고 있기는 하지만 이 디지털 혁명이 에코적인 존재 기반 없이는 성립될 수 없다는 것을 잊어서는 안 된다. 만일 그것이 가능하다고 믿는다면 그것은 토대 없이 집을 지을 수 있다고 하는 것과 같은 이치이다. 우리가 컴퓨터의 디지털 기능이 제공하는 가상공간의 세계 속으로 끊임없이 미끄러져 내리다가도 생명의 氣로 충만한 현실로 돌아와야만 하는 이유가 바로 여기에 있는 것이다.

이런 점에서 '지금, 여기'에서 행해지고 있는 디지털토피아와 에코토피아의 동상이몽은 위험한 결과를 낳을 수 있다. 디지털토피아가 유토피아라는 발상은 인간을 포함하여 모든 존재 혹은 존재자의 토대가 되는 에코적인 존재성을 배제한다는 점에서 위험하며, 에코토피아가 곧 유토피아라는 발상은 '지금, 여기'에서 모든 사람들의 숭배의 대상이 될 정도로 지배적인 힘의 실체로 부상하고 있는 디지털 문명 자체를 외면한 채 지나치게 당위적이고 이상적인 측면만을 내세울 우려가 있다는 점에서 또한 위험하다. 가장 바람직한 유토피아상은 디지털토피아와 에코토피아 사이의 적절한 긴장과 이완을 통해 성립되는 것이다. 하지만 이 둘 사이의 적절한 긴장과 이완을 통해 어떤 통합적인 것을 창출한다는 것이 말처럼 그렇게 쉬운 일은 아니다. 사정이 이러하다면 가장 직접적으로, 가장 단순명료하게 이 문제를 수렴하고 있는 무엇인가를 찾아내는 것이 중요하리라고 본다. 과연 그것이 무엇일까. 그것은 바로 다른 어떤 것도 아닌 몸이다. 몸은 디지털과 에코적인 것 사이에 있으면서 그 둘을 통합적으로 수렴하고 있는 '지금, 여기'의 존재 그 자체이다.

3. 몸의 소리, 몸의 정치

몸은 사이의 존재이다. 이 사이성으로 인해 몸은 존재 일반을 수렴한다. 몸에 난 구멍은 단순한 통로가 아니라 존재의 집에 난 문과 같은 것이다. 문은 이쪽과 저쪽, 안과 바깥 어느 한쪽에 속한 존재가 아니라 그 둘 모두를 수렴하고 있는 존재이다. 따라서 몸은 이쪽과 저쪽, 안과 바깥의 흐름들이 끊임없이 충돌하고 대리 보충되는 처절한 실존의 장이라고 할 수 있다.

몸의 이러한 존재성에 비추어 디지털적인 것과 에코적인 것을 살펴보면 '지금, 여기'에서의 이 둘 사이의 존재성은 좀 더 분명하게 드러난다. 몸은 기본적으로 에코적인 것이다. 몸은 생명의 氣가 하나의 연속적인 흐름을 통해 형성된 통합체이다. 에코적인 몸은 어느 한 부분이 그 기능을 상실하면 연속성이 파괴되어 심각한 문제가 발생한다. 에코적인 몸의 측면에서 보면 불연속성이란 곧 죽음의 문맥을 거느린다고 할 수 있다. 이 에코적인 몸에서 가장 이상적인 상태는 생명의 기氣가 우주적인 기氣의 흐름 속에 놓이면서 몸과 우주가 하나가 되어 '온생명'을 이루는 경우이다. 장횡거와 왕부지의 기철학, 김지하의 생명 사상이나 율려사상, 한의학의 신체론 등이 모두 여기에 해당된다고 할 수 있다.

몸은 이처럼 근본적으로 에코적인 측면을 지닌다. 하지만 진화하면서 몸은 상징화된 체계 속에 놓이게 되어 에코적인 것 이외에 문명화된 것을 지니게 된다. 즉 문명화된 몸이 되는 것이다. 이때의 몸은 문명화된 제도나 제도성의 선택과 배제의 논리에 의해 길들여져 하나의 '적절한 몸'이 된다. 문명화된 몸의 이러한 존재성은 산업사회를 거쳐 후기산업사회로 들어서면서 새롭게 변주된다. 후기산업사회의 디지털적인 논리가 몸의 존재성을 규율하고 통제하게 된 것이다. 어찌 보면 후기산업사회에서의 몸은 디지털적인 광섬유로 짠 옷을 입고 있다고 해도 과언은 아닐 것이다.

디지털 혁명의 산물인 최근의 멀티미디어에서 분사되는 이미지와 소리로 넘치는 공간에서 춤을 추는 몸을 보면서 '몸의 디지털화'를 떠올리게 된다. 멀티미디어라는 오디오 비트와 비디오 비트의 강렬함은 몸 자체를 색깔도 없고, 크기도 없으며, 무게도 없는 비트의 그 없음을 전제로 한 없음nothing의 세계 속으로 밀어 넣는다. 특히 한때 선풍적인 인기몰이를 한 테크노 음악이나 테크노 춤, 그리고 테크노 머신인 DDR Dance Dance Revolution, 요즘 들어 부쩍 관심의 대상으로 부상한 인공지능 로봇, 인공

장기·심장박동 보조기, 사이버 섹스 등을 보면서 몸과 테크놀로지가 결합된 사이보그cyborg의 개념을 떠올리게 된다.

몸의 디지털화. 이것이 '지금, 여기'에서 갖는 의미는 무엇일까. 몸과 관련하여 지금까지 중요한 가치로 인식해온 그 해방이라는 측면에서 이것을 한 번 살펴보자. 몸의 디지털화가 진정한 몸의 해방일까. 각종 제도적인 권력 기제들에 의해 억압된 몸이 디지털적인 존재로 변주되면서 그 억압의 고리에서 벗어난 것일까. 몸이 디지털화되면서 그동안 볼 수 없었던 몸과 관련된 감성적인 언표들이 홍수처럼 쏟아져 나온 것이 사실이다. 가령 욕구와 욕망, 감각 등 그동안 억압된 것들이 몸의 디지털화에 힘입어 각각 그 나름의 존재성을 얻은 것은 부인할 수 없는 사실이다. 그러나 몸의 디지털화는 몸이 본래적으로 가지고 있는 에코적인 미덕 — 형감각, 연속성, 항구恒久와 췌일萃一, 상생相生과 섭생攝生 등 — 을 파괴하고, 주체적인 시선의 상실, 과도한 쾌락추구, 나르시시즘의 만연, 허무주의 등을 생산하여 몸에 대해 또 다른 억압을 행사하고 있는 것도 사실이다.

이러한 사실은 몸의 딜레마를 더욱 강화시킨다. 몸의 진정한 해방은 몸의 디지털화가 아니라는 것이다. 몸은 파시스트적인 가속도를 내며 질주하는 디지털적인 세계의 지배를 받는다고 하더라도 그 본래적인 속성인 에코적인 것, 다시 말하면 아날로그적인 것을 버릴 수 없는 것이다. 지금 여기에서의 몸은 대부분 디지털적인 것과 에코적인 것의 흔적이 동시에 드러난다. 그 몸은 빠름과 느림, 인공과 자연, 환상과 현실, 불연속과 연속, 억압과 해방 등이 끊임없이 교차하는 존재의 장인 것이다.

사정이 이러하다면 우리는 몸의 소리를 들어야 한다. 디지털적인 것과 에코적인 것이 충돌하고 상쇄되면서 내는 그 실존의 소리를 들어야 한다. 몸은 거짓된 소리를 낼 수가 없다. 몸의 소리는 순정한 소리이다. 몸의 소리를 듣고 우리는 몸의 정치를 해야 한다. 지금 여기에서의 몸이 내는 소리는 기쁨보다는 슬픔, 환희보다는 고통에 가까운 소리일 것이다. 디지털적인 것과 에코적인 것의 충돌과 상쇄가 드러내는 것은 존재의 통합이 아닌 분열에서 오는 슬픔과 고통의 소리일 수밖에 없다. 따라서 우리는 통합의 정치를 해야 한다.

몸이라는 말은 근본적으로 통합적인 것이다. 몸은 정신과 육체를 동시에 수렴하는 것으로 그동안 이원론에 입각해 세계를 해석함으로써 생겨난 근대의 논리 중심주의, 이성 중심주의, 인간 중심주의, 남근 중심주의, 시각 중심주의를 비판하고 이 중심주의에 의해 억압된 것들을 귀환시켜 새롭게 존재성을 정립하려는 그런 함의를 담고 있다고 할 수 있다. 몸의 정치가 탈근대적인 기획이면서 새천년의 전망을 열어 보일 수 있는 중요한 화두로 부상하게 된 이유가 여기에 있는 것이다.

몸이 분열이 아닌 통합의 정치를 수행하기 때문에 에코적인 것, 다시 말하면 생태주의 담론을 이야기하면서 몸을 끌어들인 것이다. 몸의 정치를 통해 생태주의 담론을 바라보면 그 담론 자체가 단순히 생태 단독으로 성립될 수 없다는 것을 확연히 알 수 있다. 생태주의 담론은 생명의 문제만이 아니라 디지털로 대표되는 문명의 문제와 언제나 자웅동체일 수밖에 없는 것이다. 따라서 진정한 생태주의는 에코적인 것과 디지털적인 것 혹은 자연과 문명을 동시에 수렴하는 통합된 목소리를 내는 것이라고 할 수 있다. 이 점에 입각해서 90년대에 들어 우후죽순 격으로 생산된 생태주의 담론을 보면 대부분이 사이비에다 속류라는 것을 알 수 있다. 그나마 이 사이비와 속류에서 벗어난 생태주의자로는 김지하, 박경리, 정현종, 고재종, 이문재, 최승호, 박완서, 최성각 등의 작가들과 정화열, 박이문, 장회익, 김종철, 윤구병 등의 이론가를 꼽을 수 있다. 이들은 모두 어느 한순간에 갑자기 몸을 바꿔 생태주의 담론을 전개한 사람들이 아니다. 적어도 이들은 어떤 하나의 이슈가 있을 때마다 그것에 대한 깊이 있는 천착 없이 단순한 욕구의 차원에서 접근해 너무나 쉽게 몸을 바꿔온 사람들과는 다르다. 이 점은 이들이 구현하고 있는 생태주의 담론에 대한 신뢰성과 함께 가능성을 더해준다고 할 수 있다.

진정한 생태주의자가 되기 위해서는 몸의 소리를 들을 줄 알고, 몸의 정치를 실천할 줄 알아야 한다. 이것을 보다 구체적으로 실천에 옮기기 위해서는 공기와 물처럼 너무나 흔하고 너무나 일상적이고 너무나 가까이 있기 때문에 우리의 관심에서 벗어나 있는 몸에 대해 민감한 자의식을 가질 필요가 있다. 이렇게 될 때 생태주의는 단순한 사상이나 관념의 덩어리로 존재하지 않고 운동의 차원으로 존재하게 되어 새로운 혁명(흔히 녹색혁명이라고 함)을 성립시킬 수 있는 것이다.

4. 신생의 즐거움, 중심의 괴로움

무엇인가를 새로 시작한다는 것은 분명 즐거운 일이다. 더욱이 그 시작이 한 세기도 아닌 밀레니엄과 맞물려 있다는 점에서 그 즐거움은 상상하기 힘들 정도로 클 것이다. 하지만 그 즐거움이란 즐거움 그 자체만으로 성립되는 것은 아니다. 즐거움은 언제나 괴로움이 따를 수밖에 없으며, 그 괴로움이 크면 클수록 그에 비례해 즐거움도 더 커질 수 있는 것이다. 그렇다면 무엇인가를 새로 시작할 때 제일 괴로운 것은 무엇일까? 그것은 바로 인식과 실천의 장, 그 장의 중심에 서야 한다는 점일 것이다. 그 중심에 서지 못할 때 새로운 시작은 온전한 꽃을 피울 수 없는 것이다.

봄에
가만 보니
꽃대가 흔들린다

흙밑으로부터
밀고 올라오던 치열한
중심의 힘

꽃피어
퍼지려
사방으로 흩어지려

괴롭다
흔들린다

나도 흔들린다

– 김지하, 「중심의 괴로움」 부분[55]

중심에 선다는 것은 곧 치열함인 것이다. 일찍이 김수영이 말했던 '온몸의 시학'도 이와 같은 맥락에 있다고 할 수 있다. '나'의 모든 존재 전체를 뒤흔들 괴로움이 있고서야 비로소 하나의 세계를 가질 수 있다는 이 논리는 요즘 앞다투어 밀레니엄을 전망하고 모색하는 사람들이 깊이 새겨들어야 할 금언인 것이다. 중심의 괴로움을 얼마나 앓고 있고 또 앓아내느냐에 따라 우리가 꿈꾸는 디지털적인 것과 에코적인 것의 통합을 통한 유토피아는 온전히 성립될 수 있는 것이다.

---

55. 김지하, 「중심의 괴로움」, 『중심의 괴로움』, 50쪽.

5. 놀이, 신명, 몸
— 한국 문화의 정체성을 찾아서

1. 문화의 보편성과 특수성으로서의 놀이

놀이는 인류의 역사와 함께한다. 하나의 문화의 영역으로 정립되기 이전부터 놀이는 존재했다[56]고 할 수 있다. 이 사실은 놀이가 원숭이와 유인원 같은 고등 포유류의 특징[57]이면서 동시에 문화의 관점에서 놀이를 살펴보는 것을 넘어 놀이의 관점에서 문화를 살펴볼 수 있다는 것을 의미한다. 놀이의 관점에서 문화를 보면 인류가 이룩한 문화의 이면에 놀이가 자리하고 있음을 알 수 있다. 하위징아의 말처럼 '문화가 놀이 속에서in play 그리고 놀이의 양태로서as play'[58] 발달해 온 것이다. 인류가 이룩한 대표적인 문화유산인 신화와 의례는 물론이고 의식주와 같은 소소한 차원에 이르기까지 놀이는 그것의 원초적인 토양으로 작용해 왔다고 할 수 있다. 이런 점에서 인류는 놀이를 통해 인간과 세계의 존재 방식과 그 의미를 발견하고 그것을 기반으로 하여 문화를 발전시켜

---

56. 요한 하위징아, 『호모 루덴스』, 이종인 옮김, 연암서가, 2010, 34쪽.
57. 스티븐 나흐마노비치, 『놀이, 마르지 않는 창조의 샘』, 이상원 옮김, 에코의서재, 2008, 64쪽.
58. 요한 하위징아, 위의 책, 107~108쪽.

왔다고 해도 과언이 아니다. 인간의 내면에 자리하고 있는 놀이 본능과 그것의 표출이 인류 문화의 동력으로 작용해 왔다면 여기에 대한 이해와 탐구는 단순한 지적 호기심 차원을 넘어선다고 할 수 있다.

그러나 놀이에 대한 탐구는 그것의 중요성에 한참 미치지 못한다. 여기에는 여러 원인이 있겠지만 무엇보다도 먼저 이야기할 수 있는 것은 '놀이가 정의될 수 없다'[59]는 우리의 저변에 깔린 인식이다. 놀이는 어느 한 방향으로 생각을 초점화하여 그것을 일정한 개념의 구조 안에서 규정하기가 어려울 정도로 그 범주와 의미의 차원이 넓고 애매하다. 가령 놀이의 성격만 놓고 보아도 아주 엄숙하고 진지한 차원부터 아주 장난스럽고 가벼운 차원에 이르기까지 서로 상반되는 극과 극의 차원에 두루 걸쳐 있기 때문에 이것들을 포괄하는 개념을 찾아낸다는 것은 불가능한 일이다. 놀이와 관련된 논의의 중심이 '놀이가 무엇이냐'보다 '놀이를 어떻게 하느냐'에 있다는 사실은 이런 사정을 반영한 것으로 볼 수 있다. 만일 놀이가 정의될 수 없는 것이라면 무리하게 놀이를 개념화된 틀 속에서 정의하는 것보다 그것이 은폐하고 있는 의미를 자연스럽게 들추어내는 것이 더 중요할 수도 있다. 각각의 놀이가 가지는 은폐된 의미를 찾아내고 그것을 통해 놀이의 어떤 보편적인 특성을 찾아낸다면 그것이 곧 정의될 수 없는 놀이를 규정하는 최선의 방법이 될 수 있을 것이다.

놀이가 은폐하고 있는 세계에 대해서는 이미 적지 않은 논의가 있었지만[60] 그것이 놀이의 본질과 의미를 얼마나 잘 드러내고 있는지에 대해서

---

59. 스티븐 나흐마노비치, 앞의 책, 64쪽.
60. 서양의 경우 놀이와 관련하여 플라톤은 『법률』에서 인간은 신들의 놀이를 놀아주는 노리개라는 말을 한다. 이 말은 놀이가 인간과 신의 존재성을 포괄하면서 궁극적으로는 신을 지향한다는 것을 의미한다. 인간의 감각을 억제하면서 신의 영성을 자각한다는 것은 놀이가 지니고 있는 고전적(원시적)이면서도 본질적인 속성이라고 할 수 있다. 한편 실러는 『인간의 미학적 교육에 대하여』에서 놀이 충동에 대해 이야기하고 있다. 그는 놀이 충동을 도덕 충동과 감각 충동 사이를 적절하게 조절하고 통제하는

는 의문이 든다. 문화가 놀이 속에서 그리고 놀이의 양태로 발달해 왔다면 그것은 놀이의 주체인 인간의 놀이 본능을 반영하고 있을 뿐만 아니라 인간이 생산한 문화의 속성도 반영하고 있다는 것을 드러낸다. 인간이 생산한 각각의 문화는 보편성을 지니고 있기도 하지만 그에 못지않게 또한 특수성을 지니고 있기도 하다. 이것은 문화에 따라 놀이의 본질과 의미가 다를 수도 있다는 것을 말해준다. 문화가 신 중심에서 인간 중심으로, 국가와 민족 단위로 분화되면서 특수성은 더욱 강화되고 다양화되기에 이른다. 문화적 특수성의 다양한 분화는 곧 놀이의 본질과 의미의 다양한 분화로 볼 수 있다. 이 과정에서 우리가 간과하지 말아야 할 것은 문화적 특수성 혹은 놀이의 특수성을 결정하는 주요한 인자의 존재이다. 『호모 루덴스』에서 하위징아는 이 주요한 인자에 대해 깊이 있게 탐구하고 있지 않다. 그가 여기에서 주로 탐구하고 있는 것은 놀이가 가지는 보편성이다. 그는 이 보편성을 규정하기 위해 놀이와 놀이 아닌 것의 구분에 자신의 많은 시간을 할애하고 있다. 놀이의 특수성과 관련해서는 그리스어, 영어, 산스크리트어, 중국어, 라틴어, 게르만어, 알공킨어, 셈어, 일본어 등 세계 각국의 언어 중에 놀이와 관련된 단어를 찾아 그것의 개념 풀이 정도에서 논의를 그치고 있다.

문화 혹은 놀이의 보편성이란 다양한 특수성 속에서 자연스럽게 생성

것으로 이해하고 있다. 만일 놀이 충동이 없다면 인간은 도덕 충동과 감각 충동 사이에서 인간으로서의 정체성을 제대로 모색할 수 없다는 것이 그의 논리이다. 플라톤과 실러의 이러한 놀이 개념을 적절하게 인용하고 비판하면서 인간이라는 존재를 '호모 루덴스'로 규정한 이는 요한 하위징아이다. 『호모 루덴스』에서 그는 놀이를 자발성, 규칙성, 탈일상성, 창조성, 우월한 충동성, 집단성 등으로 정의하고 있다. 하지만 이러한 정의가 놀이를 온전히 정의했다기보다는 그것이 가지는 특성을 그 나름대로 드러낸 것이라고 할 수 있다. 따라서 이러한 규정이 놀이의 정의에 육박했다고 볼 수 없으며, 다만 놀이의 본질과 의미를 규정하는 데 일정한 도움이 되는 것은 분명한 사실이다.

되는 것이라는 점을 고려한다면 하위징아의 '놀이하는 인간(호모 루덴스)'에 대한 규정은 분명한 한계를 드러낸다고 할 수 있다. 이런 맥락에서 볼 때 어쩌면 호모 루덴스에서 정작 중요한 것은 세계 여러 민족이나 국가의 다양한 문화와 놀이에 대한 깊이 있는 이해라고 할 수 있을 것이다. 하위징아의 논의에 공감하면서도 이 책을 읽는 내내 뭔가 허전함을 떨칠 수 없었던 것은 바로 그의 문화와 놀이에 대한 논의가 '지금', '여기' '나'를 있게 한 한국 문화와 놀이와는 거리가 있는 흐름을 보여주었기 때문이다. 그의 논의의 중심에 내가 없다는 느낌은 분명 그의 논리로부터 내가 소외되고 배제되고 있다는 것을 의미한다고 볼 수 있다. 문화와 놀이에 대한 논의의 중심에 내가 놓이기 위해서는 그것들의 특수성을 결정하는 주요 인자를 발견하는 일이 무엇보다도 중요하다.

그렇다면 이 인자를 어떻게 발견할 수 있을까? 한국 문화 역시 놀이 속에서 놀이의 양태로 발달해 왔다면 그 놀이가 존재하게 된 이유가 있을 것이다. 하지만 어떤 이유나 목적으로 존재하게 된 놀이도 그것이 놀이 주체의 관심과 적극적인 행동을 끌어내지 못한다면 곧 소멸하고 말 것이다. 놀이가 하나의 놀이로써 존재하는데 이것은 다른 어떤 것보다 중요하다고 할 수 있다. 그렇다면 놀이 주체의 관심과 적극적인 행동이란 구체적으로 무엇이란 말인가? 이 말은 있는 그대로 보면 크게 문제 될 것이 없다. 하지만 '특수성'의 관점에서 보면 이야기는 달라진다. 놀이로서의 한국 문화 혹은 한국 문화로서의 놀이에서 놀이 주체의 관심과 적극적인 행동이 의미하는 특수성은 다른 문화에서의 놀이와 달라야 한다는 당위성을 넘어 실제로 남다른 데가 있다. 한국 문화에서는 놀이 주체의 관심과 적극적인 행동을 표상할 때 '신명神明'이라는 말로 그것을 드러낸다. 한국 문화에서 놀이와 신명은 도저히 떼려야 뗄 수 없는 관계이다. '신명 나게 놀아보자'라는 말이 지극히 자연스럽게 들리는 이유가 바로 그것이다.

한국 문화에서 신명과 놀이가 이렇게 자연스럽게 한 몸으로 들리는 데에는 역사적인 시간 속에서 형성된 어떤 필연성이 내재해 있기 때문이다. 한국 문화에서의 놀이는 신명의 차원에서 이해되고 해석되어야 한다. 신명 없이 우리의 놀이를 이야기하면 그것은 놀이의 정수를 건드리지 못하는 것과 같다. 우리 놀이의 궁극적인 목적은 신명 나게 놀기 위한 것이다. 그냥 노는 것 혹은 재미있게 노는 것과 신명 나게 노는 것은 이미 단어가 주는 어감에서도 차이가 나지만 그것의 이면을 들여다보면 더 큰 차이가 날 것이다. 이 차이야말로 다른 놀이와 차별화되는 우리 놀이의 특수성이라고 할 수 있다. 신명의 관점에서 우리의 놀이를 보면 그것이 그냥 놀거나 단순히 재미만을 추구하는 것이 아니라 우리만의 독특한 가치와 의미를 추구하는 것이라는 사실을 알게 될 것이다.

2. 신명풀이와 한국적 놀이 양식의 탄생

한국 문화와 우리 놀이의 특수성을 말해주는 신명은 기본적으로 동아시아의 세계관을 반영하고 있다. 신명神明이라고 할 때 그 '신神'은 서양에서 말하는 'God'와는 다르다. 여기에서의 '신神'은 '천지天地'를 말한다. 이것은 '신神'이 '천지天地' 혹은 '자연自然'처럼 끊임없이 변화하고 생성하는 '공능功能'으로서의 존재라는 것을 의미한다. '명明'은 신神, 다시 말하면 '천지자연天地自然'이 행하는 이 끊임없는 변화와 생성이 한 치의 오차도 없이 명명백백하게 구현되는 것을 말한다. 동아시아인들은 이러한 일련의 과정을 '천지신명天地神明'이라고 명명했다. 동아시아인들이 천지신명께 무엇인가를 빈다는 것은 바로 이런 맥락에서 이해할 수 있을 것이다. 신명의 의미가 천지신명에서 유래한다는 것은 우리의 놀이에 이것이 내재해 있다는 것을 말해준다. 특히 천지신명의 신을 모시는 주술성이 강한 '굿'에서 강하게 드러난다.

그러나 천지신명은 인본주의적인 전통이 깊어지면서 인간의 내면에서 생명운화의 지극한 공능을 발견하고 그것을 표출하려는 '인지신명人之神明'에 의해 약화되기에 이른다. 이 말은 『孟子』「盡心上」에 나타나는데 이것은 곧 신명이라는 용어가 인간화하여 내재화된 흔적[61]이라고 할 수 있다. 이러한 흔적은 최한기에서도 발견할 수 있는데, 그는 천지만물과 함께 사람도 '활동운화活動運化'를 기본 특징으로 하는 '기氣'를 표출해서 공감을 얻으려고 한다고 보았다. 그가 말하는 이 기가 바로 '신기神氣'이며, 이 신기가 곧 '신명神明'인 것이다. 이런 점에서 '사람은 누구나 신기 또는 신령을 지니고 살아가지만, 천지만물과의 부딪힘을 격렬하게 겪어 심각한 격동을 누적시키면 그대로 덮어두지 못해 이 신기를 발현하거나 신명을 풀지 않을 수 없는 지경에 이르는 것'[62]이다. 최한기의 논리대로라면 신명은 '신명풀이'로 이어져야 하는 것이다.

천지자연처럼 인간 역시 신명을 지닌 존재이기 때문에 자신의 안에 들어 있는 밝음과 어둠, 기쁨과 괴로움, 성스러움과 속됨, 고요함과 소란함 등 음양의 세계를 밖으로 풀어내야 한다. 신명풀이에 있어서는 지우고 하가 따로 있을 수 없다. 일찍이 '한국 사상사의 세 시기를 각기 대표하는 원효, 이황, 최제우가 모두 노래 부르고 춤추며 흥을 돋우는 행위로 자기 생각을 펴고자 한 것은 한국 사상사가 신명풀이 이론의 역사'[63]임을 잘 말해준다. 하지만 이렇게 인간의 저 깊숙한 곳에 자리하고 있는 신명을 풀어내기 위해서는 구체적인 방법이 필요하다. 우리가 간단히 떠올릴 수 있는 것은 '말'을 하거나 '노래'를 부르거나 아니면 '춤'을 추는 것이다.

61. 허원기, 『판소리의 신명풀이 미학』, 박이정, 2001, 46쪽.
62. 조동일, 『탈춤의 원리 신명풀이』, 지식산업사, 2006, 316~317쪽.
63. 조동일, 위의 책, 315쪽.

조금만 생각을 하면 간단히 떠올릴 수 있지만 이것이야말로 신명풀이 방법의 요체를 지니고 있다고 할 수 있다. 말로 신명을 풀 때, 노래로 풀 때 그리고 춤으로 풀 때 그 각각의 방식이 다르기 때문에 그것의 결과로 나타나는 신명풀이의 형식 또한 다르다고 할 수 있다.

그러나 신명풀이를 위해 말, 노래, 춤을 제각각 독립적으로 행하지 않고 그것을 동시에 행한다면 그 효과는 어떻게 될까? 이 물음에 대해 누군가가 제각각 독립적으로 할 때보다 그 효과가 배가될 것이라고 말한다면 그것은 정말 옳은 답일까? 그것이 꼭 그렇지 않다는 것을 우리는 자신의 경험에 비추어 금방 알 수 있다. 말, 노래, 춤은 모두 자신의 몸을 통해 행하는 것이기 때문에 신명을 풀어내는 정도의 차이를 직접 감지할 수 있다. 자신의 안에 있는 신명을 풀어낼 때 말, 노래, 춤에 차이가 있으며, 이것의 정도는 개인차가 있지만 일반적으로 춤 > 노래 > 말의 순이라고 할 수 있다. 이와 관련하여 『禮記』의 「樂記」에 있는 다음 대목은 시사하는 바가 크다.

> [說之故言之] 言之不足 故長言之 長言之不足 故嗟歎之 嗟歎之不足 故
> 不知手之舞之 足之蹈之也(기쁘고 즐거워 말을 한다. 말을 해도 만족할
> 수가 없다. 그래서 말을 길게 해 본다. 그래도 만족할 수 없다. 그래서
> 말소리를 높게 낮게 길게 짧게 해서 불러 본다. 그래도 만족할 수
> 없다. 그래서 절로 손을 흔들어 춤을 추다 발을 구르고 온몸을 흔든
> 다.)[64]

자신의 안에 있는 기쁘고 즐거운 것들을 밖으로 풀어내기 위해 말도 하고 말소리를 높게 낮게 길게 짧게 하기도 하지만 만족할 수 없어 결국

---

64. 윤재근, 『東洋의 本來美學』, 나들목, 2006, 126쪽.

온몸을 흔든다는 내용이다. 자신의 안에 있는 신명을 말, 노래, 춤으로 풀어내 만족을 얻으려는 행위는 자연스럽게 순차적으로 일어난 일이다. 이것은 말보다는 노래가 노래보다는 춤이 신명풀이의 강도가 높다는 것을 은연중에 드러내는 것으로 볼 수 있다. 춤이 말이나 노래에 비해 그 강도가 높은 이유는 그것이 온몸으로 이루어지는 행위이기 때문이다. 말이나 노래 역시 몸으로 이루어지는 행위이긴 하지만 그것은 어디까지나 몸의 정태적이고 부분적인 차원을 온전히 넘어서지 못하고 있는 것이 사실이다. 말이나 노래할 때보다 온몸을 흔들며 춤을 출 때 우리 몸은 세계를 향해 활짝 열리고 이 틈 속으로 어떤 대상(타자)이 활발하게 드나들면서 생생하고 야생적인 현존성을 강하게 불러일으킨다.

우리가 몸으로 체험하는 신명의 정도는 홀로 있을 때보다는 여럿이 함께 있을 때 더 클 수밖에 없다. 몸이 어느 한 부분이 아닌 온몸일 때에는 활동운화活動運化로써의 '기氣'의 흐름이 충만하기 때문에 신기 혹은 신명 또한 충만해져 저절로 신명풀이가 이루어지는 것이다. 우리의 몸만큼 '생성生成의 공능功能'을 보여주는 것도 없다. 눈에 보이지 않아서 그렇지 우리 몸에는 365종의 표층 경락과 360종의 심층 경락이 있다. 여기에 우연히 열린 혼돈혈까지 고려하면 820개 내지 860개 정도의 경락이 있는 것이다. 이 경락들이 우리의 생명생성 활동을 관장하고 치유한다. 만일 이 과정에서 그 '음양생극陰陽生剋'의 이진법적 생명생성 관계가 무디어지거나 서로 충돌하거나 하여 근본 치유력이 소실될 때 그 밑에 있는 360류의 심층 경락, 즉 '기혈氣穴'에서 문득 예기치 못한 치유력이 불쑥 솟아오르는 법인데, 이 솟아오름을 '복승複勝'이라 부르고 그 복승의 실체를 '산알'[65]이라 부른다.

---

65. '산알'의 존재를 밝힌 이는 김봉한이다. 김봉한은 누구인가? 분명한 것은 그가 너무나 낯선 존재라는 것이다. 이것은 그가 월북한 북한의 경락학자이고, 그의 이론이 이곳에

우리의 몸이 이러한 특성을 보인다는 것은 그만큼 그것이 움직임과 생성 활동을 통해 시간과 공간을 무한한 순환적 확장과 반복적 차이 그리고 무한히 열린 체계와 구조로 만들어 놓고 있다는 것을 의미한다. 몸이 지니고 있는 무한한 생성의 역동성을 고려한다면 왜 말이나 노래(소리)보다 춤이 더 신명풀이의 방식으로 적합하고 그 강도 자체가 상대적으로 높은지를 이해할 수 있을 것이다. 온몸으로 춤을 추면 몸 하나하나의 경락, 경혈, 틈으로 밖의 세계와 활발하게 조응을 이루어 천지자연 혹은 우주가 그대로 몸 안에 들어오게 된다. 장횡거와 왕부지 같은 기철학자들이 우리 인간의 몸을 '우주적인 氣가 모였다가 흩어지는 것'으로 이해한 대목이 이것을 잘 말해준다. 또한 우리가 윗사람의 안부를 물을 때 '기체후일향만강氣體候一向萬康'라고 하는 말을 쓰는데 이것이 의미하는바 역시 이와 다르지 않다. 기력氣力과 체후體候가 늘 한결같음을 유지하여 평안한 상태란 기 혹은 혈의 흐름이 활발한 상태를 의미한다. 기의 흐름이 활발하면 천지자연과의 생성의 공능 또한 활발할 수밖에 없다. 이것은 몸을 통해 천지자연이 행하는 끊임없는 변화와 생성이 한치의 오차도 없이 명명백백하게 구현되는 것, 곧 천지신명의 구현을 말한다.

몸 안에서 이렇게 명명백백하게 신명이 일어나면 당연히 그것을 풀어야

서 인정받고 있지 못하기 때문이다. 그는 6·25전쟁 당시 야전병원 의사로서 부상병들을 치료하는 과정에서 산알의 존재에 대한 단서를 찾았고, 이후 월북하여 평양의과대학에서 동물실험 등을 통해 인체에 존재하는 경락의 실체에 대해 연구한 결과 몸 안에 많은 수의 '산알'과 이것을 잇는 그물망 같은 물리적 시스템이 존재한다는 것을 밝혀내고 이를 '산알 이론'으로 확립하였다. 하지만 이 이론에 대해 '비인도적인 인체실험을 통해 연구된 것'이라는 소문과 국제적 의혹이 제기되자 입장이 난처해진 북한은 정치적 판단에 의해 김봉한과 그의 '산알 이론'을 매장시키기에 이른다. 한때 60년대 북한 과학의 3대 업적으로 꼽힐 만큼 칭송을 받았지만 정치적인 이유로 숙청된 이 비운의 경락학자에 대한 연구가 최근 소광섭 교수 등 일부 물리학자들을 중심으로 활발하게 진행되고 있다(이재복, 「산알 소식에 접하여 몸을 말하다」, 『시작』 2010년 겨울호, 227~228쪽).

하고, 이 신명풀이를 위해 말, 노래, 춤의 형식이 동원된 것이고, 그 결과가 굿, 탈춤, 살풀이춤, 농악, 판소리, 시나위, 민요, 산조 등 한국 문화의 특수성을 지니고 있는 우리의 대표적인 놀이 양식의 탄생이다. 이 양식들은 말, 노래, 춤이 모두 결합된 것(굿, 탈춤, 농악), 노래와 춤이 결합된 것(살풀이춤), 말과 노래가 결합된 것(판소리, 민요), 노래만으로 된 것(시나위, 산조) 등으로 구분할 수 있다. 이 양식들 모두 신명풀이를 행하지만 온몸의 논리로 보면 그중에서도 굿과 탈춤이 주목된다고 할 수 있다. 하지만 신명이 굿과 탈춤에서만 두드러진다고 말하는 것은 아니다. 이것은 어디까지나 상대적인 것이다. 가령 판소리의 경우만 놓고 보더라도 그것은 신명 혹은 신명풀이의 양식이라고 할 수 있다. 인간의 몸이 내는 소리에 대해서는 이미 『黃帝內徑』「邪客篇」에서 '천유오음天有五音, 인유오장人有五臟', '천유율려天有律呂, 인유육부人有六腑'라고 밝힌 바 있다. 이런 맥락에서 보면 판소리에서의 그 그늘이 드리워진 걸걸한 소리 곧 수리성은 '인간의 몸이 낼 수 있는 소리의 온갖 가능성을 최대로 추구하고 있다'[66]고 해도 크게 잘못된 말이 아닐 것이다. 판소리에서는 소리와 함께 사설, 관중, 판 등 신명을 일으키고 그것을 풀어낼 만한 여러 조건을 갖추고 있어서 늘 신명과 관련하여 활발한 논의가 이루어지고 있는 것이다.

　　그러나 판소리에서의 몸은 굿이나 탈춤과 비교하면 '동動'보다는 '정靜'에 가깝다고 할 수 있다. 굿에서는 몸속에 신령이 깃들고 그 신령을 매개로 몸 밖의 신들과 교접하여 신명을 불러일으키는 양식이고, 탈춤은 신이 깃든 탈을 쓰고 마당이라는 열린 공간에서 관객과 호응하면서 인간 세상의 '온갖 궂은일이나 변고, 액, 재앙 등으로 인한 맺힌 응어리를 풀기 위해 까탈부리며, 거짓꾸며 춤추고 노는 행위'[67]를 통해 신명을

　　66. 허원기, 앞의 책, 54쪽.
　　67. 채희완, 『탈춤』, 대원사, 1992, 15~16쪽.

불러일으키는 양식이다. 마을굿의 신명풀이가 탈춤으로 발전해 왔다[68]는 점을 고려한다면 탈춤은 신에서 인간으로 주술성에서 예술성으로의 변모된 양식으로 볼 수 있다. 이러한 변모는 신명의 의미를 약화시킨 것이 아니라 더욱 강화시켰다고 할 수 있다. 마을굿에서 '신을 나타내는 서낭대를 들고 풍물을 치고 춤추고 돌아다니면서 신이 내려 신명이 난 것을 표현한 것'이 극(탈춤)이 되면서 이러한 신이 내린 감격과 놀이에 참가하는 사람들을 안으로 단결시키고 놀이에 참가할 수 없는 사람들을 밖으로 공격하는 억압에 대한 시위의 의미가 더욱 분명[69]해지기에 이른다. 이것은 굿에서 탈춤으로 변모하면서 놀이 혹은 놀이성이 강화되었다는 것을 의미한다. '신명 나게 한판 놀아보자'는 우리 문화의 놀이 혹은 놀이성이 탈춤에 와서 비로소 그 모습을 드러낸 것이라고 할 수 있다.

3. 탈, 춤, 마당 그리고 몸

탈춤의 신명나는 놀이성은 기본적으로 이 양식의 특성을 말해주는 '탈', '춤', '마당'에서 기인한다. 먼저 탈춤에서의 탈은 신격을 상징한다. 이것은 탈춤이 굿에서 발전한 것이기 때문이다. 연희자가 탈을 쓰는 순간 그는 변신을 부여받는다. 이때 연희자의 변신은 부정적으로 나타나기도 한다. 우리가 흔히 '사람의 탈을 쓰고 그런 짓을 하다니'라든가 '아는 게 탈', '배탈이 났다' 등에서 그것은 탈의 부정성을 드러내는 것이다. 하지만 탈은 신격을 통한 '벽사진경辟邪進慶'의 살풀이를 목적으로 하고 있기 때문에 그 안에 보다 많은 긍정적인 요소를 지니고 있다고

---

68. 조동일, 앞의 책, 129쪽.
69. 조동일, 위의 책, 129쪽.

할 수 있다. 연희자가 탈을 쓴 것은 자신의 음험한 이중성을 드러내기 위한 것이라기보다는 현실의 여러 가지 제약으로 인해 왜곡된 자신의 시각이나 태도를 탈을 씀으로써 바로 잡기 위함으로 볼 수 있다. 이것은 '대상과 자신이 무분별하게 일치되는 감정이입이 아니라 비판적 거리의 성립이라는 소격 효과'[70]와 다르지 않다. 기존의 왜곡된 상황이 탈의 힘을 통해 개선되면 숨어 있던 놀이성과 함께 신명풀이에 대한 욕구가 강하게 일어나게 된다.

탈춤에서 탈이 놀이판을 트게 하는 역할을 한다면 춤은 몸을 통해 이루어지는 본격적인 놀이 행위를 의미한다. 놀이판에서 춤을 추는 자는 진정한 놀이의 주체이다. 탈춤에 등장하는 연희자의 동작 하나하나가 여기에서는 그대로 춤이 된다. 연희자가 맡은 배역이 누구냐에 따라 춤의 동작이 달라지지만[71] 탈춤, 더 나아가 한국 춤은 '정중동靜中動'을 기본으로 하고 있다. 여기에서 '정은 맺는 것으로, 중은 어르는 것으로 동은 푸는 것'[72]으로 드러난다. 맺고 어르고 푸는 과정에서 연희자는 '몰입을 통한 신령과의 일체감과 신비체험, 굴절되고 억압된 생명력을 한꺼번에 풀어 헤쳐 돋우는 창조적인 체험'[73] 등과 같은 신명을 맛보게 되는 것이다. 연희자의 동작 하나하나는 그대로 탈춤의 시간이라고 할 수 있다. 연희자의 몸 안에 '천지신명과 우주 만물과 동서고금의 시간이, 과거와 미래가 지금 현재 여기 내 육체 안에, 내 정신 안에 있으므로

70. 채희완, 앞의 책, 15쪽.
71. 봉산탈춤의 경우를 보면, 각 과장(마당)마다 '사상좌품', '목중춤', '사당춤', '노장품', '사자춤', '양반춤', '미얄춤' 등으로 주로 등장인물을 본 따 붙여진 것이다. 이중 노장춤은 대사는 없고 춤과 마임으로만 구성되어 있는 독특한 면모를 드러낸다(이윤재, 「봉산탈춤의 노장춤 연구서」, 『춤, 탈, 마당, 몸, 미학 공부집』, 민속원, 2009).
72. 정병호, 『한국춤』, 열화당, 1985, 185쪽.
73. 채희완, 『공동체의 춤 신명의 춤』, 한길사, 1985.

동시에 거기로 가는 내 주체도 거기로 가는 나에게서 시작한다는[74] 주체성의 회복으로서의 신명이 드러나는 것이다. 탈춤의 동작 하나하나 속에서 연희자는 각자 각자의 주체적이고 독립적인 시간을 살고, 그것을 통해 절대적인 자유와 해방감을 체험하기에 이른다.

탈이 놀이판을 트고 춤이 본격적인 놀이행위를 하기 위해서는 여기에 걸맞은 공간이 있어야 한다. 이때 간과하지 말아야 할 것은 '걸맞은'말이다. 만일 탈춤이 마당이 아닌 현대 서양의 연극에서와 같은 무대에서 이루어진다면 어떻게 될까? 분명한 것은 마당에서와 같은 놀이성과 신명이 드러나지 않을 것이라는 사실이다. 이런 점에서 탈춤이 행해지는 마당은 공간으로서의 독특한 지위를 가진다고 할 수 있다. 마당과 무대의 가장 큰 차이는 마당이 일상과 연속되어 있는 데 반해 무대는 일상과 단절되어 있다는 점이다. 이 차이는 곧 연희자와 관객 사이의 연속과 단절의 문제로 이어진다. 마당에서는 연희자와 관객이 자연스럽게 넘나들 수 있을 뿐만 아니라 관객은 '다시선적 혹은 전지적인 시선을 지니게 되어 연희자의 동작에 따라 판의 지형도가 수시로 변하는 개방적이고 역동적인 판의 원리가 형성'[75]된다. 관객이 줄곧 연극 진행에 개입하기 때문에 '탈놀이가 대동놀이로 진행되어, 싸움의 승패를 나누는 데서 신명풀이가 최고조에 이르고, 탈놀이가 끝난 다음에는 관중 모두가 나서서 함께 춤을 추는 난장판 군무가 벌어지는 것'[76]이다. 연희자와 관객의 넘나듦이 절정에 이르러 마당이 하나의 '난장판'이 되는 경우는 서양의 현대 연극에서는 찾아볼 수 없는 광경이다.

이처럼 탈춤은 탈과 춤 그리고 마당이 하나로 어우러져서 신명풀이를

---

74. 김지하, 『탈춤의 민족미학』, 실천문학사, 2004, 62쪽.

75. 이영미, 『마당극 양식의 원리와 특성』, 시공사, 2001, 284쪽.

76. 조동일, 『탈춤의 원리 신명풀이』, 320쪽.

통해 놀이의 진수를 보여주는 집단성, 현재성, 즉흥성이 강한 극이지만 그것이 하나의 극인 이상 그 나름의 서사구조를 지닌다고 할 수 있다. 탈춤의 서사 단위는 막과 장이 아니라 '마당'이다. 그런데 이 마당은 서구 연구에서처럼 시작과 끝 혹은 발단, 전개, 위기, 절정, 결말 같은 닫힌 구조가 아니라 시작과 끝이 따로 없는 열린 구조로 되어 있다. 탈춤의 마당은 마당마다 서로 다른 주제를 다루고 있으며, 그 각각의 마당은 분절되고 독립되어 있다.

> 한 마당은 한 탈춤 속에 놓여 있으나 한 탈춤이 지향하고 있는 공동 목적을 향하여 독자적으로 활약하고 어디에도 구애됨이 없이 자유롭게 존재한다. 부분이 전체를 위해서 구속되어 봉사하는 것이 아니라 부분이 전체 속에서 전체를 대표한다. 그러므로 각각 상이한 마당은 독자적으로 분리되어 공연될 수 있고, 또 공존하여 한꺼번에 보여질 수도 있는 것이다. 몇 개의 마당만 선택적으로 공연되어도 무방하다. 각 마당 사이에 논리적 필연성이 없어 관중은 사건 전개의 결말에 초점을 맞추지 않고 사건 전개의 과정에 초점을 맞춘다. 또 몇몇 마당이나 대목만 보아도 좋다. 그러기에 탈판을 들락거리며 자유롭게 구경하여도 된다. 또한 보지 않은 마당이나 대목이라고 해서 그 내용이나 진행 과정을 모르는 바도 아니다. 탈춤이 사건 규명극이라기보다는 사건 향유극이고, 현실 인식극이라기보다는 현실 해소극에 가깝다는 것은 탈춤이 스토리텔링식과 같은 사건 전개상의 필연성이 크게 문제가 되어 있지 않다는 점을 강조하고 있는 말이 된다. 관중은 극의 흐름을 잘 알고 있다. 또한 흐름을 놓쳐도 크게 문제가 안 된다.[77]

---

77. 채희완, 『탈춤』, 106~107쪽.

탈춤이 가지는 마당극으로서의 속성을 적절하게 지적한 이 대목이야
말로 탈판의 진면목을 드러내고 있다고 할 수 있다. 채희완이 여기에서
말하고 있는 탈판의 요체는 '부분이 전체 속에서 전체를 대표한다는
것', '결말이 아닌 과정에 초점을 맞춘다는 것', '규명과 인식보다는 향유
와 해소라는 것' 등이다. 탈판과 관련하여 그가 말하고 있는 것은 '생명'
혹은 '생명성'의 원리를 닮아있다. 생명의 원리에서는 개체 생명을 중시
한다. 각각의 개체가 그 안에 신령스러움, 다시 말하면 생명을 내재하고
있을 뿐만 아니라 그 생명은 생명의 역사 전 과정을 그 안에 지니고
있다. 이런 점에서 한 개체 생명은 전체 생명의 부분이 아니라 그 자체로
전체 생명인 것이다. 결과보다는 과정을 중시하는 것은 생명의 원리에서
생명을 '무시무종無始無終'한 것으로 이해하는 것과 다르지 않다. 이것은
생명의 시간 단위가 '알파는 과거, 에덴이고, 오메가는 예루살렘, 묵시록
의 시간'[78]이라는 서구의 시간관과는 다른 '지금, 여기 현재의 나가 중요
하다는 동양적인 시간관을 드러내고 있다. 전체 우주 차원에서의 생명에
는 시작이 끝이 없다. 생명은 규명과 인식 같은 이성의 논리보다는 향유와
해소 같은 감성의 논리를 토대로 하고 있으며, 이 향유와 해소 속에
치유로서의 생명의 의미가 투영되어 있다고 할 수 있다.

마당극으로서의 탈춤이 지니는 생명의 원리는 이 극이 연희자와 관객
의 안에 내재하고 있는 신명을 밖으로 표출하는 신명풀이 극으로서의
지위를 말해주는 것이다. 저 연희자와 이 연희자 그리고 저 관객과 이
관객의 몸속에서 움직이면서 다시 몸 밖으로 확산하는 이 기운은 결과적
으로 마당 전체를 살아 있는 기, 다시 말하면 살아 있는 놀이판으로
만들어 놓고 있다고 볼 수 있다. 마당이 살아 있다는 것은 이 마당 자체가
하나의 '끊임없이 활동하는 무無'[79]라는 것을 의미한다. 활동하는 무는

───
78. 김지하, 앞의 책, 58쪽.

생명의 가장 중요한 속성 중의 하나이쪽. 이때 무는 '아무 없는 것이 아니라nothing 있음을 전제로 한 없음'[80]이다. 비가시적인 무의 논리로 보면 탈판은 연희자와 관객 그리고 마당 사이의 눈에 보이는 관계 차원을 넘어 이들 사이의 눈에 보이지 않는 관계 차원에서 끊임없이 기의 흐름이 계속되고 있는 것이다. 연희자의 동작 하나하나의 이면에는 그 안으로 흘러드는 관객의 기(동작)와 마당(우주)의 기의 흐름들이 교차하고 재교차하면서 끊임없이 생성하고 변화하는 신명의 장이다.

탈춤의 이러한 신명풀이로서의 놀이성은 이 양식이 서구나 동양의 다른 국가의 연극과 비교해 보면 확연히 그 성격을 알 수 있다. 이와 관련하여 조동일은 서구와 인도 그리고 우리의 극이 가지는 미적 효과를 비교하여 그 성격을 밝히고 있다. 그에 의하면 서구의 극은 '카타르시스ca-tharsis', 인도의 극은 '라사rasa', 우리 극은 '신명풀이'라는 미적 효과를 지향한다는 것이다. 이런 전제하에 서구, 인도, 우리의 극을 비교하면 먼저 작품의 구조에서 카타르시스와 라사는 '완성된 닫힌 구조', 신명풀이는 '미완성의 열린 구조'의 방식을 드러내며, 언어의 사용에서 보면 카타르시스와 라사는 '시', 신명풀이는 '놀이'를 지향한다는 것이다. 그리고 관중의 반응에서 보면 카타르시스와 라사는 '수동적 수용', 신명풀이는 '능동적 참여'로 정리할 수 있으며, 세계관에서는 카타르시스와 라사는 '별도로 설정되어 섬김을 받는 신', 신명풀이는 '사람 자신 속의 신명'[81]을 지향하는 것으로 비교가 가능하다는 것이다.

서구와 인도의 극과의 비교를 통해서도 알 수 있듯이 우리의 극, 그중에서도 탈춤은 우리만의 독특한 극의 성격과 구조를 지니고 있다고 할

---

79. 김지하, 『흰그늘의 미학을 찾아서』, 75쪽.

80. 이재복, 『비만한 이성』, 청동거울, 2004, 133쪽.

81. 조동일, 앞의 책, 297~361쪽 참조.

수 있다. 이 사실은 탈춤의 원리 안에 우리의 사상과 철학이 녹아 있다는 것을 말해준다. 신명 혹은 신명풀이로서의 놀이성을 극대화하고 있는 탈춤은 단순한 민중의 놀이 양식 중 하나라는 차원을 넘어 여기에는 늘 신명을 가지고 인간과 세계 혹은 우주(천지신명)와 소통하려 한 우리 문화의 정수가 자리하고 있다고 할 수 있다. 탈춤을 포함하여 우리의 민속극에는 비극이 없다. 비록 비극에 근접한 경우가 있다고 하더라도 그것이 한으로 남지 않도록 신명풀이를 통해 밖으로 표출함으로써 기쁨과 즐거움說之의 미적 효과를 창출한다. 대립이나 갈등에서 오는 공포와 연민의 감정을 안으로 향하게 해서 내적인 평정과 정화를 꾀하는 서구의 카타르시스적인 방식이나 우호적인 인물들 사이에서 발생하는 갈등을 쉽게 극복하고 행복한 조건을 타고난 주인공이 예정된 바에 따라서 부귀를 얻고 승리를 구가하는 라사의 방식과는 달리 싸우면서 화해하고 화해하면서 싸우는 과정을 통해 억압된 생명력을 풀어내 밖으로 표출시킴으로써 기쁨과 즐거움을 추구하는 신명풀이의 방식은 서로 상반되는 것을 배제하거나 소외시키지 않고 그것까지도 포용하면서 신명 나는 놀이를 통해 대동의 장으로 함께 가는 그런 세계인 것이다.

이 탈판 혹은 놀이판에서는 현실에 주저앉아 함몰되어 버리는 자도 없고, 현실을 무시한 채 지나치게 미래를 낙관하는 자도 없다. 이 놀이판에서는 '신명 난 살풀이로서 현실에 대들면서 그것을 향유하는 자'만이 있다. 우리 민족 혹은 우리 민중들이 '눈물 어린 웃음과 함께 능청스러운 공격적 친화력'[82]으로 모질고 고통스러운 세월을 잘 감내하면서 살아올 수 있었던 힘의 원천이 바로 여기에서 비롯된 것이라고 할 수 있다. 이런 점에서 '신명 나게 한판 놀아보자'라고 할 때 그 판이 꼭 탈판만을 지칭하는 것이 아니라 우리네 일상의 삶의 현장을 지칭하는 말이 될 수도 있다는

---

82. 채희완, 앞의 책, 130쪽.

것을 간과해서는 안 될 것이다. 우리에게 탈판과 같은 놀이판은 곧 '살판[83]
이었던 것이다. 살판이란 잘하면 살 판이요 못하면 죽을 판이라는 뜻에서
붙여진 말이다. 이것은 마치 '난장판'이 신명 혹은 신명풀이의 절정으로
소멸과 생성의 경계에 놓여 있는 상태와 다르지 않다. 이 살판이나 난장판
에서 중요한 것은 이 죽을 판을 살 판으로 바꾸고, 살 판을 죽을 판으로
바꾸는 주체가 바로 우리 혹은 나 자신이라는 사실이다.

4. 현대판 길놀이·탈놀이·뒷놀이

'신명 나게 한판 놀아보자'는 말 속에 담긴 우리 선대의 삶의 멋과
향유 정신이 우리 문화의 아이덴티티를 형성해 왔고, 그것이 앞으로도
계속 전승되어야 한다는 데에 이의를 달 사람은 없을 것이다. 하지만
근대 이후 급속한 서구화와 도시화가 진행되면서 우리의 대표적인 놀이
양식인 굿, 탈춤, 살풀이춤, 농악, 판소리, 시나위, 민요, 산조 등이 서구의
근대적인 문화 양식으로 대체되거나 여기에 밀려 국가나 정부의 보호나
지원으로 겨우 명맥만 유지하는 경우도 발생하게 되었다. 한국 문화의
특수성을 지니고 있는 우리의 대표적인 놀이 양식들의 퇴조는 문화가
놀이 속에서 놀이의 양태로서 발달해 온 것이라는 점을 고려한다면 그것
은 단순한 놀이의 문제가 아니라 한국 문화 저변에 자리하고 있는 우리의
정신적이고 물질적인 세계의 문제라고 할 수 있다.

가시적인 차원에서 보면 이미 한국 문화는 서구 문화의 아류라고 해도
과언이 아니다. 문화가 서로 충돌하고 섞이면서 혼종성을 유지하는 것이
문제가 되는 것은 아니지만 우리의 경우에는 근간 자체가 끊임없이 위협

---

83. 심우성, 『남사당패 연구』, 동문선, 1989.

받아온 상태이기 때문에 그것이 비록 가시적인 차원이기는 하지만 이러한 현상 자체가 불안한 것은 사실이다. 서구 문화를 포함한 외래문화에 대한 우월감은 자연스럽게 우리 문화에 대한 열등감이나 자괴감으로 이어지고 이것이 도를 넘은 시기가 바로 개발 독재와 군부독재로 인해 민중의 주체성과 자율성이 억압을 받은 60~80년대라고 할 수 있다. 하지만 이러한 이해는 가시적인 차원에서 이루어진 것으로 이것의 불안은 한국 문화에 대한 비가시적인 차원의 움직임을 전혀 고려하지 않았다는 데에 있다. 가시적인 차원에 집중하면 근대 이전의 한국 문화의 흐름을 간과하기가 쉽다. 근대 이전 한국 문화의 역사란 끈질긴 외세의 문화적 침투 속에서도 우리 문화의 아이덴티티를 보존하고 그것을 새롭게 형성해 왔다는 놀라운 사실의 기록이다. 많은 사례 중에서도 자주 문자를 창제를 이야기하지만 우리는 문자나 언어를 넘어선 비가시적인 흐름을 보아야 한다. 이런 비가시적인 흐름은 대개 몸을 통해 이어진다. 말, 노래, 춤으로 성립되는 우리의 대표적인 놀이 양식인 굿, 탈춤, 살풀이춤, 농악, 판소리, 시나위, 민요, 산조 등은 모두 몸으로 행해지는 한국 문화의 유산이다.

몸으로 이어지는 비가시적인 흐름을 보지 못하면 근대 이후의 상황들이 서구 문화에 의한 한국 문화의 질식 내지는 소멸로 인식하기 쉽다. 하지만 한국 문화의 절망적인 상황에서 우리가 체험한 것은 '비가시적인 흐름의 가시화'이다. 이것은 마치 '음양생극陰陽生剋'의 이진법적 생명생성 관계가 무디어지거나 서로 충돌하거나 하여 근본 치유력이 소실될 때 그 밑에 있는 360류의 심층 경락, 즉 '기혈氣穴'에서 문득 예기치 못한 치유력이 불쑥 솟아오르는 '복승複勝' 현상을 방불케 한다. 이 복승의 실체가 바로 '2002년 월드컵'과 '촛불집회'이다. 특히 2002년 월드컵에서 드러난 복승은 우리 문화의 산알, 다시 말하면 살아 있는 생명체의 실체를 보여준 하나의 역사적인 사건이라고 할 수 있다. 이 갑작스러운 복승

현상에 대해 서구의 반응은 '집단히스테리', '나치의 예감', '또 하나의 파시즘' 등 주로 부정적인 것이 대부분이었고, 우리 지식사회는 『창작과비평』, 『당대비평』, 『문화과학』, 『황해문화』 등을 중심으로 여기에 대한 분석을 내놓았다. 이들이 내놓은 분석을 보면 '한국의 근대적 문화의 기질, 혹은 비동시성의 동시성을 경험하게 만드는 문화적 촌스러움의 현상'(이동연), '이율배반성'(김홍준), '육체적 소진의 즐거움'(노명우), '콜리건Korligan이라는 상대적으로 폭력성이 낮은 집단의 출현'(김종엽), '새로운 대중의 출현'(최원식) 등 매우 다양하다. 이 중에서 최원식의 '더 이상 정보통제가 불가능하고 정보를 분석·해석할 뿐 아니라 생산해 내기까지 하는 대중 집단, 그간 변혁 운동을 꿈꾸던 이들이 한결같이 그리던 군중이 출현했는데 정작 지식인들은 당황하고 있다'[84]는 발언은 의미심장한 데가 있다.

그가 말하는 지식인들의 당황이 다분히 새로운 대중의 출현으로 인해 무기력에 빠진 지식인 사회에 대한 성찰과 반성의 맥락에서 나온 것이지만 그 이면을 들여다보면 여기에는 월드컵 현상에 대한 해석 불능이 자리하고 있다. 늘 변증법적인 방법론과 환원주의적인 시각을 가지고 있는 우리 지식인들에게 '붉은악마 현상'은 해석 불능의 괴물과 같은 것일 수밖에 없다. 우리 지식인들이 붉은악마 현상을 해석하기 위해서는 한국 문화 속에 자리하고 있는 신명과 놀이의 패러다임에 대한 이해가 선행되어야 할 것이다. 하지만 이것이 곧 붉은악마 현상과 우리의 신명과 놀이의 패러다임 사이의 기계론적인 연속성을 말하는 것은 아니다. 기계론적인 대입보다는 둘 사이의 유비적이고 상동적인 관계를 추적하는 일이 무엇보다도 중요하다고 할 수 있다.

2002년 월드컵 당시 붉은악마 현상을 '길놀이-탈놀이-뒷놀이(뒷풀

84. 최원식, 「월드컵 이후 한국의 문화와 문화운동」, 『창작과비평』, 2002년 가을호.

이)'로 이어지는 우리의 탈춤의 진행 과정으로 풀어보면 좀 더 이해가 쉬울 것이다. 먼저 앞놀이라고 할 수 있는 길놀이를 보면 탈춤에서는 놀이꾼들과 구경꾼들이 어울려서 탈놀이판으로 가는 일종의 행진이다. 길놀이의 참여는 누구의 강제로 이루어지는 것이 아니라 전적으로 자율적이다. 탈춤에서 길놀이를 하는 이유는 탈놀이를 위한 구경꾼, 다시 말하면 관객을 모으기 위해서이다. 관객을 많이 모으기 위해 길놀이에서는 '풍악', '사자', '악대', '소등대', '팔선녀', '수양반', '난봉가대', '양산도패', '연등' 등의 행렬이 함께 한다. 이런 점에서 탈춤의 길놀이는 가시성의 왁자함 내지 풍요로움을 과시한다고 할 수 있다. 탈춤의 길놀이를 월드컵 당시 붉은악마 현상에 적용하면 길놀이의 참여 방식은 비가시적이라고 할 수 있다. 인터넷이나 모바일 등을 통해 각자 각자가 개체적으로 활동하면서 네트워킹을 형성하기에 이른다. 이들의 이러한 참여의 방식은 국가나 단체 같은 권력 집단의 통제에서 벗어나 자율적으로 사고하고 행동하는 것을 전제로 하여 이루어지는 네트워킹을 말한다. 인간의 이성이나 감성이 거대한 권력 집단의 통제에서 벗어나 자유롭게 세계 속으로 미끄러져 내릴 때 진정한 차원의 유목이 이루어지는 것이다. 이것은 개체 각자 각자의 자율성의 발로이면서 동시에 '집단 지성'[85]의 구현이라고 할 수 있다. 파시즘적인 속성을 은폐하고 있는 집단히스테리와는 분명 다른 새로운 집단 네트워킹이 가능한 데에는 어떤 중심이나 권력으로부터 벗어나 변화와 새로움을 추구하고자 하는 디지털 문명의 유목민적인 정신이 작용했기 때문이라고 할 수 있다. 인터넷이나 모바일 같은 디지털 문명에 의한 자율성과 익명성이 현대판 길놀이를 가능하게 한 것이다.

길놀이 다음은 탈놀이이지만 탈춤의 경우에는 이 사이에 '군무群舞'가 있다. 군무는 즉흥적으로 벌어지고, 춤과 풍물, 재담이 어우러진다. 이

---

85. 피에르 레비, 『집단지성』, 권수경 옮김, 문학과지성사, 2002, 38~44쪽.

〈2002년 월드컵 당시 서울시청 앞 광장에 모인 붉은악마의 응원 모습 1〉

과정에서 구경꾼은 더 이상 구경꾼이 아닌 놀이패가 된다. 구경꾼은 군무를 통해 서로 친숙해지고 자신들이 이 판의 객이 아니라 주인이라는 것을 인식함으로써 놀이판의 주체로 거듭난다. 군무에 이어 본격적인 탈놀이가 시작되고, 군무에서 어울림을 통해 하나가 된 구경꾼은 놀이패의 동작, 소리, 말 하나하나에 적극적으로 반응하면서 놀이판을 역동적으로 끌고 가는 주체가 된다. 탈춤의 탈놀이를 월드컵 당시 붉은악마 현상에 적용하면 놀이의 방식 역시 유사한 점이 많다. 비록 놀이패로서의 선수가 직접 마당에서 행위를 하는 것은 아니지만 대형 스크린을 통해 그 행위를 보면서 이들의 동작, 소리, 말 하나하나에 적극적으로 반응하면서 놀이판을 역동적으로 끌고 간다. 이들이 동이족의 조상으로 알려진 치우천왕 분장을 하고 태극기 문양의 페인팅을 한 모습은 마치 탈춤에서 탈을 쓴 놀이패를 연상시킨다. 이들이 보여준 이러한 적극적인 반응의 방식은 '대~한민국'이라는 외침과 '짝짝짝 짝짝'이라는 박수 행위 속에도 잘 드러나 있다. 이것은 탈춤에서의 '불림'과 '장단', 판소리에서의 '추임새' 같은 것이다. 행위자와 관객 사이의 적극적인 교호작용의 하나라고 볼

〈2002년 월드컵 당시 서울시청 앞 광장에 모인 붉은악마의 응원 모습 2〉

수 있다. '짝짝짝 짝짝'이라는 이 행위에 대해 김지하는 '3박 플러스 2박' 곧 '엇박'으로 이해하고 있다. 그는 이것을 '길었다 짧았다, 빨랐다 느렸다, 이리치다 저리치다, 어울렸다 흩어졌다, 대립했다 통일했다, 움직이다 고요했다 하는 혼란스러운 균형으로서 민족문화의 핵심이자 민족음악의 기본'[86]이라고 한국 민족문화의 패러다임 하에서 적극적으로 해석하고 있다. 이 현대판 불림과 장단 혹은 추임새는 행위자와 관객을 하나로 묶고 그 안에 잠재해 있는 신명을 불러일으키는 강력한 동인으로 작용한 것은 부인할 수 없는 사실이다.

탈놀이가 끝나면 그대로 끝이 아니라 뒷놀이, 다시 말하면 뒷풀이가 기다린다. 길놀이, 탈놀이, 뒷놀이의 과정이 말해주는 것은 우리의 춤에서 맺고, 조이고, 푸는 과정과 다르지 않다. 맺고, 조이는 과정 못지않게 그것을 푸는 과정을 중시한 것이 바로 탈춤과 같은 우리의 놀이 문화양식이다. 우리의 놀이 양식이 뒷놀이를 중시한 것은 공연이 이루어진 장소(마당)가 곧 일상의 장소라는 사실을 느끼게 하고, 놀이 자체가 놀이

86. 김지하, 『화두 — 붉은악마와 촛불』, 화남, 2003, 27쪽.

패의 것인 동시에 관객의 것이라는 사실을 직접 몸으로 느끼게 하기 위해서이다. 이런 점에서 어쩌면 뒷놀이는 끝이 아니라 또 다른 시작을 알리는 놀이판 혹은 살판이라고 할 수 있다. 탈춤의 뒷놀이는 월드컵 당시 붉은악마 현상에서도 드러난다. 탈놀이, 다시 말하면 경기가 끝난 뒤에서 이들은 돌아가지 않고 거리로 나서 그 신명을 이어간 것은 탈춤에서 마당이 하나의 판이었듯이 여기에서는 거리가 하나의 판이었다는 데서 비롯된 것으로 볼 수 있다. 2002년 월드컵 당시 대표적인 놀이판이었던 서울시청 광장은 폐쇄된 광장이 아니라 수많은 길이 모여들고 다시 흩어지는 길의 속성을 지니고 있는 열린 공간인 것이다. 이런 점에서 2002년 월드컵 당시 붉은악마의 응원을 '거리 응원' 혹은 '길거리 응원'으로 부르는 것은 타당하다고 할 수 있다.

2002년 거리를 가득 메운 붉은악마의 물결은 그 후 촛불시위와 또 다른 월드컵의 거리 응원으로 이어지면서 다양한 변주를 거듭해 오고 있으며, 그것에 대해 평가절하하거나 적극적인 의미 부여를 하지 않는 것은 이 현상의 본질과 가치를 제대로 인식하지 못한 우매함의 소치라고 할 수 있다. 우리가 이 현상에서 주목해야 하는 것은 여기에 적극적으로 참여해 하나의 신명 나는 놀이판을 연 사람들의 이면에 자리하고 있는 맺고, 조이고, 풀어야 하는 일련의 삶의 과정에서 생겨난 억압에 대한 해소와 치유에 대한 바람이다. 이 현상을 집단히스테리나 파시즘의 출현 등 병리적인 것으로 이해한 사람들에게는 이들의 바람이 일시적이고 천박한 욕구의 충족이나 욕망의 분출 정도로밖에 인식되지 않기 때문에 그것을 비정상적인 것으로 몰아 통제와 조절의 대상으로 치부해 버리는 것이다. 놀이판의 신명풀이를 통한 민중의 억압된 것을 해소하고 치유하려는 한국 문화의 속성과 패러다임은 비단 우리에게만 가치 있고 의미 있는 것은 아닐 것이다.

이러한 해소와 치유를 등한시하는 문화는 '탈'이 날 수밖에 없다. 더욱이 이들의 참여가 자발적이라는 점은 시사하는 바가 크다. 이것은 일종의 '자기 조직화self-organization 현상'이다. 일리야 프리고진식으로 말하면 자기 조직화는 개별적으로 갖지 못한 특성이나 행동이 전체 구조 속에서 자발적으로 돌연히 출현하는 '창발성創發性, emergence'이라고 할 수 있다. 붉은악마 현상에 참여한 주체들이 보여준 것도 바로 이 자기 조직화와 창발성이다. 이로 인해 '이들이 내뿜은 에너지의 힘은 매우 강하며 어떤 위협에 직면했을 때 경이로운 능력[87]을 발휘한다. 이런 점에서 이 현상을 서구의 변증법이나 진화론과 같은 환원주의적인 원리로 이해하는 것은 불가능하다. 하지만 이것은 새로운 것은 아니다. 이미 탈춤과 같은 신명풀 이를 특징으로 하는 우리의 놀이 문화 양식 속에 내재해 있는 원리이다. 우리 민중들에게 놀이판은 이들이 어떤 위협이나 고통에 직면했을 때 전체 구조 속에서 그것을 해소하고 치유할 수 있는 창발적인 힘을 발견하고 이를 기반으로 하여 삶을 역동적으로 향유하고 운용하는 방법을 몸으로 깨닫는 하나의 생명 혹은 생성의 장이라고 할 수 있다.

5. 세계 문화의 지평으로서의 한국 문화

대동의 신명 나는 놀이판이 한국 문화의 한 패러다임으로 자리하고 있다면 지금, 여기에서 그것은 어떤 모습으로 그 정체성을 드러내고 있는 것일까? 이 물음에 대한 답은 우리의 놀이 문화가 지니고 있는 '미완성의 열린 구조', '능동적 참여', '놀이성', '사람 자신 속의 신명', '몸을 통한 전체 구조 속에서의 개체적 융합', '우발성', '반대일치', '기우뚱한 균형', 창발성' 등을 지금 우리의 문화가 얼마만큼 유지하고 있느냐

---

87. 이인식, 「촛불시위 감상법」, <조선일보>, 2002년 6월.

의 문제와 다르지 않다. 지금, 여기에서의 우리 문화, 특히 영화, 드라마, 대중가요, 애니메이션, 게임 같은 우리의 대중문화는 서구 문화의 미적 체계와 미적 효과를 근간으로 하는 경우가 많다. 문화란 기본적으로 그것이 '혼종성hybrid'을 드러낸다는 점에서 이러한 경향을 무조건 비판만 할 수는 없다. 하지만 문제는 한국 문화의 패러다임을 이어가려는 의도로 창작된 것들조차 우리 문화의 정체성을 제대로 구현하지 못하고 있다는 점이다. 가령 한국 문화의 계승자로 널리 평가받고 있는 임권택 감독의 화제작인 <서편제>(1993)나 <취화선>(2002)에서 '아버지가 딸을 눈멀게 하는 장면'과 '장승업이 도자기에 그림을 그리다가 가마 속으로 기어들어 가는 장면' 등이 바로 그것이다. <서편제>에 대해 조동일 교수는 '恨을 쥐어짜는 판소리로 규정한 점', '한으로 카타르시스의 방책을 삼으려 하다가 청중에게 외면당한 광대를 저주받은 시인처럼 그린 점'[88] 등은 분명한 오류라고 비판한다. 이와 같은 맥락에서 <취화선> 역시 장승업의 광기 어린 한을 세속과는 단절된 초월의 방식이라든가 신명을 통한 승화가 아닌 단순한 기벽의 카타르시스적인 효과를 통해 그것을 드러내고 있다는 사실은 비판받아 마땅하다고 할 수 있다.

한국 문화의 특수성이 이렇게 잘못된 시선과 해석으로 왜곡된다면 도대체 한국 문화의 정체성은 어떻게 정립될 수 있겠는가? 한국 문화의 정체성의 문제는 최근 한류를 주도하고 있는 'K-POP'의 경우도 예외는 아니다. K-POP은 문화의 혼종성을 드러내는 것으로, 여기에는 서구식의 음악 체계와 음악 스타일과 한국식의 음악 체계와 음악 스타일이 혼재되어 있다. 이것은 미국의 대중음악을 이야기하는 'POP'에 한국을 의미하는 'K'에서 그것을 확인할 수 있다. 한국 문화의 정체성과 관련해서 좀 더 많은 관심을 두어야 할 것은 K이다. 이 K에는 한국 특유의 아이돌 육성시

---

88. 조동일, 앞의 책, 269쪽.

스템, 높아진 한국의 국제적 위상과 인적 네트워크, 아시아 대중문화 시장의 성장, 현지화 전략 등의 현재적인 것과 한국 문화의 패러다임으로 이야기할 수 있는 과거의 것이 내재해 있다. 여기에서 이야기하고 싶은 것은 후자이다. 지금 K-POP을 주도하고 있는 것은 '남성 그룹(슈퍼주니어, 2PM, 비스트, 샤이니 등)', '여성 그룹(소녀시대, 원더걸스, 카라, 티아라 등)'에서 알 수 있듯이 '그룹'이다. 하지만 그룹은 K-POP이 세력을 떨치고 있는 아시아나 아메리카, 유럽에서도 존재한다. 그렇다면 한국의 K-POP 그룹들은 이들과 어떤 차이가 있을까?

이 물음에 대한 답은 쉽지 않지만 이것을 신명풀이를 목적으로 하는 탈춤과 같은 우리의 전통적인 놀이 양식과 비교해 보면 어떤 그 나름의 해답이 나오지 않을까? 앞에서 이야기한 우리의 놀이 양식의 차원에서 보면 이들을 설명할 수 있는 용어로 '群舞'라는 것이 적합할 것 같다. 그룹 자체보다는 '춤추는 그룹'이 중요한 것이다. 개인보다는 그룹이 춤을 춘다는 것은 곧 개별적으로 갖지 못한 특성이나 행동이 전체 구조 속에서 자발적으로 돌연히 출현하는 '창발적創發的인 에너지(힘)'를 의미한다. 개인보다 그룹이 춤을 춤으로써 신명이 배가될 수 있다. 그룹의 춤은 몸과 몸의 연대를 통해 하나의 역동적인 네트워크를 이루기 때문에 그것을 바라보는 관객들로 하여금 여기에 적극적으로 참여하게 만든다. 이것은 '대상이 분리되지 않고 외부 없는 내부가 되는 몸의 특성[89] 때문이라고 할 수 있다. 춤을 추는 가수의 몸과 관객의 몸이 분리되지 않고 외부와 내부가 동시에 존재하는, 다시 말하면 가수와 관객의 몸이 보면서 보여지는 혹은 만지면서 만짐을 당하는 상호 교호작용이 일어나는 것이다.

---

89. 조광제, 『몸의 세계, 세계의 몸— 메를로 퐁티의 '지각의 현상학'에 대한 강해』, 이학사, 2004, 64쪽.

군무에서 몸이 하나의 토대가 되는 것은 우리의 굿이나 전통 민속극뿐만 아니라 이렇게 K-POP 그룹의 춤에서도 마찬가지이다. 군무에서 몸이 없으면 신명은 일어날 수 없다. 몸은 군무의 주체이면서 동시에 신명의 주체인 것이다. 우리가 '립싱크lip sync'는 가능하지만 몸을 싱크할 수는 없다. 몸은 그 자체가 행위의 주체이기 때문에 동작 하나하나가 그대로 춤을 추는 사람의 현존 혹은 부재하는 현존을 드러낸다. 왜, 신명 나는 놀이를 목적으로 하는 우리의 전통문화 양식이 몸을 토대로 행해졌는지 이러한 사정을 고려한다면 이해가 될 것이다. 붉은악마의 신명도 몸을 전제하지 않으면 그 현상을 제대로 해명할 수 없을 것이다. 온라인상의 익명성과 자발성이 오프라인상의 몸으로 이행되어 엄청난 신명을 만들어낸 것이지 만일 그 몸이 없었다면 그것은 한낱 엑스터시나 카타르시스 차원의 효과에 그쳤을 것이다. 오프라인과 온라인, 에코(아날로그)와 디지털, 리얼리티와 버추얼리얼리티 사이에는 반드시 몸이 있어야 한다. 후자의 세계에서 발생하는 과도한 욕구와 욕망, 집단히스테리, 엑스터시 효과, 자살 등과 같은 문제는 몸이 전제되지 않으면 해결될 수 없는 성질의 것이다.

'지금, 여기' 우리의 놀이판은 마당보다는 방, 몸보다는 뇌, 신명보다는 카타르시스, 아날로그보다는 디지털, 주체보다는 구조(체제), 공중public보다는 대중mass, 사람보다는 자본, 영성靈性보다는 물성物性, 지각보다는 감각을 지향하는 흐름 속에 놓여 있다. 지금, 여기를 살아가고 있는 사람들은 이 흐름 속에서 그것에 동화되기도 하고 또 그것에 저항하기도 하면서 각자가 향유하는 놀이를 통해 신명풀이를 하고 있다고 할 수 있다. 각자가 어떤 놀이를 향유하는지는 취향의 문제이지만 문화가 놀이 속에서 놀이의 양태로서 발달해 온 점을 고려한다면 어느 한 문화의 '퍼스펙티브per-spective'와 '지평'을 위해서 그 문화의 정수를 들여다보는 것은 중요하다고 하지 않을 수 없다. 이런 점에서 '놀이, 신명(신명풀이), 몸'을 우리 문화의 원리로 이해하고 그것을 토대로 우리 문화의 과거, 현재, 미래를 성찰할 때 비로소 한국 문화의 전망과 지평은 열릴 수 있을 것이다. 놀이, 신명, 몸이라는 우리의 문화 원리가 단순히 한국적인 특수성을 넘어 어떤 인류 사적인 보편성을 지니고 있다는 점을 지금, 여기의 여러 문화 현상 속에서 발견한다는 것은 우리 문화를 위해서도 또 세계 문화를 위해서도 의미 있는 일이라고 할 수 있다.

6. 욕, 카타르시스를 넘어 신명으로

요즘 들어 욕의 효용성에 대해 생각하는 시간이 많아졌다. 이런 생각을 하게 된 데에는 여러 원인이 있지만 무엇보다도 우리가 살고 있는 시대가 온갖 감정과 욕망의 도가니로 들끓고 있기 때문이 아닌가 싶다. '욕 배틀'이 공공연하게 유행하면서 하나의 문화 현상으로 부상한 현실은 분명 우리 사회와 관련하여 많은 생각을 하게 한다. 욕 배틀이 유행한다는 것은 그만큼 우리 사회가 개인을 억압하는 형태와 구조를 지니고 있다는 것을 말해준다. 이 상황에서라면 억압은 어떤 해소의 방식을 찾아야 하고, 만일 그것을 찾지 못하면 그 사회는 심각한 소통 불능 상태에 빠지거나 강한 병적 징후를 드러내게 될 것이다. 하지만 병적 징후가 깊어지면 여기에 대응하는 기제가 작동하게 되는데, 그중 하나가 '욕'이라고 할 수 있다. 욕은 천하고 속된 것으로 간주되어 사회로부터 추방된ab-ject 것이다. 똥, 오줌, 육체, 여성, 광기, 욕, 피, 시체 등 문명으로부터 터부시되어 추방된 것들은 억압이 극에 달하면 다시 귀환하게 된다. 이른바 '추방된 것들의 귀환'으로 불리는 이 현상은 욕의 부상과 관련하여 중요한 시사점을 제공한다.

욕 배틀이 하나의 문화 현상이 된 것은 속 시원하게 욕이라도 하지 않고서는 견디기 힘든 상황이 '지금, 여기'에서 벌어지고 있다는 사실을 의미한다. 욕 배틀이 단순한 재미의 차원을 넘어 우리의 사회 현실에 대한 무언가 의미심장한 암시를 내포하고 있다면 그것을 밝히고 해석하는 일은 중요하다고 하지 않을 수 없다. 사회 현상으로서의 욕은 배설로만 그치지 않고 어떤 중요한 의미를 생산하는 데까지 나아가는 것이 일반적이다. 억압된 사회 구조 속에 만연한 욕은 카타르시스의 기능을 하기도 하고 또 그것은 신명의 차원으로 승화되기도 한다. 카타르시스와 신명을 모두 포괄하는 이러한 욕의 묘미는 '아래'와 '위'의 위치 전도에서 오는 쾌감과 흥취에서 극대화된다고 볼 수 있다. 보통의 경우에는 아래와 위의 관계가 위계질서 차원에서 형성되지만 위의 아래에 대한 억압이 극에 달하면 이러한 위계질서가 전도된다. 아래가 위로 올라가고 위가 아래로 내려오면 플렉서블한 역동성이 생성되어 유쾌한 미적 원리가 탄생한다.

미하일 바흐친이 라블레의 소설을 서구의 카니발리즘cannibalism으로 읽어낸 것을 기억할 필요가 있다. 바흐친이 라블레의 소설을 주목한 것은 그 내용이 똥이나 오줌과 같은 배설과 관계되었기 때문이다. 가르강튀아와 팡타그뤼엘의 몸이 배설하는 데서 웃음과 유쾌함을 발견하고 그것을 중세의 카니발리즘으로 해석한 것이다. 중세의 카니발이 근대에 와서 사라진 것이 아니라 라블레의 소설에 수용되어 있다는 바흐친의 해석은 비천하고 속된 것이 신성하고 고귀한 것을 전도시키는 데서 오는 유쾌한 상대성의 원리를 강조한 것이라고 할 수 있다. 카니발의 세계에서는 위와 아래, 다시 말하면 성스러운 것과 속된 것, 고귀한 자와 비천한 자, 배우와 청중 사이의 위치가 전도되고 해체되기에 이른다. 카니발이 궁극적으로 겨냥하고 있는 세계가 이와 같다면 그것은 카타르시스나 신명과 관계된 것으로 볼 수 있다.

그러나 서구의 카니발은 일정 기간 국가의 허락과 통제 속에서 행해진다는 점에서 일정한 규율과 질서가 존재하는 축제이다. 진정한 카타르시스나 신명으로 이어지기기에는 한계가 있지만 카니발 과정에서 행해지는 위와 아래 차원의 위치 전도는 욕의 미학적인 원리와 의미를 해명하는데 좋은 본보기가 될 것이다. 욕은 카니발의 속성을 지니고 있으며, 카타르시스와 신명을 겨냥하는 예술 작품에 수용되어 하나의 미적 체계를 이루고 있다고 할 수 있다. 욕이 미적 원리로 작동하는 경우는 주로 서민들에 의해 창작된 고전 예술 작품들과 그 전통을 계승한 근현대 예술 작품들이다. 이것은 욕이 카니발적인 속성과 함께 카타르시스와 신명이라는 미적 원리를 지니고 있기 때문이다. 서민이라는 이 계층은 기본적으로 양반과의 관계 속에서 위상이 정립되기 때문에 이들의 예술에는 양반을 향한 위치 전도의 전략과 목적이 은폐되어 있다. 이들의 속되고 천한 말이 양반을 향할 때 혹은 이들의 뒤틀리고 삐딱한 말이 양반을 향할 때는 양반과 자신의 위치를 전도시키려는 의도가 내재해 있는 것이다.

우리의 대표적인 서민 예술이라고 할 수 있는 사설시조, 민요, 잡가, 탈춤, 굿 등에서 발견할 수 있는 양반을 향한 욕설은 그 목적이 양반과의 위치 전도를 통해 자신들을 억압하고 있던 감정을 풀어내고 신명 난 삶을 살기 위한 것으로 볼 수 있다. 양반에 대한 욕이나 욕설의 의미 정도와 미적 효과는 양식에 따라 차이가 난다. 사설시조는 주로 사설에 의존하기 때문에 문자적인 차원의 효과가 주를 이루고, 민요와 잡가는 사설과 노래에 의존하기 때문에 문자적인 차원과 음악적인 차원의 효과가 주를 이루며, 탈춤과 굿은 사설, 노래, 춤에 의존하기 때문에 문자, 음악, 무용적인 차원의 효과가 주를 이룬다. 이러한 양식상의 차이는 그대로 욕을 통한 카타르시스와 신명의 미적 효과의 차이로 드러난다. 욕이 카니발리즘을 지향한다는 점에서 볼 때 사설, 노래, 춤이 어우러진 탈춤이나 굿의 양식이 다른 양식들에 비해 미적 효과가 클 수밖에 없다. 또한 탈춤이나 굿은 서양의 극과는 달리 마당과 같은 열린 공간에서 이루어지는 관계로 보다 확산되고 심화된 미적 효과를 창출할 수가 있다.

> 말뚝이 : (벙거지를 쓰고 채찍을 들었다. 굿거리장단에 맞추어 양반
> 　　　　3형제를 인도하여 등장)
> 　　　　… (중략) …
> 말뚝이 : (가운데쯤에 나와서) 쉬이. (음악과 춤 멈춘다.) 양반 나오
> 　　　　신다아! 양반이라고 하니까 노론^{老論}, 소론^{少論}, 호조^{戶曹},
> 　　　　병조^{兵曹}, 옥당^{玉堂}을 다 지내고 삼정승^{三政丞}, 육판서^{六判書}
> 　　　　를 다 지낸 퇴로 재상^{退老 宰相}으로 계신 양반인 줄 알지
> 　　　　마시오. 개잘량이라는 '양'자에 개다리소반이라는 '반'자
> 　　　　쓰는 양반이 나오신단 말이오.
> 양반들 : 야아, 이놈 뭐야아!
> 　　　　… (중략) …
> 생 원 : 쉬이. (가락과 춤 멈춘다.) 이놈 말뚝아.
> 말뚝이 : 예에. 아, 이 허리 꺾어 절반인지 개다리소반인지 꾸레미전
> 　　　　에 백반인지, 말뚝아 꼴뚝아 밭 가운데 최뚝아, 오뉴월에
> 　　　　밀뚝아, 잔대뚝에 메뚝아, 부러진 다리 절뚝아, 호도엿 장
> 　　　　수 오는데 할애비 찾듯 왜 이리 찾소?
> 　　　　… (중략) …
> 생 원 : 이놈 뭐야!
> 말뚝이 : 아, 이 양반, 어찌 듣소. 자좌오향^{子坐午向}에 터를 잡고
> 　　　　난간 팔자^{八字}로 오련각^{五聯閣}과 입 구^口자로 집을 짓되,
> 　　　　호박 주초^{琥珀柱礎}에 산호^{珊瑚} 기둥에 비취 연목^{翡翠椽木}에
> 　　　　금파^{金波} 도리를 걸고 입 구 자로 풀어 짓고, 쳐다보니
> 　　　　천판자^{天板子}요, 내려다보니 장판방^{壯版房}이라. 화문석^{花紋}

^席 칫다펴고 부벽서^{付壁書}를 바라보니 동편에 붙은 것이
담박영정^{澹泊寧靜} 네 글자가 분명하고, 서편을 바라보니
백인당중유태화^{百忍堂中有泰和}가 완연히 붙어있고, 남편을
바라보니 인의예지^{仁義禮智}가, 북편을 바라보니 효자 충신
^{孝子忠臣}이 분명하니, 이는 가위 양반의 새처방이 될 만하
고, 문방제구^{文房諸具} 볼작시면 옹장 봉장, 궤, 두지, 자기
함롱^{函籠}, 반다지, 샛별 같은 놋요강, 놋대야 받쳐 요기
놓고, 양칠간죽 자문죽을 이리저리 맞춰 놓고, 삼털 같은
칼담배를 저 평양 동 푸루 선창에 돼지 똥물에다 축축
축여 놨습니다.

－『봉산탈춤－제 6과장^{第六科場} : 양반춤』 부분 인용

우리의 전통 마당극 중의 하나인 『봉산탈춤』 중 여섯째인 양반춤
마당의 일부이다. 이 마당은 머슴인 "말뚝이"가 양반 3형제를 노골적으로
놀려주지만 그들은 자신이 놀림을 당하는 것도 모른 채 희희낙락하고
있는 이야기로 되어 있다. 이 마당에서 주목해야 할 점은 말뚝이의 양반
들에 대한 태도이며, 이것은 그의 말투에 잘 드러나 있다. 그는 양반들을
"개잘량이라는 '양'자에 개다리소반이라는 '반'자 쓰는 양반" 혹은 "허리
꺾어 절반인지 개다리소반인지 꾸레미전에 백반"이라고 소개한다. 또한
그는 양반에게 "삼털 같은 칼담배를 저 평양 동푸루 선창에 돼지 똥물에
다 축축 축여 놨다"고 말한다. 그는 양반이라는 말을 언어유희를 통해
희화화하고 있다. 양반이라는 족속들은 "개"나 "똥(동푸루, 똥물)"과 등
가이며, 허리 꺾이고 한데 싸서 아무렇게나 묶여 있는 그런 보잘것없고
하찮은 존재라는 것이다. 이것은 양반에 대한 간접적인 욕설에 다름
아니다.

말뚝이의 양반에 대한 재기 넘치는 욕설은 상황 자체를 파악하지 못한

채 '이놈 뭐야!'만을 남발하고 있는 양반들과는 좋은 대조를 이룬다. 고매한 인품과 높은 학식을 갖추어야 할 양반의 지체 높음은 오간 데 없고 자신이 부리는 하인에게 조롱거리가 되는 그런 존재로 전락한 데에는 말뚝이의 재기 넘치는 욕설이 크게 작용했기 때문이다. 말뚝이의 조롱 섞인 희화화된 말투 혹은 욕설에 의해 양반들은 한순간에 그와 위치가 바뀌게 된다. 양반이 하인 아래로 위치가 전도되면서 이 과정에서 새로운 인식의 전환이 일어나 미적 충격이 발생하게 된다. 이렇게 발생한 미적 충격은 그 성격이 단순한 카타르시스의 차원에 머물러 있는 것은 아니다. 카타르시스란 비극에 등장하는 인물들의 비참한 운명을 보고 그것을 간접 경험함으로써 두려움과 슬픔이 해소되는 것을 말한다. 주로 서구의 극에서 체험하게 되는 미적 효과라고 할 수 있다. 이것은 잘 완성된 닫힌 구조 속에서 행해지는 체험인 동시에 외부 대상을 통한 수동적 수용에 불과하다.

그러나 『봉산탈춤』의 미적 효과는 이와는 다르다. 이 탈춤은 잘 완성된 닫힌 구조 속에서 행해지는 것이 아니라 '마당'이라는 미완성의 열린 구조 속에서 행해지며, 자기 자신 속의 신명을 통해 능동적 참여하는 그런 극이라고 할 수 있다. 이것은 이 마당극이 궁극적으로 겨냥하고 있는 것이 카타르시스를 넘어 신명이라는 사실을 말해준다. 극이 행해지는 장소가 마당이라는 것은 미의 성격과 효과라는 차원에서 다양한 의미를 파생시킨다. 마당에서 극이 행해지면 그것은 무대에서 행해지는 극과는 다른 흐름을 가질 수밖에 없다. 무대는 연기자와 청중을 높낮이와 시선으로 구분한다. 연기자는 무대의 높은 곳에 위치하고 청중은 낮은 곳에 위치(이것은 단순히 물리적인 높이를 의미하는 것은 아니다)하고, 청중의 시선은 무대를 향해 단선적으로 초점화될 수밖에 없다. 하지만 탈춤이 펼쳐지는 마당은 연기자와 청중을 높낮이와 시선으로 구분하지 않는다. 기본적으로 마당은 둥글기 때문에 연기자와 청중이 자연스럽게 넘나들 수 있을 뿐만 아니라 다시선적이고 전지적인 시선을 지니게 되어 연기자의 동작에 따라 판의 지형도가 수시로 변하는 개방적이고 역동적인 판의 원리가 형성된다.

이러한 이유로 인해 탈춤의 신명풀이의 과정이 최고조에 이르고 놀이가 끝나게 되면 연기자와 청중이 하나로 어우러지는 난장이 펼쳐지게 되는 것이다. 난장에서는 연기자와 청중의 구분이 사라지고 청중이 자기 자신 속의 신명을 발견하여 놀이판의 자율적이고 실질적인 주체자가 된다. 청중의 신명풀이가 이루어지지 않고 완성된 닫힌 구조 속에서 수동적인 경험만을 하게 되는 카타르시스가 궁극적인 목표가 아니라는 사실은 욕을 매개로 하여 구현되는 예술의 문제와 관련하여 중요한 시사점을 제공한다. 욕이 예술의 존재성을 규정짓는 토대로 작용한다고 할 때 그것이 궁극적으로 겨냥하고 있는 세계는 카타르시스를 넘어 신명이어야 한다. 흔히 욕을 카타르시스의 차원으로 이해하고 또 해명하려는 경우 우리가 만나게 될 문제는 바로 여기에 있다. 우리가 욕을 완성된 닫힌 구조 속에서 수동적인 경험만으로 그것을 이해하게 되면 예술의 더 크고 깊은 세계를 망각하게 되어 새로운 지평을 열어 보이는 일이 불가능하게 될 것이다.

욕이 중요한 미적 원리가 되어 이루어진 우리의 예술에 대한 이해의 지평이 카타르시스 차원에 머무는 경우가 대부분이며, 이렇게 되면 신명 혹은 신명풀이의 원리를 은폐하고 있는 예술의 미적 가치를 해명할 수 없게 되리라는 것은 불을 보듯 뻔한 일이다. 욕이 예술의 세계에서 무한한 생성의 원리로 작동하고 있는 경우를 발견하는 것은 어렵지 않다. 그만큼 우리 예술에서 욕이 신명이라는 차원으로 이어지는 예가 많다는 것이다. 욕이 카타르시스 차원의 논의에 그치는 것에 대한 위험성에 대해서는 여러 차례 이야기한 바 있지만 사실 이것보다 더 심각한 것은 우리 예술의 궁극이 '한'에 있다고 단정해버리는 일이다. 우리 예술 세계가 한을 내포하고 있는 것은 맞지만 그것의 궁극적인 지향이 한에 있다고 말하는 것은 맞는 것이 아니다. 우리 예술이 은폐하고 있는 한은 일정한 삭힘의 과정을 거쳐 신명 혹은 신명풀이의 세계로 나아간다고 말하는 것이 올바른 이해와 판단이라고 할 수 있다.

봉산탈춤처럼 마당극의 형태로 행해지는 굿 또한 원풀이를 넘어 신명풀이의 차원을 겨냥하고 있다고 볼 수 있다. 굿 중에 망자에 대한 소원풀이를 겨냥하고 있는 '진오귀굿'의 경우에도 그것의 궁극이 한에 초점이 놓여 있는 것이 아니라 신명에 있다는 것을 상기할 필요가 있다. 한은 무의식의 심층에 자아의 어두운 면을 지니고 있으며 이것은 자아를 점점 죽음의 심연 속에다 유폐시키려는 성향을 보인다. 만일 한이 삶 혹은 생명의 역동적인 차원으로 나오지 못한 채 어둠의 심연 속에 갇혀 있으면 그 한은 제대로 기능할 수 없을 뿐만 아니라 어떤 생산적인 역할도 수행하지 못할 것이다. 상황이 이러하다면 자아의 어둠 속에 유폐된 한을 삶이나 생명의 역동성을 지닌 존재로 바꾸는 것이 중요할 수밖에 없다. 무의식의 심층에 자리하고 있는 어둠의 실체인 한을 탈은폐하기 위해서는 무엇보다도 그것을 의식의 심층에 자리하고 있는 밝음과의 교호작용을 통해 어둠의 기운을 삭히는 일이 전제되어야 한다. 한의 삭힘은 굿뿐만 아니라 판소리와 탈춤에서도 중요한 일이다.

이러한 굿의 미적 원리를 토대로 만들어진 영화 <만신>(박찬경, 2013)과 소설 『손님』(황석영, 2007)은 모두 자아의 응어리진 한을 어떻게 풀어내느냐의 문제가 하나의 화두로 되어 있다. 만신 김금화의 굴곡지고 응어리진 한과 전쟁 상황에서 끔찍한 살인마로 돌변하여 많은 사람을 살육한 것이 트라우마로 자리하고 있는 요한의 한은 무의식의 어두운 그림자이며, 이것을 어떻게 삭히고 풀어내느냐의 문제는 박찬경과 황석영이 가장 고민했던 부분이기도 하다. 한이 한으로 남는 이야기를 만들기 위해 이들이 고민한 것은 아니며, 이들의 궁극적인 목적은 그것을 넘어서는 새로운 미학적 원리를 만드는 것이었을 것이다. <만신>이든 『손님』이든 여기에서 다루는 한은 한국적인 정서와 미적 문맥을 거느리고 있을 수밖에 없다. 한국적인 한은 한으로 그치면 그것이 은폐하고 있는 진정한 의미를 온전히 탈은폐할 수 없다. 여기에서의 한은 단선적이지 않고 모순과 역설로 얽혀 있는 복합적인 속성을 지니며, 이러한 모순되고 역설적인 힘이 서로 충돌하면서 한을 넘어서는 생명의 기운과 함께 새로운 형상을 만들어낸다. 이렇게 만들어진 것이 바로 '신명'인 것이다. 서로 반대되고 모순되어 보이는 것이 일정한 삭힘과 풀이의 과정을 거쳐 신명으로 질적 변화를 불러일으키는 데에는 그 안에 배제나 소외가 아니라 융화와 상생의 원리가 작동하기 때문이라고 할 수 있다.

　<만신>과 『손님』에 드러나는 신명은 공격적이고 퇴영적인 정서가 아니라 우호적이고 진취적인 정서이다. 이것은 욕의 원리를 매개로 하여 탄생한 예술의 정서와 다르지 않다는 것을 의미한다. 욕 역시 그것의 궁극이 신명을 겨냥하고 있기 때문이다. 욕이 공격적이고 자기 폐쇄적인 면이 없는 것은 아니지만 그것이 하나의 미학이나 예술로 존재하는 경우에는 대부분 신명이 내재해 있다. 욕에 근거한 우리의 예술 중에서 탈춤은 그것의 한 진수를 보여주고 있다고 할 수 있다. 탈춤의 신명은 해학과 풍자가 강하게 드러나 있는 『흥부전』과 같은 우리의 판소리계 소설이나 그것의 전통을 현대적으로 변용하고 있는 김유정의 『봄봄』 같은 소설은 물론 저 서슬 퍼런 유신 독재 시대를 신랄하게 풍자한 김지하의 『오적』 등과 같은 시에서도 그것은 그대로 이어지고 있다. 『흥부전』에서 흥부의 성정과 인간 됨됨이를 서술하고 있는 대목은 그것이 놀부에 대한 욕임에도 불구하고 절로 웃음이 나오는 것은 창자가 겨냥하고 있는 것이 놀부에 대한 한 맺힌 공격이라기보다는 이미 위치가 전도(놀부와 청중의 위치 전도)된 상태에서 보이는 그의 신명 난 태도 때문이다. 가령

술 잘 먹고, 욕 잘하고 거드름 빼고, 싸움 잘하고, 초상난 데 춤추기, 불난 데 부채질하기, 해산한 데 개 잡기, 장에 가면 억지 흥정, 우는 아기 똥 먹이기, 죄 없는 놈 뺨치기, 빚값으로 계집 뺏기, 늙은 영감 덜미 잡기, 아이 밴 아낙네 배차기, 우물 곁에 똥 누어 놓기, 올벼 논에 물 터놓기, 잦힌 밥에 흙 퍼붓기, 패는 곡식 이삭빼기, 논두렁에 구멍 뚫기, 애호박에 말뚝 박기, 곱사등이 엎어놓고 밟아 주기, 똥 누는 놈 주저앉히기, 앉은뱅이 턱살 치기, 옹기장수 작대기 치기, 면례 하는데 뼈 감추기, 남의 양주 잠자는데 소리 지르기, 수절과부 겁탈하 기, 통혼한 데 간혼놀기, 만경창파에 배 뚫기, 닫는 말에 앞발 치기, 목욕하는데 흙 뿌리기, 담 붙은 놈 코침 주기, 얼굴에 종기 난 놈 쥐어박 기, 눈 앓는 놈 눈에 고춧가루 넣기, 이 앓는 놈 뺨치기, 어린아이 꼬집기, 다 된 흥정 파의하기, 중을 보면 대테메기, 남의 제사에 닭 울리기, 큰 한길에 허망 파기, 비 오는 날에 장독 열기 등이었다.

이놈의 심사가 이렇듯 모과나무같이 뒤틀리고 동풍 안개 속에 수숫 잎 같이 꼬여 그 흉악함을 헤아릴 수 없었다

에서 우리가 체험하는 것이 어디 놀부에 대한 한 맺힌 적의겠는가. 놀부는 이미 이 판에서 청중보다 아래에 있는 존재이다. 놀부의 양반으로서의 권위는 청중(상민)에 의해 땅에 떨어지고 그는 이들에 의해 희화화의 대상이 된다. 놀부와 청중 혹은 양반과 상민의 위치가 전도되면서 이 판은 역동성을 띠게 된다. 양반이 청중을 권위로 누르고 있다면 이 판의 역동성은 살아나지 않을 것이다. 하지만 청중은 놀부를 통해 양반의 체통이 땅에 떨어지고 조롱의 대상이 되는 것을 지켜보게 되고, 이 과정에서 '유쾌한 상대성의 원리'를 경험하게 된다. 놀부와 청중의 위치 전도는 이들을 상하가 아닌 수평의 존재로 만들어버린다. 이렇게 되면 이 판은 난장 혹은 난장판이 되는 것이다. 난장에서는 기존의 신분, 계급, 지위,

빈부, 성별, 나이 등에서 오는 격차가 무너지고 하나로 어우러져 노래하고 춤추는 놀이의 향연이 펼쳐진다.

한이 서려 있지 않고 날이 선 대립과 갈등이 없는, 그러면서도 비판 정신이 살아 있는 이런 세계를 우리는 해학이라고 부른다. 이 해학은 신명 속에서 발견되는 세계 중의 하나라고 할 수 있다. 김유정의 『봄봄』에서는 데릴사위로 들어간 '나'와 그 집 주인 사이에 벌어지는 사건 중에서 이런 해학이 잘 드러난다. 주인공이 주인을 향해 '더럽다 더럽다 이게 장인님인가' 하는 장면과 주인의 '바짓가랑이를 꽉 움켜 낚아채는' 장면은 '나'와 '장인' 혹은 '청년'과 '노인'의 위치 전도에서 오는 유쾌한 웃음을 유발한다. 김유정의 소설이 식민지 시대의 궁핍을 다루면서도 한을 넘어서는 웃음과 해학을 줄 수 있었던 데에는 이러한 난장(카니발)의 감각이 살아 있기 때문이다. 난장의 주체는 그 판에서 모든 것을 벗어던지고 자유롭게 춤추고 노래하는 자들이다. 이러한 신명이 없다면 어떻게 그 힘든 세상살이를 견딜 수 있겠는가. 세상살이가 응어리진 한을 낳고 그 한을 어르고 삭히면서 신명풀이로 이어지게 하는 과정에 우리 미학의 원리가 자리하고 있는 것이다. '신명 나게 한판 놀아보자'는 말이 왜 우리 미학의 정수를 은폐하고 있는지를 알아야 한다.

김지하의 『오적』은 『손님』이나 『봄봄』보다 강하게 '오적'이라는 대상을 향해 욕설을 퍼붓고 있지만 상하의 위치 전도를 통한 유쾌한 상대성의 원리를 구현하고 있다는 점에서 다르지 않다.

첫째 도둑 나온다 狍狑이란 놈 나온다
돈으로 옷 해 입고 돈으로 모자 해 쓰고 돈으로 구두 해 신고 돈으로
장갑 해 끼고
금시계, 금반지, 금팔지, 금단추, 금넥타이 핀, 금카후스 보턴, 금박
클, 금니빨, 금손톱, 금발톱, 금작크, 금시계줄.

디룩디룩 방댕이, 불룩불룩 아랫배, 방귀를 뿡뿡 뀌며 아그작 아그작 나온다

저놈 재조봐라 저 狴犴놈 재조봐라

장관은 노랗게 굽고 차관은 벌겋게 삶아

초치고 간장치고 계자치고 고추장치고 미원까지 톡톡쳐서 실고추과 마늘 곁들여 날름

세금받은 은행돈, 외국서 빚낸 돈, 왼갖 특혜 좋은 이권은 모조리 꿀꺽

이쁜 년 꾀어서 첩삼아 밤낮으로 작신작신 새끼까지 여념없다

수두룩 까낸 딸년들 모조리 칼퀀놈께 시앗으로 밤참에 진상하여

귀띔에 정보얻고 수의계약 낙찰시켜 헐값에 땅샀다가 길 뚫리면 한몫잡고

千원工事 오원에 쓱싹, 노동자임금은 언제나 외상외상

둘러치는 재조는 손오공할애비요 구워삶는 재조는 뙤놈술수 빰치겠다.

또 한놈 나온다.

㹠獪狾猿 나온다.

곱사같이 굽은 허리, 조조같이 가는 실눈,

가래끓는 목소리로 응승거리며 나온다

털투성이 몽둥이에 혁명공약 휘휘감고

혁명공약 모자쓰고 혁명공약 배지차고

가래를 퉤퉤, 골프채 번쩍, 깃발같이 높이들고 대갈일성, 쪽 째진 배암샛바닥에 구호가 와그르르

혁명이닷, 舊惡은 新惡으로! 改造닷, 부정축재는 축재부정으로!

근대화닷, 부정선거는 선거부정으로! 重農이닷, 貧農은 雜農으로!

건설이닷, 모든집은 臥牛式으로! 社會淨化닷, 鄭仁淑을, 鄭仁淑을 철

두철미하게 본받아랏!

   궐기하랏, 궐기하랏! 한국은행권아, 막걸리야, 주먹들아, 빈대표야,
곰보표야, 째보표야,

   올-빼미야, 쪽제비야, 사꾸라야, 幽靈들아, 표도둑질 聖戰에로 총궐기
하랏!

   孫子에도 兵不厭邪, 治者卽 盜者요 公約卽 空約이니 遇昧국민 그리알
고 저리멀찍 비켜서랏, 냄새난다 튀 ―

   골프 좀 쳐야겄다.

- 김지하의 「오적」 부분[90]

   시인(창자)이 오적(재벌, 국회위원, 고급공무원, 장성, 장차관)을 하나
하나 불러내 호통치고 어르고 조롱하고 욕하면서 결판지게 논다. 유쾌하
게 놀면서 상대를 공격하고 여기에 청중이 호응하면서 판의 흥은 점점
오르고 나중에는 함께 어우러져 그야말로 신명 나게 한판 놀아보는 단계
까지 이르게 된다. 시인이 오적을 향해 쏟아내는 욕설이 판을 키우고
그것이 유쾌한 소리로 가득할 때 비로소 신명의 세계는 그 모습을 드러내
게 되는 것이다. 우리는 이러한 신명을 2002년 한일 월드컵 당시 붉은악마
들의 응원이나 촛불집회에서 발견할 수 있었음에도 불구하고 그 이면에
은폐된 의미를 제대로 밝혀내지 못했다. 이들에 의해 드러난 현상에
대해 우리가 주의attention를 기울여야 하는 이유가 바로 여기에 있다.
이것이 비록 사회 현상의 모습으로 드러나긴 했지만 여기에는 지금까지
언급한 욕과 예술 혹은 신명과 예술과의 관계를 발견할 수 있는 단초가
은폐되어 있다. 욕의 궁극이 카타르시스가 아니라 신명에 있다는 사실을
이렇게 우리의 예술 작품은 물론 사회 현상 속에서 발견할 수 있다는

---

   90. 김지하, 「오적」, 『오적』, 동광출판사, 1985, 22~25쪽.

점을 잊어서는 안 된다. 욕에서 출발한 카타르시스와 신명의 문제가
우리 예술의 미학적인 원리에 대한 논의로까지 이어진 점은 고무적이다.

제Ⅲ부
생명 사상과 몸 사상의 만남

그늘이 우주를 바꾼다
― 김지하 '생명과 평화의 길' 이사장과의 대담

대담 및 정리   이재복
사   진   임해성
일   시   2006년 7월 25일 11:30~14:30
장   소   일산 김지하 선생님 자택

이재복 지난해 뵐 때보다 건강해지신 것 같습니다. 요즘 선생님 행보를 접할 때마다 건강을 많이 염려하곤 했는데 이렇게 직접 뵈니까 안심이 됩니다. '생명과 평화의 길' 포럼이 끝난 지 얼마 되지 않은데 이렇게 결례를 무릅쓰고 선생님을 찾은 것은 '생명'과 '평화'에 대한 귀한 말씀을 듣기 위해섭니다. 사실 이 인터뷰는 『본질과현상』이라는 잡지에서 하는 겁니다. 이 잡지는 작년에 창간해서 4호까지 냈는데, 이 잡지의 모토가 바로 평화입니다. 사회주의라는 거대 이념이 무너지면서 평화를 기대했는데 오히려 크고 작은 분쟁과 갈등이 점점 심화되고 있는 것이 사실입니다. 정말로 인류의 평화는 요원한 것인지, 가끔 회의가 들 때가 있습니다. 그러나 평화는 우리가 결코 포기할 수 없는 마지막 남은 희망이라고 생각합니다. 『본질과현상』의 모토가 평화이지만 선생님께서는 이미 오래

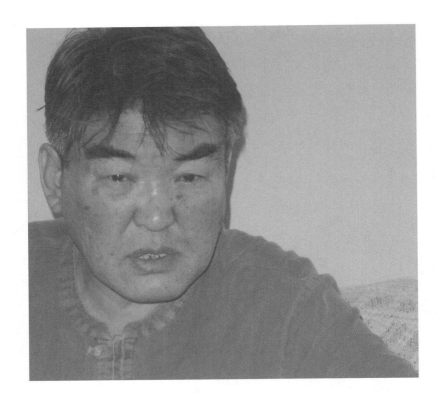

전에 생명과 평화라는 이름으로 그것을 구상하고 또 실천해 오셨습니다.
그런데 평화는 낯설지 않은데 생명이라는 말은 조금 낯설게 인식되는
것이 사실입니다. 선생님, 생명이라는 게 무엇인가요?

　김지하　평화에 대한 전문적인 발행물을 낸다는 게 대단하다고 칭송하고
싶어요. 요즘은 거의 잊어버린 문제의식이 본질과 현상인데 이건 성리학
이나 이런 쪽 담론인데 이렇게 현대에 와서 이 문제를 제기하면서 평화를
만들어가려는 의지가 매우 놀랍다고 봐요. 우리가 서양 중세의 관념
철학에서 떨어져 나왔다고 해서 본질과 현상 문제가 없어졌다고 생각하지
않아요. 오히려 현대에 있어서 본질과 현상 문제가 어떻게 서로 길항하거
나 교호 결합을 하는 양상을 밝히지 않으면 안 됩니다. 21세기는 문화의

시대인데 이것은 유희, 제의, 상상력 이런 것들을 전면 쇄신해야 한다는 것을 말합니다. 정치나 경제만으로 프랑스 혁명을 일으켰던 유럽사 전체의 오류에 대해 비판하면서 문화가 미학적인 관점으로 인간을 교육하고 인간 세계를 건설해야 된다는 요구들이 자꾸 나오고 있죠. 그런데 이것을 생각하고 들여다보려고 하면 사실 평화의 문제에 도달하게 되죠. 즉 평화의 본질의 문제로 귀결되는 것이죠. 이런 점에서 본질과 현상 문제는 우리의 경우 생명과 현상이라는 말과 똑같은 문제 제기가 되는 거죠. 쉽게 얘기하죠. 생명이란 살아 움직이는 역동성이고 평화는 균형성이라고 할 수 있죠. 또 우리 사회에서 말이 많은 성장과 분배로 간다면 생명은 성장 쪽이고 평화는 분배에 속하는 것이죠. 우리 동아시아의 역철학적 개념으로 말하면 성장은 양에 속하고 분배는 음에 속한다 이렇게도 볼 수 있죠. 본질과 현상 문제로 보면 가령 길항하고 관통하고 합하고 하는 생명의 특성에 대해서 서로 통일하고 서로 안정해서 평화를 이루도록 하는 것이 되겠죠. 하나가 드러나는 차원으로 가시적인 것이라고 한다면 다른 하나는 드러나지 않는 것으로써 드러난 것을 간섭하면서 양자 사이의 균형을 이루는 것이겠죠.

이재복 선생님 말씀을 들으니까 생명과 평화의 관계는 모순의 형식인 것 같아요. 한쪽은 아주 역동적이고 소란스러운 홍성거림 같고 또 다른 쪽은 그 속에서의 어떤 균형이나 질서처럼 들립니다. 이것이 선생님 표현대로 하면 '기우뚱한 균형' 같은 건가요?

김지하 판이 어설프게 벌어졌는데 박자 수로 얘기해 봅시다. 대-한민국 이라는 박자가 있지요. 대한민국은 네 박이죠. 그런데 대-한민국하면 얘기가 달라지죠. 대-한민국은 다섯 박이 되는 거예요. 대-한까지 3박으로 끌고 민국이 2박이 되어 엇박이 되지요. 이게 혼돈박이지요. 혼돈박이란 카오스모스, 즉 혼돈적 질서예요. 이렇게 볼 때 대-한민국은 오늘날까지도 유행하고 있잖아요. 한 가지 재미있는 건 외국인들도 이게 무슨 뜻인지도 모르고 대–한민국한다는 거죠.

이건 리듬이 가지는 힘이라고 봐요. 3박자 리듬은 유목민적인 것이고, 2박자 리듬은 정착민 적인 것이에요. 하나는 약동하고 이동하고 끊임없이 속도를 내는 것이고 또 하나는 분명하고 균형이 잡힌 것이죠. 그래서 우리의 경우에는 생명이라는 것이 역동적인 것을 살리면서 균형이 있기 때문에 역동적 균형이라고 하죠. 구체적으로 이야기하자면 생명은 생태계 오염 문제라든가 인간 생명에 대한 테러, 이런 것을 비판하고 반대하는 것이죠. 근본적으로 생명의 진리에 알맞은 새로운 문명을 건설해야 된다는 겁니다. 인격체뿐만 아니라 비인격체까지도 우주의 주체로서 존중해야 합니다. 생명 자체의 법칙들 예컨대 순환, 관계, 영성 이런 것을 전면으로 이루어가면서 새로운 문명을 건설해야 된다는 것이 생명의 목표가 되겠죠. 평화는 여기에 그때그때 나타나는 상황이에요.

이재복 생명에 대한 말씀을 해 주셨는데요. 선생님께서 생명을 이런 식으로 바라보게 된 어떤 사상적이고 철학적인 토대가 있었으리라고 생각됩니다. 특히 선생님의 생명학에는 동양적인 좀 더 구체적으로 말하면 동아시아와 우리의 전통사상이나 철학 그리고 종교가 거의 절대적인 토대를 형성하고 있는 것 같습니다.

김지하 두 가지를 말씀드릴게요. 하나는 사상적인 측면이고, 또 하나는 상황적인 측면이에요. 사상적인 측면에서 보면 그 하나는 동학이죠. 동학에서 가장 중요한 것은 질병이죠. 19세기는 서세동점의 시기죠. 중국에서는 북경이 약탈당하고 아편전쟁이 일어나고 태평천국이 망하고, 우리는 서해 앞바다에 끊임없이 서양의 배가 뜨고 이러면서 혼란이 야기되고 흉년이 들고 콜레라가 창궐하고 그랬죠. 이런 것들을 최수운 선생은 악질만세惡疾滿世라고 했어요. 악한 질병이 세상에 가득 차 있다. 그런 뜻이죠. 그렇게 되면 뭐가 나옵니까? 그것을 치료할 수 있는 처방이 나와야 되겠죠. 즉 생명의 명약이 나와야 되겠죠. 이때 하느님의 계시가 있었어요. 1860년 4월 5일 오전 11시였죠, 수운이 하느님에게 묻죠. 악질만세를 서학으로 치료합니까? 하느님이 답하길 아니다, 나에게 하나의 영부가 있다. 그 형태는 태극이요, 또 그 형태는 궁궁이다. 태극궁궁이죠. 이것이 동학의 문양이죠. 이 문양, 부적은 어떻게 보면 아키타입이죠. 어떤 과학을 형성 촉발해서 전 세계적인 질병을 치료할 수 있는 아키타입을 제시한 것이죠. 이것이 그 하나고, 또 다른 하나는 감옥 체험이죠. 제가 감옥에서 그것도 독거수용을 7년이나 했어요.

이재복 7년이나요? 다른 것도 아니고 독거수용을 7년 하셨다면 심신이 완전히 피폐해졌을 텐데?

김지하 원래 감옥에서는 5년 이상 독거수용을 하지 않는데 내 경우에는 워낙 미움을 받아서 7년 이상을 한 거죠(웃음). 독거수용이란 인간의 본질을 파괴하는 것 아닙니까? 어느 날 갑자기 착란 상태에 들어갔어요. 벽이 막 나한테 무너져 오고, 막 가슴을 쥐어뜯고 싶고, 소리를 지르고 싶고 그랬어요. 그런데 텔레비전 모니터가 붙어 있어서 나를 정보부에서 항시 보고 있었거든, 조금이라도 이상하면 바로 달려와서 각서를 쓰게 했어요. 그게 내 개인의 일이라면 얼마든지 할 수 있죠. 하지만 그때가 양심선언 이후예요. 전 세계에서 지금 한국을 보고 있고 민주화를 위해서 수많은 학생들이 감옥에 끌려와 있는데, 게다가 이들이 모두 나와 관련해서 끌려온 사람들인데 그때 내가 어떻게 그걸 할 수 있었겠어요. 죽어도 할 수 없었죠. 그럼 이거 큰일 아니냐? 그러고 있는데 봄이에요. 거기에는 유리창이 없어요. 창살 사이로 하얀 민들레 씨가 막 들어와요. 거기에 햇빛이 비추니까 이 햇빛에 그게 하얗게 반짝이는 거라. 그리고 그 세면장하고 철창 사이에 빗방울 때문에 홈이 파여가지고 거기에 흙먼지가 쌓이는 거라. 거기에 다시 풀씨가 날아와서 그 빗방울을 머금고 자라는 거예요. 잡촌데, 개가죽나무라고. 그런데 그게 그날따라 유난히 신선하게 보이는 거라. 눈물이 갑자기 확 쏟아지는 거라. 그러더니 갑자기 허공에서 '생명

생명 생명'하고 환청이 들리는 거예요. 그래서 가만히 생각을 해 보니까, 생명이라는 건 없는 데가 없다. 무소부재다. 생명이라는 건 또 어떤 경우에서도 살아난다. 저런 하잘것없는 민들레씨도 그러는데 그보다 고등 생명이라는 인간이 그 생명의 원리를 몰라서 벽돌담이 분리되었다고 해서 이렇게 발만 동동 구르고 있는 건 창피하다. 그때 깨달았죠. 생명이란 안에 있으면서 밖에 있고 내가 식구들하고도 같이 있을 수 있지 않으냐. 생명을 깨달으면 해결된다. 얘기가 그렇게 된 거예요. 그러니까 꼭 무슨 학생 같은 생각이었지. 이걸 듣고 웃겠지만 그때는 정말 절박했어요. 그래서 참선에 들어간 겁니다.

이재복 생명에 대한 아주 강렬한 체험을 하신 거군요. 선생님 얘기를 듣다 보니까 이 체험, 다시 말하면 몸으로의 깨달음이라는 것이 새삼 중요하다는 것을 느꼈습니다. 이러한 깨달음이 없으면 사실 사상이나 담론은 공허한 것 아니겠습니까? 머리만으로 깨닫는 것이 아니라 온몸으로 깨닫는 자각 행위는 우리가 살면서 그렇게 흔하게 경험하는 것은 아니라고 봅니다. 개가죽나무와 민들레 꽃씨를 통한 생명에 대한 자각은 그것이 생명에 대한 깨달음이라는 점에서 더욱 의미가 있다고 생각합니다. 참선을 통해 어떤 것을 또 깨달으셨습니까?

김지하 꼬박 100일 참선을 했는데, 꼭 100일째 박정희가 죽어버렸어요. 100일 참선 동안에 내가 인간의 내면이 얼마나 복합한 것인지를 들여다볼 수 있었어요. 그 시꺼먼 것과 환한 것 사이, 무서운 증오와 애욕 사이를 왔다 갔다 한 거예요. 참선이라는 게 극운동이라. 어떤 것에 대해서 쉽게 휘말리지 않고 늘 중립을 지키는 것 그걸 깨달았어요. 먼저 얘기를 해버리면 생명은 극에서 극으로 극렬한 생성을 해요. 그리고 거기에 말려들지 않고 늘 중립적인 입장을 취하는 태도에서부터 평화가 나오는 거죠. 생명이라는 말이 그냥 나온 게 아니에요.

이재복 이런 개인적인 체험에서 잉태된 생명이 하나의 체계를 갖추는

데는 다양한 이론이 필요했을 텐데요?

　김지하　역동적인 역학, 구성체주의 이런 사회과학적인 것 가지고는 세상을 알 수 없다, 그래서 소위 녹색당 소식을 듣기 시작했죠. 그 잡지들의 독일어로 된 스케치 기사들 접하면서 초기적인 생태학 공부를 한 겁니다. 생태학 공부를 하면서 그 본격적인 것은 못 보고 나중에 북친이나 루돌프를 공부했죠. 그것만 갖고도 아, 이 세계의 변화라는 것은 생태학으로부터 오겠구나! 하는 생각을 하게 됐어요. 그러나 한편으로 생태학이라는 게 영성이나 무의식 문제를 다루지는 않아요. 그럼 반대로 이것을 보충할 수 있는 건 내면세계 같은 진리인데, 무의식의 수련이라든가 명상 같은 것이죠. 그래서 선불교 공부를 하게 됐죠. 선불교 책을 읽으면서 외면의 생태학적인 것과 내면의 선불교 사이의 관계를 철학적으로 논리화하고 체계화하는 사상이 필요하다는 것을 느꼈죠. 둘 다 안팎을 다 아우를 수 있는 논리가 아니에요. 그래서 그것을 해결할 수 있는 것이 떼이야르 드 샤르뎅이다. 『인간현상』이라는 책이 있어요. 그 책하고 그 사람의 전 저작을 다 갖다 봤어요. 그 사람 사상의 핵심은 진화의 내면에 의식이 있고 진화의 외면에 복잡화가 있고, 그리고 세 번째로는 군집을 개별화한다예요. 전체는 개체화한다 이거죠. 그런데 문제는 이 3대 법칙으로 다 설명이 돼요. 대단한 저서죠. 그런데 샤르뎅의 이 법칙이 동학의 3대 법칙인 거라. 동학의 '시천주조화정영세불망만사지'죠, 이 주문에서 '시', 하느님으로 모셨다죠. 그 모심이라는 말에 뜻이 '내유신령', 안으로 신령이 있고 밖으로 기운의 복잡한 전개가 있다는 뜻이고, 세 번째 '일세지인 각지불이자야죠. 한 세상 사람이 서로 전체로서 떨어질 수 없는 관계를 각자 각자가 자기 나름으로 실현한다 그런 뜻이죠. 오히려 동학이 떼이야 르보다 한 걸음 더 나갔죠. 요즘 진화론이 자기 조직화의 진화론이에요. 붉은악마 있죠. 이 현상을 과거 환원주의적 진화론으로는 절대 해명 못 합니다. 자발적 창발성, 우연성에 입각해 보지 않으면 붉은악마 현상을 해명할 수 없어요. 또한 그 이전에 1999년 시에틀의 반WTO 운동도 해명이 안 돼요.

　　이재복 떼이야르 샤르뎅의 진화론과 동학을 비교하고 계신데요. 그 차이를 좀 더 자세히 말씀해 주십시오.

　　김지하 떼이야르의 진화론 제3항은 자연선택의 진화론에 가까이 가 있어요. 거기에는 군집이 먼저 나와요. 개별체는 나중에 분해 돼서 나온다고요. 그런데 동학은 서로서로 떨어질 수 없는 내면의 관계를 '각자각자로 시작하고 있죠. 그러니까 '각'이 먼저예요. 개체가 먼저 나오면서 각기 안의 숨은 차원으로서 눈에 보이지 않는 전체적인 유기성을 타고 난다는 거예요. 자기 나름의 전체를 만들어가는 것이 진화다 이렇게 보는 거죠. 그런데 개체가 먼저고 전체가 뒤죠. 제가 이걸 길게 이야기하는 뜻이 있어요. 성리학에서 말하는 '이'다 '기'다 이렇게 이야기 안 하고 현대에 맞게 동양학을 이야기하기 위해서 이렇게 하는 거예요. '각지불이'까지 해서 이것이 동학의 3대 법칙이라. 그러면 동학을 초점으로 해서 밀고 가야 하지 않느냐 하는 거죠. 난 불경도 많이 읽고, 막 감옥에서 나왔을 때 어떤 기자가 당신 사상의 현주소가 어디냐고 물었어요. 그래서 내가 망막은 불교고, 동자는 동학이다 그랬어요. 지금도 그래요. 그게 생명론이 죠. 이 전체가 바로 영성, 다양성, 순환성, 관계성 이런 것들을 말하는 겁니다. 역학적인 구조주의라든가 이런 것하고는 상당히 거리가 멀고, 지금 이야기한 것이 진화론과 생물학이 연결되어 있는 생태학적인 표명입 니다. 그래서 나는 공부를 그렇게 한 겁니다. 감옥에서 나와서 가톨릭을 그만뒀어요. 그 후 원주에서 장일순 선생하고 함께 생명 운동이라는 걸 일으켰어요. 그게 뭐냐 하면 유기농, 환경운동 또 하나가 문화운동이에 요. 나하고 몇몇 친구들하고 해서 한 살림이라는 책도 냈어요. 생태 문학이 그때 시작된 거죠. 그런데 이 운동이 깊은 정신운동과 연관이 안 됨으로써 세 방향이 다 바람직하지 않은 쪽으로 기울어져 버렸어요.

이재복 그럼 선생님께서 생각하시는 생명이 우리가 흔히 말하는 환경이 나 생태와 변별되는 혹은 그것을 넘어서는 개념인 것 같습니다. 그러나 우리가 일반적으로 환경이나 생태라는 말을 많이 쓰지 않습니까? 이런 점에서 생명이라는 개념이 이 시대의 하나의 중심 개념이 되기 위해서는 어떤 것들이 요구된다고 생각하십니까?

김지하 뭐, 한도 끝도 없이 많죠. 이번 물난리를 겪고 나니까 이제 이게 인재냐 천재냐라는 말이 나오는데, 나는 이렇게 봅니다. 수없이 집을 짓고 산언덕을 깎아 먹고 쓸데없이 길을 많이 냈잖아요. 하나만 만족할 걸 세 개 네 개씩 내고, 나무들 방벌해서 그냥 버려두고 하니 이게 어머 어마한 물난리가 된 거라. 아무튼 이렇습니다. 내가 쓰는 문자로 '환경운동 30년에 큰길에서는 쓰레기를 줍고 뒷골목에서는 쓰레기를 버린다', 즉 마음보가 변하지 않으면 소용없다 이겁니다. 아주 대표적인 것이 환경운동입니다. 나는 이게 고급 살롱 생태주의로 변질됐다고 봅니 다. 왜냐하면 현행법, 근대 법제는 인간과 인간과의 계약에 토대를 둔

것이에요. 미셸 세르가 이야기한 것처럼 자연과 인간의 공생 계약이라는 것은 우리나라에서는 말이 나온 적이 없어요. 이 현행법 체제에서는 법 끝까지 올라가고 판례를 동원하고 별짓 다 해도 천성산이나 새만금의 예에서 보듯 환경운동의 주체들 손을 못 들어주게 돼 있어요. 특히나 천성산 보십시오. 판결 주문이 도롱뇽은 소송 주체가 될 수 없다 이겁니다. 즉 극도의 인간 중심주의적인 법정 진행인 거죠.

이재복 현행법 체제가 그렇다면 지금의 환경운동은 이미 그 한계가 명백한 것 아닌가요? 그렇다면 현행법 체제의 이 한계를 넘어설 수 있는 방법은 무엇입니까?

김지하 근본적으로는 근대 법제를 뜯어고쳐야 해요. 우리의 사고, 철학, 문화 내지는 법 정신, 국가 이성, 이 전체가 르네상스나 프랑스 혁명 이후 유럽에서 만들어진 민족국가적인 것이에요. 이것들은 모두 나와 너 사이의 커뮤니케이션 위에 서 있는 사회적 공공성이거든요, 이 안에는 생명이라든가 우주적 존재 같은 것은 안 들어가 있어요. 그렇다면 이러한 근대 법제, 다시 말하면 근대적인 스타일을 바꿔야 하는 것 아니에요. 우주적 공공성, 모든 존재하는 티끌까지도 다 우리에겐 다 신령스러운 우주적 공동 주체로서 인정해주는 그러한 철학이 전제되고 사상이 전제되고 이것이 법에 반영되어서 법 안에서는 비록 인간이 대응을 한다 하더라도 물, 바람, 도롱뇽이 모두 소송 주체가 될 수 있어야 해요. 그러려면 거대한 변혁이 와야 하는데 혁명 따위로는 안 됩니다. 이것을 우리는 개벽이라고 해요. 후천개벽이죠. 그리고 그때 중요한 공공성이 천지공심天地公心이죠. 우주사회적 공공성 같은 것이죠.

이재복 선생님 말씀의 결론은 후천개벽의 마음의 변혁이 전제되어야 환경이나 생태의 문제가 근원적으로 해결이 된다 이거죠.

김지하 아주 간단히 얘기하자면 이런 거죠. 본질과 현상에서 현상 속에 본질이 드러나야 한다는 것이죠. 본질은 숨어 있고 현상은 드러나 있잖아요. 드러나 있는 모든 것이 생명이라고 한다면 숨어 있는 어떤 영성이랄까, 무의식, 마음, 이런 현상이 드러나야 한다는 거죠.

이재복 마음을 바꾸고 영성을 자각해야 한다. 저도 이것이 지금 우리의 문제를 해결하는 가장 중요한 방법론적인 대안 같아요. 그런데 이 마음과 영성이라는 것이 또한 우리가 가장 감당하기 어려운 욕망이라는 것과 맞물려 있지 않습니까? 더욱이 후기 자본주의 시대의 소비 욕망이라는 것은 마음이나 영성으로 다스리기에는 너무 힘이 세거나 우리가 도저히 뚫을 수 없는 벽 같은 거로 생각하는데, 이것이 가장 큰 문제가 아닐까요?

김지하 우선 나는 이미 말하고 있는 바대로 이번 시집도 그렇게 썼어요. 그런데 실패한 것 같아요. 『새벽강』이 특히 그런 것 같아요. 『비단길』은 그런대로 무난한 것 같고, 여기에서 내가 제기한 것이 자발적 가난이죠. 그런데 지금의 시가 어떤 거냐. 거의 만 명에 가까운 시인 중에 천 명 정도의 생태 시인이 있다고 한다면 이들의 시가 대개 이미지의 범벅, 제유와 환유의 범람 그리고 상상력의 무한을 추구하고 있다는 거죠. 특히 말의 풍요가 무슨 잔칫집 같아요. 조금 재주가 있어서 그것을 유기적으로 연결해놓으면 괜찮은데 그런 재주가 없는 경우 그 말은 무슨 쓰레기장 같단 말이죠. 이것을 읽는 사람의 마음은 어떻게 될까요. 그런 이미지 범벅이나 환유와 제유의 범람 같은 것을 중심으로 하는 하나의 규범이 형성될 것 아니에요.

아름답고 번쩍번쩍하는 그런 자연이 있어요. 이건 만든 겁니다. 길 가다 보세요. 온갖 꽃 다 심어놓고, 그건 생명이 아니라 반생명적인 것이에요. 이에 대해서 자발적 가난이라고 하는 것은 뭐냐? 그것은 청빈이죠. 생명에 관한 한 청빈한 태도를 취하자. 배고파서는 안 되니까 가난의 극복과 자발적 가난은 같이 있어야 합니다. 왜냐하면 자기 자신의 생명도 중요한 것이니까. 그 대신 어느 정도의 선에서는 자발적 가난이 치명적 교양으로 존재해야 합니다. 콤마와 댓쉬 같은 것이 왜 필요하냐, 행갈이와 연갈이가 왜 필요하냐, 말의 전략이 왜 필요하냐, 텍스트에 대한 공의 개념, 동북아시아 쪽에서 산수화 같은 것 보면 여백이 산이나 물보다 더 크잖아요. 여백을 어떻게 짜느냐에 따라서 산수가 결판나는 거잖아요. 산수화는 그래요. 그렇다면 오늘날의 생태시는 이 산수시와는 관계가 없는 거냐? 아주 초보적인 수준의 경우에 있어서 관계가 있어요. 그렇다면 허공이 개입하면 어떻게 됩니까? 말을 절약하게 되고 행갈이를 하게 되고, 콤마와 댓쉬를 다 쓰게 되는 거죠. 나는 우리 젊은 시인들이 여기에 대한 답을 내놓기를 바라요.

이재복 그 '공'이라는 것이 생명과는 어떻게 연결될까요?

김지하 죽음이라는 것은 안에도 공이 있고 바깥에도 공이 있어 같이 살 때 그것이 형성되는 겁니다. 안에 있는 공, 모든 사물과 사람과 생각의 안에 있는 공이 밖의 우주적 공과 방정함 속에서 형성되는 가치가 있어야 합니다. 시에 있어서 자발적 가난 같은 것은 뭐냐? 가치추구는 가치추구인데 그 가치를 지나치게 추구하지 않음으로써 그 가치가 공을 향해 열려 있는 상태로 받아들이는 거다 이거죠. 허공이 많이 들어오면 그것이 뭐가 되는 거냐. 어수룩해지고 허름해진다는 거죠. 그건 본질이 현상 위로 떠올라오는 것이라고 봐야죠. 생명의 본질은 공입니다. 없음이 있음의 존재적 본질인 거죠. 그렇게 안 하면 우리는 생명을 해명할 수가 없어요. 그게 아니면 진화론자나 생태학자들의 엔트로피 개념으로 들어갈 수밖에 없어요. 그런 규정은 우리가 할 일은 아니라고 봐요.

이재복 말의 자발적 가난을 말씀해 주셨는데, 시 이외에 우리의 문화나 사회 차원에서도 그것이 어떤 식으로 행해져야 바람직한 가치추구의 의미가 있을지 또 그렇게 되기 위해서 우리가 추구해야 할 자발적 가난은 무엇인지 좀 더 구체적인 말씀을 해 주십시오. 슈마허의 '자발적 가난'이라는 책을 읽어보았는데 그 개념이 너무 막연하더라고요.

김지하 빈민운동의 경우라서 그래요. 빈민운동에서는 생명, 공동체,

자발적 가난 이 세 가지가 3대 테마죠. 여기에서 가장 중요한 것은 가치 지향을 어디에다 두느냐 하는 거예요. 가치 지향을 보다 많은 집, 보다 많은 돈, 보다 많은 음식 등 양에 두는 게 아니라 인간의 삶에 있어서 질적인 요구들, 현상보다 본질적 요구들, 어떻게 사는 게 중요하다든가 어떤 인간으로서 대접을 받는 것이 중요하다든가 하는 질적인 가치에 비중을 두는 것이죠.

이재복 그런데 이것이 가능하기 위해서는 어떤 결정적인 깨달음이 있어야 하잖아요. 자발적인 가치 개념을 가지기 위해서는 깨달음의 동기 부여, 조금 다른 용어로 말하면 개념적 돌파가 중요하다고 보는데요. 우리가 그걸 못하는 것 같아요. 우리가 가는 길이 정말 잘못되었다고 스스로 자각하기 위해서는 그 현상으로부터 한 발짝 떨어져 그것을 객관적으로 깊이 있게 성찰하려는 의지뿐만 아니라 그것을 가능하게 하는 어떤 결정적인 힘이나 계기가 주어져야 한다고 봅니다. 그런데 그것이 어렵다는 것이죠. 지금 여기의 문명의 현실에서는 인간이 인간의 힘으로 그것을 할 수 있을지 의문이 듭니다.

김지하 인간이 할 수 없는 일은 신이 한다는 말이 있죠. 무슨 뜻일까요? 지금 우리가 그런 본질적인 생명의 위기를 깨닫지 못하고 있기 때문에 천재지변이 나고 전혀 예상도 못 한 우박과 폭설과 물난리가 나고 그런단 말이죠. 물이 토네이도를 만들면서 하늘로 큰 기둥처럼 솟았다가 갑자기 마을 밑으로 내리 때려 그 밑동을 파버리는 거예요. 박살이 나 버리는 거야. 이번의 수재, 물론 인재야. 수백 개의 나무들이 물결과 함께 서서 왔다고 그래요. 물이 산을 넘은 거예요. 이 정도면 이건 물난리라고 볼 수 없다고. 이건 지옥이야. 그러면 쓰나미 같은 화산, 지진, 이건 지구 자전축이 이동한다는 얘긴데, 해수면 상승, 이건 날이 갈수록 더한단 말이지. 온난화, 이런 현상들은 무엇을 말합니까? 이제까지 낙관적으로 보아왔든 제임스 러브록 같은 생태학자들도 이 현상을 보고 '가이아의 복수'라는 말을 했어요. 가이아가 자기보존을 포기했다는 거예요. 이거 무서운 얘기 아닙니까? 그러면 이런 걸 보고 우리가 그때 각성할 수 있는 것 아닙니까? 수십억이 다 죽고 결국에는 북극이나 고산지대에서 살 수밖에 없을 것이다. 자 그러면 각성이라는 것이 와야 하는데 그런데도 각성을 못 해요.

그러면 여기서 우리가 무엇에 기대야 하는가. 그게 바로 후천개벽 운동이에요. 그것이 뭐겠습니까? 기독교계에서도 종말에 대한 것이 있었죠. 그러나 타이밍이 넘어갔죠. 종말은 그냥 끝난다는 것이죠. 그에 비해서 19세기 동학 정역계의 사상사에서는 여기에 대한, 즉 새로운 우주 혼란에 대한 대답을 했어요. 그게 뭐냐? '혼돈한 우주의 질서'라고 불렀어요. 지금은 혼돈기이기 때문에 그 혼돈을 해결하기 위해서는 그 혼돈 속에 들어가서 그 혼돈 속으로 빠져나와야 한다는 것이죠. 이것을 '카오스모스' 라고 들뢰즈도 이야기했죠. 그런데 혼돈 속으로 들어가 혼돈 속으로 빠져나온다는 것이 무슨 뜻이냐? 우리가 어떤 병을 처방할 때는 우리가 그 병의 그래프를 따라가면서 그것에서 빠져나오는 것 아니에요. 그렇죠. 모든 질병의 치유 방법이 그것의 본성을 따라가면서 끄집어내는 거죠. 마찬가지로 19세기 전 세계적 혼란, 이런 것들을 동학에서는 후천개벽이라고 불렀어요. 그런데 이것을 하나의 변화로서 정착시키기 위해서는 지기가 필요하다고 보았어요. 그것을 강증산 같은 사람은 '율려'라고 불렀죠. 난 이 율려가 현상하는 본질이라고 봐요. 율려는 음악 원리인데, 신의 뜻을 반영한다는 것이죠. 이 율려가 19세기에 다시 돌아온다고 봤어요. 그것이 바로 혼원지일기混元之一氣죠. 혼돈적 질서죠.

이재복 동학의 이 혼원지일기의 개념이 서구에서 지금 이야기하고 있는, 특히 일리야 프리고진의 '비평형 열역학' 같은 학문과 유사한 점이 있는 것 같은데, 그렇다면 이러한 종교와 과학 혹은 동양과 서양의 서로 다른 성찰이 시기를 달리해서 동일한 문제의식을 가지고 있었다고 봐야 하나요?

김지하 서구에서도 혼돈과학이 나와야 한다고 지금 이야기하고 있어요. 이런 예감이 비치기는 비쳤죠. 일리야 프리고진 같은 사람이 '비평형의 과학'을 내놨죠. 비평형의 질서, 물에다가 열을 가하니까 물방울이 끓으면서 기화 현상으로 넘어가는 것을 방정식으로 푼 것 아니에요. 노벨상 받았죠. 또 들뢰즈가 말한 카오스모스 이론도 그런 것이죠. 그런데 서구의 이 혼돈과학은 거기서 끝났어요. 그런데 동학은 하느님을 '지기', 다시 말하면 '혼원지일기'라고 규정하고 있어요. 그러니까 혼돈한 근원의 우주 질서 이것을 하느님이라고 부른 거죠. 혼돈이 질서에 앞섰죠. 옛날에는 안 그랬거든요. 그다음 20년 후에 나온 것이 김일부의 정역正易이에요. 이에 앞선 주역에서는 우주 현상의 원리를 율려라고 불렀죠. 율은 남성, 질서, 합리적 인성, 균형 이런 것들이죠, 여는 소란, 아이들, 무질서, 여성, 그것이죠. 그런데 주역에서는 율려를 철저하게 앞에 세웠죠. 하지만 김일부는 1879년에서 1885년 사이에 충청도 연산에서 정역을 공표합니다. 이것의 핵심원리가 '여율呂律'이에요. 이건 뭡니까? 혼돈을 앞세운 질서죠. 어째서 김일부는 혼돈을 앞세웠을까? 그때가 화산 활동이 강화되고, 제국주의자들이 세계를 제패하고 전쟁을 할 때죠.

이재복 김일부가 정역을 공표할 때처럼 지금 그런 위기가 도래한 것 아닙니까? 그리고 그가 혼돈을 앞세운 이유에 대해 이런 현상적인 것 이외에 사상이나 철학적인 배경에 대해서도 말씀해 주십시오.

김지하 서양학은 '시종'인데 비해 동양학은 '종시'에요. 종시로 보면 동아시아에서 결국 이 신의 뜻이라고 하는 지구의 혼돈을 어떻게 인문학적인 인식으로 받아들이느냐가 문제에요. 동학에서는 그것을 여율, 혼원지일기 이런 식으로 받아들인 거죠. 이렇게 동학은 그 개념을 인문학적으로 제시했지만 '정역'이라는가 그 뒤에 나온 강증산의 '후동학', 강일순의 '현무경' 같은 책들은 암호, 상징으로 가득 차 있어요. 정역도 상수학으로 되어 있죠. 그래서 나는 이런 것들을 콘텐츠로 해서 서양, 특히 유럽이나 미국의 과학 기술적인 하드웨어하고 손을 잡아야 한다고 봐요. 이 위기를 헤쳐나가기 위해서는 탁월한 과학이 필요한데 이것은 인문학 쪽에서의 원형의 촉매가 있어야 가능한 것이죠. 이런 점에서 우리는 혼원지일기를 인문학적 수련을 통해서 이것을 담을 뿐만 아니라 율려화하고 이것을 아메리카의 그 고도의 과학들과 손을 잡음으로써 이 지구 전체에 대해서 처방을 내리는 것이 필요하다고 봐요. 일차 러브록의 가이아 이론에서부터 그것은 나왔어요. 러브록은 지구 생리학이라고 해서 산맥학, 지질학, 해양학 이런 식으로 전 지구적인 학문을 많이 제안했어요. 그 사람은 이렇게 전체에서 진단을 하고 처방을 내리자고 했어요. 나는 이 러브록의 제안에 대해서 언제 환경부에서 강연을 한 적이 있어요. 그때 나는 이것이 껍데기만 돼 있다고 말했어요. 산맥이건 지질이건 아니면 해양이건 지구 전체에는 안으로 단전과 경락이 있다고 봤거든요. 최창조 같은 사람은 지구 단전론을 당연한 것으로 보고 있죠. 이 단전에는 네 개의 층이 있어요. 심층 기맥과 표층 기맥이 있고, 심층 수맥과 표층 수맥이 있어요. 그리고 이 기와 수의 관계가 아주 복잡하게 얽혀 있어요. 그런데 기가 먼저예요. 만약 우리가 내 몸에도 기가 있고 단전이 있듯이 이것을 과학적인 방법과 연관을 시킨다면 지구의 심층에 있는, 우주의 대기권에 있는 기와 수의 관계를 조절함으로써 지구 조절력을 획득할 수 있게 되는 거죠.

이재복 그 방법이 가능할까요?

김지하 만일 불가능하다 하더라도 다른 방법이 다 막혀 있어요. 러브록은 가이아가 복수를 시작했다고 했잖아요. 그렇다면 이제야말로 우리가 생각하고 있는 참동계 같은, 인간의 몸 안에 주역 64계가 어떻게 포치되어 있는가를 가지고 여기에서 한번 대담하게 나갈 필요가 있다고 봐요. 그런 것이 대응하고 해결하는 방법이죠. 이렇게 보고 생명과 평화 포럼이라는 것도 하고 그러면서 얼마 전에 환경 운동하는 사람들을 비판했죠. 감시 고발 차원을 넘어서야 하고 근대 법제가 가지는 한계를 제대로 인식하라고 했죠.

　　이재복 선생님 말씀의 핵심은 동학의 혼원지일기, 정역의 여율, 천부경의 원리들 이런 것들을 어떻게 과학화시킬 것인가? 즉 새로운 스타일의 우리 식의 본질과 현상에 대한 관계의 학이 정립되어야 한다. 뭐, 이런 것 같습니다.

　　김지하 얘기는 길지만 그것이 핵심이죠. 중요한 것은 중세나 성리학 시대와는 다른 우리식의 새로운 스타일의 학이 정립되어야 한다 그거죠.

　　이재복 저도 지금 우리 시대의 위기를 돌파하기 위해서는 선생님께서 말씀하신 인문학적인 상상력을 통한 자각, 즉 후천개벽을 이루어야 하는데, 이 과정에서 중요한 것은 이 시대의 지배적인 힘의 실체인 디지털 테크놀로지에 대한 인식이 절대적으로 필요하다고 봅니다. 더욱이 이러한 후천개벽의 미래적인 주체가 우리가 흔히 N세대라고 하는 디지털 세대 아닙니까? 이와 관련해서 저는 선생님 책을 읽다가 흥미로운 점을 하나 발견했는데 선생님께서는 디지털을 영성과 관련지어서 해석하고 계신데 여기에 대해 의문이 들었어요. 디지털의 어떤 면이 영성으로 해석될 수 있는 여지가 있는 겁니까?

　　김지하 그런데 먼저 전제해야 할 개념이 '상환성'이에요. 내면적인 영성과 외면적인 생명이 서로 상환적이기도 하다 이거죠. 컴퓨터나 디지털은 철저한 뇌의 모방이에요. 뇌의 사이버네틱스^{cybernetics}의 경우에 있어서는 이중성이 움직임의 기초에요. 온 오프, 오프 온의 교차 이런 것이죠? 극과 극의 상환성이죠. 뇌가 그렇잖아요. 참선은 다른 게 아니고, 뇌 과학에서 말하는 영적인 움직임 같은 거죠. 그런데 이런 영적인 움직임이 디지털 속에서 이루어지고 있다는 거죠. 인터넷 속에서 벌어지는 발신자와 수신자 사이의 소통이 바로 그런 거죠.

이재복 이런 식의 소통을 어느 글에서 '밀실 네트워크'라고 표현하신 것을 본 적이 있습니다. 선생님께서 이 밀실 네트워크의 주체인 신세대들이 세상을 바꿀 것이라고 많은 기대를 하고 계신 것 같습니다. 어떤 점에서 그런가요?

김지하 앞서 잠깐 언급했지만 생명이란 '각자불이자야' 즉 개체를 앞세우는 것이에요. 그것이 서구의 생태론과 우리의 것이 다른 이유죠. 그 개체화, 개별화라는 것이 곧 숨은 차원의 전체성을 어떻게 유기화하느냐의 문제죠. 나는 그 현상을 잘 보여준 것이 바로 2002년 한일 월드컵 때의 붉은악마와 시애틀에서 있었던 반WTO 데모라고 봐요. 그 현상을 어떻게 해명할 수 있을까? 그게 우리 쪽이든 서구 쪽이든 모두 고민이었죠. 생각해 봅시다. 700만이 모인 것도 대단하지만 그 700만이 동원된 역동적 사태임에도 불구하고 단 한 건의 대형 사고나 홀리건 따위 폭력이나 인종적 편견의 노출이 전혀 없었단 말이죠. 환원주의 해방론자들은 그것을 파시즘의 현현이다, 집단히스테리이다 뭐 이런 식으로 갖다 붙였지만, 이것이야말로 카오스모스, 혼돈 속의 질서, 다시 말하면 이것은 개체성을 잃지 않는 분권적 융합이요 자기 조직화이며 이른바 내부공생의 현실화라고 할 수 있죠.

이재복 그것이 바로 '아이덴티티 퓨전'이라는 것이죠?

김지하 밀실 네트워크를 통해 각자의 개성이 퓨전 된 거죠. 이 각자 각자가 700만 명이 된 것이죠. 샤르뎅이 말한 개체 개체가 숨어 있는 전체성을 드러낸 거라고 봐요. 아이덴티티는 카오스, 즉 생명이고 그것이 퓨전이 된 상태가 코스모스 즉 평화인 것이죠. 이런 차원에서 보면 유엔식의 평화론이나 칸트의 영구평화론이 얼마나 관념적이고 허구적인 것인지 알 수 있죠. 모든 국가 모든 민족 각자 각자가 주체적으로 참여하는 것이 아니라 소수 힘 있는 국가에 의해 유지되는 평화가 어디 평화라고 할 수 있어요. 또 비인격적인 것들이 배제된 평화가 어디 평화에요. 다시 한번 말하지만 2002년 붉은악마 현상은 각자 각자의 외로운 개별성, 혼돈, 무질서가 자기 자신의 조직화에 의해 하나의 전체성으로 드러난 생명 현상이라고 봐요. 문화적 옛 축제의 부활이라고 할 수 있죠.

이재복 사흘 낮 사흘 밤을 춤추고 노래했다고 하는 우리의 고대 축제가 떠오르는군요.

김지하 나는 2002년 이 붉은악마의 축제가 한류와 연결될 수 있다고 봐요. 우리의 정신사의 핵심이 '신명'이잖아요. 그 신명에 역사적인 침략을 받으면서 '한'이 형성된 것이죠. 그런데 우리의 문화적인 아이덴티티는 한을 뚫고 그 신명이 올라오는 것이라고 할 수 있죠. 최근에 본 「왕의 남자」나 「주먹이 운다」가 여기에 해당된다고 봐요. 나는 이러한 우리의 신명과 한이 충분히 한류가 될 수 있다고 봅니다. 아시아적 삶이라는 게 어떤 건가요? 아시아 국가들은 대개 억압의 역사를 갖고 있어요. 억압의 삶을 산 사람들은 차이는 있지만 한이 존재하죠. 그런데 그 한은 풀어내야 해요. 한을 뚫고 신명이 올라올 때 그것이 가능하다고 봐요.

이재복 한류가 생명 사상을 토대로 하고 있는 한민족의 문화적인 후천개벽의 한 현상으로 볼 수 있다면 그것을 세계사적인 차원으로 확장해서 해석하면 어떨까요?

김지하 세계의 물류량이 동아시아로 이동하고 있어요. 이것을 단순히 물적 이동으로만 보면 안 되죠. 물류량의 이동은 곧 문명의 이동 아닙니까? 그렇다면 생각해 봅시다. 동서를 이어주는 랜드 브릿지는 누가 되는 겁니까? 우리의 인천이나 광양, 부산 같은 도시는 랜드 브릿지로 손색이 없어요. 바이어가 이동하고 이들을 우리는 한류를 통해서 끌고 올 수 있어요. 상품을 팔려면 문화가 중요하죠. 브랜드 경제라고 하잖아요. 나는 이걸 제1기 한류라고 봐요. 이것만으로는 안 되죠. 제2기 한류가 필요한 거죠. 이건 고급 한류가 될 겁니다. 이때는 철학, 종교, 문학, 미학을 파는 겁니다. 한반도가 동북아시아의 허브로서 집중 조명을 받게 될 날은 멀지 않습니다. 시베리아 횡단 철도인 TSR과 중국 횡단 철도인 TCR이 완성되면 유럽과 아시아의 물류량은 상상을 초월할 것이고 한반도는 그 중심에 서게 되는 것이죠.

이재복 동북아시아의 허브로서 또한 동서양의 랜드 브릿지로서 한반도의 역할이 중요하다면 선생님 말씀처럼 그것은 단순한 물류량의 이동이 아니라 엄청난 문명 혹은 문화 콘텐츠의 이동이 되겠죠. 그렇다면 우리가 가지고 있는 문화 콘텐츠 중에서 그들에게 팔 수 있는 것들을 개발하는 일이 중요하다고 봅니다. 그러나 무엇보다도 중요한 것은 지금까지 말씀하신 생명 사상의 한국적인 전통을 체계화하는 일이라고 생각합니다. 저들에게 새로운 문명과 문화, 그것은 생명의 문명이나 문화가 되겠죠. 특히 동학이 가지는 영성에 입각한 폭넓은 생명관과 사상 체계는 미래적인 대안으로 매력적인 부분이 있다고 봅니다. 그런 점에서 동학의 미래적인 학으로서의 의미에 대해 좀 더 말씀해 주십시오.

김지하 본질과 현상 얘기는 별로 안 했죠. 그런데 실제에 있어서 몇 가지 얘기는 하고 싶어요. 수운 선생이 이런 계시를 받아요. 1860년 4월 5일 11시 경주에서 하느님 계시를 받아요. '세상 사람들이 천지는 잘 알지만 귀신은 잘 모른다. 귀신이라는 것은 바로 나다.' 그 말씀을 하셨어요. 천지란 뭐냐? 바로 현상입니다. 귀신은 본질이 되죠. 그 본질은 동아시아적인 사상으로는 '인'이죠. '천지인' 할 때 그 '인' 말이에요. 이것이 생명이고 주체죠. 자 그렇다면 귀신은 바로 나라고 했잖아요. 그러니까 내가 바로 하느님이야. 그렇게 수운 선생이 얘기를 했고, 자기에게 부적이 있는데, 그 모양은 태극이고 또 그 모양은 궁궁이다. 태극은 주역에서 나오는 말이고 그럼 궁궁은 뭐겠어요? 이건 『정감록』에 나오는 얘기에요. 『정감록』에는 모골이 송연한 표현들이 많이 나옵니다. 돌이 희어지고, 당진과 안성 사이에 피가 백 리를 흐르고 아주 무시무시하지요. 그런데 그때 살아남을 때는 궁궁뿐이다. 그럼 그게 뭘까? 일종의 혼돈한 세상에서의 비밀한 장소라. 혼돈 속에 들어있는 비밀이야. 태극은 이제까지 지나온 우주의 질서고, 궁궁은 이제 새로 시작되는 후천개벽의 원형이라고 한다면 그렇다면 이 둘이 합쳐져서 혼돈적 질서를 말하는 것이 아니냐 그거죠. 이때 우리가 봐야 할 게 뭐겠어요. 태극과 귀신 그리고 또 하나가 천지인, 음양, 한이에요. 이때 이 한은 중국에 없어요. 중국은 삼제 사상, 즉 천지인 사상을 동방으로부터 끌고 왔어요. 그렇지만 무극, 태극, 황극이라는 말은 있는데 사실은 일태극 음양 중심으로 단순하게 보고 있어요. 어째 그런가? 그건 이들이 농업을 중심으로 해서 그래요. 중국은 삼천오백 년 전부터 유목적 질서를 모두 버리고 농업 일변도의 봉건제도를 만들었던 거예요. 그 철학을 세운 사람이 주공과 공자죠. 여기에 저항한 사람이 바로 '치우'예요. 중국의 황제하고 문명 전쟁을 74회나 한 사람이야. 북방 유목계 문명하고 남방 농경계 문명을 결합하려고 그랬어요. 그래서 우리나라 고구려 이쪽이 저쪽 말갈, 흉노, 돌궐과 손을 잡았죠. 이게 중국을 포위하는 형국이에요.

이재복 중국이 천지인 사상을 동방으로부터 끌고 왔다면 이미 동방에 그 사상이 있었던 거네요. 그렇다면 동학, 특히 수운 선생은 이 천지인을 어떻게 해석하고 있습니까?

김지하 천지인을 해석할 때 수운 선생은 '천'은 '오행의 벼리'라고 했어요. 이게 본질이죠. 지는 오행의 질, 바탕이라고 했어요. 이게 현상이죠. 사람은 오행의 기다. 생명이고 주체인 거죠. 이것은 최수운 선생이 천지인 사상과 음양, 한 사상을 본질과 현상에서 아주 대중적으로 해석하고 있는 거라고 할 수 있죠.

이재복 최수운 선생도 '한'이라는 말을 썼나요?

김지하 수운 선생은 '한'이라는 말을 안 썼죠. 그 대신 '한울님'이라는 말을 썼죠. 내가 생각하기로는 동아시아 쪽 생각은 모두 같다고 봐요. 한이라는 하나, 음양이라는 둘, 천지인이라는 셋, 이 셋이 동아시아 넓게는 아시아 사상 문화의 핵심이라고 봐요. 우리의 경우는 풍류도인데 이건 생명학의 기본이죠. 이게 질 들뢰즈의 카오스모스 이론에 대응하고 있어요. 들뢰즈는 카오스모스 문화를 제기하면서 철학적 사유, 과학적 검증과 예술 또는 미학적인 관조, 요 셋이 카오스모스 문화를 구성한다고 봤죠. 3이죠. 카오스모스라는 게 바로 이 1과 3인데, 그런데 2가 있어요. 철학에 대해서 비철학, 과학에 대해서 비과학, 예술에 대해서 비예술이 같이 상승 작용을 해야 카오스모스 문화가 가능하다고 본 거죠. 아주 재미난 이야기죠. 역사로부터 시작해서 역사로 돌아갈 운명이지만 그 자체로서 절대로 역사가 아닌 일종의 민중의 내면적인 삶의 생성으로서의 그림자라고 말할 수 있죠. 이 말이 동아시아의 한, 음양, 천지인 이것과 대응해서 상당히 재미있는 융합을 가져오지 않을까 생각해요.

　　이재복　본질과 현상 문제에 대해서 들뢰즈 나름대로 고민한 흔적이 엿보입니다. 선생님께서 인人이 기氣라고 하셨는데 이런 점에서 보면 이것들이 최근 뇌수학과 관계를 가진다고 볼 수 있지 않나요?

　　김지하　'뇌수학'에 '전신두뇌설'이라는 게 있어요. 이걸로 본다면 현상의 형태로 본질이 존재하고 있는 거죠. 지은이 씨 담론도 몸이잖아요. 20년 전에 일본 분자 생물학 쪽에서 '배꼽 아래 하단전 위치에 소뇌 기능이 있다'고 했어요. 최근 미국에서도 뇌생리학에서 '우주적인 빅뱅도 뇌세포 안에서 그대로 일어난다'고 했잖아요. 이건 우리 인간의 몸에 뇌구조가 있다는 거죠. 뇌라는 건 '프랙탈 구조fractal structure'죠. 전체에 있는 것이 다시 압축돼서 있는 것이 프랙탈 구조죠. 뇌에서 명령 내려서 저 아래까지 가는 게 아니라는 거죠. 이렇게 되면 굉장히 문제가 복잡해지죠. 한 가지만 얘기하죠. 최수운의 '논학문'이라는 게 있어요. 그런데 이 논학문의 전체 구조는 일종의 전신두뇌설의 맵이라고 볼 수 있어요. 이 이야기는 그 이상 들어가면 안 돼요. 다만 동학은 몸이라는 현상 속에 나타난 본질을 말하는 게 아니겠느냐 하는 것이죠.

이재복 몸에 대한 보다 깊이 있는 이야기는 아쉽지만 다음 기회로 미루겠습니다. 이야기가 너무 넓어진 것 같습니다. 다시 생명과 평화로 돌아오는 것이 좋을 듯합니다. 좀 더 구체적으로 우리 삶과 연관해서 생명과 평화의 문제를 이야기해 주십시오.

　　김지하 무엇보다도 중요한 건 생명 현상들을 혼돈과의 관계에서 찾아 들어가야 평화를 찾을 수 있다는 거예요. 칸트의 영구평화론에 입각한 유엔의 평화론은 사실 팍스 아메리카나거든요. 진짜 평화는 살아 생동하고 모순투성이고 여기저기 개별성이 강하고 이런 삶의 조건 안에서 그 나름의 질서로서의 평화를 찾을 수가 있는 거죠. 그러니까 강대국 중심의 교조적인 평화론이 아니라 실제 매일매일 삶의 이름이 평화가 돼야 하는 거죠. 숨 쉬고 밥 먹고 사랑하고 그러면서도 평화로워야 한다 그거죠.

　　이재복 그것이 가능할까요?

　　김지하 그것을 추구하는 것이 바로 '생명과 평화의 길' 포럼이죠. 내가 중앙아시아, 동북아시아를 다 돌면서 샤머니즘 학자들을 많이 만났어요. 아시아 전통사상의 핵심이 '한', '음양', '천지인'이라는 것, 또 하나 '생명과 평화'라는 것을 확인했어요. 예를 들어서 끼리끼스 같은 데서는 뭐라고 하냐 하면 '자연에서 필수 불가결한 것 이상을 가져가지 마시오'라고 해요. 거의 10세기경부터 입에 달고 다녔던 주문이에요. 이게 뭡니까? 현대 생태학 제1조 아니에요. 이게 생명이고 평화는 뭐냐. '남의 칼이 몸에 들어와서 핏방울을 내기 전에는 칼을 뽑지 마라'가 바로 그거죠. 그러니까 완전히 수동적 적극성으로서 전쟁을 생각하는 거죠. 또 나나이, 아무르강이죠. 그 강은 뜨거우면 엄청나게 뜨거운가 봐요. 그런데 그 강 밑에서 고기들이 배때기를 허옇게 드러내고 자빠진대요. 그게 거기 의식인데, 그 아가미에다가 돌을 집어넣는대요. 그게 일종의 생명 의식이죠. 그리고 거긴 또 외부에서 와서 동네에 불을 지르기 전에는 절대로 저항하지 않는대요. 자, 그리고 『산해경』에 뭐라고 적혀 있나요. '예맥숙

신' 이건 동이족의 옛 명칭이죠. 그러니까 한국민족이죠. '호생불사생', 산 것을 좋아하고 죽이기를 싫어했으며, '호양부재', 양보하기를 좋아하고 다투기를 싫어했다. '호', 그러므로, '불사군자지국'이라, 죽지 않는 군자의 나라다. 그러니까 한국 사람만 잘난 것도 또 못난 것도 아니죠. 그걸 중앙아시아의 끼리끼스, 까자끄, 우즈베끼, 몽골, 브리야트, 캄자카 등 이런 수많은 사람들의 옛 전통이 모두 생명과 평화라는 거죠. 생명과 평화의 중요성은 그것이 살아 있는 생명에 입각한 평화일 때다 그거죠. 내가 중요시하는 것은 생활적 감각 안에 평화의 감각이 있느냐 하는 거예요.

이재복 그런데 지금 예로 든 아시아의 생명과 평화의 전통이 그야말로 옛 전통인 거죠. 앞으로 그쪽도 차츰 그런 생명의 전통들이 자본의 논리에 의해 상품화된다면 진정한 생명과 평화의 길은 험난하리라고 봅니다. 여기에 대한 어떤 대안이 있습니까?

김지하 바캉스철이나 명절 때 엄청난 사람들이 시골로 이동합니다. 왜 그렇게 극성이냐 그거죠. 그 이유를 찾아야 해요. 생명의 4대 본성이 '순환성', '관계성', '다양성', '영성'인데, 순환성은 인간과 자연과의 관계예요. 이건 상품이 될 수 없는 것인데 오늘날 토지 소유와 토짓값이 올라가냐 내려가냐 가지고 난리죠. 두 번째 인간과 인간 사이의 관계성, 이것 역시 절대 상품화될 수 없는 것인데, 이것도 상품화됐죠. 옛날 같으면 돈 빌려주는 건 서로 친해서 그랬잖아요. 미덕이 신뢰였죠. 그런데 요즘은 그것이 불가능하니까 신용조합이라는 걸 만들었어요. 하지만 요즘 인간과 인간 사이의 관계가 신뢰예요. 금융 관계죠. 다양성은 인간과 자기 자신과의 관계인데, 이건 노동과의 관계예요. 노동이 자신의 인격을 형성해 주는 것인데 요즘 어떻게 됐어요. 노동이 임금노동이 돼 있어요. 그렇게 돼서 인간이 노동에서 자신의 인격을 형성한다는 것이 불가능해졌죠. 영성은 인간과 신 사이의 관계죠. 자기 내면 무의식 전체와의 관계에서 인간이 영적인가? 물건 덩어리로 전락했죠. 이 네 가지 생명의 속성이 있는데 이것이 전부 상품화된 거죠. 이것을 탈상품화시키는 것만이 자연, 사회, 내면의 평화를 가져오는 조건이 된다고 봐요.

이재복 탈상품화의 전력은 자본주의의 시장의 논리와 밀접한 관계가 있다고 본다면 문제는 시장성의 개념을 어떻게 새롭게 해석하느냐에 달려 있다고 생각합니다. 시장이야말로 인간의 욕망이 서로 교환되는 그런 장소이자 보이지 않는 손의 가치가 지배적인 흐름을 형성하고 있는 곳인데 어떻게 이 요구들을 충족시키면서 또한 생명의 4대 본성을 훼손시키지도 않는 어떤 혜안이 있는 겁니까?

김지하 간단히 이야기하면 탈상품화 했을 때가 평화죠. 그래서 난 그것을 '시장의 성화'라고 부릅니다. 최해월 선생이 뭐라고 그랬습니까? '후천개벽이 언제 옵니까?' 하고 남기천이가 물으니까 해월이 그랬죠. '만국의 병마가 다 들어왔다가 만국의 병마가 다 떠날 때다 온다 그랬죠. 그랬더니 또 물었어요. '후천개벽은 과연 언제 옵니까?' 해월이 그랬어요. '장바닥에 비단이 깔릴 때 온다.' 그게 바로 '신시'에요. 나는 신시를 그렇게 봐요. 이게 단순한 교환이 아니라 상호 호혜적 교환이지. 또 단순한 상호 경작 행위가 아니라 '품앗이'지. 정부가 노동력을 동원해서 한 사람 몫으로 받는 거지요. 한 사람 몫이니까 많이 받는 거죠. 사회주의의 대안으로서 등장한 '레스'가 바로 이 품앗이죠. 이게 신시죠. 신시는 지금의 자본주의 시장과는 재분배 구조가 달라요. 신시야말로 생명과 평화의 경제지요.

이재복 생명과 평화의 길이 바로 그것을 실현하는 과정 아닙니까? 그런데 이 포럼이 4년 정도 된 걸로 아는데 해마다 조금씩 주제가 다른 것 같아요. 이 포럼의 앞으로의 계획에 대해 말씀해 주십시오.

김지하 이번에 1기 활동이 끝났어요. 이론과 사상 공부하는 차원이 끝난 거죠. 올가을 내년부터는 제2기 활동에 들어가는데, 실천적인 것이

주가 될 겁니다. 실천과 현장 공부를 결합시키려고 그래요. 그렇게 되면 이제까지 우리가 공부해 왔던 걸 대중 독본의 형식으로 만들어 보급하려고 그래요. 특히 교육 문제 같은 걸 가지고 현장적으로 접근해 봐야 할 것 같아요.

이재복 제가 생각하기에도 이 교육의 문제가 중요할 것 같아요. 선생님께서도 생명과 평화의 문제가 성립되기 위해서는 근대적인 제도를 뜯어고쳐야 한다고 말씀하셨는데, 그렇게 하기 위해서는 교육, 특히 지금 헤게모니를 쥐고 있는 제도권 교육의 문제가 절실히 요구된다고 봅니다. 교육은 이데올로기를 생산하기도 하고 또 그것에 저항하기도 하는 그런 기제 아닙니까?

김지하 이제까지 4년 동안 해 왔던 콘텐츠를 현행 교육 제도 안에 넣었을 때 어떤 현상이 일어날 것인가? 교육 문제는 학부모, 학생, 젊은 여성과 청소년이 주체로 등장해야 합니다. 소수민족, 노숙자, 비정규직, 실업자 이런 소외된 사람들하고 청소년, 여성들 이 삼대 그룹이 생명, 평화 운동에 주축이라고 봐요. 장년 전문직 남성들은 한 발 후퇴하면서 보좌하는 역할을 하게 될 겁니다.

이재복 생명과 평화의 길 같은 이런 포럼이 세계적으로 없죠?

김지하 전 세계적 포럼이 두 개죠. '다보스 포럼'이라는 경제적 선진국들의 포럼이 있고, 이에 대한 비판적인 입장을 보이는 좌파정권과 제3세계 이쪽에서 하는 '월드 소셜 포럼'이 있어요. 그런데 양쪽 다 삐딱하다고. 우리는 중도적 입장에서 생명, 평화를 다루는 포럼을 세계적 포럼으로 밀고 올라갈 생각을 해요. 결국 그렇게 가겠죠. 여기서는 우선 동아시아가 아시아를 압축하고, 태평양, 즉 미국이 서양 쪽을 압축하게 되는 동아시아 태평양 신문명을 창조하는 것, 특히 미국과 한국 사이의 관계가 중요하고, 이것에 대해서 일본과 중국이 협동, 보필하는 그런 형태의 세계화의 관계를 만들어가는 그런 쪽으로 갈 겁니다. 이런 우리 담론의 전체적인 방향이 시적 메타포로 '흰그늘'입니다.

이재복 생명과 평화의 길이 아직 법인 단체는 아니죠?

김지하 법인 등록이 안 돼 있죠. 곧 될 겁니다. 이제 법인이 중심이 되면서 여러 가지 일을 야무지고 다부지게 가다듬으려고 합니다. 철저히 여성, 청소년 중심으로, 중심을 분명히 세울 것이고, 대규모 포럼보다도 워크숍 중심으로 나아가려고 합니다. 또 포럼도 우리나라에서만이 아니고 해외에서도 개최해서 다양한 관심을 유도해 나갈 계획이에요. 특히 중요한 것이 교육인데, 대중 독본 같은 것은 내가 손을 대야 할 것 같아요. 이 형도 좀 도와주세요.

이재복 감사합니다.

김지하 여성, 청소년, 빈민 운동가들 그 외에는 젊은 남성 청년 운동가들이 함께 나서야죠. 유아 교육에서 대학 교육까지 문제점을 전부 청취하는 포럼을 한번 개최해서 그것을 4년 동안 공부해 왔던 결론에 토대를 두고 비판적으로 대응을 해나가야 하지 않을까 하고 생각해요.

이재복 이기적인 유전자보다 중요한 것이 문화적인 '밈' 유전자라고 하지 않습니까? 이런 점에서 생명과 평화의 길이 추구하는 이념이 또 다른 생명의 지속을 가능하게 하는 기획이라고 생각합니다.

김지하 '밈'의 형성 과정과 태교에 있어서 우리가 제기하고 있는 문화적인 콘텐츠 혹은 콘셉트 연구가 돼야 한다고 봐요. 예를 들면 우리 생명과 포럼의 길의 메타포가 흰그늘이라고 했다. 그러면 이 그늘이 뭐냐 이거죠. 그늘은 이 형도 잘 알다시피 판소리의 기본 개념 아니에요. 쓴맛, 단맛 다 보고 피 토하고 하면서 온갖 슬픔, 기쁨, 웃음, 눈물 이런 것들을 융합 표현할 수 있는 미학적 기량을 가지고, 윤리적으로는 성숙한 사람이 되는 게 그늘이죠. 이 그늘 안에 아우라가 그야말로 무의식 밑바닥에 초월적인 것이 신명의 형태로 나오는 것이 흰그늘이죠. 이 흰그늘의 문제를 밈과 연결시킬 때 예컨대 소리 같은 데서는 걸걸거리는 수리성으로

나왔다, 수리성이 정서를 전달하거나 특히 어린애들 교육에 있어서 생태적
으로 봤을 때 그 수리성이 그 아이들 안에 정말 밈과 연관된 새로운
각성, 새로운 센티멘탈을 만들 수 있겠는가? 또는 새로운 창의적인 삶에
대한 견해를 만들 수 있겠는가? 또는 삭힘의 능력이나 정진할 수 있는
능력, 당관의 능력을 만들 수 있겠는가? 문제는 여러 가지 일 겁니다.
그런 방향으로 새로운 교육론 같은 것을 하나 만들어 보고 싶어요.

 이재복 최근 몇 년 동안 선생님 시를 여러 곳에서 많이 보았습니다.
사상과 시의 긴밀성 속에서 줄곧 시쓰기를 해 오셨는데, 특히 『새벽강』과
『비단길』 두 권의 시집에서는 말의 자발적 가난을 강조하셨습니다. 스스
로 허름한 시라고 명명하셨는데 제가 보기에는 그러한 시쓰기가 일견
새롭기도 하지만 또 시가 가지는 메타포와 상징의 기능을 너무 약화시키는
것이 아닌가 하는 의문이 들기도 합니다. 그 허름함 속에 어떤 번뜩이는
그 무엇이 있어야 하지 않을까요? 그것이 아우라든 무엇이든 그 강렬함이
있어야 좀 더 공감이 폭이 크지 않겠습니까?

 김지하 어떻게 그렇게 됐어요. 300편 이상이 넘는 시노트를 김재홍
씨한테 넘겼어요. 거기에서 한번 추려봐라. 나는 100여 편 추릴 줄 알았더니
한 200여 편 추린 거예요. 그래서 그냥 넘겼어요. 『비단길』은 그런대로
무난한데, 『새벽강』은 목에 힘을 너무 빼버렸어요. 이미지가 꽃 피고
그런 게 전혀 없어요. 대구 옆에 청도라는 데가 있어요. 거기에 후배
별장이 있는데, 내가 영남대 강의가 있어서 거기서 잤어요. 새벽에 일어나
꽃을 봤더니 그늘이 바람에 둥실둥실 흔들리는 거라. 조그맣고 허름하고
쉬우면서도 뭔가 범접할 수 없는 생명의 그 서늘함이 있더라고. 그때
문득 든 게 '자발적 가난에서 한 걸음 더 나아가야겠다.' '거꾸로 어떤
독특한 이미지를 받아들여야겠다.'라고 생각했어요. 내가 그래요. 극에까
지 갔다가 방향을 바꾸고 방향을 바꾸고 그랬거든요. 사람들이 저항에서
생명으로, 생명에서 율려로, 율려에서 한으로 자꾸 그러는데, 뭐라고

하든 앞으로 시집은 5, 6년 후에나 낼 것 같아요. 당분간은 아니지만 앞으로는 허름하고 편하고 그렇지만 뭔가 반짝하는 주목할 만한 이미지가 있는 그런 시를 쓰려고 해요.

이재복 마지막으로 본질과 현상에 대해 한 말씀 해 주시죠.

김지하 본질과 현상 문제가 평화하고 연결된다고 했을 때 내가 깜짝 놀랐어요. 그런데 이걸 한번 생각해 봅시다. 우리가 아무리 평화를 얘기하고, 평화를 이루기 위해서 말을 해도 논리, 삶의 논리, 인식의 논리가 그렇지 않다면 문제가 있습니다. 매일 매일 생각하고, 살고, 대인 관계나 자연 관계에서 그 논리가 늘 투쟁의 논리로 싸움과 갈등의 논리로 일관한다면 그걸 가지고 도달하는 평화는 없을 거예요.

가령 변증법의 논리를 봅시다. 변증법에 입각한 인간관계나 사물의 관계는 근본적으로 투쟁입니다. 물론 화해도 있어요. 모택동식으로 한다면 변증법에 있어서 투쟁성은 항구적이고, 통일성, 즉 화해는 잠정적이라는 거예요. 태극음양으로 본다면 상극이 항존적이고 상생은 잠정적이다 이거죠. 그래서는 평화가 안 오죠. 왜냐하면 대체적인 것은 그것은 상극을 위한 방법적 상생으로 떨어지기 때문이죠. 역사가 그래 왔어요. 그래서 그 변증법을 가지고, 그 낡은 역철학을 가지고 살면 절대로 평화에 도달할 수가 없어요. 다시 말하면 관념적인 영구평화론 가지고 실제 살아 있는 평화를 구축하지 못한다 이거죠. 삶의 논리를 바꿔야 해요. 나는 그게 디지털 논리라고 봐요. 노, 예스, 예스 노, 온 오프, 오프 온 이런 이진법적인 논리가 선체험 과정에서 뇌의 상호 극지 이동과 같은 거죠. 이 디지털적인 이중성 밑에는 숨어 있는 차원이 있어요. 마치 겉에 드러나는 것이 생명일 경우에 숨은 것은 영성이죠. 그 영성은 계속 숨어 있으면서 드러나 있는 생명의 복잡성에 대해서 개입하고 관여하고 추동도 하고 비판도 합니다. 그러다가 이 드러난 차원이 생명력을 다 했을 때 숨어 있는 차원이 가시화되는 거죠. 이와 관계된 철학이 동학이죠. 물론 불교에도 있고 최근에 그레고리 베이츤 같은 생물학자가 심지어 들뢰즈, 미셸 세르, 떼이야르 샤르뎅 같은 소위 생명파 사상가들 쪽에는 다 나와요. 컴퓨터에는 변증법이 없어요. 디지털 세대 안에서는 변증법이 문제 될 수 없어요. 모든 반대되는 것은 상호보완적이다. 그렇게 가야지 평화가 오는 거 아닙니까? 고매한 관념적인 성취에 의해서 영구평화론이 가능하다고 보지만 실제에 있어서는 미국의 군사력을 배경으로 거느린 거짓 평화밖에 될 수가 없다고 봐요.

이재복 오늘 너무 많은 공부를 했습니다. 아무래도 더 듣다간 제 부족한 이해력에 한계가 올 것 같습니다. 오늘 못다 들은 이야기는 다음 기회에 꼭 듣도록 하겠습니다. 선생님께서 들려주신 생명과 평화에 대한 말씀이 헛된 관념으로 사라지지 않게 삶 속에서 그것을 실천하도록 노력하겠습니다. 선생님 늘 건강하시고, 조만간 다시 한번 찾아뵙겠습니다.

김지하 감사합니다.

인명 찾아보기

용어 찾아보기

김지하 약력

1941년 전남 목포에서 태어나 서울대 문리대 미학과를 졸업했다. 본명은 김영일金英
一이며, 김지하는 필명이다. 서울대에 재학 중이던 1964년 6·3사태 때 서울대 한일굴욕
회담 반대 투쟁위원회에 관계하면서 처음으로 투옥되었고, 1972년에 유신헌법이
공포되면서 인혁당 사건과 민청학련 사건에 연루되어 1980년까지 옥고를 치렀다.
1980년 출옥 이후 전래되어온 민중사상을 독자적으로 재해석하는 생명 사상을 전개하
였고 그 민중적 실천을 모색하였다. 이후 생명 사상이 중심이 되는 생명, 평화 운동을
전개했으며, 한국종합예술학교, 영남대학교, 명지대학교 석좌교수와 생명과 평화의
길 이사장을 역임하였다. 2022년 5월 8일 1년여 동안의 암 투병 생활을 하던 끝에
강원도 원주 자택에서 숨을 거두었다.

1969년『詩人』지에 시「황톳길」등을 발표하며 작품 활동을 시작했고, 시집으로
『황토』, 『타는 목마름으로』, 『五賊』, 『애린』, 『별밭을 우러르며』, 『중심이 괴로움』,
『화개』, 『절, 그 언저리』, 『유목과 은둔』, 『새벽강』, 『비단길』, 『흰그늘』등을 펴냈으며
『밥』, 『남녘땅 뱃노래』, 『살림』, 『생명』, 『생명과 자치』, 『사상기행』, 『예감에 가득
찬 숲 그늘』, 『김지하 사상전집』, 『흰그늘의 길』, 『생명과 평화의 길』, 『우주생명학』
등 산문집과 회고록을 비롯하여 여러 저서를 펴냈다.

노벨문학상과 노벨평화상 후보로 추천되었으며 로터스 특별상(1975), 브루노 크라
이스키 인권상(1981), 위대한 시인상(1981), 이산문학상(1993), 정지용문학상(2002),
만해문학상(2002), 대산문학상(2002), 공초문학상(2003), 만해대상(2006), 민세상
(2011), 청마문학상(2019), 금관문화훈장(2022) 등을 수상하였다.

김지하가 생명이다

초판 1쇄 발행   2023년 11월 15일

지은이   이재복
펴낸이   조기조
펴낸곳   도서출판 b

등록   2003년 2월 24일 제2006-000054호
주소   08772 서울특별시 관악구 난곡로 288 남진빌딩 302호
전화   02-6293-7070(대) | 팩시밀리   02-6293-8080
홈페이지   b-book.co.kr | 전자우편   bbooks@naver.com

ISBN   979-11-92986-15-9   93810
값   20,000원

* 이 책은 2022년 한양대학교 ERICA인문사회예체능 저역서 지원사업비로 연구되었음.
  (과제번호: 202200000001586)
* 이 책 내용의 일부 또는 전부를 재사용하려면 저작권자와 도서출판 b 양측의 동의를 얻어야 합니다.
* 잘못된 책은 구입한 곳에서 교환해드립니다.